LE FILS DU Père Noël EST UN CON !

Ce livre est une fiction. Les noms, caractères, professions, lieux, événements ou incidents sont les produits de l'imagination des auteurs utilisés de manière fictive. Toute ressemblance avec des personnages réels, vivants ou morts, serait totalement fortuite.

Images de couverture : © Freepik
Couverture : Stéphanie Aguado

34-36 rue La Pérouse
75116 Paris
Collection dirigée par Franck Spengler
Ouvrage dirigé par Marie Maublan

Dépôt légal : octobre 2022
ISBN : 9782755699937
Imprimé en Espagne par CPI Blackprint

Ellie Bonnert

Le fils du Père Noël est un con !

Hugo Poche

NEW ROMANCE®

Je ne sais pas si nous avons
chacun un destin... ou si nous...
si nous nous laissons porter
par le hasard comme sur une brise...
Mais je... je crois que c'est peut-être
un peu des deux... peut-être qu'un peu
des deux arrive en même temps.

Forrest Gump,
film de Robert Zemeckis, 1994

CHAPITRE 1

Quand je suis stressée, je mange.

Enfin, « manger » n'est peut-être pas le mot le plus adapté. Sous l'effet du stress, je me transforme en ventre sur pattes, ingurgitant tout ce qui me tombe sous la main, sans limite ni bon sens. On m'a d'ailleurs souvent conseillé de consulter à ce sujet, mais je n'en ai jamais vu l'intérêt. C'est de cette manière que j'ai toujours géré mes émotions, bonnes ou mauvaises, et même si ce n'est sûrement pas très sain, c'est efficace. Il me suffit de compenser par un peu de sport et le tour est joué.

Vraiment, il n'y a pas de quoi en faire tout un plat.

Toutefois, à voir le regard que m'adresse Leslie, mon assistante, en déposant un dossier sur mon bureau, on pourrait croire que je suis en train de m'enfiler une bouteille de whisky. Ce ne sont pourtant que quelques bonbons, rien de dramatique. En plus, je rends service à mes collègues, ils ne sont même pas bons, ces trucs.

– Bon sang, mais c'est dégueulasse ! m'écrié-je en sentant un liquide salé couler sur ma langue.

– Hum, c'est normal. Ce sont les bonbons destinés aux enfants des employés. Les « Dragées surprises de Bertie Crochue »…

Elle laisse sa phrase en suspens, comme si ce qu'elle venait de dire était censé m'éclairer.

– Vous savez… poursuit-elle. Il y en a au poivre, aux crottes de nez ou au vomi. Comme dans *Harry Potter*.

Je lève les yeux au ciel tandis que Leslie regagne son bureau. *Qui voudrait manger des trucs pareils ?* Moi, apparemment, puisque je viens de mettre toute une poignée de ces choses infâmes dans ma bouche. *Bon, peut-être que j'ai un problème.* J'avais pourtant l'impression d'avoir réussi à reprendre le contrôle, de ce côté-là. Après des années passées avec l'estomac en vrac, roulée en boule sur mon canapé, il n'y avait plus eu d'incident notable depuis la fin de mes études. Du moins, jusqu'à quelques mois plus tôt, quand le PDG de l'entreprise pour laquelle je travaille a passé la main à son fils, plus jeune et bien plus aventureux.

Depuis qu'il a repris les rênes de T&K Pharmaceutics, ma charge de travail est passée du simple au triple. Il veut tout faire, tout voir, tout changer, et en tant que directrice financière de l'entreprise, je me dois d'étudier avec attention chacune de ses nouvelles idées farfelues. Je suis épuisée et je n'ai qu'une hâte, pouvoir retrouver ma famille pour les fêtes de fin d'année. Malheureusement, les mois de novembre et de décembre sont aussi les plus chargés pour le service financier. Il faut conclure le bilan de l'année écoulée et établir le plan financier de celle à venir, je ne dispose donc que de quelques jours de libres pour rejoindre mon Minnesota natal et ses magnifiques forêts enneigées.

Je suis montée sur ressorts depuis que j'ai aperçu les premières guirlandes dans le Village ; chaque année j'attends avec impatience ces quatre jours pendant lesquels on vit les uns sur les autres et on ne sort pour ainsi dire pas de la maison. D'aucuns diront que c'est un sacrilège de passer Noël en ermites, mais j'ai suffisamment arpenté les rues de mon village natal et subi ses habitants dans ma jeunesse pour ne pas avoir envie de renouveler l'expérience aujourd'hui. Ah, je m'y vois déjà ! Devant la cheminée, parée d'un pyjama à tête de renne, un verre de lait de poule à la main pendant que mon père et ma sœur se disputent le choix du film de Noël qu'on va regarder – tradition familiale oblige. Que demander de plus ? Il ne me reste plus que quelques semaines à attendre. Et cette année plus que les autres, j'en ai vraiment besoin…

Mais avant de pouvoir me gaver de dinde aux marrons et de sablés à la cannelle, j'ai encore une montagne de travail qui m'attend sur mon bureau, au dix-septième étage d'une tour, à Manhattan. On est loin de l'ambiance conviviale de Noël. Alors j'ouvre un nouveau paquet de dragées et relis attentivement les dernières lignes du dossier en cours en hochant la tête. Je me suis opposée à un certain nombre des projets de mon nouveau patron, mais celui-ci est vraiment intéressant. Il souhaite faire l'acquisition d'une start-up spécialisée dans les nouvelles technologies appliquées à la science. C'est un sacré investissement, qui pourrait être très rentable sur le long terme.

– Madame Lawrence ?

– Quoi ? aboyé-je, agacée d'être interrompue une fois de plus.

– Je sais que vous n'aimez pas être dérangée, mais c'est… enfin votre… il est… bafouille mon assistante en brandissant le téléphone.

– Leslie, soupiré-je. J'ai encore un million de choses à faire et j'aimerais partir avant 22 heures ce soir. Alors si ce n'est pas important, prenez un message.

– C'est votre père, précise-t-elle, mal à l'aise. Je vous transfère son appel ?

Je m'empresse de faire disparaître le goût des dragées à la crotte de nez avec une grande rasade de café au lait, et je lui fais signe de me passer la communication.

– Salut ma poupée, lance joyeusement mon père quand je décroche. Tu vas bien ?

Suspicieuse, je me lève pour fermer la porte de mon bureau.

– Qu'est-ce qui se passe, papa ?

– Comment ça ? Ton vieux père ne peut pas simplement t'appeler pour prendre de tes nouvelles ?

Je balance une nouvelle dragée dans ma bouche et je manque de la recracher en sentant le goût du poivre.

– Prendre de mes nouvelles ? Tu m'as appelée « ma poupée ». L'ours mal léché que tu es ne se sert de ce surnom qu'en de rares occasions, sûrement pas pour « prendre de mes nouvelles ». D'autant qu'il est 15 heures, un jour de semaine. Tu sais que je travaille, alors je te le demande. Qu'est-ce qui se passe ?

– On ne te la fait pas, à toi, hein ?

– En effet.

– Eh bien, je…

Il hésite, je panique et prends un nouveau bonbon. Tutti frutti. *Yes.*

– J'ai fait une chute. Une toute petite chute de rien du tout.

– Mais bien sûr… Tu ne m'appellerais pas si c'était le cas. Alors ?

– C'est à cause d'Ernest Riley, bougonne-t-il.

– Comment ta chute peut-elle être la faute du maire ?

– Je vais te le dire, moi ! À cause de son envie soudaine de rénover la salle des fêtes, les cours de gym ont été suspendus et j'ai pris cinq kilos !

– Je ne vois pas le rapport. Tu es sûr que tu ne t'es pas cogné la tête en tombant ?

– Le rapport, c'est que cinq kilos, c'était trop pour ma vieille échelle. Elle a cédé sous mon poids et jemesuiscasséleslesjambes.

Il a parlé tellement vite que je n'ai pas compris le moindre mot.

– Quoi ?

– Je me suis cassé les jambes, répète-t-il dans un soupir. Et le problème, ajoute-t-il sans me laisser le temps de répondre, c'est que je ne vais pas pouvoir ouvrir la boutique dans cet état.

– Oh…

C'est tout ce que je parviens à dire. C'est une catastrophe pour mon père. Il est artisan ébéniste, et si certains clients lui passent des commandes en direct, l'essentiel de son activité passe par la petite boutique qu'il tient au centre du village où j'ai grandi. Fermer à quelques semaines de Noël équivaudrait à mettre la clef sous la porte.

– J'ai bien essayé de demander à Sarah, mais avec les enfants, Leonard et son travail, elle ne pourra pas m'aider.

– Et parmi tes amis, personne ne peut te filer un coup de main ?

– Non, déplore-t-il. C'est la plus grosse période de l'année pour eux aussi. Écoute, ça m'embête de te demander ça. Je sais bien que tu as du travail, mais je ne peux vraiment pas faire autrement.

Je tiens énormément à mon job, c'est vrai, mais je tiens encore plus à mon père. Et contrairement à ce que pensent certains de mes collaborateurs, j'ai un cœur, il est juste bien caché. Aussi, c'est sans la moindre hésitation que je me connecte sur le site de l'aéroport JFK.

– C'est bon, j'ai réservé mon billet. J'atterris demain à 19 heures. En revanche je vais devoir te laisser, j'ai quelques détails à régler avant de pouvoir te rejoindre.

Lorsque je raccroche, je l'entends murmurer « Merci ma poupée » avec des trémolos dans la voix, et je sais que j'ai fait le bon choix.

Maintenant, il ne me reste plus qu'à l'annoncer à mon patron… Peut-être qu'en commençant par lui donner mon accord pour le rachat de la start-up, la pilule passera plus facilement ?

CHAPITRE 2

Finalement, convaincre mon patron de me laisser partir n'a pas été une mince affaire, surtout après lui avoir donné mon accord pour le rachat. Comme à son habitude, il veut tout, tout de suite, et il craint que mon absence ne ralentisse l'acquisition de E.Y.S. Robotics, qu'il souhaite finaliser mi-janvier au plus tard. J'ai donc dû batailler longuement et lui promettre que mon départ ne causerait aucun retard pour qu'il consente à me laisser rentrer à Holly Falls.

L'obtention de son accord n'a été que la première étape du marathon qui m'a occupée toute la soirée et une bonne partie de la nuit. Après l'entrevue avec mon patron, il y a eu les rendez-vous professionnels à caser en urgence, la réorganisation du service en catastrophe, et une fois que je suis rentrée chez moi, Delilah, ma meilleure amie, m'a rejointe pour m'aider à organiser mon départ. Enfin, entre deux verres de vin et deux parts de pizza au pepperoni, elle a surtout achevé de me convaincre que j'avais pris la bonne décision. Aider mon père était la chose à faire, je le sais. Il n'empêche que j'appréhende de retourner là où j'ai grandi. Ces dernières années, je n'avais fait que passer à la maison, le temps des fêtes ou d'un anniversaire. Depuis que j'ai quitté le Minnesota, il y a bientôt dix ans, je ne suis jamais restée plus de quelques jours à Holly Falls, mais cette fois, mon séjour risque de durer des semaines.

C'est une petite ville tout ce qu'il y a de plus normal, perdue au milieu d'une forêt entre le lac Supérieur et la frontière canadienne, dans laquelle je n'ai pourtant aucune envie de remettre les pieds. J'étais loin du cliché de l'ado solitaire, j'avais des amis, quelques petits amis, et j'étais invitée à toutes les fêtes, mais rien de tout ça ne m'a jamais aidée à m'y sentir à ma place. Encore aujourd'hui, dès que je m'imagine sur la place de l'hôtel de ville, couverte de neige et toute décorée, tous les souvenirs que j'ai refoulés remontent à la surface et je me sens nerveuse.

Le bruit régulier de mes talons qui claquent sur le marbre du hall me ramène à l'instant présent et à tout ce que je dois encore accomplir avant de prendre l'avion. Je salue distraitement le veilleur de nuit en passant le portique de sécurité. Je le vois chaque matin depuis que je travaille ici, mais je suis incapable de retenir son prénom. Larry ? Harry ? Je n'en sais rien. À une époque, j'aurais mis un point d'honneur à connaître le nom de chaque personne qui croisait ma route. C'était avant le MBA, la promotion et les journées à rallonge, quand j'avais encore une vie en dehors du travail et que je pouvais me permettre de penser à autre chose. Aujourd'hui, j'ai l'impression que chaque minute de ma vie est dédiée à cette entreprise que j'ai aimée, mais que je ne suis plus certaine de reconnaître.

La preuve, je suis encore dans l'ascenseur et j'ai déjà commencé à travailler. Il y a tant à faire que j'ai peur de ne pas avoir assez de la matinée pour boucler tout ce qui peut encore l'être avant mon départ. Arrivée à mon étage, je me fige. Habituellement, à cette heure-ci, je suis seule. Ce matin, tout le monde est déjà là, mais personne ne parle. Rectification, plus personne ne parle. Ils se sont tus en me voyant, et maintenant ils me scrutent avec humeur.

– Bonjour à vous aussi, lancé-je par-dessus mon épaule en traversant l'open space. Maintenant, remettez-vous au travail !

Je suis à peine assise à mon bureau que mon assistante me rejoint, les bras chargés de dossiers et un gobelet Starbucks en main.

– Madame Lawrence, me salue-t-elle avec le même sourire qu'elle arbore tous les jours. Je vous ai apporté un caf… Oh, mince, vous en avez déjà un, déplore-t-elle en me voyant prendre une gorgée de mon caramel macchiato.

– Ce n'est pas grave. Posez-le sur mon bureau, merci. Vu ce qui m'attend aujourd'hui, je vais en avoir besoin.

– Oh, souffle-t-elle en suivant mon regard dirigé vers l'open space qui a retrouvé son agitation habituelle. Ça va leur passer, rassurez-vous.

Je souffle comme si ça ne me concernait pas.

– Je parlais de la charge de travail. À ce propos, j'aurais besoin des rapports de vente du Sertroprolol.

– Il me semble que Michael était justement en train de les analyser.

– Bien, merci.

Je vide d'une traite le fond de mon gobelet et talonne Leslie alors qu'elle rejoint son poste de travail. Je passe devant elle sans m'arrêter et vais me planter derrière Michael, qui ne m'a pas entendue arriver. Si ça avait été le cas, je suppose qu'il se serait empressé de fermer la fenêtre de conversation privée qui s'affiche encore à l'écran, et je n'aurais pas pu lire ce que Nancy, une autre analyste, lui a écrit.

J'hallucine qu'on doive réorganiser
le service pour elle
alors qu'elle a refusé
que je m'absente quand mon fils
était malade ! Quel tyran.

Pour ma défense, c'était la sixième fois en deux mois qu'il était malade, son fils.

Quelques centimètres sous mon menton, Michael se ratatine sur son siège quand il comprend qu'il n'a pas été assez rapide. Une chance pour lui, je n'ai pas réussi à lire sa réponse.

– Madame Lawrence, je peux vous aider ?

– Non ça ira, j'ai tout ce qu'il me faut, lâché-je en récupérant le dossier que je cherchais, posé au sommet d'une pile qu'il n'a de toute évidence pas encore touchée.

Je l'entends pousser un long soupir quand je tourne les talons pour rejoindre mon bureau. Il fait bien d'être soulagé ; la seule raison pour laquelle je ne les ai pas convoqués sur-le-champ, Nancy et lui, c'est parce que j'ai besoin de leur concentration absolue pour le reste de la matinée. Mais je n'exclus pas la possibilité de le faire en temps voulu.

Finalement, je relègue cet incident dans un coin de ma tête pour plonger à corps perdu dans le travail. Ces quelques heures au bureau sont parmi les plus intenses que j'aie connues de ma carrière, mais ça aura au moins permis de me détourner de mon angoisse pour un temps. Et puis, même si mes nerfs ont été mis à rude épreuve, savoir que je fais tout ça pour aider mon père suffit à me motiver à continuer.

Il est près de midi quand je relève le nez de mon clavier après avoir rayé la dernière ligne de ma to-do list qui était pourtant d'une longueur affolante. Je l'ai fait ! Et tout ce que ça aura coûté c'est un white mocha, deux shortbreads, quatre réunions, une centaine d'e-mails et un sacré effort collectif. Les bras tendus vers le plafond, je m'étire une dernière fois avant de ranger mes affaires et de quitter le bureau pour une durée indéterminée.

Mon regard s'attarde à nouveau sur l'open space et je me crispe en apercevant Michael et Nancy en grande conversation près de la photocopieuse. Penchés l'un vers l'autre, ils se font des messes basses en riant sous cape.

– Leslie ?

– Oui, Madame.

– Je veux les voir dans mon bureau, dis-je en désignant de l'index les deux analystes. Tout de suite.

Lorsque je passe la porte de mon appartement, trois quarts d'heure plus tard, je retrouve Delilah assise au milieu du salon, des fringues éparpillées partout autour d'elle. On dirait qu'elle a vidé ma penderie sur le tapis. *Oh, la vache, il y en a jusque dans la cuisine.*

– Emma, tu es déjà là ? s'étonne-t-elle en jetant un coup d'œil à sa montre. Merde, je suis désolée, je n'avais pas vu qu'il était déjà midi et demi. Tu veux commander quelque chose à manger avant d'aller à l'aéroport ?

– On n'aura jamais le temps, soupiré-je en me laissant tomber dans le canapé. Il faut encore que je finisse de préparer mes affaires, mais je n'en ai plus le courage.

Elle se lève et vient me rejoindre sur le sofa.

– Tout va bien ? Tu as ta tête des mauvais jours. Un problème au boulot ?

– Non…

– Ouais, OK, ricane-t-elle. Ça, ça veut dire oui. Raconte.

– C'est rien. Une analyste m'a traitée de tyran sur la messagerie sécurisée.

Elle grimace.

– Aïe. Je n'aimerais pas être à sa place.

– Sérieusement, tu me prends aussi pour un tyran ?

– Bien sûr que non. Mais quand tu travailles, tu…

– Je, quoi ?

– Rien, laisse tomber, dit-elle en secouant la tête. Bon, fini de bavasser, il faut que tu te bouges. J'ai commencé à préparer tes bagages pendant ton absence. J'ai suivi tes consignes, j'ai mis tout ce que tu avais de plus chaud, mais l'inconvénient c'est que ça prend de la place, grimace-t-elle. Il va peut-être falloir retirer deux, trois trucs.

– T'es un amour, Del'.

– Je sais ma biche.

Elle me sourit avant de consulter de nouveau sa montre.

– Bon, on a trois quarts d'heure avant de partir pour l'aéroport. Voici ce que je te propose : je réserve le Uber et je vais chercher un petit quelque chose à manger, pendant que tu prends ta douche et que tu fais le tri dans ce foutoir, dit-elle en désignant la montagne de fringues qui dépasse de ma valise ouverte. Ça te va ?

J'acquiesce et je la regarde s'éloigner sans parvenir à me mettre en action. J'hésite à me cacher sous une pile de chaussettes jusqu'à ce que l'avion décolle. Sans moi. Je ne dis pas que je ne vais pas y aller, mais qu'adviendrait-il si je ratais mon vol ? Je resterais quelques heures de plus à New York, ou une journée peut-être, rien de dramatique en somme… C'est tentant, mais je ne peux pas faire ça à mon père. Tout bougon qu'il est, si j'avais eu besoin de lui, il aurait sauté dans le premier avion pour me venir en aide. Alors même si je n'ai aucune envie de retrouver Holly Falls et les gens qui y vivent, je me dois de faire ça pour lui.

Je ne suis pas croyante, mais quand Delilah s'engage dans le Queens-Midtown Tunnel, je joins les mains et j'adresse une prière silencieuse au type là-haut. Impossible de trouver un Uber ou un Lyft disponible en si peu de temps ; on a donc été contraintes de prendre ma voiture et j'aimerais autant que ce ne soit pas le dernier voyage que j'entreprendrai sur cette terre. Une main posée sur le volant, l'autre enroulée autour de sa bouteille d'iced coffee, ma meilleure amie parle sans s'arrêter depuis que nous nous sommes insérées dans la circulation. Je ne l'écoute pas. Impossible. Je suis obligée de me concentrer pour ne pas rendre les deux sandwichs et le mocha glacé que je viens d'avaler. Fermement agrippée à la poignée de maintien, j'alterne les coups d'œil paniqués entre les lèvres de ma meilleure amie et la pluie battante qui s'écrase sur le pare-brise de ma petite Audi.

– Je n'en reviens pas que tu aies viré tout ce que j'avais mis dans ta valise, soupire-t-elle.

– Del', je t'ai dit que j'avais besoin de vêtements chauds. Il fallait comprendre laine, polaire, manches longues. Pas mini-jupe et robe moulante. Je te rappelle que je vais là-haut pour aider mon père, pas pour faire une rencontre.

Elle rejette ma remarque d'un revers de la main qui la fait dévier de sa trajectoire.

– L'un n'empêche pas l'autre, objecte-t-elle après avoir stabilisé la voiture. Ce n'est pas parce que tu vas au pôle Nord que tu ne peux pas mettre tes atouts en valeur. Si tu veux mon avis, ça ne te ferait pas de mal de voir le loup.

– Voir le loup ? OK, merci du conseil, grand-mère.

– C'est ça, moque-toi. En attendant, si un beau bûcheron t'invite à dîner, tu me remercieras d'avoir remis la robe dans tes bagages.

– Del' !

– Je fais ça pour toi, ma biche.

– Si tu veux vraiment faire quelque chose pour moi, mets les essuie-glaces, je t'en prie.

Delilah obtempère en levant les yeux au ciel, comme s'il ne s'agissait que d'une formalité. Ma meilleure amie a pris d'assaut les routes de Manhattan comme une pilote aguerrie. Le problème, c'est qu'elle est loin d'en être une. En bonne New-Yorkaise d'adoption qui se respecte, elle ne conduit pas. Elle se déplace généralement en Uber ou en métro, mais elle a consenti à prendre la place du côté conducteur pour mes beaux yeux, alors je ne vais pas faire la fine bouche – mais ça ne m'empêche pas de réfléchir à la couleur de mon cercueil.

– Ça fera quarante dollars, ma petite dame, plaisante Delilah lorsqu'elle s'arrête sur le dépose-minute de l'aéroport.

– Merci pour le trajet, marmonné-je en ramassant mes affaires.

– T'as l'air hyper emballée d'y aller, dis donc.

– Ça se voit tant que ça ? soupiré-je.

– C'est à peu près aussi évident que… (Elle réfléchit un instant.) Tu te rappelles le jour où j'avais décidé de me teindre les cheveux en bleu ?

OK, mon manque de motivation est aussi flagrant qu'un phare dans la nuit. Parfait.

– Je ne comprends pas, reprend-elle. Tous les ans tu n'attends que ça, de pouvoir rentrer chez toi. Qu'est-ce qui est différent cette fois ?

– Rien… Tout. Je ne sais pas, soufflé-je. Je crois que j'appréhende. Depuis que j'ai quitté Holly Falls, je n'y suis retournée qu'en coup de vent.

Quelques jours par-ci, par-là, mais jamais assez longtemps pour avoir à croiser quelqu'un qui ne fasse pas partie de ma famille. C'est tout ce que j'ai laissé derrière moi en déménageant que je n'ai pas envie de retrouver. Les souvenirs. Le sentiment de ne pas être à ma place. Les gens.

– Tu as peur de qui ? Toi qui as réussi à faire pleurer deux adultes pas plus tard que ce matin ?

– N'exagère pas, ils n'ont pas pleuré.

Bien que Nancy m'ait paru avoir l'œil plus humide qu'à l'accoutumée.

– Mais tu as raison, reprends-je en sortant de voiture. C'est ridicule d'angoisser pour ça.

Pourtant c'est là, et ça ne veut pas s'en aller. La boule de plomb qui a élu domicile dans mon estomac me suit jusqu'au coffre où je récupère ma valise, puis jusqu'au trottoir d'où je regarde mon amie s'éloigner, un sourire encourageant aux lèvres.

Et quand je me dirige vers le terminal d'embarquement, elle est toujours là, au creux de mon ventre, un peu plus grosse que tout à l'heure.

CHAPITRE 3

Les yeux encore lourds d'avoir dormi presque tout le vol, j'attends ma valise devant le carrousel. Dans ma poche, mon téléphone sonne au moment où j'aperçois le ruban rose que j'ai attaché à la poignée de mon bagage. D'une main, je récupère mon bien, tandis que je cale mon smartphone contre mon oreille.

– Oui, allô ? chantonné-je.

– Qu'est-ce que tu fous, Emma ?

On ne s'est pas encore vues et déjà elle m'engueule. Ça promet.

Sarah fait preuve d'une patience infinie envers ses filles et son mari. Avec moi, en revanche, c'est une autre histoire.

– Je repeins l'avion. Blanc c'est un peu triste, je trouve.

Elle soupire ; je lève les yeux au ciel.

– À ton avis, Sasa. Je viens de récupérer mon bagage, j'arrive.

Elle grommelle quelque chose que je ne comprends pas et me raccroche au nez sans plus de cérémonie. Ça, c'est ma grande sœur tout craché. Elle court sans cesse après le temps et peste d'être en retard sur son programme de ministre, mais elle trouve toujours le moyen d'en faire plus que prévu. Même après toutes ces années, je n'ai jamais réussi à percer le secret de l'organisation de Sarah Hanson-Lawrence.

Aujourd'hui, par exemple. Je suis sûre qu'en plus de sa journée de travail, elle a réussi à faire les courses, préparer les repas de toute la semaine, aller à la gym et venir me chercher avant d'aller récupérer les enfants chez la nourrice. Quand de mon côté je me suis contentée de traîner dans un brouillard d'appréhension en me laissant transporter d'un point A à un point B, satisfaite d'avoir au moins réussi à attraper mon vol. *Et encore, je ne le dois qu'à Delilah.* Alors certes, je ne suis pas en mesure de réduire le temps de trajet entre New York et Duluth, mais j'aurais pu mettre ces cinq heures à profit pour une activité plus constructive que celle de baver sur mon épaule. Mais la vie est faite de choix, et je ne regrette absolument pas celui-là.

Cette petite sieste m'aura donné l'énergie nécessaire pour affronter l'ouragan Sarah, qui fait les cent pas dans le hall, la main sur sa montre, comme si elle était engagée dans une course de relais. Ses longs cheveux sont ramassés à la va-vite sous un bonnet, elle a les joues rouges et la mine contrariée, et pourtant, quand ses grands yeux bleus se verrouillent aux miens, je suis envahie d'une bouffée de jalousie. Sarah a tout hérité de notre mère. Sa blondeur, sa silhouette élancée et son côté solaire. Elle dissimule ce dernier sous une bonne couche d'impatience, mais quand elle s'autorise à abandonner sa course contre la montre, c'est presque magique. Ma sœur est magnifique, quoi qu'elle fasse, et c'est rageant. Cependant, vu la grimace qu'elle m'adresse, je ne pense pas que la magie soit à l'ordre du jour.

Lorsque j'arrive à sa hauteur, elle me claque une bise rapide sur la joue, se saisit de ma valise et se dirige au pas de course en direction du parking. Je lui dirais bien de ralentir, seulement je sais d'expérience que ça ne sert à rien, tout comme le fait de lui signaler que je suis tout à fait capable de m'occuper de mes bagages. Alors je me contente de la laisser nous guider à travers la foule.

Mon estomac gargouille au moment où je m'assieds à l'avant de son monospace tellement propre qu'on ne croirait pas qu'un jour un enfant y a mis les pieds. Avant de mettre le contact, ma sœur se penche vers le siège arrière pour récupérer un sac en plastique qu'elle me tend sans un regard. À l'intérieur, un sandwich, un Pepsi et un paquet de Reese's. Elle se tourne un instant pour répondre au sourire plein de gratitude que je lui adresse et ma poitrine irradie d'une douce chaleur.

Elle m'avait manqué.

– Tu vas bien ? demandé-je, voyant que ses sourcils sont légèrement froncés.

– Ça va. C'est juste que…

Je m'arrête de mâcher un instant pour l'observer avec plus d'attention. Elle a les traits tirés et la mine fatiguée ; je ne serais pas surprise si elle m'avouait ne pas avoir dormi depuis une semaine. Seulement Sarah ne dit rien, elle secoue simplement la tête en démarrant la voiture.

– C'est juste que j'ai eu une journée ultra chargée.

– T'es sûre ?

– Oui, dit-elle avec un sourire forcé. J'ai dû emmener les filles plus tôt à l'école parce qu'elles avaient une sortie scolaire. Je suis allée à la gym pendant ma pause plutôt que ce soir et je devais encore faire quelques courses pour papa en sortant du boulot, mais je n'ai pas pu puisqu'il fallait te récupérer à l'aéroport.

– Je m'en occuperai, ne t'en fais pas.

– Ugh, je n'ai même pas eu le temps de déjeuner.

– Mince. Est-ce que…

Je lui jette un coup d'œil gêné en refermant le papier d'aluminium qui emballait mon sandwich.

– C'était pour toi, me rassure-t-elle.

– Ouf ! Je meurs de faim.

– Est-ce que je t'ai dit que Nora voulait faire du karaté en plus de la danse ? s'empresse-t-elle d'ajouter, lorsqu'elle sent le regard insistant que je pose sur elle. Son père a eu la bonne idée de lui faire voir *Karaté Kid*. Tu sais ? Le dernier, avec

Jaden Smith. Et maintenant elle n'a plus que ça en tête. Elle m'a cassé une lampe, la semaine dernière.

OK, inutile d'insister. Elle ne me dira rien.

– Et le pire, c'est que la petite va forcément vouloir l'imiter, se lamente-t-elle.

Peut-être que pour Noël je devrais lui offrir un bon d'achat chez le géant suédois, histoire de rembourser les futurs dégâts de ses deux ninjas en herbe ?

Passé le moment tendresse à l'évocation de Nora et Lola, Sarah entreprend de m'expliquer en détail les nouvelles promotions dans la boutique où elle travaille. Et, la fatigue aidant, je décroche et ne l'écoute plus que d'une oreille. Les yeux à demi-clos, je me laisse bercer par le bruit régulier du moteur, parce que je sais qu'elle me raconte tout ça seulement pour éviter de m'entendre poser la question qui la dérange : « Est-ce que tout va bien ? »

Quarante minutes après notre départ de l'aéroport, nous arrivons dans le village de notre enfance et j'ai désormais deux certitudes. Un : ma sœur me cache quelque chose. Deux : le village dans lequel j'ai grandi a été remplacé par une annexe de la Laponie. Partout où je regarde, je vois des guirlandes, des boules et des vitrines décorées. Je détourne rapidement les yeux au moment où nous passons devant la place de l'hôtel de ville, pourtant j'ai eu le temps d'apercevoir le village du Père Noël installé au pied du grand sapin. À l'époque où mes parents m'emmenaient encore voir le bonhomme en rouge, Ernest Riley, le Santa Claus officiel d'Holly Falls, devait se contenter d'une chaise enrubannée de rouge et de blanc. Aujourd'hui, il a toute la panoplie : le tapis en velours rouge balisé par des cordons de sécurité, le trône baroque à côté duquel se tiennent deux lutins aux collants rayés, et il m'a même semblé apercevoir un chalet en bois à l'arrière.

C'est vrai que Noël a toujours tenu une place importante dans la vie de la ville – les festivités commencent d'ailleurs dès le 1er novembre –, et je crois qu'il était en effet temps de redonner un petit coup de neuf aux décorations qui ornent les rues, mais bon sang, je ne m'attendais pas à ça ! *Même mon père a succombé aux sirènes des illuminations !*

Sarah me laisse descendre dans l'allée de garage, au milieu d'une nuée de guirlandes électriques qui scintillent au rythme de *Let It Snow* chanté par un lutin en plâtre. Étourdie par toutes ces lumières, je fais un signe de main à ma sœur qui repart déjà sans un regard en arrière. Je reste un instant dehors sous les flocons qui tombent sans discontinuer depuis notre départ de l'aéroport et, bercée par la voix chaude de Frank Sinatra qui résonne dans le calme du soir, je ressasse le dernier échange que je viens d'avoir avec Sarah. Sans chaleur ni émotion. À aucun moment je n'ai eu l'impression qu'elle était heureuse de me voir, pire, je crois qu'elle se moque de ma présence.

Le vent qui s'engouffre entre les pans de mon manteau trop fin pour le froid du Minnesota me fait frissonner. À la seconde où les feux du monospace disparaissent au coin de la rue, je me précipite vers la maison et, impatiente, j'abandonne chaussures et bagages sur le paillasson de l'entrée. Le rez-de-chaussée est presque entièrement plongé dans l'obscurité, à l'exception d'une faible lueur provenant du salon. Sûrement alerté par le vacarme, mon père apparaît sur le seuil de la porte, les sourcils légèrement froncés. Lorsqu'il me voit, ses lèvres s'étirent en un sourire chaleureux, accentuant encore les pattes d'oie qui bordent ses yeux noisette – dont j'ai hérité – et qui sont peut-être un peu plus prononcées que la dernière fois que nous nous sommes vus. Et à bien y regarder, ses cheveux sont assurément plus gris.

Rien de tout ça ne me surprend, au contraire, je crois que ça ajoute à son charme. La seule raison pour laquelle je ne me suis pas encore ruée dans ses bras, c'est à cause du fauteuil roulant dans lequel il est installé. En grandissant, je n'ai jamais vu mon père malade. Je crois que j'ai fini par le voir comme un de ces hommes de la campagne qui semblent à l'épreuve des balles. Insensibles à la douleur et hermétiques au temps qui passe. Alors de le voir ainsi, blessé et dépendant, me fait un choc. Comme si je prenais subitement conscience du fait que mon père n'est pas éternel et que, lui aussi, il vieillit.

Je fais mon possible pour lui cacher mon trouble, mais à en juger par son rire gêné, c'est un échec.

– Salut papa.

Il secoue la tête en riant et fait rouler son fauteuil dans ma direction.

– Comment ça, salut ? C'est quoi ces manières de citadine ? Viens faire un câlin à ton vieux père !

Il tire doucement sur mon poignet pour m'attirer à lui et me prendre dans ses bras. Un sourire fleurit sur mes lèvres lorsque sa barbe de trois jours vient érafler ma joue, apportant dans son étreinte l'odeur de mon papa. Celle de la lavande et des bonbons à la menthe.

Ce que ça fait du bien de le retrouver !

CHAPITRE 4

J'adore mon père et je suis vraiment heureuse de l'avoir retrouvé, mais rien n'y fait, la perspective de mon séjour ici m'angoisse. La joie de nos retrouvailles s'est estompée cette nuit, laissant le champ libre au retour de la boule de plomb qui s'est à nouveau installée dans mon estomac. Je tente de la ravaler en même temps que mon second bol de Froot Loops, quand mon portable sonne sur le comptoir de la cuisine, pour la cinquième fois depuis que je suis levée. Mon patron m'a littéralement bombardée de mails pour m'exposer une nouvelle idée marketing bien trop coûteuse. Je n'ai même pas eu le temps de répondre aux sms que m'a envoyés Delilah pour prendre de mes nouvelles.

Le nom de ma meilleure amie s'affiche justement à l'écran, je coupe le son de la télévision avant de décrocher.

– Del' !

– Elle-même ! chante-t-elle.

– Je te manque déjà ?

– Tu n'as pas idée, glousse-t-elle. Et puis tu n'as répondu à aucun de mes messages, alors je me suis dit que j'allais m'assurer que les méchants habitants d'Holly Falls ne t'avaient pas déjà malmenée. Maintenant que c'est fait, raconte-moi cette première nuit chez ton père. D'ailleurs, comment va Gordon ?

– Il va bien, merci, mais ça me fait drôle de le voir comme ça.

– Je m'en doute, ma biche, mais il est costaud notre Gordy. En moins de deux, il sera sur pied.

– Je t'en prie, ne l'appelle pas comme ça, ricané-je.

– Comme tu voudras. Et sinon, je dois interpréter comment le fait que tu ne m'aies pas envoyée bouler alors que je me suis moquée de toi ? Ton retour s'est mal passé ?

Mince, elle me connaît trop bien.

– Non. La soirée et la nuit se sont bien passées. C'est ce matin qui craint… Un peu parce que ça fait deux heures que je suis levée et que mon boss me prend déjà la tête avec une nouvelle lubie, et beaucoup parce que je n'ai pas envie d'aller à la boutique.

– Oh, ma pauvre bichette ! Tu espérais pouvoir manger tes céréales devant les dessins animés ?

– C'est ça, fous-toi de moi, ronchonné-je.

– Non, mais sérieusement, qu'est-ce qui t'arrive ? La Emma que je connais n'a peur de rien ni personne, et depuis que ton père t'a appelée tu pètes de trouille.

– Je ne pète pas de trouille.

– …

– Oui, bon OK ! T'as raison, j'ai peur, admets-je finalement. Je ne garde pas forcément de très bons souvenirs de mes années ici. À l'époque, j'étais mal dans ma peau et j'avais l'impression d'être une moins que rien…

– Et tu as peur que ça recommence simplement parce que tu reviens ?

– Je ne sais pas, peut-être.

– J'ai du mal à comprendre, Emma. Être mal dans sa peau à l'adolescence c'est un peu normal, non ?

– Oui, tu as sûrement raison, soupiré-je.

– De toute manière, tu ne vas pas pouvoir te terrer chez toi indéfiniment. Que tu le veuilles ou non, il va falloir sortir, ne serait-ce que pour aller à la boutique, et plus tôt tu l'accepteras, mieux ça se passera. Pour tout le monde.

– Je sais, mais…

– Il n'y a pas de mais qui tienne ! Est-ce que je dois te rappeler la raison pour laquelle tu es rentrée et l'importance que ça a pour ta famille ?

– Non, grommelé-je.

– Alors arrête de t'en faire, tout va bien se passer.

– Tu murmures. Pourquoi tu murmures ? (Je me redresse sur mon tabouret.) T'es pas seule !

– Une seconde.

J'entends le bruit d'une porte qu'on ferme, un bruissement et des pas dans un escalier en bois.

– C’est bon, reprend-elle à voix haute. Oui, je n’étais pas chez moi, je t’ai appelée en attendant mon Uber, mais j’ai entendu du bruit dans la chambre alors j’ai préféré me la jouer discret.

– Classe…

– Je lui ai annoncé la couleur tout de suite. Elle savait à quoi s’attendre, se justifie-t-elle avant de grogner. Merde, j’aie un double appel, il faut que je te laisse. On se rappelle vite.

Elle raccroche et je me remets à mon ordinateur – comme l’adulte mature et accomplie que je suis – en m’efforçant de garder en mémoire le fait que j’aie réussi à me faire une place dans l’une des plus grosses villes du monde. Dans ce cas, pourquoi est-ce que je me comporte comme une enfant terrorisée par un monstre invisible ? Delilah a raison sur toute la ligne. J’ai changé, je ne suis plus la jeune fille mal dans sa peau d’autrefois, et ce n’est certainement pas Holly Falls et ses quelque sept cents habitants qui vont me faire peur. Je suis là pour aider mon père à tenir la boutique, et c’est tout ce qui doit importer. Après la mort de ma mère, c’est son travail qui l’a empêché de sombrer dans la dépression. En plus de nous permettre de payer nos factures – même si ce n’était pas toujours en temps et en heure –, ça lui donnait une raison de se lever le matin et de continuer à vivre malgré son chagrin. Aujourd’hui, il a un salaire confortable et ce magasin est l’une de ses plus grandes fiertés (avec ses petits-enfants). Je ne sais pas s’il supporterait de le perdre. Quant à moi, je ne pourrais jamais me le pardonner si je ne faisais pas tout pour qu'il garde le sourire.

Lorsque le bruit du fauteuil de mon père me sort de ma torpeur, la télévision est passée en mode veille et mes céréales sont devenues une purée multicolore dans le fond de mon bol. Il roule jusqu'à moi, habillé et rasé de près alors que je suis toujours en pyjama.

– J'avais acheté ça pour tes nièces.

– Je suis restée une grande enfant, dis-je en enfournant une cuillerée de bouillie dans ma bouche. Tu feux que he te p'épa'e que'que choge à manger ?

– Non, ça ira, bougonne-t-il en s'essuyant la joue. Et puis, si j'ai faim dans la matinée, je pourrai toujours récupérer ce que tu viens de me cracher dessus.

– Désolée. (J'avale ma bouchée, gênée.) Une petite question… Est-ce que l'absence de café dans tes placards est due à ta politique anti-petit déjeuner ou à une difficulté d'approvisionnement ?

– J'ai dû oublier d'en racheter, marmonne-t-il, le regard fuyant.

Étrange, venant de quelqu'un comme lui qui consomme le café au litre et qui en a toujours tout un stock d'avance, mais je suppose que ses armoires vides sont à mettre sur le compte de son accident. Je note quelques indispensables qui me viennent en tête dans un brouillon sur mon téléphone avant de mettre mon bol au lave-vaisselle et de me tourner vers mon père :

– Je vais finir de me préparer.

– Ça ne te dérange pas de mettre le moteur de la voiture à chauffer avant de monter ? Tu sais, c'est une vieille…

– … Une vieille dame qui a besoin de s'échauffer avant de prendre la route, terminé-je pour lui. Bien sûr, papa, j'y vais.

Je l'entends crier « mets une veste » à l'instant où je sors de la maison, et je regrette presque aussitôt de ne pas l'avoir écouté.

– Emma, c'est toi ?

Si j'avais eu la présence d'esprit d'enfiler un manteau, j'aurais pu en remonter le col sur mes oreilles et prétendre ne pas avoir entendu la voix chevrotante de la voisine qui m'appelle depuis son perron. *Ce n'est pas comme si je m'évertuais à l'éviter depuis des années…*

Je laisse échapper un juron silencieux et fais volte-face avec lenteur en me demandant ce qu'elle va bien pouvoir me reprocher cette fois. Est-ce que j'ai claqué la porte trop fort ? À moins que ce ne soit le son de la télévision qui était trop élevé ? Ça a été comme ça toute mon adolescence, je pourrais être en train de dormir qu'elle trouverait quand même quelque chose à redire.

– Bonjour, madame Harrison, lâché-je, les mâchoires serrées.

– Ça alors ! Ça fait tellement longtemps qu'on ne t'avait plus vue. Quelle bonne surprise ! Ton père a dit que tu vivais à New York.

– C'est ça. J'y ai emménagé après avoir obtenu mon diplôme.

– Et maintenant tu travailles dans la finance, c'est ça ? Tu pourras peut-être m'aider avec mes déclarations d'impôts à l'occasion, plaisante-t-elle.

– Ça aurait été avec plaisir. *(Pas du tout.)* Mais je ne reste que le temps que mon père se rétablisse.

– Oh, mais oui, le pauvre ! Une chance que tu aies pu venir l'aider, me dit-elle en m'adressant un sourire si large qu'il creuse même la plus petite ride de son visage. C'est tellement gentil à toi.

– Ça m'a paru normal, dis-je en fronçant les sourcils.

Quelque chose cloche, mais je n'arrive pas à savoir quoi.

Puis je frissonne alors qu'une bourrasque me fait légèrement vaciller.

– Mon Dieu, Emma, mais qu'est-ce que tu fais dehors en pyjama ? On dirait bien que tu as oublié à quel point il fait froid ici, en hiver. Va vite te remettre au chaud !

Le sourire aux lèvres, la vieille dame me chasse gentiment d'un mouvement de la main et alors que je regagne la chaleur de la maison après avoir démarré la voiture, je me retourne pour la regarder une dernière fois. Elle se tient toujours près de la clôture, les mains serrées sur les pans de son châle en laine qu'elle a passé par-dessus sa doudoune. Elle me couve du regard et m'adresse un signe de la main avant que je referme derrière moi. Un nouveau frisson me parcourt l'échine quand je dépose mes bottes sur le tapis de l'entrée. Mais cette fois, ce n'est pas à cause du froid. Et là, ça me frappe : la voisine a été sympathique ! La Mme Harrison de mes souvenirs était aigrie, en colère et elle se plaignait de moi dès que l'occasion se présentait. Rien à voir avec la charmante vieille dame qui vient de me parler.

C'est très étrange.

Lorsque je rejoins le rez-de-chaussée après m'être changée, je suis toujours aussi perplexe. Tellement, en fait, que je décide d'en parler à mon père dès que je m'installe derrière le volant :

– Tu ne devineras pas sur qui je suis tombée lorsque je suis allée mettre le moteur en route… Mme Harrison !

– Rencontrer la voisine en allant dans le jardin, tu appelles ça une surprise ? me demande-t-il, le sourcil arqué. Quel genre de vie tu mènes, à New York ?

Je n'ai jamais adressé un mot à aucun de mes voisins depuis que je vis à Manhattan, mais il n'a pas besoin de le savoir, alors je lui tire la langue avant de poursuivre :

– Non, la surprise n'était pas tant de la croiser que de la trouver gentille.

– Je ne vois pas de quoi tu parles, elle a toujours été adorable, cette femme.

Bien sûr, tellement adorable qu'elle n'a pas hésité à appeler la police quand j'ai invité quelques amis à fêter mes seize ans. On n'a clairement pas les mêmes souvenirs, lui et moi. Pourtant, au bout du quatrième passant qui fait un signe de la main à mon père en à peine cinq minutes, je commence à me demander si ma mémoire ne me joue pas un tour. À l'époque où je vivais ici, je n'avais pas l'impression que les gens étaient particulièrement avenants.

– T'es devenu une star locale en mon absence ? demandé-je en désignant un homme qui le salue depuis le trottoir.

– Qu'est-ce que tu racontes ?

– C'est au moins la cinquième personne à qui tu dis bonjour. On est à peine à cinq cents yards de la maison.

– Justement, ce sont des voisins ou des amis. Tu vas me dire que le matin, de ton appartement à ton boulot, tu ne croises pas cinq personnes que tu connais ?

– Non ! Au mieux je salue la concierge, c'est tout.

Il hausse les sourcils en se détournant.

– Et les sauvages, c'est les gens de la campagne ? Eh ben !

Je profite qu'il soit tourné vers la vitre pour lui tirer une nouvelle fois la langue.

– Je t’ai vue.

– Je ne me cachais pas.

Et de six ! *Mais qu’est-ce qu’il s’est passé en mon absence ? Ils ont administré du Prozac à tout le monde en même temps que des lutins ont poussé sur la place publique ?*

Lorsque je m’engage dans le centre du village, mon père a dû saluer au moins une dizaine de personnes. Depuis le siège passager, il sifflote tranquillement tandis que je balaie distraitement la rue du regard. De jour, les décorations de Noël ont toujours autant de charme, même si je suis presque certaine qu’Holly Falls doit pouvoir se voir depuis l’espace, avec autant de guirlandes.

– Oh, arrête-toi, s’il te plaît ! s’écrie-t-il en désignant une place de parking libre devant une petite échoppe.

– Quoi, qu’est-ce qu’il y a ? demandé-je, paniquée, après m’être garée en catastrophe. C’est tes jambes ?

Mal à l’aise, mon père gesticule sur le siège passager avant de se tourner vers moi, les joues légèrement rouges. *Ça alors !* Je crois que c’est la première fois en trente et un ans que je le vois rougir.

– Désolé de t’avoir inquiétée, je voulais juste que tu t’arrêtes pour me prendre un café, dit-il en pointant du doigt l’enseigne du *Lila’s Coffee Shop*.

Soulagée et carrément enthousiaste à l’idée de pouvoir alimenter mon addiction à la caféine, j’abandonne momentanément les remontrances que je lui réservais à la suite de son intervention un brin théâtrale pour bondir hors de la voiture. Dans un éclair de lucidité, je fais volte-face :

– Je te commande quoi ?

– Dis simplement que c'est pour moi, ils savent ce que je prends.

Il est déjà venu ici ? Qui est cette personne et qu'a-t-elle fait de mon père ? L'homme qui m'a élevée achetait son café en gros volume à Costco et si j'avais eu le malheur de lui proposer d'aller chez Starbucks, il m'aurait ri au nez. C'est louche, mais comme je tuerais pour un latte macchiato au caramel, je ne dis rien. Pour l'instant.

À la place, je passe la porte d'entrée en bois et verre du *Lila's*, le petit salon de thé qui n'existait pas quand je vivais encore ici. Tandis que j'observe d'un œil curieux la décoration soignée de l'endroit, j'évite de justesse un homme qui s'apprêtait à sortir et je ne le reconnais qu'au moment où nous nous frôlons. Vêtu d'un manteau rouge, d'un bonnet vert et d'une écharpe à pompons, M. Young, mon professeur d'histoire du lycée, me salue chaleureusement avant de partir. *Lui*. L'homme le plus austère qu'il m'ait été donné de voir a lui aussi succombé à l'ambiance festive de la ville ? Cela dit, si toutes les échoppes du coin ont opté pour une décoration similaire à celle-ci, je peux comprendre que même le plus réfractaire finisse par céder. C'est joli, sans être surchargé. Il y a quelques guirlandes, des petits éléments de décor rappelant un paysage enneigé et, bien sûr, la playlist officielle des fêtes de fin d'année qui tourne en fond sonore. Si la qualité de leur café est à la hauteur de leur goût en matière de déco, je sens que je vais adorer cet endroit. Pour le moment en tout cas, c'est un sans-faute.

Enfin, jusqu'à ce que le renne en peluche bleu électrique posé à côté de la caisse se mette à chanter et danser au rythme de *Let It Snow*. J'adresse un regard consterné à la petite blonde chargée de me servir derrière le comptoir qui occupe la quasi-totalité du mur du fond. Elle pouffe en donnant un coup de tête en direction d'une femme plus âgée, dans un coin de la salle :

– Une idée de ma mère, c'était non négociable. Qu'est-ce que je vous sers ?

– Je comprends mieux ! Je voudrais un latte macchiato caramel, s'il vous plaît, une douzaine de mini-beignets, et je viens de la part de Gordon Lawrence. Il m'a dit que vous connaissiez sa commande.

– Oui, bien sûr ! Et un grand américano en plus, chantonne-t-elle avant de commencer à préparer nos boissons.

Un café noir ? Il a fallu que je donne son nom pour ça ? Tout à coup, le visage de la serveuse s'illumine.

– Mais vous devez être Emma ! Votre père et votre sœur parlent souvent de vous quand ils viennent prendre le petit déjeuner…

Je hoche la tête mécaniquement en même temps que je lui tends un billet de vingt dollars. Légèrement perturbée par ce que je viens d'entendre, je lui fais signe de garder la monnaie alors que je passe la porte pour retourner au véhicule. *Mon père, fervent militant anti-petit déjeuner, vient pourtant le prendre ici avec ma sœur ? Qui n'a jamais le temps de rien ? C'est vraiment, vraiment louche.* Je m'installe derrière le volant, prends une gorgée de mon café et me tourne vers mon père en soupirant :

– Papa, rassure-moi. Si tu m'as amenée ici, ce n'est pas pour m'annoncer que tu avais une double vie pendant des années et que cette fille est en fait ma demi-sœur ?

Il rit en secouant la tête.

– Promis.

– Alors tu as dû faire une attaque pendant mon absence, parce que ce café est vraiment dégueulasse, dis-je en remettant le contact.

Il hausse les épaules, boit une gorgée et grimace quand il croit que je ne peux pas le voir.

Cette fois, c'est clair, il y a anguille sous roche.

CHAPITRE 5

Adolescente, il m’arrivait souvent de donner un coup de main à mon père à la boutique les week-ends et, à l’époque, j’avais le temps de faire mes devoirs derrière la caisse entre deux clients. Ce matin, j’ai donc pris mon ordinateur portable avec moi, pensant pouvoir prendre de l’avance sur certains dossiers. *C’était une erreur*. Je ne sais pas si c’est à cause des fêtes de fin d’année qui approchent ou si l’engouement pour les créations en bois de mon père est dû à une éventuelle mode du « retour aux sources », mais le magasin n’a pas désempli ces deux dernières heures. Je commence à croire que mon MacBook va rcster bien au chaud dans sa pochette toute la journée.

Mon père avait pourtant essayé de me prévenir. Lorsque nous sommes arrivés, il m’a dit que l’activité était particulièrement dense en ce moment, mais je me suis crue plus maligne que lui. J’ai pris une gorgée de mon macchiato infâme en ricanant, et je lui ai rappelé que j’avais travaillé deux ans dans un coffee shop à New York pendant que je passais mon MBA. *« Si j'ai réussi à m'en sortir à l'époque, je pense que j'arriverai à gérer aujourd'hui. »* Quelle naïveté. La vérité, c'est que je suis déjà épuisée alors que la journée est loin d'être finie.

Après avoir raccompagné un charmant couple de touristes à la porte, je profite de ces quelques secondes de calme, sans client et sans bruit, pour souffler un peu. Les doigts plaqués sur la vitre froide, je regarde les passants qui déambulent dans la rue. À cause de la différence de température, le verre est couvert de buée, je ne distingue que de vagues formes colorées découpées sur un fond blanc parsemé de points lumineux, pourtant je trouve ce tableau plutôt apaisant.

– Tu veux un autre café, peut-être ? se moque mon père depuis l'arrière de la caisse.

– Du *Lila's* ? Non merci.

– J'ai une cafetière dans mon atelier.

– Dans ce cas, je veux bien, merci.

Le temps qu'il amorce son demi-tour, je me précipite sur la porte située à côté de la caisse, celle qui mène à l'atelier, et je la bloque à l'aide de la poubelle pour qu'il puisse revenir sans encombre.

– On dit quoi déjà ? Les cordonniers sont les plus mal chaussés ?

– Je ne vois pas le rapport, bougonne-t-il en passant devant moi.

– Disons qu'on n'attend pas d'un ébéniste qu'il cale sa porte avec une poubelle…

– Si tu regardais un peu autour de toi, tu verrais qu'il y a ce qu'il faut sur l'étagère du fond ! me lance-t-il.

Les sourcils froncés, je retiens un soupir frustré quand je me rends compte qu'encore une fois il a raison. À ma décharge, tout est en bois ici, les murs, les étagères, même les objets présents sur les étals sont en bois ! On dirait un petit chalet perdu dans la forêt, c'est mignon et chaleureux, mais pas forcément très lisible à distance. C'est uniquement pour cette raison que je n'ai pas vu les cales, rien à voir avec le fait que je n'aie pas encore pris le temps de faire le tour de la boutique. Même si elle se limite à trois pans de murs couverts d'étagères, quelques meubles et un rayon central.

Le pas traînant, je vais récupérer une cale et reviens derrière le comptoir pour bloquer la porte. Penchée vers l'avant, je me contente de lancer un « bonjour » distrait lorsque la clochette de l'entrée tinte, mais quand je me relève et que j'aperçois le visage de la cliente qui vient d'entrer, je me fige. *Merde*. Prise de panique, je recule jusqu'à entrer dans l'atelier.

– Qu'est-ce que tu fais ? me demande mon père.

Toujours à reculons, le regard rivé sur la porte ouverte, je le rejoins près de l'établi où est posé la cafetière.

– C'est Michèle Linden, ma meilleure amie du lycée, murmuré-je.

– Et ?

– Peut-être qu'avant d'entrer à la fac, je lui ai dit qu'elle finirait ses jours dans ce trou pourri, qu'elle épouserait un blaireau qui lui ferait trois mioches avant la trentaine et qu'elle regretterait toute sa vie de ne pas m'avoir suivie.

Ce n'est pas une excuse pour mon comportement, mais j'étais en colère. Quelques jours avant notre départ pour la fac, elle m'a annoncé qu'elle arrêtait ses études pour acheter un food-truck avec Andrew, son petit ami de l'époque, avec lequel elle venait tout juste de se rabibocher. Résultat, j'ai dû abandonner la colocation qu'on avait trouvée toutes les deux à Duluth pour rester vivre chez mon père. Je n'ai pris mon envol que quatre ans plus tard, après l'obtention de mon diplôme.

Quatre ans, c'est terriblement long quand on a dix-huit ans et un début de vie sexuelle.

– Eh ben ! Tu ne fais pas dans la dentelle quand tu es en colère, toi… siffle mon père.

– J'ai eu le meilleur prof.

– Je ne sais pas de quoi tu parles, je suis la patience incarnée. Allez, arrête d'essayer de gagner du temps et va t'occuper de notre cliente.

Comme je ne bouge toujours pas, il me pousse dans le dos pour m'inciter à me comporter en adulte, ce que j'accepte finalement de faire après l'avoir fusillé du regard. Je l'entends glousser dans mon dos quand je pénètre dans l'espace dédié à la vente.

– Hey, salut Michèle ! lancé-je, feignant l'enthousiasme.

– Emma ?

Je plisse les yeux, appréhendant sa réaction. À grandes enjambées, elle contourne la rangée centrale d'étagères en rondin qu'elle était en train de regarder pour me rejoindre près de la caisse.

– Bon sang, si je m'attendais à te voir là !

Je grimace un rictus quand je remarque qu'elle sourit.

– C'est la boutique de mon père.

– Bien sûr, mais ça fait des années que je viens et je ne t'avais encore jamais vue ! En fait, je ne saurais plus dire quand on s'est parlé pour la dernière fois.

– Ah… Moi non plus, aucun souvenir… Tu vas bien ? Toujours avec Andrew ? tenté-je pour détourner la conversation.

– Oui et oui, soupire-t-elle, l'air comblée, en frottant son ventre arrondi.

– Oh, euh, félicitations ! Garçon ou fille ?

– Merci, c'est une fille. Elle est attendue pour le mois de février, mais ma sage-femme pense qu'elle pointera le bout de son nez plus tôt que prévu. J'en connais une qui est pressée de rencontrer son grand frère.

– Waouh. Deux enfants alors ?

– Oui… Après le lycée on a créé notre food-truck et on s'est mariés dans la foulée. On s'est fait un nom et maintenant on a un petit garçon adorable et un restaurant à la sortie de la ville. Le *Ma's Bistro*, tu devrais venir à l'occasion !

Il me suffit d'un coup d'œil au sourire radieux qui étire les lèvres de mon ancienne meilleure amie pour comprendre qu'elle a eu raison de suivre son instinct. À l'époque, je pensais qu'elle allait gâcher sa vie en renonçant à quitter Holly Falls, mais j'avais tout faux. Elle a simplement fait ce qu'il y avait de mieux pour elle. Maintenant que j'en ai pris conscience, je me sens encore plus coupable de lui avoir jeté toutes ces horreurs au visage. Comment se fait-il qu'elle ne m'en veuille pas ?

– Oui, OK, avec plaisir, marmonné-je finalement après un trop long silence.

– Excuse-moi, je n'arrête pas de parler de moi. Et toi, alors ? On raconte que tu vis à New York, c'est ça ?

– Oui, j'ai été embauchée par un groupe pharmaceutique qui a financé mon MBA et je suis devenue leur directrice financière, il y a environ cinq ans.

– C'est super impressionnant ! Et côté privé ? Tu as des enfants, un mari ?

– Non, rien de tout ça. Mon job ne me laisse pas beaucoup de temps pour me consacrer à autre chose, me justifié-je.

– Oui, j'imagine, et puis de toute façon ça n'a jamais été ton truc.

Je fronce les sourcils alors qu'une sonnerie se fait entendre.

– Comment ça ?

Elle me répond en même temps qu'elle fouille son sac à la recherche de son téléphone :

– Tu sais… Tu n'as jamais été très portée sur la famille.

D'où sort-elle une idée pareille ? Si je suis là aujourd'hui, c'est justement pour ma famille !

Quand Michèle relève la tête vers moi, elle ne s'est toujours pas départie de son large sourire.

– Mais c'est pas grave, dit-elle en pressant mon épaule. Chacun s'épanouit comme il l'entend, et je trouve ça génial que tu sortes du schéma classique.

– Attends, je ne sais pas ce que tu crois, mais je n…

Je suis interrompue par son téléphone qui se remet à sonner. Elle lève la main, l'air désolée :

– Navrée Emma, il faut vraiment que j'y aille, mais ça m'a fait plaisir de te revoir ! J'espère qu'on se recroisera un de ces quatre. Si tu es encore dans les parages à ce moment-là, tu devrais venir au bal de l'Hiver, ça n'a plus rien à voir avec ce que c'était à l'époque !

Michèle disparaît avant que j'aie pu lui dire que je serai très certainement déjà partie quand le bal aura lieu. En un claquement de doigts, elle a déjà rejoint les autres petites taches colorées de l'autre côté de la vitre embuée alors que de nouveaux clients entrent, m'empêchant de m'appesantir sur notre conversation.

Ce n'est que le soir, quand je reprends ma place au volant de la voiture de mon père, que je prends le temps d'y réfléchir. Pas seulement à ce que Michèle m'a dit, mais à cette impression générale que je traîne depuis le réveil. Celle d'être dans un endroit familier tout en étant légèrement différent. *C'est vraiment perturbant.* Il y a d'abord eu Mme Harrison, M. Young, et enfin Michèle. Je ne sais pas ce qui me perturbe le plus dans notre échange : la fausse idée qu'elle se fait de moi, ou le fait qu'elle se soit comportée avec moi comme si de rien n'était malgré la tournure qu'avait prise notre dernière discussion.

– Alors, madame la barista new-yorkaise, dure journée ? se moque mon père. Tu es bien silencieuse.

– Gnagnagna. Est-ce que tu es sûr de ne pas être devenu une star en mon absence ? Je n'avais jamais vu autant de monde à la boutique.

– Je t'avais prévenue. C'est à cause de l'Internet, ça.

– Tu as créé un site pour le magasin ?

Quand il acquiesce, je manque de m'étouffer avec ma salive. Un site Internet ? *Et puis quoi encore ?* Ça fait beaucoup de changements en si peu de temps. Si encore il n'avait été question que d'une voisine, ou même d'une vieille amie, j'aurais pu l'accepter, mais là il s'agit de mon père. Celui à qui j'ai dû expliquer que double-cliquer ne voulait pas dire appuyer sur les deux boutons en même temps, le voilà maintenant qui crée un site Internet… Et ce n'est pas tout, il m'a parlé d'une série qu'il regarde sur Netflix, et dans l'après-midi, je l'ai surpris en train de sourire à son téléphone. *Qui est cet homme et qu'a-t-on fait de mon géniteur ?*

Il surprend mon coup d'œil et se met à rouspéter :

– Bon, qu'est-ce qu'il y a ?

– Rien, rien. Je me disais juste que tu semblais différent.

Il se radoucit et se réinstalle sur son siège, un léger sourire aux lèvres.

– Si par là tu entends que j'ai vieilli, c'est le cas. Après tout, ça fait un an qu'on ne s'était plus vus.

Une pointe de culpabilité me transperce la poitrine. Peut-être que Michèle avait finalement raison et que je ne suis pas très portée sur la famille. Sinon j'aurais fait en sorte de venir plus souvent. Conscient d'avoir touché une corde sensible, mon père me tapote le genou de sa grosse main calleuse.

– Tu es là, maintenant, ma poupée. Et ça compte beaucoup pour moi.

Cette fois, la surprise me fait rater la vitesse que j'étais en train de passer et la voiture se met à chevroter dans un crissement strident. D'abord il rougit, et maintenant il exprime ses sentiments ? En plus d'avoir utilisé mon surnom – d'habitude réservé aux grandes occasions – au détour d'une phrase ! *Je vais réellement finir par croire que mon père a fait une attaque en mon absence.*

– Mais ça compterait aussi beaucoup pour moi si tu épargnais ma vieille Betty.

Oui, mon père a donné le nom d'une ancienne Première dame à sa voiture.

– J'ai un reste de lasagnes au congélateur, dit-il alors que je l'aide à s'installer dans son fauteuil, une fois devant la maison. Qu'est-ce que tu dirais qu'on se les réchauffe et qu'on regarde la série dont je t'ai parlé tout à l'heure ?

– En fait, si ça ne te dérange pas, je crois que je vais aller faire un tour en ville.

Il s'immobilise, la main sur la poignée de la porte.

– Tout va bien ?

– Oui, ne t'en fais pas. J'ai juste besoin de prendre un peu l'air.

– OK, passe une bonne soirée, alors.

Il m'adresse un dernier signe de main, les sourcils froncés, avant de disparaître à l'intérieur. J'ai bien conscience que tout ça doit lui paraître étrange, quand j'ai fait mon possible pour ne pas avoir à quitter la maison ces dernières années, mais j'ai besoin de me retrouver un peu seule.

Ce n'est pas le fait de passer tout mon temps avec mon père qui me pèse, c'est ce retour aux sources en général. Au moment de prendre l'avion, je m'étais fait une image assez précise de ce que j'allais trouver ici, mais rien n'est conforme à mes attentes. C'est vraiment déstabilisant de se forger une opinion sur quelque chose – ou quelqu'un – au fil des ans et de la voir remise en question en un après-midi.

Au volant de Betty, je parcours les rues illuminées de Holly Falls sans avoir de point de chute précis en tête. Il y a trop de choses qui encombrent mon esprit pour que j'arrive à réfléchir et à conduire en même temps. Tout ce que je voudrais, ce soir, c'est entrer quelque part et y trouver exactement ce que j'attends.

Il doit y avoir de la magie dans l'air parce que, aussitôt ma requête formulée, la solution m'apparaît sous la forme d'un néon rouge clignotant.

Big Bob's.

Qu'est-ce que j'ai pu user comme jeans sur les tabourets en bois de ce pub quand je passais mon Bachelor ! Un soir sur deux en moyenne je venais ici pour refaire le monde avec Bob, réviser ou simplement pour me retrouver un peu seule.

Lorsque je pousse la porte en bois qui s'ouvre dans un grincement strident, j'ai l'impression de faire un bond dans le passé. Même si la salle m'apparaît plus grande et plus lumineuse qu'à l'époque, l'ambiance est toujours la même. Entre la musique rock des années 1970, le carrelage à carreaux noirs et blancs et le vieux billard au fond de la pièce, je me croirais revenue à mes vingt et un ans, tout juste sortie de l'université après une longue journée de cours. Si je fermais les yeux, je pourrais presque sentir cette odeur de bière froide et de cigarette qui imprégnait l'air ambiant à l'époque.

Je salue rapidement les quelques habitués que je reconnais au milieu de la masse de nouveaux visages et pars m'installer sur l'un des tabourets du bar. Comme je ne vois Bob nulle part, je tourne le dos au comptoir pour apprécier à sa juste valeur cette nouvelle version de mon bar favori. Les murs ont été repeints dans des tons plus clairs, le mobilier en bois a été renouvelé et les vieux néons ont été remplacés par des lustres d'inspiration industrielle. Il aura suffi à Bob de quelques petits changements pour moderniser la salle sans en perdre l'essence. J'aime beaucoup, même si quelque chose me chiffonne, sans que j'arrive à mettre le doigt dessus.

Un raclement de gorge dans mon dos me force à me retourner, et mon sourire s'éteint lorsque je rencontre le regard blasé d'un homme d'une trentaine d'années. Il a les cheveux en bataille et la mine contrariée, mais surtout, ce n'est pas celui que j'espérais voir en entrant. Je suis venue retrouver Bob, sa bonne humeur et son humour graveleux, pas ce type que j'ai l'air d'ennuyer profondément.

– Vous êtes qui, vous ?

Surprise et épuisée, j'ai oublié de mettre un filtre « conversation cordiale ».

– Edward, je… suis le fils de Bob.

Il prononce ces mots dans un soupir las, auquel je réponds par un murmure :

– Je ne savais pas qu'il avait un fils…

– Il avait certainement oublié, lui aussi, sinon il aurait fait en sorte que quelqu'un d'autre hérite de cet endroit, grommelle-t-il en attrapant un verre derrière lui. Une bière ?

– Oui, merci. Eh, attendez ! Vous avez dit « hérite » ? Ça veut dire que… Bob est mort ?

CHAPITRE 6

Je ne vois même pas la bière qu'Edward pose devant moi, alors que j'en aurais pourtant drôlement besoin.

Bob. Mort. Je n'en reviens pas.

– C'est arrivé quand ?

– En février.

Neuf mois. Merde. Ne sachant quoi répondre, je hoche la tête en silence, submergée par une nouvelle vague de culpabilité. Malgré l'affection que je lui portais, je n'avais plus repensé à Bob depuis des années et, naïvement, je m'attendais à le retrouver précisément là où je l'avais laissé avant de partir. Comme le reste de la ville en fait. C'est peut-être ce qui me perturbe tant depuis mon retour. Peut-être qu'une part de moi s'imaginait qu'Holly Falls ne pouvait pas changer. Comme si le village tout entier était cristallisé par le froid, dans une sorte d'image d'Épinal glaciale et lointaine où la vie serait difficile et les gens méchants. Je n'avais aucune affection pour cet endroit, mais c'était une constante dans ma vie. Quand tout allait trop vite à New York, je savais que ma ville natale, elle, était plongée dans une espèce de torpeur passive où rien n'évoluait jamais, et ça me confortait dans ma décision de vivre à cent à l'heure. Alors de me rendre compte que ce n'est pas le cas me déçoit plus que je ne l'aurais pensé. C'est idiot, je n'ai plus cinq ans, je sais pourtant que le monde ne s'arrête pas de tourner parce que je ne suis pas là pour le voir. *Alors pourquoi le fait que tout ait changé me met dans tous mes états ?*

J'aurais un million de questions à poser à Edward concernant la disparition de son père, mais je n'ai pas l'occasion de le faire. Parce que ma gorge est tellement sèche qu'aucun son n'en sort, mais aussi parce qu'il n'est plus derrière le comptoir. Il a rejoint la table d'un groupe d'hommes bruyants au fond de la salle. Machinalement je le suis du regard, avec l'espoir un peu fou que Bob est seulement en train de me jouer un mauvais tour, et qu'il va réapparaître d'un coup. Mais la silhouette de l'homme qui se déplace dans le bar est toujours celle musculeuse de son fils.

L'éclat de rire sonore d'un homme installé à la table derrière moi me tire de ma torpeur. J'attrape la pinte posée devant moi et la vide quasiment d'une traite.

– Eh bien, vous aviez soif, s'étonne Edward, en revenant vers moi.

– Hein ? Euh, oui. Longue journée.

– Vous en voulez une autre ? Sans mousse ?

– Pardon ?

– Je ne sais pas, vous avez attendu que la mousse se dissolve pour boire, alors…

– Oui, sans mousse, s'il vous plaît.

Il récupère mon verre, le rince et commence à le remplir.

– Alors votre père, il est…

Je n'arrive pas à prononcer le mot, pourtant le reste est sorti sans même que j'y réfléchisse.

– On peut dire que vous savez mettre l'ambiance, vous, marmonne-t-il. Oui, il est mort.

– Et vous êtes venu pour reprendre le bar ?

– C'est ça.

– Comment ?

– Je vous demande pardon ?

– Comment est-il… Vous voyez ?

Lorsque Edward relève la tête vers moi pour me tendre ma pinte, je perçois une infime ressemblance avec son défunt père. Ils ont les mêmes yeux, qui tirent entre le bleu et le vert, avec quelques stries grises qui partent de la pupille. C'est idiot, mais de me rendre compte qu'ils partagent cette caractéristique me met un peu de baume au cœur. Comme si une partie de lui vivait encore à travers son fils. Son fils qui me regarde avec insistance. Je crois qu'il m'a parlé, mais je n'ai rien entendu.

– Désolée. Vous disiez ?

Il pousse un soupir agacé.

– Je disais qu'il a fait un arrêt cardiaque dans son sommeil. Et je vous demandais si vous étiez amis.

– Amis, je ne sais pas, mais c'est une petite ville. Tout le monde se connaît.

– Je ne vous connais pas, et pourtant je vis ici.

– Je ne vis plus à Holly Falls, mais j'y ai grandi. Et votre père…

Il fronce le nez en m'entendant l'appeler ainsi, comme s'il était mal à l'aise avec ce terme.

– … était très apprécié, par ici. Il avait toujours un mot gentil, une oreille attentive et une pinte de bière à proposer à ceux qui franchissaient la porte. Mais il avait peu de vrais amis.

– Étonnant, tiens, ricane-t-il.

– Je comprends que ça doit…

– Non, vous ne comprenez rien du tout, aboie Edward.

Les bras croisés, je hausse les sourcils pour le mettre silencieusement au défi de continuer à me parler sur ce ton. Conscient d'avoir dépassé les bornes, il pousse un profond soupir et ses épaules s'affaissent en même temps qu'il baisse la tête, les mains plaquées sur le comptoir entre nous. Mon attention se porte malgré moi sur ses longs doigts rugueux. *Je me demande ce qu'il faisait avant de se retrouver à la tête de ce bar.*

– Désolé. C'est juste que depuis que je suis là, tout le monde me vante ses mérites, comme si c'était une espèce de saint. Alors que dans ma version de l'histoire, il en est loin. C'est un peu…

– Pénible ?

– J'allais dire casse-couilles, mais je suppose que pénible fait aussi l'affaire.

Le bref éclat de rire que nous partageons apaise la tension qui s'était installée entre nous. Je prends une gorgée de bière et lui tends la main quand son regard rencontre à nouveau le mien.

– Et si on repartait sur de bonnes bases ? Ravie de faire votre connaissance Edward, moi c'est Emma.

– Enchanté, répond-il en riant.

Sa main est chaude et râpeuse.

– Alors, comment vous trouvez la vie à Holly Falls, jusque-là ?

– Pour l'instant, ça va. C'est totalement différent de ce que j'ai pu connaître à Boston, mais ça a aussi ses avantages.

– Attendez… Vous venez de Boston ?

– Ouaip, je vivais dans le quartier de Brighton.

– En fait, si on réfléchit bien, vous êtes un peu l'héroïne d'un film Hallmark.

Il me fixe, les yeux écarquillés. Je m'explique :

– Pensez-y. Une jeune et ambitieuse tradeuse (je le désigne d'un mouvement de la main) abandonne le poste de ses rêves pour reprendre l'entreprise familiale dont elle hérite. Perdue au milieu de la campagne, elle prend conscience qu'elle n'était pas heureuse à Los Angeles et elle tombe sous le charme de Nigel, le charmant pédiatre amoureux des animaux.

Son expression est indéchiffrable. Je me demande si je ne suis pas allée trop loin. Après tout, il vient de m'avouer avoir hérité d'un père qu'il ne porte pas dans son cœur, et moi je ne trouve rien de mieux à faire qu'une blague vaseuse. Pourtant, Edward éclate de rire. Un rire sonore et légèrement rocailleux qui attise le sourire timide qui naissait sur mes lèvres. *Dire que je viens de le comparer à une héroïne de téléfilm de Noël...*

Sans s'arrêter de rire, il saisit deux verres sous le comptoir et nous sert deux whiskys. Je déteste ça, mais je me garde de le lui dire. Il y a cinq minutes, nous parlions de son défunt père, alors le moins que je puisse faire, c'est de prendre sur moi et de boire ce qu'il me propose.

– Bordel, vous avez raison.

Il s'immobilise avant de porter son verre à ses lèvres et me dit soudain, l'air inquiet :

– Attendez, je suis à Holly Falls depuis six mois et toujours aucun signe du pédiatre végan. Vous croyez que j'ai raté le coche ?

– Je ne sais pas. En principe, au bout de deux semaines, ils sont presque mariés et envisagent de racheter une ferme pour en faire un *bed & breakfast*...

– Merde. Et je suppose que ce serait louche d'aller vérifier l'hypothèse chez le pédiatre, puisque je n'ai pas d'enfant ?

J'acquiesce en ricanant et prends une inspiration discrète avant d'envoyer le liquide ambré dans le fond de ma gorge. La sensation de brûlure me donnerait presque envie de tout recracher, si ça ne signifiait pas que ce breuvage infâme doive refaire un passage dans l'autre sens.

– Et vous alors ? Qu'est-ce qui vous amène dans la région ?

– Je suis venue donner un coup de main à mon père pour les fêtes, il a une petite boutique en ville.

J'hésite un instant, consciente de lui tendre une perche qu'il saisira forcément.

– Il vend divers objets en bois qu'il confectionne lui-même. D'habitude il gère seul, mais il s'est cassé les jambes…

Edward, qui venait de prendre une gorgée, la recrache sur le comptoir dans un éclat mêlant rire et toux.

– Et c'est moi l'héroïne Hallmark ? Et ça va, Los Angeles, ça ne vous manque pas trop ?

– Je vis à New York, murmuré-je.

Il s'arrête d'essuyer le comptoir couvert de whisky pour couler sur moi un regard incrédule. Il secoue la tête en riant et nous sert deux nouveaux verres. Je devrais refuser, je ne tiens pas l'alcool, mais son rire m'encourage. *À moins que ce ne soit le whisky qui fasse déjà effet*.

Quoi qu'il en soit, je regrette déjà mon geste au moment où il porte un toast :

– Au pédiatre végan !

CHAPITRE 7

Les deux premiers verres en ont appelé deux autres et avant que je ne comprenne ce qui était en train de se passer, j'étais en chaussettes, perchée sur une table du bar. C'était il y a plus de vingt minutes, et je n'ai pas bougé. Le souffle court et les cheveux en bataille, je me déhanche sur *Walk This Way* de Run-DMC et Aerosmith, sous les applaudissements des quelques clients encore présents.

– Allez descends, tu vas tomber, m'invite Edward d'une main tendue.

– Et décevoir mon auditoire ? Jamais.

– OK. Je ne voulais pas te le dire, mais ce sont eux qui m'ont demandé de te faire taire.

– C'est vrai, ça ? demandé-je en tournant la tête vers les autres clients. Bande de traîtres !

– Désolé ! me répond l'un des hommes de la table du fond. Le spectacle était sympa à regarder, mais pas à entendre.

Vexée, je fusille du regard celui qui a osé critiquer ma performance, mais je ne sais plus exactement duquel il s'agit, alors j'adresse un regard noir à tous les hommes de la table tandis qu'Edward tire doucement sur mon poignet pour me faire descendre. Je reporte mon attention sur le barman en contrebas qui se mord les lèvres pour ne pas rire.

– Ça n'a rien de drôle.

– C'est parce que tu n'assistes pas à la scène de mon point de vue, se moque-t-il. Allez, viens.

Je prends appui sur son épaule pour quitter mon perchoir. Il glisse un bras dans mon dos pour me stabiliser et ses doigts agrippent la peau nue de ma taille alors qu'il m'attire à lui d'un geste maîtrisé. Nos corps se percutent avant même que mes pieds ne rencontrent le sol, mais il m'empêche de chuter en me maintenant contre lui. Son bras reste enroulé autour de moi quelques secondes de plus que nécessaire, ce qui n'échappe pas à la table de critiques musicaux au fond de la salle. Ces hommes – qui doivent pourtant avoir le même âge que mon père – se mettent à siffler comme une bande d'ados.

– Prenez une chambre !

– Grandis un peu, Dave ! C'était juste de la galanterie, répond Edward en retournant vers le bar.

– Ouais, le genre de galanterie à cause de laquelle j'ai eu trois gosses. Tu parles d'une connerie.

– Sérieusement, c'est comme ça que tu parles de ta progéniture ? Il va falloir que j'en touche deux mots à ta mère, la prochaine fois qu'elle me rendra visite, le taquine Edward en lui faisant un clin d'œil. Elle va être tellement déçue, c'est pas comme ça qu'elle t'a élevé.

– Très drôle ! Bon, et si tu nous apportais une nouvelle tournée, au lieu de faire les yeux doux à la demoiselle ? Papa.

Edward commence à préparer leur commande alors que je me laisse tomber lourdement sur le tabouret que j'occupais en début de soirée.

– Je croyais que les blagues sur les mères, c'était hors limite.

– Ça dépend du contexte, me répond Edward en souriant. Tant que j'y suis, tu en veux une ?

– Une blague sur ma mère ?

– Non, une bière, dit-il en désignant du menton la pinte qu'il tient en main.

– Oui, merci.

Il ne me suffit que de quelques gorgées pour me rendre compte de mon erreur. Ce verre ressemble à s'y méprendre à celui de trop, mais je me fais violence pour le terminer malgré tout. *J'ai toujours eu horreur du gaspillage*. Une fois que c'est chose faite, je repousse la pinte d'une main mal assurée. Le menton appuyé dans ma paume et la tête penchée sur le côté, je pose un regard trouble sur Edward qui s'est installé face à moi, les coudes sur le comptoir, et je me surprends à sourire. Sous ses airs renfrognés, c'est un homme vraiment drôle et gentil.

Même si en ce moment il me surveille comme si j'avais quatre ans et que j'étais face à un mur blanc, un feutre en main.

– Tu veux bien arrêter de me regarder comme ça ?

– Et je te regarde comment, au juste ?

Sa voix est chaude. Je suis sûre que si je fermais les yeux, je pourrais entendre son sourire.

– Comme si j'allais faire une connerie.

Il se redresse en riant, une main toujours posée sur le bar quand il se tourne pour prendre un verre sur l'étagère derrière lui. Je remarque seulement maintenant que ses jointures sont abîmées. Je caresse ses blessures du bout des doigts, et il tressaille à mon contact.

– Bagarreur ?

– Hein ? demande-t-il, troublé par ma question.

– Tes mains… Elles sont tout écorchées.

– Ah.

Il acquiesce sans dire un mot et s'applique à décapsuler une bouteille de soda d'une seule main, puisque l'autre est toujours captive de mes doigts. Je ne la lâche qu'au moment où il me tend le verre de Coca qu'il vient de remplir pour moi.

– Merci. Tu tenais déjà un bar à Boston ?

– Non, ça aussi c'est nouveau.

– C'est bien ce que je me disais. Un conseil, en principe on attend que le client commande pour le servir.

– Je note, merci, ricane-t-il.

– Tu faisais quoi alors à Boston ?

– Je tenais une salle d'entraînement.

– Oh ! Tu pourrais m'apprendre à faire du step ? J'ai déjà essayé, mais j'ai aucune coordination, expliqué-je en m'envoyant une poignée de cacahuètes dans la bouche.

Bien sûr, la moitié finit par terre. Edward se penche pour constater les dégâts et se relève en secouant la tête.

– Ce n'était pas ce genre de salle. C'était un club de boxe.

Je hausse les épaules, prends une gorgée de soda et grimace.

– Sérieusement, du Cherry Coke ? Edward, Edward… je pensais qu'on était amis, toi et moi. Pourquoi tu me fais ça ? Mets-moi au moins une lichette de tequila dedans, pour que j'oublie ta trahison.

– Le but du soda, c'était de t'aider à dessaouler.

– Pfff, n'importe quoi. On a bu la même chose tous les deux, et tu es sobre comme un chameau.

– On n'a pas bu la même chose ! s'esclaffe-t-il. Et je ne suis pas sobre non plus.

Je balaie l'air de ma main comme si ce qu'il venait de dire n'avait pas d'importance.

– Balivernes. De toute façon, tu n'as pas à t'inquiéter, je vais commander un Uber.

– Tu es sûre que tu as vécu ici ? Il n'y a pas de Uber, et à cette heure-ci, tu n'auras pas de taxi non plus.

– Mais je ne suis pas en état de rentrer à pied ! chouiné-je. Tu pourrais me ramener ?

– Non, désolé. Je ne ferme pas avant encore trois heures et je ne suis plus en état de conduire non plus.

J'enfonce ma tête entre mes bras repliés et je pousse mon verre en direction d'Edward :

– Alors mets-m'en une double dose, s'il te plaît. Je vais devoir appeler ma sœur, et j'aimerais autant être complètement saoule quand je le ferai.

Il hésite, mais finit par abdiquer devant mon air désespéré.

– J'adore cet endroit, soupiré-je lorsque les rires des clients se mêlent à la voix de Brian Johnson.

– Tu venais souvent ?

– Plusieurs fois par semaine, oui. À l'époque, il n'y avait pas de *Lila's* à Holly Falls. Si tu voulais boire un café ailleurs que dans ta cuisine, c'était ici qu'il fallait venir.

– Oh, OK.

– Tu sais, il était vraiment bon…

– S'il te plaît Emma, je n'ai pas envie de parler de lui.

– Je parlais du café, mais d'accord, réponds-je en souriant.

Mon verre vide, je hausse les épaules, résignée, et sors mon téléphone de mon sac pour passer le coup de fil que je redoute, mais je suis incapable de le faire. Tout ce qui s'affiche à l'écran est complètement flou. Alors je dépose mon portable devant

Edward et pars m'installer à une table pourvue d'une banquette, juste à côté.

– Tu veux bien me rendre service et appeler ma sœur pendant que je repose mes yeux un instant ? demandé-je alors que je m'éloigne.

– Quoi ? Hein, euh, OK… Attends, il est verrouillé !

– Le code c'est ma date de naissance, 0330, cherche Sasa avec un cœur violet dans mon répertoire. Merci !

Je me laisse tomber sur les coussins en Skaï pendant qu'Edward marmonne dans son coin :

– Sasa avec un cœur violet… Sasa avec un cœur violet… Ah, voilà !

Je m'endors au moment où ma sœur décroche.

Assise sur le siège passager du monospace de Sarah, j'ai l'impression d'avoir à nouveau quinze ans. D'ailleurs, quand elle m'a intimé de monter à bord, j'ai eu peur qu'elle ne me prive de sortie. Après l'appel d'Edward, Sarah a débarqué au bar comme une furie. Elle portait ses cheveux relevés en un chignon négligé, une doudoune orange criarde, et son pantalon de pyjama était rentré dans ses bottes fourrées. Mais malgré ça, Edward a eu un moment de flottement quand il l'a vue pousser la porte du *Big Bob's* et lui foncer dessus d'un air déterminé.

Après qu'il lui a indiqué où j'étais, elle m'a remis mes chaussures et m'a attrapée par le bras pour m'entraîner à l'extérieur du bar, sans adresser un regard à Edward ou un mot à mon intention. Nous nous sommes installées en voiture en silence, et c'est encore dans le silence le plus complet que nous avons quitté le parking du *Big Bob's*.

Je crois que j'aurais encore préféré me prendre une soufflante. Au moins, j'aurais su à quoi m'en tenir, alors que là, nous roulons depuis cinq minutes et je n'arrive pas à savoir si elle est en colère contre moi ou si elle est juste contrariée d'avoir été réveillée. Et puis, si elle m'avait fait des reproches, j'aurais peut-être réussi à oublier que ce soir je n'ai rien mangé d'autre que des cacahuètes.

Pile à cet instant, mon estomac se met à grogner et, une fois de plus, ma sœur me prouve qu'elle ne se défait jamais de son costume de super-maman. De l'index, elle désigne la boîte à gants et me fait signe de l'ouvrir. Je pousse un soupir de soulagement lorsque je découvre un paquet de chips et un sandwich, et un autre de satisfaction, trente secondes plus tard, une fois que j'en ai englouti la moitié.

Entre deux bouchées, je me rappelle quelques notions de savoir-vivre de base, comme remercier la personne qui vous nourrit :

– Merci, Sasa, t'es la meilleure.

– Ouais, ouais, je sais, grince-t-elle.

– Je suis sérieuse. Tes filles ont vraiment de la chance de t'avoir.

Elle renifle et je me retourne brusquement vers elle. À côté de moi, Sarah fixe toujours la route, imperturbable, pourtant je jurerais que sa lèvre tremble.

– Tout va bien ?

– À merveille, lâche-t-elle, les dents serrées.

– Tu es sûre ?

– Oui. Ça ira pour rentrer ?

Tournant la tête vers l'extérieur, je me rends compte que nous sommes arrivées devant la maison de mon père. J'acquiesce en silence et descends de voiture quand elle ajoute, sans me regarder :

– Demain matin, il faudra que tu te débrouilles pour récupérer ta voiture.

– Bien sûr, merci.

Debout dans l'allée glacée, les chaussures défaites, je regarde ma sœur s'éloigner sans même un regard en arrière. Je sais que je suis une adulte et qu'on ne devrait plus avoir à veiller sur moi, mais je suis saoule et on est en plein hiver. Sarah aurait pu attendre que je sois rentrée. Et si j'avais oublié mes clefs ? Notre père a un sommeil de plomb, il ne m'aurait pas entendue sonner. L'autre jour déjà, à l'aéroport, son attitude m'a interpellée. J'ai mis ça sur le compte de son impatience habituelle ; aujourd'hui je commence à me poser des questions. J'ai l'impression que ma présence la dérange.

Enfin, pour l'heure, je suis trop fatiguée et il y a trop d'alcool dans mes veines pour que je me lance dans des hypothèses fumeuses que j'aurai de toute manière oubliées à mon réveil. Alors je rentre, avant que le froid n'ait raison de moi.

CHAPITRE 8

Le réveil en question est comme je l'attendais. Douloureux.

Mon alarme a sonné trois fois avant que j'arrive à m'extraire du lit, et quand ça a été chose faite, je l'ai immédiatement regretté. J'ai la nausée, des courbatures et un sale goût en bouche, en plus d'un sentiment désagréable lié au souvenir de la voiture de Sarah qui sortait de l'allée. Et pour couronner le tout, mon téléphone affiche quatre appels manqués. Tous de mon patron.

Voilà une journée qui s'annonce sous les meilleurs auspices.

Pour autant, j'ai une certaine chance dans mon malheur. Je ne tiens pas l'alcool, mais en général je me remets étonnamment bien de mes gueules de bois. Un petit déjeuner copieux arrosé de quelques cafés serrés et le tour est joué. Et même si ce matin j'ai dû troquer mon repas spécial « lendemain de cuite » contre une douche froide, puisque les placards de mon père sont toujours vides, je me trouve plutôt en forme malgré tout. Je ne sais pas si les deux événements sont vraiment liés, mais j'ai l'impression de devoir ce réveil miraculeux à ma conversation d'hier avec Delilah. Grâce à elle, j'ai décidé de mettre mes appréhensions de côté et de prendre mon retour à Holly Falls pour ce qu'il est vraiment : une opportunité de passer du temps avec ma famille. Je ne suis toujours pas tout à fait sereine, mais j'ai autre chose à penser. Comme mon patron, au hasard.

J'ai fait l'erreur de décrocher à la cinquième tentative et je l'ai immédiatement regretté. Il m'a tenu la jambe pendant quinze minutes, durant lesquelles j'ai dû justifier des décisions qui me semblaient pourtant indiscutables. En raccrochant, je suis déjà épuisée mentalement. Il me *faut* du café. Autant faire d'une pierre deux coups : récupérer la voiture de mon père et reprendre mes bonnes habitudes. Je me traîne à la salle de bain pour ôter les restes de maquillage et de salive qui maculent mon visage, j'enfile ma tenue de sport la plus chaude, mes baskets de running, et je pars en direction du bar.

Au bout de vingt minutes d'une course laborieuse sur la route enneigée, je m'engage dans les ruelles pavées du centre-ville, l'estomac dans les talons et sans plus aucune sensibilité dans mes doigts et mes orteils. Quand je passe devant la vitrine du *Lila's*, j'hésite environ une demi-seconde avant de m'y engouffrer et de foncer sur le présentoir à pâtisseries.

– Bonjour, chantonne une voix familière devant moi. Emma, c'est ça ?

Je relève le nez du monticule de beignets qui me faisaient de l'œil pour me retrouver face à la serveuse d'hier. La femme plus âgée qui l'accompagnait déjà la veille – sa mère, il me semble – s'approche pour me saluer et je suis frappée par leur ressemblance. On dirait deux versions d'une même personne à différents stades de la vie. Les mêmes mèches blondes, platine pour l'une, striées de gris pour l'autre. Leur nez en trompette, leurs joues rondes et leur sourire bienveillant, tout est identique. Exception faite de leurs yeux. Ceux de l'aînée sont verts quand la plus jeune cache des prunelles grises derrière la monture dorée de ses lunettes.

– Bonjour. Oui, c'est Emma. Je suis désolée, je ne me souviens pas de votre prénom.

– Melissa, et voici ma mère, Teresa. Maman, ajoute-t-elle à l'intention de la femme derrière elle, Emma est la fille de Gordon.

À une époque, il exigeait qu'on l'appelle M. Lawrence, mais je suppose que c'est encore une de ces choses qui ont changé en mon absence.

– Oh, c'est un plaisir de vous rencontrer ! dit-elle en attrapant ma main pour la serrer affectueusement. Votre père est l'un de nos plus fidèles clients. J'espère qu'il va vite se rétablir, il y a comme un vide ici, sans lui.

Elle se racle la gorge, l'air gênée, et s'éloigne pour rejoindre un client.

– Qu'est-ce que je vous sers aujourd'hui ? La même chose qu'hier ? reprend Melissa, un léger sourire aux lèvres.

– Vous vous souvenez de ma commande ? m'étonné-je. Alors, je vais vous reprendre une douzaine de beignets, deux *cinnamon rolls*, un americano venti et…

J'analyse rapidement la carte, ne voulant pas retenter l'expérience catastrophique du macchiato de la veille.

– Et un white mocha glacé, merci.

La mélodie de *Here Comes Santa Claus* flotte dans la salle quasi déserte, pendant que Melissa prépare mes boissons en sifflotant. Appuyée contre le comptoir, je mange un des échantillons de cookies près de la caisse, en regardant la neige tomber sur les haies du *Fresh Garden*, le restaurant d'en face. Elles sont presque entièrement blanches quand Melissa me tend ma commande.

– Est-ce que vous pourriez tout me mettre dans un sachet, s'il vous plaît ? Je suis à pied.

– Vous êtes venue à pied ? Par ce temps ?

– Oui ! confirmé-je en riant. Ce n'était pas ma meilleure idée.

– En plus vous n'avez presque rien sur le dos ! Attendez, j'ai une écharpe qui traîne dans le bureau, je vais vous la prêter.

– Ne vous embêtez p…

Je n'ai pas le temps de finir ma phrase que Melissa est déjà au fond de la salle. Elle disparaît quelques secondes dans une pièce et réapparaît avec une écharpe en laine à grosses mailles. Elle a l'air tellement chaude que je tais mes protestations.

– Merci beaucoup.

– Je vous en prie. Passez le bonjour à Gordon !

Je marmonne quelque chose entre « bien sûr » et « je n'y manquerai pas », incapable d'imaginer mon père franchir de son plein gré les portes d'un endroit comme celui-ci. Melissa et sa mère sont tout à fait charmantes et le *Lila's* est vraiment chaleureux, mais rien n'y fait, je n'arrive pas à superposer ces deux images. Ça ne ressemble pas à mon père de fréquenter un salon de thé. Les soirées poker entre hommes ? Bien sûr. Le bar ? Évidemment. Mais un coffee shop ? Jamais.

Perdue dans mes pensées, je me remets à courir sans vraiment regarder devant moi, si bien que je manque de percuter un passant.

– Désolée, lancé-je par-dessus mon épaule, après l'avoir évité de justesse.

Je ne prends conscience de l'identité du passant en question qu'une dizaine de secondes plus tard. Je me retourne brusquement et le vois franchir les portes du *Lila's*. Amusée, je me remets à courir en direction du *Big Bob's*, un grand sourire aux lèvres. *Il faut que je raconte ça à Edward.*

Arrivée aux abords du bar, je me fige presque sous l'effet de la surprise. Edward a déjà déblayé toute la neige qui était sur le parking, et il entreprend maintenant de dégager le pare-brise de Betty avec une balayette. Un vrai nounours sous son masque austère.

– Tu ne devineras jamais sur qui je suis tombée !

J'ai dû crier, parce qu'Edward sursaute et lâche la balayette. Lorsqu'il se tourne vers moi l'air dépité, je lui offre un sourire désolé avant de lui coller son gobelet dans les mains.

– Merci, mais il est vraiment dégueulasse leur café.

– Je sais, c'est pour le geste.

Il hausse les épaules, boit une gorgée, grimace exagérément et mord dans un beignet avant de me demander :

– Alors je t'écoute, tu es tombée sur qui ?

– Mon pédiatre végan.

– T'es encore sur ce truc-là ? ricane-t-il.

– Non. En fait, je n'y avais plus repensé jusqu'à ce que je le croise en venant, la coïncidence était trop marrante pour que je ne t'en parle pas. On est sortis ensemble, il y a longtemps…

– OK. Et qui est l'heureux élu ?

– Connor Riley. Tu sais, le fils…

Il écarquille les yeux, s'arrête de mâcher, et finit par me dire dans un gloussement :

– Attends. T'es en train de me dire que ton M. Héros de film Hallmark, c'est Connor Riley… Le fils du Père Noël ?

Il éclate de rire.

– Putain, c'est trop bon !

Il rit tellement qu'il s'étouffe à moitié avec son beignet. Je suis obligée de lui taper dans le dos le temps qu'il reprenne sa respiration.

– Excuse-moi, mais tu les collectionnes, pouffe Edward.

– Comment ça ?

– D'abord ton retour à Holly Falls qui semble tout droit sorti d'un scénario de film Hallmark, et maintenant ça ? Les retrouvailles dignes de *Coup de foudre à Notting Hill* avec l'ex-petit ami, qui s'avère en plus être le fils du maire… Emma, je t'en prie.

Je lui colle une tape sur le bras alors qu'il hausse les sourcils, l'air entendu.

– Manquerait plus qu'il t'ait avoué ses sentiments en public le soir du bal de promo !

– Et ça a duré combien de temps, avec ton M. Hallmark ?

– On est restés ensemble trois ans, expliqué-je. Ensuite j'ai eu mon diplôme et j'ai décidé de partir pour New York. Lui devait rester ici pour travailler avec son père.

Un beignet calé entre les dents, Edward lève les yeux au ciel alors qu'il actionne le clignotant pour entrer sur le parking du bar. Il faut croire que je ne suis pas aussi insensible à la gueule de bois que je le pensais, parce que je suis partie de la maison sans les clefs de Betty. Heureusement, Edward m'a gentiment proposé de me raccompagner pour les récupérer, et même si je suis une femme forte et indépendante, j'ai accepté. Parce qu'il doit faire 4 degrés à tout casser, que la maison de mon père est à quatre miles du *Big Bob's* et que je n'ai aucune envie de me les geler davantage. Sans compter le fait qu'avec Edward, je ne ressens pas ce sentiment de gêne propre à toutes les nouvelles rencontres.

J'imagine que le fait de m'être saoulée devant lui moins de deux heures après avoir fait sa connaissance a dû faire tomber un certain nombre de barrières.

Edward claque la portière de sa Jeep, les sourcils froncés. Avec sa barbe épaisse et indisciplinée, ses cheveux courts en bataille et l'air sévère qui lui colle à la peau, on ne l'imaginerait pas du genre à s'investir dans une conversation sur le passif amoureux d'une presque inconnue. Pourtant, il m'écoute avec attention et semble chercher ses mots, la main fourrageant dans sa barbe. Je l'interromps :

– Écoute, je ne suis pas en train de dire que je vais me jeter dans ses bras. Je trouve juste ça marrant de tomber sur lui le lendemain de notre conversation à propos des téléfilms Hallmark. C'est tout.

– OK, OK ! cède-t-il en levant les mains, un sourire aux lèvres.

– Et vous, monsieur Brown ? Pas de romance digne de Hallmark en vue ? À moins qu'elle ne vous attende à Boston ?

– En fait, c'est Miller.

– Mince, c'est vrai. Désolée.

Son air peiné et la manière avec laquelle il m'a dit ne pas vouloir en parler hier soir me dissuadent de remettre le sujet sur le tapis aujourd'hui, pourtant j'aurais des questions à lui poser.

– C'est rien, reprend-il. Et pour te répondre, non, pas de pédiatre à l'horizon. Ni ici, ni ailleurs.

– Peut-être que dans l'histoire, c'est toi le pédiatre ?

Je me sens rougir lorsque je me rends compte que ma question pourrait être perçue comme une technique de drague un peu bancale. Et même si Edward ferait un très bon candidat pour ce rôle, ce n'était pas mon intention. Par chance, il éclate de rire.

– Aucun risque, je n'ai pas l'étoffe d'un Nigel.

– Pourquoi ça ? Enfin, sache que si tu trouves une prétendante, n'hésite pas. Je connais presque tout le monde ici, je pourrai te raconter tout ce que je sais.

– Il faudrait déjà avoir envie de se caser pour ça, répond-il en haussant les épaules.

– Oh, OK. Je vois. On est plus sur *Le Drôle de Noël de Scrooge* par ici.

Nous rions tous les deux, puis un silence agréable s'installe entre nous. Il se force à boire son café, tandis que je goûte enfin à mon mocha. Tout aussi mauvais que le macchiato de la veille. Mince. J'espérais être mal tombée. Pour moi qui adore le café, c'est un véritable supplice de devoir remplacer mon sacro-saint Starbucks quotidien par ce jus de chaussette sans saveur. Je grimace en avalant ma gorgée sous le regard amusé d'Edward puis ferme les yeux, la tête rejetée en arrière pour savourer la sensation du soleil sur ma peau.

– À quelle heure elle ouvre, la boutique de ton père ?

J'ouvre une paupière. Edward a les yeux rivés sur sa montre.

– Neuf heures, pourquoi ?

– Parce qu'il est 8 h 15.

Merde.

Je me précipite vers notre vieille Ford. Si je ne veux pas être en retard pour mon deuxième jour, il va falloir que je me dépêche.

– Il faut que j'y aille, mais tu devrais passer au magasin à l'occasion.

– OK. Il s'appelle comment ?

– *Morning Wood.*

Assise au volant de Betty, je vois Edward écarquiller les yeux et ne peux me retenir de pouffer.

– Je plaisante, détends-toi. C'est *Samma's Corner*.

– Ah mais oui ! Tu es la fille de Gordon, c'est ça ?

– Ouais, tu le connais ?

– Bien sûr. C'est une petite ville, tout le monde se connaît, se moque-t-il.

Je lève les yeux au ciel et lui fais un rapide signe de la main avant de m'éloigner en trombe. Malgré l'état dans lequel j'ai fini hier soir, j'avais tout mon temps devant moi, et pourtant je finis tout de même par être en retard. J'ai un sérieux problème d'organisation. Une chance qu'avec les années j'aie fini par maîtriser l'art de la préparation expresse.

À mon arrivée, j'aide mon père à monter en voiture. Je le quitte dix minutes, le temps de rejoindre ma chambre, de prendre une douche rapide et d'enfiler ma tenue de survie : c'est-à-dire un jean, un pull en laine, le plus gros manteau de ma penderie et l'écharpe rouge de Melissa. Un petit coup de mascara, et je suis prête.

Quand je rejoins mon père, au pas de course, il m'adresse un sourire détendu.

– Calme-toi, ma poupée. On n'est pas à New York, ici, et puis c'est moi le patron. Personne ne va se faire virer parce qu'on a cinq minutes de retard.

– Je sais bien, mais je suis venue pour t'aider, et je suis déjà à la traîne deux jours après mon arrivée.

Sans parler du retard que j'ai accumulé dans mon job à cause de ma sortie d'hier.

– Ne dis pas de bêtise, dit-il en me tapotant le genou. Sans toi, je n'aurais pas pu ouvrir du tout. Et puis tu as eu une soirée animée, j'ai l'impression.

J'ouvre de grands yeux.

– Tu m'as vue rentrer ?

– Disons que je t'ai entendue. Ça m'a suffi. Et puis j'ai entendu une voix d'homme ce matin, donc…

Cette fois, c'est à moi de rougir. J'ai vécu ici jusqu'à mes vingt-deux ans et je n'ai jamais ramené un de mes amants à la maison, même quand je sortais avec Connor. Mon père doit savoir que je ne suis plus vierge depuis longtemps, mais je ne parle pas de ma sexualité avec lui. *Jamais*.

– Non, non, ce n'est pas ce que tu crois. J'ai trop bu, Sarah m'a ramenée à la maison. Je suis allée récupérer la voiture ce matin, mais j'avais oublié les clefs, alors Edward m'a ramenée pour que je n'aie pas à refaire le trajet à pied.

Ça a beau être honteux, ça l'est toujours moins que l'idée que mon père pense que je me suis envoyée en l'air avec un inconnu juste sous son nez. Ça me paraît terriblement déplacé, alors que je sais pourtant qu'il n'y a pas de mal à ça.

L'espace d'une seconde. Une toute petite seconde, je me surprends à imaginer à quoi ça pourrait ressembler, le sexe avec Edward. Et je ne saurais dire si c'est à cause de ma vie sexuelle morne ou du charme masculin de mon nouvel ami, mais j'ai très chaud tout à coup. Malheureusement, ce n'est ni l'endroit, ni le moment pour ce genre de pensées. Je secoue la tête et m'oblige à chasser ces images de mon esprit.

– Et Edward, c'est qui ?

Je me racle discrètement la gorge.

– C'est le fils de Bob. Il a repris le bar. Je l'ai rencontré hier.

– Ah, mais oui ! On l'appelle Ed', quand on va au bar avec les copains. D'ailleurs, si tu y étais hier, tu as dû les voir. Il y avait Peter, Marvin, Dave…

Merde.

– Euh oui, peut-être, je n'ai pas fait attention. On y va ?

CHAPITRE 9

La boutique a ouvert à 9 heures tapantes malgré mon arrêt au *Lila's* pour récupérer le café noir de mon père, que j'ai commandé en donnant son nom, comme hier. Et comme la veille, les clients n'ont pas manqué au magasin ; je les ai un peu délaissés au profit de ma boîte mail professionnelle qui déborde, mais ça n'a pas eu l'air de les gêner. Les créations de mon père se vendent toutes seules, et c'est tant mieux, je vais peut-être arriver à rattraper un peu de mon retard sans avoir à faire de nuits blanches.

Il est presque midi, et il n'y a plus de client dans la boutique depuis cinq bonnes minutes. Je quitte le comptoir pour retourner le panneau de la porte d'entrée, mais le carillon sonne avant que j'aie pu bouger. Sur la pointe des pieds, j'essaie d'apercevoir le client de dernière minute caché par une étagère en pin.

– Je suis désolée, j'allais fermer. Il faudrait revenir dans une heure.

– Emma ? C'est toi ?

Allons bon.

Je n'avais plus revu Connor – ni même repensé à lui – depuis plusieurs années et voilà que je tombe sur lui deux fois dans la même journée. Est-ce que j'ai invoqué le retour d'un ancien être aimé en parlant de film Hallmark avec Edward, et que tous mes ex vont défiler un par un devant moi ? Ou est-ce que le destin a juste un drôle d'humour ?

Connor avance vers moi, un grand sourire aux lèvres, tandis que je me contente d'un hochement de tête crispé, en même temps que je m'éloigne du spot au-dessus de moi. Si je peux éviter de lui imposer mon teint blafard de lendemain de cuite, je ne vais pas me gêner. Ce n'est pas parce que je n'ai pas l'intention de me jeter dans ses bras que j'ai envie de ressembler à une vieille chaussette le jour où on se croise.

– Bon sang, ça fait tellement longtemps !

Je n'ai pas le temps de comprendre ce qui m'arrive qu'il m'attrape par le poignet et m'attire dans ses bras. Je suis un peu surprise par cet élan d'affection, mais je ne peux m'empêcher de sourire en sentant son parfum légèrement épicé me chatouiller les narines. *Il porte toujours le même qu'à l'époque.* Son câlin a l'odeur de certains de mes souvenirs les plus précieux. Je nous revois sécher les cours pour aller traîner sur le terrain de M. Andrew, écrire des noms débiles sur la liste « des enfants sages » du Père Noël – son père –, voler les nains de jardin de ma voisine et les cacher aux quatre coins de la ville et encore bien d'autres choses à cause desquelles nous nous sommes attiré des ennuis. Une vague de nostalgie me prend au dépourvu. Je n'ai malheureusement pas que de bons souvenirs liés à cette odeur. Elle me rappelle également le mal-être qui me collait à la peau à cette époque, sa présence le jour de l'enterrement de ma mère, notre première dispute, et plus tard, notre rupture.

Finalement, il s'éloigne sans rompre totalement le contact, me maintenant à bout de bras en souriant.

– C'est vrai, ça fait un bail, acquiescé-je.

C'est dingue, il n'a presque pas changé depuis tout ce temps. Mis à part ses boucles brunes qui caressent à présent sa mâchoire – au lieu de ses tempes – et les quelques pattes d'oie qui ornent désormais ses yeux gris, Connor est toujours le même. Il n'a simplement plus grand-chose d'un jeune homme et tout d'un homme.

– Qu'est-ce qui t'amène ? demandé-je.

– La curiosité.

– Ah oui ?

– Tout à l'heure, devant le *Lila's*, je me suis fait percuter par une petite brune qui te ressemblait drôlement. Alors je me suis dit que j'allais venir voir si c'était bien de toi qu'il s'agissait.

– Je ne t'ai pas percuté ! Je t'ai évité de justesse.

– Mais tu viens d'avouer que c'était toi, ricane-t-il en passant une main dans ses cheveux. Tu aurais pu t'arrêter.

– Tu aurais pu m'appeler.

– Touché.

– Et puis je faisais un jogging. Je n'étais pas à mon avantage.

– Je t'en prie, Emma. Tu es toujours à ton avantage, fait-il en m'adressant un clin d'œil.

L'adolescente en moi jubile. L'adulte se contente de rougir alors que lui me sourit franchement, en me détaillant de la tête aux pieds sans la moindre gêne. Je me racle la gorge et tente un changement de sujet tellement subtil que j'aurais pu m'accrocher un panneau lumineux autour du cou à la place :

– Bon, alors, qu'est-ce que tu as à me raconter après toutes ces années ? demandé-je en lui collant une petite tape sur le bras. (Qu'il a particulièrement ferme, d'ailleurs.) Tu travailles toujours dans l'entreprise de construction de ton père ?

– Oui. Il a pris sa retraite l'an dernier, alors c'est moi qui suis aux commandes, maintenant. Oh, et j'ai racheté le terrain du vieil Andrew, tu te souviens ?

– Et comment ! Qu'est-ce qu'on a pu passer comme temps dans sa grange, tous ensemble !

Cet endroit était notre QG lorsque nous étions enfants, puis ça a été notre refuge pendant l'adolescence, et plus tard, nous y avons partagé des moments plus intimes, lui et moi. Ses pensées ont dû prendre le même tournant que les miennes, parce qu'il se passe une main sur la nuque, un sourire entendu aux lèvres.

– Eh bien, c'est chez moi ! J'ai dû faire démolir la grange, mais j'y ai construit une maison à la place, reprend-il. J'avais tellement de bons souvenirs liés à cet endroit que le fait de m'y installer pour fonder ma famille m'a semblé naturel. Alors, quand j'ai appris qu'il le mettait en vente…

– Tu as sauté sur l'occasion.

– Exactement. Il ne me reste plus qu'à trouver la femme avec laquelle finir mes jours et tout sera parfait.

– Je ne m'en fais pas pour toi, je suis sûre que tu croules sous les prétendantes, le taquiné-je.

– J'en ai quelques-unes, c'est vrai. Mais aucune qui compte.

Sa main toujours sur mon épaule, ses yeux glissent sur mes lèvres. *Ouh là, doucement mon grand. On vient tout juste de se retrouver, c'est un peu tôt pour les regards enamourés et les discussions sur les enfants.* Je fais un pas en arrière pour rétablir la distance entre nous et opère un nouveau changement de sujet avec la délicatesse d'un trente-huit tonnes.

– Mais dis donc, tu es devenu un vrai adulte en mon absence ! Propriétaire, prêt à se reproduire et chef d'entreprise… On est loin du Connor qui a fait le tour de la place du village complètement nu sur son scooter après avoir perdu un pari.

Avec moi.

– Ne t'en fais pas, il est toujours là, je te le montrerai à l'occasion, dit-il en m'adressant un clin d'œil. Allez, assez parlé de moi, raconte-moi plutôt où tu étais passée ces dix dernières années. Pourquoi je ne t'ai pas revue plus tôt ?

Parce qu'à chacun de mes retours je me suis appliquée à éviter tous ceux que je connaissais.

– J'étais à New York. Mon trav…

La porte de l'atelier claque en s'ouvrant sur le fauteuil de mon père. Comme j'ai retiré la cale, il s'échine tellement à réaliser le combo « maintenir la porte ouverte tout en essayant de passer » qu'il ne se rend pas compte qu'il interrompt quelque chose. Je me précipite pour lui donner un coup de main, quand son regard se pose sur mon interlocuteur.

– Riley…

– Bonjour, monsieur Lawrence, marmonne Connor en s'éloignant à reculons en direction de la sortie, comme s'il venait de prendre un coup de jus.

Je profite que l'attention de mon ex soit momentanément détournée pour fusiller du regard mon géniteur éclopé qui se prend soudain pour un vieux coq.

– Emma, ça m'a vraiment fait plaisir de te revoir. On devrait dîner ensemble un de ces jours pour rattraper le temps perdu, lance Connor, la main sur la poignée de la porte.

– Avec plaisir, acquiescé-je en souriant tandis que mon ex adresse un hochement de tête respectueux à mon père.

Une fois la porte refermée derrière lui et le panneau retourné, je pivote vers mon père, les sourcils froncés.

– Tu étais vraiment obligé ?

– De… ?

– Connor. Tu avais besoin de le regarder comme s'il venait me chercher pour aller au bal et que tu t'apprêtais à lui faire ton numéro ?

– Je ne vois pas de quoi tu parles…

Les bras croisés, je prends une voix grave pour répéter mot pour mot ce qu'il a dit à Robbie McCall, mon cavalier au bal de promo :

– Garde tes mains dans tes poches, si tu ne veux pas que je te les coupe.

Il pouffe de rire : adieu la mauvaise foi. Même des années plus tard, il se trouve toujours tordant.

– Sérieusement, ma poupée, je ne comprends plus rien. Tu as passé la soirée avec Edward, non ? Et maintenant, c'est le fils Riley qui te tourne autour ? Ne me dis pas qu'on est repartis comme quand tu étais au lycée ? Je vais de nouveau devoir dormir avec un fusil près de la porte ?

Cette fois, c'est moi qui éclate de rire. Lui et moi n'avons pas les mêmes souvenirs de cette époque.

– Tu dis n'importe quoi, papa. Les garçons ne faisaient pas la queue devant la porte pour moi.

Pour Sarah, en revanche…

– Parce que celui-là t'avait mis le grappin dessus, dit-il en désignant la porte d'un geste agacé.

Je soupire, irritée moi aussi. Connor et moi ne sommes sortis ensemble qu'à l'époque de la fac. Il se mélange les pinceaux et surtout je ne vois pas où il veut en venir.

– Je ne comprends pas. Il est où le problème, au juste ? C'est Connor ? Ou le fait d'avoir entendu deux prénoms masculins différents dans la même journée ?

Ma voix est tranchante. Les bras croisés, je me redresse. J'espère sincèrement qu'il n'est pas en train d'insinuer ce que je crois. C'est mon père et je l'aime, mais si d'aventure il se livrait à de tels raccourcis, je ne pourrais pas me taire.

– Il n'y a pas de problème. Tu es assez grande pour savoir ce que tu as à faire et ce n'est certainement pas à moi de m'en mêler. Je trouve juste ça dommage de perdre ton temps avec Connor alors que ça n'a rien donné de bon quand vous étiez ensemble. Et puis c'est un gars bien, Edward…

Soulagée, je souffle.

– Papa, tu fais une montagne de rien du tout. Il est simplement question d'un dîner, on ne s'est pas vus depuis longtemps et on voudrait juste rattraper le temps perdu. Comme deux anciens amis qui se retrouvent. Je ne vais pas l'épouser, et quand bien même je décidais de le faire, ce serait mon choix et le fait que ça n'ait pas marché à l'époque, ça ne veut rien dire. De l'eau a coulé sous les ponts, on a changé, j'ai changé…

Il prend un instant pour m'examiner, puis il hoche la tête, un sourire satisfait aux lèvres.

– Tu as raison, tu as changé.

Je n'en suis pas certaine, parce que son expression est indéchiffrable, mais j'ai le sentiment qu'il s'agit d'un compliment. Un peu gênée, je passe d'un pied sur l'autre et marmonne un « merci », avant d'ajouter avec plus de conviction :

– Et pour info, avant que tu ne te fasses des films, Edward et moi, on est juste amis.

Même s'il est un peu tôt pour vraiment parler d'amitié. Et même si je me suis déjà demandé ce que ça ferait d'être avec lui. Mais tout ça, mon père n'a pas besoin de le savoir. D'autant qu'Edward semblait catégorique quand il m'a dit ne pas vouloir se caser, et surtout je ne suis pas venue pour ça.

– Emma ? Quand tu auras fini de me regarder sans rien dire, peut-être qu'on pourra aller manger, non ?

– Enfin, j'ai cru que tu ne le proposerais jamais ! On a dit quoi déjà ? Le repas est à la charge de l'employeur, c'est ça ?

– Bon sang, tu vas me ruiner…

CHAPITRE 10

– Allez, bonne soirée ! lance notre dernier client de la journée, un pied déjà hors de la boutique. Et merci encore !

J'attends de le voir s'éloigner dans la rue, ses achats en main, pour refermer derrière lui et enfin me défaire du sourire crispé que j'arbore depuis qu'il est entré, il y a vingt minutes, en demandant à parler à mon père et à personne d'autre. Outre mon ego piqué au vif, c'est la femme d'affaires en moi qui ronge son frein.

– Bon, tu vas m'expliquer ce qui t'arrive ? rouspète mon père pendant que je retourne le panneau sur la porte vitrée.

– Il ne m'arrive rien. C'est juste que… Je ne vois pas comment tu vas pouvoir t'en sortir si tu fais crédit à tout le monde !

Mon père expulse un soupir qui se situe à mi-chemin entre le soulagement et l'amusement.

– Je ne fais pas crédit à tout le monde, comme tu dis. John est un vieil ami, il avait besoin de nouvelles étagères pour sa boutique et n'a pas de quoi me payer pour l'instant. Tu voulais que je fasse quoi ? Que je le laisse tomber ?

– On ne fait pas d'achat quand on n'a pas d'argent, marmonné-je, les bras croisés.

Il me répond par des yeux levés au ciel et un geste réprobateur de la tête.

– Mais enfin, je le connais depuis plus de trente ans ! Il m'a aidé à refaire le toit de la maison quand une tempête a arraché la moitié des tuiles, l'année dernière. Et même si ça n'avait pas été un si bon ami et qu'il ne m'avait jamais rendu service, je l'aurais quand même dépanné. On n'est pas à New York, ici, si on voit quelqu'un en difficulté, on lui vient en aide, on ne se contente pas de détourner le regard et de reprendre sa route. C'est comme ça que ça marche dans les petites villes.

– Si tu le dis…

– Écoute, je sais que ça part d'un bon sentiment, mais ne t'en fais pas pour moi, dit-il en me tapant sur le genou. Mes affaires se portent à merveille, je n'ai pas besoin de conseils à ce sujet-là, ajoute-t-il avec un clin d'œil.

– OK.

– Je vais récupérer mes affaires dans l'atelier et on y va ?

Je hoche la tête en me forçant à sourire, mais le cœur n'y est pas. Je crois que les problèmes d'argent qu'on a eus à la suite du décès de ma mère ont laissé plus de traces que je ne le pensais. Quand il s'agit de la boutique de mon père, j'ai toujours l'impression d'avoir une épée de Damoclès au-dessus de la tête. Comme si je craignais que des huissiers ne viennent frapper à la porte pour tout saisir. Alors c'est vrai que j'ai peut-être tendance à placer ses intérêts bien au-dessus de ceux des autres, mais je ne pensais pas que ça faisait de moi une égoïste. Pourtant, après cette discussion, c'est le sentiment que j'ai.

Je récupère ma veste et mon sac au portemanteau derrière la caisse, quand mon portable vibre sur le comptoir. Mon estomac se contracte à l'idée que ça puisse être un e-mail de mon patron qui me sort une nouvelle idée farfelue de son chapeau, mais je me détends en voyant qu'il ne s'agit que de Connor. Il est repassé dans l'après-midi pour prendre mon numéro, et il m'a envoyé un premier texto cinq minutes après son départ du magasin pour me proposer de dîner ensemble samedi. Demain ! Je m'adapte facilement aux changements, mais j'aime ma tranquillité, et j'avais prévu de passer la soirée en pyjama en me gavant de chocolat. Enfin, une fois que j'aurai rattrapé mon retard sur tous les e-mails et les comptes rendus de la fin de semaine. Alors j'ai refusé et j'ai joué la carte « mon père est en fauteuil roulant » sans le moindre remords. Je lui ai dit que je devais remettre de l'ordre dans la maison, faire des lessives, préparer des repas en avance, blablabla… *Tout ce que fait Sarah les week-ends, j'imagine.*

Connor
Je vais être pas mal occupé
tout le reste de la semaine…
Vendredi prochain,
tu serais disponible ?

Emma
Oui. C'est bon pour moi :)

Connor
Super, j'ai hâte ! <3

Je m'attarde malgré moi sur l'emoji cœur. Est-ce qu'il me drague ? Et plus important encore, est-ce que j'ai envie de me faire draguer ? Toute cette conversation sur Hallmark n'était qu'une blague, je ne cherche pas de pédiatre végan. Encore moins ici. Je ne fais que passer à Holly Falls, dès que mon père sera rétabli, je prendrai le premier avion direction New York et je disparaîtrai des radars. Je n'ai pas envie de lui donner de fausses idées sur mes intentions.

Peut-être que je ferais mieux d'annuler le dîner avec Connor ? Argh, je n'en sais rien. Alors je fais ce que je fais toujours dans une situation pareille : j'appelle Delilah à l'aide.

Emma
Hey Del' !
Situation de crise par ici,
j'ai besoin d'une réunion au sommet.

La réponse arrive dans la seconde.

Del
Quand tu veux ! J'ai des trucs de fou
à te raconter aussi !
Apéro-visio, demain ?

Emma
Parfait, 20 heures ?

Del
Ça marche, on fait ça. Bisou ma biche.
Embrasse Gordy pour moi.

Je glisse mon portable dans la poche arrière de mon jean au moment où mon regard croise celui de mon père. Il donne un coup de tête en direction de la porte, l'air de dire : « On y va ? » J'acquiesce et le suis à l'extérieur, puis je l'aide à monter à bord de Betty et je m'y installe à mon tour. Le dos plaqué contre le dossier de mon siège, je laisse échapper un soupir. Mon père me donne un léger coup de coude et me demande dans un murmure :

– Tu veux aller au bar ?

– Avec plaisir, dis-je en glissant la clef dans le contact. Delilah t'embrasse.

– Comment va ma petite Cruella ?

La dernière fois que mon père l'a vue, elle avait la moitié du crâne noir et l'autre blond platine. C'est l'un des avantages au métier de webdesigner : elle peut se permettre autant d'excentricité capillaire qu'elle veut.

– Elle est juste blonde maintenant, et elle va bien.

– OK, tu l'embrasseras aussi de ma part.

Il est environ 18 h 30 quand Betty s'immobilise sur le parking du *Big Bob's*. Si tôt dans la soirée, il n'y a encore aucun client. Notre arrivée ne passe donc pas inaperçue auprès d'Edward, qui était occupé à accrocher une guirlande lumineuse dans le fond de la salle et manque de tomber de la chaise sur laquelle il était monté en entendant sa porte s'ouvrir.

– J'arrive tout de suite.

Il termine rapidement et nous rejoint près du comptoir. Il échange une poignée de main et un hochement de tête avec mon père, et il me serre dans ses bras avant de retourner de l'autre côté du bar.

Face à cette chaleureuse manière de me saluer, mon père me fait un clin d'œil.

– Commande-moi une bière, tu as l'air d'avoir les choses bien en main !

Puis il se dirige vers une table ronde qui peut accueillir une dizaine de personnes. Un peu perplexe, je me tourne vers Edward, mais ma question reste bloquée dans ma gorge lorsque je remarque son air embarrassé.

– Ne me dis pas que tu es gêné parce que tu m'as fait un câlin ? Je te rappelle que j'ai failli m'endormir sur une des tables du bar deux heures après qu'on s'est rencontrés. Pas de ça entre nous, mon vieux.

Il glousse.

– Tu veux que je t'en fasse un aussi, pour remettre les compteurs à zéro ? plaisanté-je en me penchant au-dessus du comptoir, les bras tendus.

– À zéro ? Moi au moins je n'ai pas chanté ! Il en faudra un peu plus pour nous mettre à égalité.

Il se dégage de mon étreinte en riant et commence à servir des pintes. Je tique en voyant qu'il en prépare cinq.

– Je te fais tant d'effet que ça ? Il n'en voulait qu'une, de bière.

Edward lève les yeux au ciel avant d'apporter les boissons à la table de mon père et de disposer les supplémentaires en face de quatre chaises libres. Ce n'est qu'au moment où la porte s'ouvre sur un petit groupe d'hommes d'âge mûr que je comprends. Mon père ne voulait pas qu'on passe une soirée ensemble au bar, il voulait que je lui serve de chauffeur.

– Tu bois quoi ? me demande Edward.

– A priori, c'est lui qui fait la fête ce soir, dis-je en regardant mon père rire avec ses amis, son verre déjà presque vide posé devant lui. Ce sera un soda pour moi.

– Petite joueuse.

– Ouais, hors de question de rappeler ma sœur.

Il écarquille les yeux et hoche la tête frénétiquement.

– Oui, s'il te plaît. Hier soir j'ai cru qu'elle allait appeler ma mère pour lui demander de me passer un savon.

Il mime un frisson et croise les bras sur le comptoir devant moi.

– J'ai l'impression qu'elle ne m'aime pas beaucoup, ajoute-t-il.

– Ne t'en fais pas pour ça, c'est contre moi qu'elle était en colère. Tu n'es qu'un dégât collatéral, ricané-je.

Il hoche la tête en silence et prépare mon soda. Comme il me tourne le dos, je promène mon regard sur les rangées de bouteilles devant lui et remarque qu'il y a une photo de son père sur l'étagère du haut. Bob se tient au bord du lac, un grand sourire aux lèvres alors qu'il brandit un immense brochet à côté de lui.

– Et voilà, chantonne Edward lorsqu'il dépose mon verre devant moi. Qu'est-ce que tu fixes comme ça ? demande-t-il en suivant mon regard des yeux. Oh. Ça.

– Oui. Tu as gardé sa photo ?

Je m'en veux de poser cette question avec tant d'émotion dans la voix alors que la réponse est évidente et que je connais les sentiments d'Edward à propos de son père. Mais je trouve ça touchant qu'il honore sa mémoire malgré son ressentiment.

– Désolée, je sais que…

– Ne t'excuse pas, souffle-t-il. Peu importe ce que j'ai pu penser de lui, les gens d'ici avaient l'air de l'apprécier et c'est chez lui, après tout, dit-il en haussant les épaules.

– Tu n'as toujours pas envie de parler de lui ?

Il expire longuement et relève un regard désabusé sur moi.

– Pour quoi faire ? Il n'y a rien à dire. Il a mis ma mère enceinte et a foutu le camp peu de temps après ma naissance.

Il baisse les yeux, les sourcils froncés.

– Ma mère dit qu'il est resté avec nous pendant deux ans et qu'il était génial avec moi. Il m'emmenait partout avec lui et ne voyait que par moi. Tu parles, ça ne l'a pas empêché de disparaître du jour au lendemain sans plus jamais donner signe de vie. Enfin… jusqu'à ce que je reçoive un appel du notaire responsable de sa succession.

– Je suis désolée, dis-je en posant une main sur son avant-bras. Je comprends ce que tu ressens. C'est horrible d'aimer et de partager tant de bons moments avec quelqu'un, pour finalement le perdre en un claquement de doigts.

– C'est ça, le truc. Je n'ai aucun souvenir avec lui. Tout ce que j'ai, ce sont des cases vides sur les formulaires scolaires et des occasions manquées. Et ça me rend dingue. Tous me parlent de lui comme si c'était le type le plus extraordinaire qu'ils aient connu…

Je ne peux m'empêcher de remarquer son poing serré sur le comptoir et sa mâchoire contractée.

– Ma mère, les clients, ton père, toi ! Tous ces gens avec lesquels il a accepté de passer du temps. Alors que moi, son propre fils, je n'ai pas trouvé grâce à ses yeux. Si je n'avais pas cette putain de photo, je ne saurais même pas à quoi il ressemble.

Je resserre ma prise sur son bras. Son désarroi me rappelle celui que j'ai connu, il y a quelques années.

– Je sais bien que ça ne remplacera jamais toutes ces années sans lui, mais si tu as des questions à son sujet, je veux bien y répondre.

– Une seule. Est-ce qu'il a déjà parlé de moi ?

Merde.

– Non, avoué-je, peinée.

Il secoue la tête en expulsant un long soupir empreint de dégoût.

– Mais ça ne veut rien dire, m'empressé-je d'ajouter.

– Te fatigue pas, Emma, ça fait longtemps que je l'avais compris.

– Non, écoute, insisté-je. Bob ne parlait pas de lui. Jamais. Il était toujours à l'écoute et plutôt de bon conseil quand on lui demandait son avis, mais je ne l'ai jamais entendu dire quoi que ce soit le concernant. Il était tellement secret qu'enfant je me demandais si ce n'était pas lui, le Père Noël. Tu sais, avant que M. Riley n'obtienne le titre officiel, Bob a porté le costume rouge, lui aussi.

Je comprends à sa mine défaite que, loin de le consoler, je viens juste de confirmer ses craintes. Bob avait tout d'un bon père, seulement il a choisi de ne pas en être un pour lui.

– Enfin, ça a duré un an ou deux, et puis il a arrêté et laissé sa place à l'actuel Père Noël du village…

– Monsieur Riley… soupire-t-il. D'ailleurs, tu as des nouvelles de son fils ?

Je relève la tête vers lui, et je comprends à la manière presque suppliante dont il me regarde qu'il cherche seulement à changer de sujet.

– Eh bien, figure-toi qu'il m'a invitée à dîner.

Il acquiesce brièvement et baisse les yeux sur ma main, toujours posée sur son avant-bras. Moi qui ne suis pourtant pas très tactile n'ai, semble-t-il, aucun problème à l'être avec lui. En fait, ça me paraît même assez naturel. Alors je laisse mes doigts jouer avec les plis de sa chemise à carreaux pendant que je lui raconte la visite de Connor à la boutique plus tôt dans la journée. Et je ne les retire que lorsque mon père l'interpelle depuis la table qu'il partage avec ses amis.

– Ed' ! On voudrait repasser commande ! crie mon père.

– Pas de souci, Gordon. Je vous en remets cinq ?

– Non, on voudrait autre chose, tu pourrais venir ?

Edward fronce les sourcils, intrigué, puis part rejoindre la table de joyeux drilles qui entourent mon paternel. Si je suis soulagée de constater que Dave n'est pas là, je ne peux m'empêcher de remarquer les regards que mon père et le barman échangent. Des regards qui convergent régulièrement vers moi. *Bizarre*. D'autant qu'Edward semble mal à l'aise. Il passe d'un pied sur l'autre, les mains enfoncées dans les poches de son jean, sans plus oser lever les yeux. *Oh non. Qu'est-ce qu'il lui raconte ?*

Je me ratatine sur mon siège, honteuse à l'idée de ce que mon père doit être en train de manigancer. Vu la réaction qu'il a eue tout à l'heure après la visite de Connor, j'imagine qu'il essaie de convaincre ce pauvre Edward de me faire la cour. C'est un peu vexant, en plus d'être parfaitement agaçant. Quand mon ami reprend sa place derrière le comptoir en tâchant d'éviter tout contact visuel, je ne sais plus où me mettre.

– Je ne sais pas ce qu'il t'a dit, m'empressé-je de justifier. Mais ce n'est p…

– Il ne m'a rien dit, m'interrompt Edward en m'adressant un sourire embarrassé. Il a juste commandé une nouvelle tournée.

Suspicieuse, je le suis du regard jusqu'à ce qu'il actionne la tireuse pour préparer la commande de mon père. Je me fais sûrement des idées. Ils n'ont peut-être pas parlé de moi.

Oui, mais dans ce cas, pourquoi Edward n'arrête-t-il pas de me jeter des regards en coin ? Et pourquoi ses joues sont-elles rouges ?

CHAPITRE 11

Je suis vannée.

Je ne sais pas combien de temps nous sommes restés au bar, mon père et moi, ni combien de verres il a bus exactement. En revanche, je sais qu'au moment où il est remonté à bord de Betty, il était complètement saoul. *Ça aussi, c'est une première.* Mais ça m'aura au moins permis d'apprendre quelque chose à son sujet : il a l'alcool joyeux. Il a ri de ses propres blagues pendant tout le trajet du retour, et une fois arrivé à la maison, il s'est mis à chanter – tout seul, dans sa chambre – jusqu'à ce que le sommeil l'emporte aux alentours de 3 heures.

Rien de surprenant donc à ce que je me traîne, ce matin. Je cours depuis au moins vingt minutes sur les routes enneigées et pourtant je n'arrive pas à émerger. J'aurais bien eu besoin d'un expresso serré, mais je n'ai pas eu le courage de renouveler l'expérience *Lila's*. D'autant que pour éviter à mon père de boire le ventre vide et d'avoir un taux d'alcoolémie qui crève le plafond hier soir, j'ai passé commande au *Ma's Bistro*, le restaurant de Michèle. En souvenir du bon vieux temps, elle m'a offert des brownies maison en plus des sandwichs – de petites merveilles dégoulinantes de graisse et de fromage, dont je n'ai fait qu'une bouchée –, donc avant d'envisager de m'envoyer un macchiato caramel à trois cents calories le gobelet pour le petit déj', il faut déjà que j'arrive à éliminer tout ça.

C'est pour cette raison que je m'oblige à affronter le vent froid qui balaie la campagne dès l'aube. Et puis aussi un peu parce que j'aime ça. J'aime être perdue au milieu des champs enneigés, remonter les rues du centre encore désertes au pas de course, seulement éclairée par le soleil levant et les illuminations qui ont fleuri sur tous les lampadaires et toutes les façades. *Un vrai décor de film.* Je m'arrête un instant sur la place de l'hôtel de ville, là où le village du Père Noël est installé, au pied du grand sapin. Petites, ma mère nous y emmenait toujours, Sarah et moi, et c'était un de mes moments préférés de l'année. Je me souviens qu'à l'époque je lui avais demandé si le Père Noël avait des enfants, et elle m'avait répondu qu'un homme qui les aimait autant devait sûrement en avoir. Alors, plus tard, quand j'ai compris que c'était M. Riley qui portait le costume, je me suis dit que Connor était le plus chanceux du monde parce qu'il devait avoir tous les cadeaux qu'il désirait.

Je me souviens aussi d'y être revenue, à mes quinze ans. Connor m'avait donné rendez-vous sur la place, un soir, quand il jouait encore les lutins pour son père. Je l'attendais sur les marches de l'hôtel de ville quand Kelly, une des pestes de mon lycée, m'a suggéré de demander au Père Noël de me rendre ma mère. C'était un an après sa mort, et la dernière fois que j'ai mis les pieds sur cette place. Enfin, jusqu'à aujourd'hui. Je suis surprise de constater que ça ne m'affecte plus autant qu'à l'époque, même si c'est toujours un peu douloureux d'y repenser. L'appréhension m'a tenue éloignée de cet endroit pendant si longtemps, mais maintenant, je me rends compte que ce n'était pas si terrible. Un léger sourire aux lèvres, je pousse un soupir satisfait, avant de reprendre ma route en courant un peu plus vite.

J'accélère encore quand j'aperçois le *Big Bob's*. J'aimerais éviter de croiser Edward aujourd'hui ; à force de me voir tout le temps au bar, j'ai peur qu'il ne se lasse de ma présence, surtout après sa conversation avec mon père. Je n'ai toujours pas réussi à savoir ce qu'ils se sont dit, mais il a fallu un quart d'heure à Edward pour me regarder à nouveau dans les yeux. Alors ce matin, je lui laisse un peu d'espace, parce que j'aime vraiment passer du temps avec lui et que je n'ai pas envie qu'il se fasse des idées. Je fonce donc droit devant moi sans ralentir ni tourner la tête, mais à peine ai-je dépassé le parking que je suis obligée de réduire la cadence à cause du trottoir verglacé. Je marche avec prudence entre les plaques de glace et les tas de neige compacte quand quelque chose me percute entre les omoplates. La violence de l'impact et la surprise me font dévier de ma trajectoire – d'une petite dizaine de centimètres à peine, qui suffisent pourtant à ce que la semelle de ma basket se pose sur une congère. Je glisse sur place pendant quelques secondes, avant de tomber tête la première sur le bitume. Le choc est rude. Heureusement, j'ai eu le réflexe de me protéger le visage de mes bras avant de percuter le sol.

Étalée de tout mon long dans la neige, j'entends un « Merde ! » sonore prononcé par une voix familière, suivi d'une série de pas précipités qui se rapprochent de moi. Je me retourne difficilement, laissant passer la douleur.

– Merde, je suis désolé Emma.

Je pourrais lui pardonner, s'il ne faisait pas tant d'efforts pour se retenir de rire.

– Je pensais que tu étais plus stable sur tes pieds, glousse Edward tandis qu'il se saisit de mon coude pour m'aider à me relever.

– Aïe, couiné-je en baissant le regard sur mes genoux écorchés. D'abord comment tu… Attends ! Tu m'as lancé une boule de neige, c'est ça ? demandé-je, incrédule.

– Oui, désolé.

– Tu parles ! En plus, j'étais de dos !

– Je t'ai appelée, et tu ne m'as pas entendu, alors je me suis dit…

– Que tu allais me casser les dents de devant ?

Il éclate de rire et me donne une petite tape dans le dos.

– Allez, pour me faire pardonner, je t'offre du désinfectant et un café.

– J'espère que ton café est meilleur que celui du *Lila's* sinon je porte plainte pour coups et blessures.

– Je pense que ça devrait aller. Viens.

Il me conduit à un escalier en béton fraîchement salé, au fond du parking. Une fois que nous sommes arrivés en haut, il déverrouille la porte et la tient ouverte pour m'inviter à entrer.

– Un peu tard pour te montrer galant, grommelé-je en passant devant lui.

Il ricane et referme derrière lui tandis que je vais me planter devant la cheminée allumée.

– Mets-toi à l'aise, je vais chercher de quoi désinfecter tes genoux.

Les mains tendues devant l'âtre, je pivote sur moi-même pour découvrir la vaste pièce à vivre, et ça me désole de l'admettre – parce que je suis toujours un peu vexée à la suite de son attaque vicieuse –, mais Edward a du goût. Il a associé au mur de pierres apparentes des matières nobles comme le cuir, le bois brut et l'acier. C'est moderne et chaleureux.

Fait chier. Il n'aurait pas pu laisser traîner en évidence un magazine masculin ventant les vertus aphrodisiaques de la soupe de pois, une revue érotique spécial brushing des années 1980 ou n'importe quoi d'autre qui puisse remettre les compteurs à zéro ? Malheureusement je ne vois rien de ce genre sur les étagères industrielles disposées le long du mur. Il y a quelques livres sur la boxe, un recueil de photographies en noir et blanc sur la ville de Boston, une dizaine de romans – des thrillers et de la fantasy, principalement – et un panier à chien vide au pied du meuble, mais pas de trace de son occupant.

Comme Edward tarde à revenir, je poursuis mon exploration. Posé sur le manteau de cheminée, à hauteur de regard, un cadre à bord noir épais attire mon attention. C'est une photo de lui et d'une femme plus âgée.

– Tiens.

Je me retourne pour me saisir du flacon d'antiseptique et des compresses d'Edward avant de m'installer sur le canapé pour désinfecter mes plaies. Pendant que je retrousse le bas de mon pantalon, je désigne la cheminée d'un coup de menton :

– C'est ta mère ?

– Oui.

– Elle a l'air gentille.

Il sourit et fait un pas en direction de la photo.

– C'est la meilleure, dit-il en passant la main sur l'encadrement ciselé. Ça ne doit pas être évident d'élever un ado difficile toute seule, mais elle l'a fait, et même quand j'étais infect avec elle parce que j'avais décidé que c'était sa faute si je n'avais pas de père, elle a tenu le coup. Dans le bon et dans le mauvais, elle est restée, elle. Je ne sais pas ce que j'aurais fait sans elle…

– Je vois ce que tu veux dire, dis-je en posant le flacon sur la table basse. Mon père nous a élevées tout seul après la mort de ma mère. Ça n'a pas été facile tous les jours, j'avais seulement quatorze ans quand elle nous a quittés et je n'ai pas été des plus faciles à vivre après.

– Qu'est-ce qui s'est passé ? Enfin, si ce n'est pas indiscret.

– Elle a fait une embolie pulmonaire.

Edward m'offre un regard compatissant, auquel je réponds par le haussement d'épaules qui m'aide en général à chasser les larmes qui menacent de couler quand je parle d'elle, puis je me lève brusquement du canapé. La conversation a pris un tour trop sombre bien trop tôt dans la journée.

– Bon, alors, tu me le payes ce café ? demandé-je en lui collant une tape sur l'épaule.

Il sourit, hoche la tête et m'indique le comptoir de la cuisine où est disposée une machine à café digne de celle que j'avais dans le coffee shop où je travaillais. Je contourne Edward pour me diriger vers cette beauté qui me fait de l'œil.

– Tu as du lait et du caramel liquide ?

Dix secondes plus tard, les deux bouteilles sont posées à côté de moi. Je me tourne vers Edward qui m'observe comme si j'étais une extraterrestre. Je lui adresse un grand sourire et lui dis, la main toujours posée sur la machine de mes rêves :

– Je te pardonne pour l'agression cruelle dont j'ai été victime… si tu me laisses jouer avec elle.

– Je t'en prie, c'est le moins que je puisse faire, glousse-t-il.

– Tu recommences à rire… Je vais encore me vexer.

Il fait mine de sceller ses lèvres avec une clef imaginaire, et je procède à la préparation de nos boissons.

– Tu aurais des tasses transparentes ou des grands verres de pub ?

– Tiens.

Je les récupère avant de m'appliquer à faire couler le caramel en spirale régulière sur les parois. Ensuite, je verse le lait que j'ai fait mousser avec la buse de vapeur puis je nous prépare deux expressos. *J'en salive d'avance.*

– Emma ?

– Hein, tu m'as parlé ?

– Oui, mais je crois que tu étais partie loin, dit-il en riant. Je te demandais si tu avais déjà fait ça.

– Oui, j'ai été barista pendant deux ans, quand je faisais mes études.

– Ça te plaisait ?

– Beaucoup, dis-je en versant les cafés sur la mousse. J'avais la vingtaine, je partageais un appartement avec ma meilleure amie dans l'une des plus grandes villes du monde. Tout était possible, et puis j'adorais mon job… C'était la belle époque.

– Tu parles au passé. Ça ne te plaît pas ce que tu fais maintenant ?

– Si, si. C'est différent, c'est tout.

Bouteille de caramel en main, langue tirée pour stabiliser mon trait, je dessine un sapin en coulis sur le dessus de nos boissons. Une petite retouche sur le verre d'Edward, et je le lui tends, un sourire aux lèvres.

– Merci ! dit-il avant de prendre une gorgée. Waouh, c'est trop bon !

Je goûte à mon tour.

– Oui, c'est pas mal. Il manque juste un peu de sirop de vanille et quelques glaçons.

– En tout cas, c'était un plaisir de te voir à l'œuvre.

– Pourquoi ça ? demandé-je, amusée.

– Parce que c'est agréable d'être servi pour une fois, c'est délicieux et en plus ça se voit que tu adores ça. Tu as fredonné tout le temps que tu préparais nos cafés.

J'ai fredonné ? Je ne m'en étais pas rendu compte.

CHAPITRE 12

Mme Lawrence,

Comme vous le savez, nous souhaitons procéder à l'acquisition prochaine de E.Y.S. Robotics. La date de signature de l'accord, initialement fixée au 20 janvier, a été avancée au 5 janvier.

Afin de préparer au mieux cette prochaine étape, qui constituera à n'en pas douter un tournant majeur dans l'histoire de l'entreprise, je sollicite votre présence à une réunion exceptionnelle prévue le lendemain de Noël dans les bureaux de Manhattan.

J'ai bien conscience des raisons pour lesquelles vous avez dû vous absenter, néanmoins je me permets de vous rappeler que l'aménagement de vos conditions de travail a été validé à la seule condition qu'il ne soit pas préjudiciable aux activités de l'entreprise, ainsi j'attire votre attention sur le caractère obligatoire de cette réunion à laquelle votre présence est indispensable.

Quelle que puisse être votre situation familiale au 26 décembre.

Pour votre parfaite information, le service des ressources humaines est en copie de ce mail.

Bonne soirée.

Cordialement,
M. DESMOND
PDG de T&K Pharmaceutics

Il est passé 20 heures quand je prends connaissance de l'e-mail de mon patron. Le premier d'une série de cinq. Et si les quatre suivants étaient moins incisifs et n'avaient pas un arrière-goût d'ultimatum, je n'en suis pas moins agacée.

Parce que j'ai travaillé en pointillé sur mes dossiers toute la journée – en plus de l'accueil des clients de la boutique –, que j'ai dû me lever plus tôt ce matin et que je suis épuisée. Je voudrais m'avachir sur mon lit et dormir jusqu'à la semaine prochaine, mais je ne peux pas. Ma deuxième journée de travail m'attend sous la forme d'une messagerie électronique pleine d'e-mails intitulés « Urgent » « ASAP » ou encore « !!! ». Mon boss ne connaît ni la demi-mesure, ni la définition de harcèlement.

Le seul point positif de ma soirée, c'est l'apéro-visio prévu avec Delilah, pour lequel je suis d'ailleurs en retard. Mais vu la quantité de boulot qui m'attend après, je ne pouvais pas me connecter sans avoir au préalable volé une bouteille de vin dans la cuisine. Mon père est chez un ami pour leur soirée poker hebdomadaire, j'aurais donc pu aller dans le salon, mais j'ai préféré rester dans ma chambre au cas où je finirais par m'endormir devant mon clavier.

Installée en tailleur sur ma couette, je place mon ordinateur sur une pile de coussins avant de lancer Skype, un verre à la main et une assiette de pâtes à la tomate posée sur les genoux, parce que j'aime vivre dangereusement. Au bout de quelques sonneries, le visage rayonnant de ma meilleure amie apparaît à l'écran. Elle est encore maquillée et ses lèvres carmin s'étirent en un sourire taquin :

– Oh merde Emma ! Tu as une tête de déterrée. Qu'est-ce qu'ils te font dans le Minnesota ?

Je secoue la tête, amusée.

– Merci Del'. Toi, par contre, tu es canon. Rose ?

Elle balaie d'une main légère ses boucles fraîchement teintes en riant. Machinalement, je l'imite et grimace en constatant que mon carré est trop long. Avec tout ce qui s'est passé ces derniers jours, je n'ai pas eu le temps d'y remédier.

– Oui, j'avais besoin d'un peu de couleur, répond ma meilleure amie. Tu n'aimes pas ?

– Si, j'adore.

– Bon, ma biche, vu ta tronche, il vaut mieux qu'on aille droit au but pour que tu puisses te pieuter vite fait.

– Merci, mais j'ai encore une tonne de travail.

– Raison de plus. Balance.

Je prends une profonde inspiration, une grande rasade de vin et je lui déballe tout. L'accueil frileux de Sarah. Holly Falls. Ma rencontre avec Edward et notre délire à propos d'Hallmark. La boutique. Mon patron et mon boulot qui prennent plus de place que je ne l'aurais cru. Pour finir par ce qui me préoccupe en ce moment : le retour inattendu de Connor dans le paysage et mes doutes à son sujet. Delilah m'écoute avec attention pendant que je vide mon sac et mon verre de vin, puis elle me scrute un instant, les yeux grands ouverts, avant de hausser les épaules.

– Eh bien, qui l'eût cru !

– De quoi ?

– Que tu allais rencontrer plus de mecs à Holly Falls qu'à New York…

– N'importe quoi, j'en rencontre des mecs.

– Ah oui ? Tu peux me rappeler à quand remonte ta dernière relation ?

– Euh…

– Te fatigue pas, c'était il y a trois mois. Avec Flash.

Flash, mon ex qui doit son surnom à ses « prouesses » sous la couette. Je grimace en repensant à cette histoire. C'était le collègue d'une amie, on s'est vus quelque temps, mais il n'y avait ni passion, ni même grand intérêt, alors on a arrêté.

– Je suis sûre que c'est la petite robe noire qui t'a porté chance, reprend-elle. Ne me remercie pas.

– Aucun risque, pour le moment tu ne m'es d'aucune aide !

– Ah oui, excuse. Tu te demandais si tu devais accepter d'aller au resto avec Connor, c'est ça ?

– Oui.

Elle lève le menton et détaille le plafond le temps de peser le pour et le contre, puis elle reporte son regard sur moi.

– Je ne sais pas. Et Edward, il ne te plaît pas ?

– Ce n'est pas la question, gloussé-je. Il est très attirant, mais c'est juste un ami. Et puis il n'a aucune envie de se caser.

– Hmmm. Je vois… Et Connor ?

– Eh bien, Connor, c'est Connor. Il y a tout ce passif entre nous…

– Oui, je sais.

En effet, elle sait.

Delilah et moi, on s'est rencontrées quelques semaines après mon arrivée à New York. Comme je craignais de me retrouver seule dans une si grande ville, j'ai pris des cours de self défense auxquels elle participait aussi. Je lui ai fait une clef de bras, et notre amitié était née. À l'époque, je me remettais à peine de ma rupture avec Connor, et c'est elle qui m'a aidée à surmonter notre séparation.

– Et puis, qui sait, c'est peut-être mon pédiatre végan en fin de compte…

Elle fronce les sourcils.

– Ne me dis pas que tu crois à ces conneries ?

– Non ! Bien sûr que non, ricané-je. C'est juste marrant de tomber sur lui pile le lendemain de notre délire Hallmark avec Edward.

– Ouais, ouais… On va dire que je te crois.

– Mais c'est dingue, non ? Ça faisait super longtemps que je ne l'avais plus vu.

– Ça faisait surtout super longtemps que tu n'étais pas sortie de chez ton père, mais on s'égare, là.

Je remplis un nouveau verre de vin pendant que Delilah réfléchit. Après quelques secondes le nez en l'air, elle me regarde à nouveau, déterminée.

– Je pense que tu as besoin de t'amuser, tranche-t-elle finalement. En ce moment, ce n'est pas la joie pour toi. Tu n'as pas de mec, pas de temps pour toi, ton patron t'emmerde. Tu ne t'éclates ni au boulot, ni au pieu…

– Merci, on peut dire que tu es douée pour remonter le moral.

– Laisse-moi finir, patate. Je pense que tu as besoin de prendre du bon temps, sans prise de tête. Alors si je n'ai qu'un conseil à te donner, c'est de te laisser porter et de voir où ça te mène.

Je prends une profonde inspiration en même temps qu'une gorgée de vin. Me laisser porter ? Ce n'est pas une mauvaise idée. C'est vrai que j'ai parfois tendance à trop réfléchir.

– Et par pitié, si tu en as l'occasion, envoie-toi en l'air ! Que ce soit avec le fils du Père Noël, un lutin ou un barman, mais prends ton pied, bordel !

J'éclate de rire et le bruit d'une chaise qui grince sur une dalle nous fait sursauter toutes les deux. Il n'y a que du parquet chez mon père.

– Il y a quelqu'un avec toi ? demandé-je, les sourcils froncés.

Delilah sourit, gênée.

– Tu rougis ! Delilah Rose Sander ! Je veux un nom.

– Je te déteste, s'esclaffe-t-elle. Elle s'appelle Eleonor. Elle tient une petite librairie sur la 54e, on s'est vues quelques fois et disons que ça se passe bien pour le moment.

– Vous vous êtes vues quelques… Attends ! C'est de chez elle que tu partais, l'autre jour ?

Elle baisse la tête en gloussant.

– Oui… Ça ne devait être qu'un coup d'un soir, mais elle m'a rappelée pendant que j'étais au téléphone avec toi. J'avais oublié mon collier chez elle. J'y suis retournée, on a pris le petit déjeuner, puis le dîner et voilà…

Je n'insiste pas davantage. Delilah est très ouverte, mais quand il s'agit de sa vie amoureuse, elle tend à rester discrète tant que les choses ne sont pas sérieuses, ce que je respecte.

– Et ces trucs de fou que tu avais à me raconter, alors ? demandé-je finalement.

Elle accueille mon changement de sujet avec enthousiasme et se mord la lèvre avant de dire à toute vitesse :

– J'ai croisé Flash à un after work !

Urgh, encore lui.

– Il était avec Nathalie et je les ai entendus parler du petit hôtel où ils sont allés… cet été !

Le salaud ! On était encore ensemble cet été ! Delilah rit aux éclats quand elle me raconte la tête qu'ils ont faite lorsqu'ils l'ont vue, et moi, je fais de mon mieux pour masquer ma surprise.

Je ne suis pas certaine de savoir comment réagir à cette nouvelle. Après tout, je n'étais pas amoureuse de Flash, loin de là, mais je ne me vois pas éclater de rire pour autant. Alors je me contente de cacher mon étonnement derrière un sourire de façade et une longue rasade de vin pendant que Delilah achève de me raconter tout ce que j'ai raté depuis que je suis dans le Minnesota. Ainsi j'apprends que notre restaurant préféré a fermé pour raison sanitaire, qu'une de nos amies s'est cassé la cheville après une soirée en boîte et que Del' a postulé auprès d'une grosse multinationale qui cherche à moderniser son image sur la Toile.

– Tu as eu le job ?

– Non, mais j'ai décroché un entretien ! exulte-t-elle.

– C'est super, Del', je suis vraiment contente pour toi.

Et je suis sincère. Je suis vraiment heureuse pour elle, mais le sourire que je lui adresse est faux. Parce que depuis tout à l'heure, le même mot tourne en boucle dans mon esprit, me laissant un goût amer en bouche.

Cocue.

CHAPITRE 13

Je suis d'une humeur de chien ce matin.

Les exigences de dernière minute de mon boss m'ont contrainte à travailler jusque tard dans la nuit et, quand j'ai enfin pu me glisser sous mes draps, je n'ai pas réussi à trouver le sommeil avant des heures. Je suis fatiguée, nauséeuse, et pour couronner le tout, j'ai déjà une dizaine de mails en attente alors que je suis réveillée depuis moins d'une heure. Un dimanche !

J'ai envisagé de les consulter, avant de me raviser. Tout comme j'ai renoncé à mon footing matinal au profit d'un bol de céréales devant la télévision. Le plus honteux dans l'histoire c'est que je n'ai même pas retiré mon pyjama alors que je suis allée emprunter du café à M. Reiding, le voisin. J'ai hésité à sonner chez Mme Harrison, mais j'ai eu peur que l'amabilité dont elle a fait preuve au lendemain de mon arrivée n'ait été qu'un mirage. Après tout, cette femme a fait embarquer ma voiture parce que je m'étais garée le long de sa palissade.

Sa petite vengeance m'a coûté quatre cents dollars et m'a obligée à rater une matinée entière de cours. J'ai failli louper mon semestre à cause d'elle.

La bouche pleine de Froot Loops, je pousse un grognement lorsque j'entends mon portable vibrer une nouvelle fois sur le canapé. Je m'étire pour l'attraper et manque de le faire tomber quand je découvre le message envoyé par un numéro inconnu.

– Quel vieux bouc sournois ! grommelé-je en me levant.

D'un pas décidé, je me dirige vers la chambre de mon père qui dort encore, et j'allume la lampe pour le forcer à ouvrir les yeux.

– Tu n'as rien à me dire ? demandé-je en brandissant mon téléphone portable.

Il se redresse comme un diable dans sa boîte, l'air paniqué. L'espace d'un tout petit instant, je me sens coupable de le malmener. Avant de me rappeler pourquoi je suis remontée contre lui.

– Emma, je te jure que s'il n'y a pas le feu, je risque d'être foutrement fâché.

Je ricane, plus agacée qu'amusée, et déverrouille mon téléphone pour lui lire le message que je viens de recevoir.

Inconnu
Salut, Emma, c'est Edward.
Ton père est passé
au bar hier et il m'a donné
ton numéro. Si ça va

pour toi, je passe te prendre
à 11 heures ?

Mon père se ratatine sur lui-même en remontant la couette sur lui, un peu honteux, avant de se passer une main sur le visage.

– Ah oui… Ça.

– Je peux savoir pourquoi Edward doit venir me chercher ? Tu nous as prévu quoi ? Un mariage arrangé, peut-être ?

– Ne sois pas bête, rouspète-t-il. Je lui ai dit que tu aurais besoin d'aide pour aller chercher un sapin chez le vieil Oswald, et il s'est proposé de t'accompagner. C'est tout.

– D'accord, très bien. Sauf que je n'ai jamais dit que j'irais chez M. Oswald, et encore moins aujourd'hui. Alors tu expliques comment le fait qu'il propose de venir me chercher ?

Il hésite, puis finit par admettre, les dents serrées :

– C'est vraiment un chouette garçon, OK ?

Je me pince l'arête du nez et bloque un grognement dans ma gorge. J'ouvre la bouche, la referme, le pointe du doigt et finis par quitter sa chambre.

– Comme tu es levée, tu ne veux pas me donner un coup de main pour sortir du lit ? me crie-t-il alors que je suis déjà dans le couloir.

– Je ne peux pas, je dois me préparer, j'ai rendez-vous dans une demi-heure !

J'attends tout de même de l'entendre se lever pour monter à l'étage. Je suis fâchée qu'il s'immisce dans ma vie privée et qu'il essaie de jouer les entremetteurs, mais je n'ai pas envie qu'il se blesse davantage.

Ce n'est qu'après avoir entendu le parquet grincer sous le poids de son fauteuil que je suis allée m'habiller, ce qui n'a pas été une mince affaire. Pour plusieurs raisons. Déjà parce que ma garde-robe new-yorkaise n'est pas du tout adaptée au froid du Minnesota, encore moins lorsqu'il s'agit d'arpenter la forêt à la recherche d'un sapin à couper. Et puis aussi parce que rien ne me va. Je ne sais pas si ça a à voir avec toutes les calories que j'ai englouties ces derniers temps ou si c'est lié à mon humeur morose, mais j'ai l'impression que je fouille la penderie d'une autre. Tout me semble trop petit, trop moulant, mal taillé. Je suppose que le problème ne vient pas vraiment de mes vêtements, mais je n'ai pas pu m'appesantir sur la question. Il est déjà 11 heures passées quand je me résigne à superposer plusieurs couches de ces fringues moches qui me boudinent.

L'heure de notre rendez-vous est dépassée depuis un quart d'heure quand je rejoins le rez-de-chaussée d'un pas traînant. Edward sonne à la porte alors que je suis encore dans les escaliers, donc c'est mon père qui lui ouvre.

– Bonjour, Gordon. Désolé je suis un peu en retard, explique-t-il plus fort, pour que je l'entende aussi. Dave m'a demandé un coup de main pour décharger son bois juste avant que je parte.

Il jette un coup d'œil par-dessus l'épaule de mon père et m'adresse un sourire chaleureux lorsque nos regards se rencontrent. Je lui réponds timidement, en même temps que j'enfile mes bottes fourrées.

– Pas de problème, mon garçon. Par contre, je te préviens, elle est d'une humeur de chien, marmonne mon père.

– J'ai entendu, grogné-je.

J'adresse un hochement de tête à Edward et passe devant lui pour rejoindre sa voiture et me hisser sur le siège passager, sans attendre d'y être invitée. Il m'y retrouve quelques secondes après, les sourcils froncés.

– Quelque chose ne va pas ? Onze heures, c'était trop tôt ?

– Non, c'est pas ça, soupiré-je. C'est juste que mon père a manigancé tout ça dans son coin, dis-je en nous montrant tour à tour de l'index.

Il suit mon doigt du regard, puis son visage s'éclaire quand il comprend, et il éclate de rire.

– Ton père essaie encore de nous caser ensemble ?

– Il faut croire.

– J'en reviens pas, admet-il en secouant la tête. D'où est-ce qu'il sort une idée pareille ?

– Je n'en sais rien, je crois qu'il n'app… Attends ! Comment ça, encore ? C'est ça qu'il t'a dit quand on est venus au bar, l'autre jour ?

– Ouais, avoue-t-il, l'air embarrassé.

– Il est impossible ! Je suis désolée, je crois qu'il n'a vraiment pas envie que je dîne avec Connor.

– C'est rien. Ça se comprend, je suis un si bon parti…

– Exactement, qui ne voudrait pas du célibataire le plus en vue d'Holly Falls comme gendre ? ricané-je.

– Attends, du coup, tu n'avais pas vraiment l'intention d'aller chercher un sapin ?

– Non, pour tout te dire, je comptais rester en pyjama toute la journée.

– Merde, répond-il. Tu veux faire quoi ?

Je prends quelques instants pour analyser mes options, et finalement je me dis que je serai aussi bien dehors. Le soleil et le vent froid chasseront peut-être ma morosité.

– On y va.

– Sûre ?

– Ouaip, ça me fera du bien de prendre l'air, je crois.

– Ça tombe bien, parce que je voulais de toute façon aller m'en chercher un, et que je n'ai aucune idée de l'endroit où je peux trouver la parcelle de M. Oswald.

– Ben alors, je croyais que tu connaissais tout le monde ?

– Je le connais, je ne sais juste pas où il vit, dit-il en mettant le contact. Tu peux prendre le sachet qui est sur le siège arrière, s'il te plaît ?

Je me contorsionne pour attraper un sac blanc en papier, que je ramène sur mes genoux.

– Qu'est-ce que c'est ?

– C’est pour me faire pardonner mon retard.

– Donc, tu te fais pardonner ton retard en ramenant quelque chose qui t’a mis plus en retard encore ?

– Exactement ! Je me suis dit que pour t’amadouer il fallait du sucre.

– Tu as bien fait, approuvé-je avant de mordre à pleines dents dans un cookie triple chocolat.

Le terrain où se trouvent les sapins est un peu en dehors de la ville, à quelques miles au nord, pour être exact. Je profite d’être simple passagère pour observer avec plus d’attention le paysage enneigé qui défile sous mes yeux. J’ai beau adorer la vie à Manhattan, je ne me lasserai jamais de cette vue. Surtout quand, de l’autre côté de la vitre, la forêt couverte de son manteau blanc succède aux rues emplies de promeneurs souriants qui s’arrêtent pour admirer les façades décorées.

Comme les températures sont encore clémentes, nous arrivons à destination en quinze minutes, contre une heure par temps de grosse neige. Luther Oswald, un vieil homme bourru à la barbe grise aussi longue que celle du chanteur des ZZ Top, nous attend accoudé à la barrière de sa propriété. Après nous avoir salué en marmonnant, il nous ouvre et nous explique qu’il faut continuer à rouler pendant environ un mile et demi, et encore trois cents yards en marchant pour atteindre la zone des arbres prêts à couper. De toute manière, il délimite toujours l'endroit avec des rubalises. Impossible de nous tromper.

Lorsque nous arrivons au bout du chemin praticable en voiture, Edward coupe le moteur, s'extrait du siège conducteur et récupère ses outils à l'arrière du véhicule tandis que je le suis comme un automate. En temps normal j'aurais apprécié de le voir évoluer dans la nature, impatiente même qu'il se mette à l'œuvre – c'est toujours agréable à regarder, un homme habile de ses mains –, mais aujourd'hui je suis ailleurs.

Malgré ce que je pensais, ma mauvaise humeur m'a poursuivie jusqu'ici. Alors que j'ai les pieds dans la neige, perdue au milieu d'une forêt de sapins centenaires, mon esprit refuse de voir la beauté qui m'entoure. J'ai eu beau me dire que j'étais agacée à cause de mon patron, du manque de sommeil ou encore du sale coup que m'a fait mon père, je me rends compte que ça n'a rien à voir avec tout ça. Oui, je suis fatiguée. Oui, mon travail est prenant. Mais rien de plus que d'ordinaire, je suis habituée à ces émotions-là. Alors que celle qui me colle à la peau depuis hier soir est toute nouvellc. Et je ne vois qu'une seule raison pouvant l'expliquer. Flash.

Je connais suffisamment de femmes dans mon entourage qui ont été trompées pour savoir que ça peut arriver à tout le monde. Il suffit de lire la presse people pour voir que même ces stars de cinéma qu'on idolâtre ont déjà été confrontées à cette situation. Mais je n'arrive pas à me sortir ça de la tête, j'ai l'impression que si mon ex a eu besoin d'aller voir ailleurs, c'est à cause de moi. Parce que je n'ai pas su lui apporter quelque chose, que je n'étais pas assez jolie, trop distante, pas assez présente… Il y a tout un tas de « trop » et de « pas assez » qui se bousculent dans mon esprit, et tous me sont adressés.

Je rumine en silence tandis que nous nous enfonçons dans les bois, si bien qu'une fois les rubalises dans mon champ de vision, je suis obnubilée par cette idée et franchement en colère contre ces hommes qui préfèrent trahir et tromper au lieu de communiquer. Alors je me tourne vers le seul représentant du sexe masculin à ma portée pour lui poser la question que j'aurais dû réserver à mon ex.

– Edward ?

Il se tourne vers moi et m'interroge du regard.

– Est-ce que tous les hommes sont des salauds ? demandé-je, mon attention soudain happée par la manière désinvolte avec laquelle il tient son outil.

Il suit mon regard et lève les yeux au ciel.

– C'est parce que je ne t'ai pas proposé de prendre la hache ? soupire-t-il.

– Hein ? Non ! Je me demande juste s'il y a un code secret dans votre ADN qui vous pousse à vous comporter comme des connards qui mentent et qui trompent.

– Quoi ? Je croyais que vous n'en étiez qu'au stade du dîner, avec Connor ?

– Ça n'a rien à voir avec lui. Tu peux répondre, s'il te plaît ?

– Non, Emma. Il n'y a pas de code secret. Et je vais te dire un truc, ce que tu décris là, ce n'est pas réservé aux hommes. Parfois c'est la femme qui se comporte mal. Parfois c'est vous qui mentez et qui trompez.

Sans plus d'explication, il tourne les talons et repart examiner les sapins, me laissant seule avec mes doutes et mes remords. *Décidément, je n'en loupe pas une.* Blessée dans mon ego, je n'ai pas pensé un seul instant qu'Edward avait pu se retrouver dans la même situation que moi. Et d'après ce que j'ai cru voir dans ses yeux, il tenait bien plus à celle qui l'a trahi que je n'ai jamais tenu à Flash.

En silence, il parcourt les allées pour examiner les sapins, s'arrêtant de temps à autre pour juger de leur hauteur avant de se détourner. Je suis obligée de lutter contre la poudreuse pour le rejoindre, et quand c'est chose faite, j'attire son attention d'une main posée sur son épaule. Il se tourne vers moi et le regard troublé qu'il m'adresse me remue de l'intérieur.

Bon sang, il en a vraiment bavé.

– Je suis désolée, je… J'ai appris hier soir que mon ex m'avait trompée. Et même si je n'étais pas particulièrement attachée à lui, ça m'a blessée.

– D'accord… Je comprends mieux ta question, dit-il après avoir pris une longue inspiration.

– Oui, je suis désolée de t'avoir demandé ça à toi alors que tu n'y es pour rien, c'est juste que je n'arrête pas d'y penser. J'ai l'impression que c'est ma faute, avoué-je en me mordant l'intérieur de la joue.

Il se passe une main sur le visage avant de la poser sur mon bras.

– Emma. Dans ce genre de situation, le seul responsable, c'est celui qui trompe. Et puis ton ex devait vraiment être con pour ne pas voir la chance qu'il avait.

Mon cœur rate un battement, et je me sens rougir sous son regard qui glisse lentement de mes yeux à mes lèvres. Puis sa bouche s'étire en un sourire mutin, il secoue la tête et s'éloigne en riant.

– Je suis désolé, je sais que ce n'est pas le moment idéal pour ça, mais tu as du chocolat sur le menton.

Un rapide coup d'œil dans l'écran de mon téléphone me confirme la présence d'une fine traînée marron quelques centimètres en dessous de ma bouche. *Delilah a raison, il faut vraiment que je m'envoie en l'air, je suis sur les nerfs.* Jamais en temps normal je ne me serais tourmentée à ce point à cause de la tromperie d'un homme dont je me moque. Et jamais je ne me serais emballée à cause d'un regard appuyé. J'expulse lentement tout l'air que contenaient encore mes poumons et je rejoins Edward qui s'est arrêté devant un petit épicéa.

– Bref, je suis désolée. Si j'avais su que tu… enfin, que ça t'était arrivé, je n'aurais pas…

– C'est la vie. Elle voulait quelque chose que je ne pouvais pas lui offrir.

– Comme ?

– Elle a toujours aimé les mondanités, les grands restaurants et le luxe. Ça n'a jamais été mon truc, tout ça. Finalement, c'est aussi bien, elle ne m'aurait jamais suivi ici de toute manière, dit-il en s'éloignant pour reprendre sa quête de l'arbre parfait.

– Merci, je me sens encore plus minable maintenant que je me rends compte de ta grande sagesse, plaisanté-je.

L'écho de son rire emplit un instant le silence de la forêt, me donnant l'impression d'être enveloppée d'une douce chaleur. C'est agréable de rencontrer quelqu'un avec qui tout semble si simple.

– Crois-moi, au début, je n'ai pas aussi bien réagi. J'ai été un vrai enfoiré.

– Ouais, tu parles, soupiré-je, les yeux levés au ciel.

– Ne te fais pas de fausses idées sur moi, Emma. Ce n'est pas parce que je suis sympa avec toi que je le suis avec tout le monde. Si tu ne me crois pas, demande un peu autour de toi, certains te diront que je suis le pire connard que la terre ait porté, et ils n'auront pas nécessairement tort.

Cette fois, c'est à moi de rire.

– Ah oui ? Tu veux bien m'éclairer ? Qui donc pourrait avoir ce type de réponse à ton sujet ?

Parce que la ville est assez grande, malgré tout, et pour le moment j'ai l'impression d'être à Chouville. Ils sont tous tellement gentils et bienveillants que c'en est louche.

Avant de répondre, Edward désigne un sapin que je rejette d'un hochement de tête.

– Je ne sais pas… Connor ?

J'attrape la manche de sa veste pour l'empêcher de se carapater après m'avoir balancé cette demi-information.

– Comment ça, Connor ? Tu le connais ?

– Je t'en prie, tout le monde connaît *Môsieur* Riley.

– D'accord, mais comment vous en êtes venus à vous détester ?

– Écoute Emma, soupire-t-il en me saisissant par les épaules. Tu l'aimes bien, moi pas. Restons-en là. Je ne vais rien dire qui puisse changer ton opinion à son sujet. Ce n'est pas mon rôle.

Je me dégage de son étreinte d'un coup d'épaule joueur et me saisis de la hache abandonnée dans la neige.

– Parfait, ne dis rien. Sache néanmoins que je suis assez grande pour me faire mes propres opinions. Alors à moins que tu ne l'aies vu malmener un chiot, rien de ce que tu pourras me dire ne pourrait me faire changer d'avis, affirmé-je avant de me tourner brusquement vers lui, les yeux écarquillés. Ce n'est tout de même pas à cause de lui que tu as un panier à chien vide, dans ton appartement ?

– Non, ce n'est pas ça. C'est mon ex qui a gardé notre chien.

– « Notre » chien ? Ça devait être sérieux vous deux.

– Oui, on était fiancés. Mais ça ne m'a pas empêché de la retrouver au lit avec son patron. Le soir même, elle me rendait la bague et elle partait s'installer chez son nouveau mec, embarquant notre chien avec elle.

– C'est dégueulasse.

– Je trouve aussi, grimace-t-il. C'est pour ça que je n'ai pas très bien réagi. Pour ça aussi que je n'ai jamais voulu retenter l'expérience.

– Avec les femmes ou le chien ? me moqué-je.

– Les deux.

– Pourtant il y en a un des deux qui te sera toujours fidèle.

– C'est vrai.

On échange un nouveau regard complice, puis je m'avance machinalement vers l'arbre qu'il a choisi, m'accroupis et commence à attaquer le tronc avec la lame. Après quelques coups, je suis récompensée par le bruit mat du sapin qui tombe dans la poudreuse et le grand sourire d'Edward.

– Waouh ! Une vraie bûcheronne, s'amuse-t-il.

– Je te rappelle que j'ai grandi ici. J'ai coupé mon premier arbre à neuf ans, dis-je en me dirigeant vers le second sapin qu'il pointe du doigt, puisqu'il semblerait que je sois désignée pour le couper aussi.

– C'est ton père qui t'a appris ?

– Oui. Pendant que Sarah restait à la maison avec ma mère pour confectionner des biscuits à la cannelle, mon père m'emmenait avec lui en forêt pour choisir notre arbre de Noël. J'en ai rapidement eu assez de le regarder faire, alors il m'a montré comment manier la hache et la scie en toute sécurité.

– Ça devait être génial, soupire-t-il, envieux.

– Oui, ça l'était. Même si je me suis fait avoir et qu'après ça j'ai dû les couper tous les ans.

– C'est un malin, ton père.

– La preuve est à nos pieds, ricané-je. Tu en veux un pour le bar aussi ?

– Tu crois que je devrais ?

– Bien sûr ! Au cas où tu ne l'aurais pas encore compris, on ne plaisante pas avec Noël à Holly Falls ! La guirlande électrique que tu as mise dans le fond de la salle, c'est bien, mais ce n'est pas assez.

– C'est vrai que Mme Turner ne plaisante pas avec ça…

– Mme Turner ?

– Teresa… La propriétaire du *Lila's*. C'est elle qui est à la tête du comité des fêtes.

– D'accord, je comprends mieux pourquoi tout a l'air si différent cette année. Alors, je fais quoi ? Je te coupe un troisième sapin ? Celui-là ? demandé-je en en désignant un légèrement plus grand que les deux précédents.

– Oui, OK.

Je m'y applique, puis nous repartons dans l'autre sens. Tandis qu'il me faut mes deux mains pour tirer par le tronc le plus petit sapin, Edward en traîne deux derrière lui comme si ça ne lui demandait pas le moindre effort. Nous avançons dans les bois dans un silence confortable, jusqu'à ce que j'aperçoive le toit de la Jeep et que je me mette à accélérer le pas. Je suis tellement gelée que je ne sens plus mes doigts ni mes orteils. J'abandonne mon sapin près d'une roue et croise les bras.

– Cette fois, c'est toi qui bosses. Je suis parfaitement capable de les couper, mais si je dois les hisser à l'arrière du pick-up, on n'est pas partis avant demain.

– OK, mais on passe par chez moi et tu me fais un nouveau latte macchiato.

– D'accord, si on s'arrête avant au *Lila's* et que tu m'offres des beignets.

– Ça marche.

Nous nous serrons la main pour sceller notre accord, puis Edward se penche pour attraper l'un des arbres, qu'il lance à l'arrière du pick-up. Ce faisant, sa veste se soulève légèrement, emportant avec elle son t-shirt et dévoilant les prémices d'un tatouage qui court le long de son flanc. Mais alors que je m'approche pour essayer de distinguer l'enchevêtrement de lignes, Edward recule et abaisse le tissu sur sa peau.

– Je rêve, ou tu étais en train de me mater ? plaisante-t-il.

Absolument. J'ai toujours eu un faible pour les hommes tatoués, mais je ne peux pas le lui dire.

Surtout pas après le coup foireux que nous a fait mon père.

– Hein ? Non ! N'importe quoi ! T'es pas mal, hein, mais t'es pas mon style.

– Tant mieux alors, parce que tu n'es pas mon genre non plus. Ça nous fait un problème de moins, du coup, conclut-il en me collant une tape sur l'épaule.

Ouais. Super.

CHAPITRE 14

« Tant mieux alors, parce que tu n'es pas mon genre non plus », répété-je à voix haute, en grimaçant au reflet que me renvoie mon miroir.

Je sais que j'ai été la première à balancer cette idiotie, mais il n'était pas obligé d'en remettre une couche, si ? Toute cette histoire avec Flash m'avait déjà retourné la tête, alors la petite remarque anodine de la part d'Edward, c'est la goutte d'eau qui a fait déborder le vase. Ce matin, je suis revenue au même stade qu'hier, avant ma sortie dans les bois : j'ai l'impression de ressembler à un troll.

Et le pire dans tout ça, c'est que ma vilaine caboche a décidé d'enfoncer lc clou pendant mon sommeil. Cette nuit, j'ai fait l'un des rêves les plus torrides de ma vie, avec en acteur principal un Edward au torse nu, couvert de tatouages, hache à la main dans la poudreuse. Ça a viré au cauchemar quand je me suis approchée de lui et qu'il m'a arrêtée d'une main levée pour me répéter cette phrase qui tourne en boucle dans mon esprit depuis hier matin. Puis j'ai été réveillée en sursaut par un coup de fil professionnel. *Tu parles d'une douche froide.*

Dans la cuisine de mon père, je tourne en rond, l'estomac contrarié. Il n'y a plus rien dans les placards et je suis affamée, en plus d'être – encore – de mauvaise humeur. Il faut que je me change les idées. Seule. Ce serait l'occasion de joindre l'utile à l'agréable et d'en profiter pour m'acheter des vêtements plus adaptés aux températures négatives. J'attrape mon sac, ma veste décidément trop fine pour la région, et pendant que je noue l'écharpe de Melissa autour de mon cou, j'appelle mon père qui est encore dans sa chambre. Sa voix me parvient, étouffée, rapidement suivie d'un bruit sourd m'indiquant qu'il vient de se jeter dans son fauteuil.

Pour l'avoir vu faire, jeter est le mot adéquat.

En attendant qu'il me rejoigne, mon regard accroche malgré moi le scintillement de la guirlande électrique enroulée de manière approximative autour du sapin que j'ai coupé hier. Chaque fois que je le vois, j'éprouve le même sentiment de fierté que lorsque je l'ai ramené à la maison. Mon père apparaît dans l'encadrement de la porte du salon, me tirant de ma contemplation.

– Tu m'as appelé ?

– Oui, pour te prévenir que j'allais m'absenter quelques heures. Je vais faire des emplettes à Duluth. Tu as besoin de quelque chose ?

– Non, c'est gentil. Tu devrais en profiter pour t'acheter une nouvelle veste. Tu vas attraper la mort, si peu couverte.

– C'était précisément le but de ma sortie.

– Emma ?

– Oui ? demandé-je, la main sur la poignée de la porte.

– Tout va bien ? Tu as l'air préoccupée.

– Rien d'important, ne t'en fais pas.

Je lui adresse un sourire aussi sincère que possible et me dépêche de sortir avant que la version 2.0 de mon père, celle qui parle de ses sentiments et prête attention à ceux des autres, ne tente de me tirer les vers du nez. Il me dirait certainement que je suis la plus jolie, et je me sentirais encore plus bête d'avoir eu ce genre de pensée. *Non, je n'ai pas besoin d'en parler, seulement de passer à autre chose.*

Et on n'a jamais rien fait de mieux qu'une bonne séance de shopping pour se vider la tête. La preuve, deux heures et un passage au parking pour me délester de mes sacs plus tard, je suis déjà plus détendue que lorsque j'ai franchi les portes du Miller Hill Mall. Pour continuer sur ma lancée, je décide de m'offrir un ensemble en dentelle de chez Victoria's Secret, un nitro malted mocha du Caribou Coffee et un sachet de churros.

Une fois que c'est chose faite, j'arpente les allées du centre commercial, mon gobelet en main et mon sachet rose sous le bras, un grand sourire aux lèvres. Jusqu'à ce que je heurte brutalement le dos d’un promeneur distrait. Cet idiot s’est arrêté sans prévenir pour admirer une scène de Noël installée entre deux boutiques. Ils sont très jolis, c’est vrai, ces ours dansant dans un décor enneigé. Mais peut-être pas au point de piler net au milieu d’une foule aussi dense. Une chance pour lui, mon café est resté bien au chaud dans sa tasse, je parviens donc à garder mon flegme lorsque l’admirateur d’ursidé se tourne vers moi et que son regard désolé s’illumine aussitôt.

– Emma ?

Je manque une nouvelle fois de renverser ma boisson lorsque Connor m’emprisonne dans une étreinte digne des animaux mécaniques qu’il admirait à l’instant. Après quelques secondes, il me relâche et m’adresse un de ses sourires à tomber. Entre son charme et la musique de fête qui flotte discrètement entre nous, je me sentirais presque comme dans un de mes téléfilms préférés de Noël.

– Décidément, on n’arrête pas de se croiser.

– Je vais finir par croire que tu me suis, plaisante-t-il. Qu’est-ce que tu fais là en pleine journée ?

– La boutique de mon père est fermée le lundi, alors je suis venue faire des emplettes.

– Je vois ça, dit-il en m’adressant un clin d’œil quand il avise mon sachet.

– Et toi, monsieur le chef d’entreprise ? Tu te promènes dans les magasins pendant les heures d’ouverture ?

– Grillé, ricane-t-il. Non, c'est mon père qui m'a demandé de le dépanner. Il a eu un souci technique avec sa tenue, alors je suis venu lui en racheter une.

– Sa tenue… rouge ?

– Ouais, chuchote-t-il en me montrant l'intérieur de son sachet, qui contient un bonnet à pompon.

– Ouah ! Je pourrais l'essayer ?

– Désolé, mais il n'y a que le grand barbu qui a le droit de le porter.

– Pfff. Je suis sûre que toi tu l'as essayé avant de l'acheter.

Il éclate de rire.

– Oui, mais moi je suis son fils. C'est normal. Je vais reprendre le flambeau un jour.

– Ah oui ?

– Je ne sais pas, peut-être. Mais je vais attendre un peu, je n'ai pas envie de me laisser pousser le ventre tout de suite.

Je baisse les yeux sur sa chemise cintrée. *C'est vrai que ce serait dommage.* Comme je suis prise en flagrant délit, il m'adresse un clin d'œil et passe son bras sur mon épaule.

– J'ai vu un Five Guys un peu plus loin. Ça te dit de célébrer notre deuxième rencontre accidentelle autour d'un burger ?

– Avec plaisir.

Installé à la table en face de la nôtre, un couple d'adolescents partage un cornet de frites en se dévorant du regard. Je souris, attendrie par leur complicité évidente. J'ai l'impression de nous revoir, Connor et moi, pendant nos années de lycée. Quand il ne me voyait encore que comme une amie, alors que moi je n'avais d'yeux que pour lui, mais pas assez de courage pour le lui avouer. Un brin nostalgique, je me souviens encore de la sensation que j'éprouvais à l'époque dès qu'il se tenait près de moi ou que nous nous frôlions par inadvertance. Je n'ai plus rien de la jeune fille complexée d'autrefois, aussi les papillons ont laissé leur place à un sentiment rassurant de familiarité. C'est différent, mais c'est tout aussi agréable.

– Alors, la vie à New York, c'est ce à quoi tu t'attendais ? demande Connor en répartissant entre nous le contenu du plateau.

Je m'empresse d'avaler la frite que j'avais déjà chipée.

– Oui et non. New York, c'est absolument génial. C'est une vraie fourmilière, ça ne s'arrête jamais. Il y a du monde et du bruit partout, tout le temps. Il y a un milliard d'endroits à découvrir et tu en as pour tous les goûts.

– Mais ?

– Mais mon boulot est super exigeant, il prend beaucoup de place. C'est pour ça que je ne reviens qu'en coup de vent. Je ne suis pas à plaindre, j'ai de l'argent et un grand appartement plutôt bien situé. Seulement je n'ai pas le temps d'en profiter, je vois à peine Delilah, ma meilleure amie.

– Je comprends. Et dans ce grand appartement, tu vis seule ? Enfin, de manière générale, tu es seule ?

– Je n’ai pas de colocataire, en effet, réponds-je avec un sourire malicieux. Mais si tu voulais savoir si je suis célibataire, la réponse est oui.

Il sourit avant de mordre dans son burger.

– C’est bon à savoir.

– Et toi, alors ? Tu m’as dit que tu avais repris l’entreprise de ton père, ça se passe bien ? Et dans ta grande maison, tu vis seul ? l’imité-je. Enfin, de manière générale, tu es…

Il éclate de rire avant que j’aie pu finir ma phrase.

– Professionnellement tout va bien. On vient de signer notre premier contrat en dehors du comté, donc c’est chouette. Le premier pas vers l’expansion est fait. Et je n’ai pas de colocataire non plus. Ni personne d’autre dans ma vie.

– Super, approuvé-je en enfournant une frite dans ma bouche. Enfin, pour le contrat.

– Oui, dit-il en reposant son sandwich avant de plonger son regard dans le mien. Donc, si je résume. On est tous les deux à Holly Falls. Tous les deux comblés professionnellement…

Comblée est un bien grand mot, mais j’acquiesce néanmoins.

– Tous les deux extrêmement séduisants et célibataires ? Que des bonnes nouvelles, en somme.

– Toujours aussi direct, à ce que je vois.

– Bien sûr. Pourquoi perdre du temps à tourner autour du pot ? D’autant que ce n’est pas nouveau.

– De quoi ?

– Je t'en prie. Comme si tu ne le savais pas… Tu me plais, Emma. Depuis très longtemps.

Je me sens rougir, mais je ne réponds pas. Je me contente d'essayer de lui faire passer toutes les informations dont il aurait besoin par le biais de mon sourire – « moi aussi », « peut-être », « pourquoi pas » – en espérant n'avoir aucune feuille de salade entre les dents. Nous bavardons encore un moment après avoir fini notre repas, puis il me raccompagne jusqu'à la portière de ma voiture, qu'il ouvre pour moi.

– Cette bonne vieille Betty…

– Eh oui, elle fait partie de la famille.

– En parlant de ça, dit-il en consultant sa montre. Je vais devoir y aller, le village du Père Noël ne va pas tarder à rouvrir. Et si mon père n'a pas son nouveau bonnet, il risque de me faire un caca nerveux.

– Il a raison, il faut préserver la magie ! Tu comprendras quand tu te seras laissé pousser le ventre et que tu seras assis à sa place.

– Peut-être, en attendant, je suis seulement le coursier et ce rôle n'est pas très marrant. Enfin, en principe. Aujourd'hui, c'était plutôt agréable, admet-il d'une voix enjôleuse.

Je secoue la tête en riant quand il m'adresse un clin d'œil. Je le reconnais bien là, avec sa gueule d'ange, son sourire charmeur et sa confiance inébranlable. Je suis venue à Duluth pour me retrouver un peu seule, mais finalement, tomber sur Connor était vraiment une bonne chose. Comment pourrais-je encore me sentir mal dans ma peau après avoir partagé un agréable moment avec un homme tout à fait charmant, qui en plus ne cache pas son attirance pour moi ? Bien entendu, rien n'est résolu pour autant, mais je me sens un peu mieux et je ne le dois qu'à notre rencontre.

Après un nouveau coup d'œil à sa montre, Connor soupire, résigné, puis se penche vers moi pour m'embrasser sur la joue avant de se diriger vers son 4 × 4, garé un peu plus loin. Et quand je regarde sa haute stature s'éloigner, je me dis que j'ai bien fait d'accepter de dîner avec lui.

CHAPITRE 15

Connor
C'est toujours un plaisir
de passer du temps
avec toi. Hâte d'être à vendredi.

Je repose mon téléphone, un léger sourire aux lèvres, en me faisant la promesse de répondre au message de Connor plus tard. Pour le moment je suis trop abasourdie par ce que je viens d'entendre pour me concentrer sur autre chose.

Après ma balade à Duluth, j'ai voulu rentrer à la maison. À peine le pas de la porte franchi, des éclats de voix me sont parvenus. J'ai rapidement compris qu'il s'agissait de mon père et de ma sœur. Ils ne se disputaient pas, le volume sonore n'était dû qu'à l'oreille défaillante de mon père et à sa manie de mettre tous ses appels en haut-parleur tandis qu'il vaque à ses occupations.

Peut-être est-ce à cause de l'attitude étrange de ma sœur depuis mon retour ou plus simplement de l'impression grisante d'être une petite souris qui observe son entourage, mais je n'ai pas bougé. Je me suis contentée de ne plus faire de bruit et je les ai écoutés depuis l'entrée.

Comme à son habitude, Sarah faisait mille choses en même temps, si j'en crois le bruit de fond qui faisait écho à ses paroles. Elle s'excusait auprès de mon père de ne pas avoir pu venir faire le ménage la veille. Une histoire de goûter d'anniversaire et de roue crevée l'en avait empêchée. Je n'ai pas tout saisi, en revanche, j'ai très bien compris sa réponse quand mon père lui a dit de ne pas s'en faire, puisque je m'en étais déjà occupée. *Honteuse d'avoir menti à Connor sur mes projets du samedi soir, j'ai lavé ma conscience en récurant la maison de fond en comble après mon expédition sapin.*

Bref, après que mon père lui a dit que j'étais là et que je m'occupais de tout, ma sœur s'est emportée : *« Mais bien sûr, la petite poupée est revenue de New York sur son beau cheval blanc. Pourquoi s'inquiéter ? Elle gère ! C'est vrai qu'elle est fiable comme fille. Tellement, en fait, que ça fait dix ans qu'on la voit en coup de vent et à peine rentrée il a fallu que j'aille la récupérer complètement bourrée au bar. »*

J'avoue que, depuis mon arrivée à Holly Falls, Sarah ne m'a pas vue sous mon meilleur jour. D'un autre côté, on n'a fait que se croiser. Elle n'a pas cherché à rattraper le temps perdu, ni à discuter. Moi non plus, c'est vrai, mais je ne me suis pas mise en retrait pour la juger froidement comme elle vient de le faire. Je l'ai observée et je me suis inquiétée pour elle. Comme une idiote. Tout va bien dans sa vie, elle est juste en colère contre moi pour une raison que j'ignore et que je n'ai pas envie de connaître.

Je suis trop blessée d'apprendre qu'elle préfère me fuir et me dénigrer auprès de notre père que de venir me parler, elle qui n'a pourtant pas sa langue dans la poche. Alors j'ai fait exactement ce que je lui reproche, j'ai fui et je suis allée me cacher au *Lila's*.

Quand elle amène ma commande, Melissa remarque que quelque chose ne va pas. Les sourcils froncés, elle dépose mon muffin aux bleuets et mon chocolat chaud devant moi, puis fait volte-face alors qu'elle s'apprêtait à partir.

– Tout va bien ?

Je lève un regard surpris dans sa direction. À New York, ce genre de chose n'arrive jamais – ou presque. Vous pouvez vous effondrer sur votre table de restaurant qu'on vous reprochera encore de ne pas avoir donné un pourboire suffisant. J'exagère à peine. Touchée par la sollicitude de la petite blonde à la coupe pixie qui m'observe derrière ses grandes lunettes rondes, j'esquisse un sourire forcé :

– Pas vraiment. Mais ça va aller.

– Je reviens, dit-elle avant de retourner à grandes enjambées en direction du comptoir.

Je la vois échanger quelques mots avec Teresa, qui sortait justement du bureau du fond. Je la salue d'une main levée à laquelle elle répond par un sourire chaleureux. Mère et fille échangent quelques mots, qui me concernent certainement puisque Teresa me sonde de son regard empreint de compassion. Elle remet distraitement en place une mèche qui s'est échappée de son chignon en écoutant sa fille, puis hoche la tête en la chassant d'un revers de la main. Melissa revient vers moi en courant.

– Tu veux m'en parler ? demande-t-elle en s'appuyant sur le dossier de la chaise qui me fait face.

– Oh… euh…

– Ce n'est pas un piège, promis, glousse Melissa.

– Je n'en doute pas. Je suis un peu surprise, c'est tout. On ne se connaît pas et…

– Oh ! Bien sûr, excuse-moi ! Ça ne me regarde pas. Je ne voulais pas te forcer, c'est juste que tu avais l'air triste et tu sais comment c'est ici…

– Oui, mais je crois que j'avais oublié, admets-je en souriant.

Alors qu'elle s'apprête à faire demi-tour, je me rends compte que je n'ai plus envie d'être seule. À l'époque où je vivais ici, c'est pourtant tout ce à quoi j'aspirais. La sollicitude des habitants et leur présence quasi constante m'étouffaient. Partout où je me trouvais, il y avait toujours quelqu'un : mon père, ma sœur, un voisin… Seuls les moments que je passais avec Connor me permettaient de me concentrer sur moi. Et encore, il fallait ruser pour avoir quelques heures de sérénité. Dix ans après, j'ai le sentiment d'avoir fait le tour de ce que la solitude avait à me proposer. Elle ne m'apparaît plus aussi attrayante qu'à mes quinze ans.

– Tu es sûre que ça ne va pas poser de problème ? dis-je finalement.

– Je pense que ma mère s'en sortira.

Melissa désigne la salle quasi vide avant de m'offrir un sourire.

– Très bien… C'est ma sœur.

– Alors là, tu ne pouvais pas mieux tomber ! Je suis une spécialiste, glousse-t-elle en se laissant tomber sur la chaise face à moi. Vas-y, raconte.

Je n'avais pas l'intention de lui parler d'autre chose que de ma relation avec Sarah, mais il y a quelque chose dans le regard de Melissa qui donne envie de se confier. Alors je déborde sur Flash et mes doutes depuis que j'ai appris sa trahison. Je lui raconte ensuite ma sortie en forêt avec Edward – dont je tais le nom – et la déception que j'ai ressentie quand il m'a dit, presque soulagé, que je n'étais pas son genre. Et enfin, après une profonde inspiration et une gorgée de chocolat chaud, je lui parle de Sarah. De la distance entre nous depuis mon arrivée, de sa froideur et de la conversation que j'ai surprise tout à l'heure et qui m'a donné l'impression de chuter d'une tour de dix étages.

Une fois mon récit terminé, le silence s'étire entre Melissa et moi. Appuyée contre le dossier de sa chaise, la petite blonde réfléchit, le menton dans sa paume, tandis que la voix de George Michael couvre les conversations des quelques clients présents.

– Premièrement, ces types sont des idiots.

– Je n'en veux pas au second, ajouté-je avant qu'elle poursuive. C'est surtout la manière dont il m'a dit que je n'étais pas son style qui m'a vexée.

– Peut-être, mais j'ai quand même du mal à y croire. Regarde-toi, tu es canon ! Ça me paraît impossible de ne pas être attiré par toi.

– Tu es gentille.

– Non, je suis sincère. Bon, je ne peux pas te le prouver parce qu'il n'y a pas de client, mais crois-moi.

Je lui réponds par un sourire, prenant conscience en même temps que je me moque pas mal d'être au goût de la majorité. J'ai suffisamment confiance en moi pour savoir qu'on ne peut pas plaire à tout le monde et que c'est mieux ainsi. Franchement, je ne comprends pas ce qui m'arrive depuis quelques jours. En revanche, je sais que tout à l'heure, en présence de Connor, je me sentais bien.

– Quant à ta sœur… commence-t-elle. Je suis bien placée pour savoir que les relations entre frangines sont parfois plus compliquées qu'il n'y paraît. Moi, par exemple, je…

Elle ne finit pas sa phrase, interrompue par la clochette de l'entrée. Après un coup d'œil en arrière, la petite blonde s'excuse et court jusqu'au comptoir.

Bon sang, elle prend à cœur le service client.

Je profite de me retrouver seule, l'esprit un peu allégé, pour répondre au texto de Connor.

Emma
Moi aussi, mais pourquoi
attendre vendredi ?

Lorsque je repose mon smartphone et que je lève les yeux sur la serveuse, je suis surprise de la retrouver avec un sourire béat et les joues colorées. Je tourne la tête et m'amuse de découvrir celui qui la met dans tous ses états.

Edward.

Le pire de tout, c'est qu'il ne se rend compte de rien. Il a le même air sévère qu'il arbore toujours quand il est seul. Puis, comme s'il avait senti mon regard, il se tourne vers moi et sourit enfin. Je crois voir Melissa se liquéfier à ses pieds quand il la regarde, le sourire toujours aux lèvres, et qu'il désigne ma table de l'index.

Edward me rejoint à pas rapides et se laisse tomber sur la chaise face à moi. Un instant je me sens mal à l'aise, puis je repense à ce que m'a dit Melissa, et à ce qu'il m'a dit, lui, la dernière fois que nous nous sommes vus. Peut-être qu'il a raison et que le fait que je ne l'attire pas est une bonne chose. Un problème qui ne se posera jamais entre nous.

– Qu'est-ce que tu fais là ? demandé-je en portant ma tasse à mes lèvres.

Quelques flocons volettent quand Edward ôte son bonnet ; je les suis du regard jusqu'à ce qu'ils s'écrasent sur la table et qu'ils fondent. Il ébouriffe ses cheveux, jetant un coup d'œil en arrière pour voir où en est sa commande :

– Tu m'as rendu accro à leurs beignets.

– *Spoiler alert*, les muffins aussi sont terribles !

– Ah ouais ? fait-il en arrachant un morceau du mien avec un sourire de sale gosse.

– Eh ! C'était pas une invitation !

– Moi qui comptais partager mes beignets avec toi…

– Vas-y, sers-toi, cédé-je en lui tendant mon assiette.

Mon portable vibre sur la table, et mon sourire s'élargit encore quand je lis le message de Connor.

Connor
Demain mardi ?

Emma
D'accord ;-)

Face à moi, Edward se racle la gorge en désignant mon portable du menton.

– Tu es de bonne humeur, on dirait. Le pédiatre ?

– Oui. J'ai rencard demain.

– Un rencard ? Carrément ? s'étonne-t-il en hochant la tête, l'air un peu contrarié.

– Ouais, il est du genre direct.

– Quelle surprise.

Melissa dépose la commande d'Edward sur notre table en le dévorant du regard, et lui ne se rend toujours compte de rien. Il acquiesce simplement en grommelant un « merci » du bout des lèvres.

Vingt minutes plus tard, il n'y a plus un seul beignet sur notre table et j'en ai mangé la majeure partie. Repue, je vide le fond de ma tasse avec gourmandise. Le café du *Lila's* a beau être décevant, leur chocolat chaud est à tomber. Je n'ai pas envie d'en perdre une goutte. La dernière coule justement sur ma langue quand je baisse les yeux et que je rencontre ceux d'Edward qui tente de réprimer un sourire. Je l'interroge du regard en m'essuyant la bouche frénétiquement.

– Quoi ? J'ai de la moustache ?

– Non, non.

– J'apprécie ma boisson, monsieur, si c'est ce qui te fait rire.

– Je vois ça, admet-il en souriant.

– Sérieusement, tu devrais goûter leur cacao, il est dément.

– Mouais, bof. Je ne suis pas fan, c'est trop sucré.

– Sacrilège !

Mon couinement le fait rire pour de bon, et je ne peux m'empêcher de remarquer le regard énamouré que lui lance Melissa depuis le comptoir. Elle a l'air complètement accro.

– Et toi, qu'est-ce que tu as commandé ? demandé-je en tendant le cou pour regarder dans sa tasse.

– Du thé. Je fais honneur à mon héritage.

– T'es anglais ?

– Ma mère. Elle m'a emmené à Londres à mes trois ans, après le départ de Bob. On a fini par revenir aux États-Unis avant mon entrée en première année de primaire, et il y a deux ans, elle a eu le mal du pays. Elle y est retournée, je suis resté.

J'acquiesce en silence. Le plus loin où je suis allée de la ville qui m'a vue naître se trouve à cinq heures d'avion. Je me demande ce que ça fait de quitter son pays à un si jeune âge et de traverser l'océan pour tout reconstruire. Le regard perdu dans le vague, je n'avais pas remarqué qu'Edward s'était levé. Il passe son écharpe autour de son cou et enfile sa veste tandis que je jette un coup d'œil à ma montre.

– Presque 17 heures, je ferais mieux de rentrer.

– En fait, je pensais faire un tour au centre-ville, tu veux m'accompagner ? demande Edward. Ils ont installé le marché de Noël.

– Avec plaisir ! Ça fait tellement longtemps que je n'y suis pas allée.

– Et moi, je n'y ai jamais mis les pieds. Tu pourrais me servir de guide ?

Un large sourire aux lèvres, je hoche la tête en même temps que je rassemble notre vaisselle sale que je dépose sur le comptoir. D'une main levée, je salue Melissa occupée avec un client au fond de la salle et passe devant Edward qui me tenait la porte ouverte. Quelques secondes plus tard, il me rejoint sur le trottoir enneigé en soufflant sur ses mains pour les réchauffer. Malgré le ciel sans nuages, il fait un froid polaire aujourd'hui. Par chance, je sais exactement ce qu'il nous faut.

– Prêt à goûter le meilleur vin chaud de ta vie ?

– Carrément ?

– Bien sûr ! Je te l'ai dit, à Holly Falls, on ne plaisante pas avec Noël !

Bras dessus, bras dessous, nous avançons dans les allées enneigées, le regard animé par la découverte pour Edward et par la nostalgie pour moi. Chaque année, le lundi précédent Thanksgiving, des petits chalets de bois fleurissent dans le cœur du village, amenant avec eux le bruit joyeux des chansons de Noël et des vendeurs qui interpellent les chalands pour leur faire goûter du pain d'épice ou du vin chaud. Plus jeune, j'adorais venir ici avec Sarah pour trouver un cadeau à mes parents. Nous y passions des heures toutes les deux, à voguer entre les étals à la recherche de la petite merveille qui ferait plaisir à notre famille, et invariablement nous repartions le ventre plein des douceurs que les marchands nous laissaient déguster. Cette tradition a disparu en même temps que ma mère ; je crois que nous n'avions plus le cœur à la fête. Et même si aujourd'hui je me suis faite à son absence, je ressens toujours ce pincement au cœur à l'approche de Noël.

C'était son moment préféré de l'année. En fait, c'est la première fois que je remets les pieds au marché de Noël depuis son décès.

– Tu as vu ce truc ? Mais qu'est-ce que c'est ? s'étonne Edward en désignant une masse encore informe au bout d'une allée.

– Monsieur Oswald s'est découvert des talents de sculpteur il y a des années.

– Le M. Oswald à qui on a acheté les sapins ?

– Lui-même. Je suppose que le fait de manier la tronçonneuse à longueur de journée rend habile. Bref. Chaque année il fait installer un bloc de glace sur le marché de Noël, et chaque jour il vient le sculpter devant le public. Il fait aménager une tonnelle avant qu'on puisse deviner ce que ça va être, et il la fait retirer seulement le jour du réveillon, pour maintenir l'effet de surprise. Et laisse-moi te dire que malgré les apparences, cet homme sait faire preuve de finesse. C'est toujours à couper le souffle.

– J'ai hâte de voir ça, souffle-t-il.

Moi aussi, bien que je ne sois pas certaine d'être encore présente la veille de Noël. Entre les tensions avec ma sœur, le fait que mon père sera peut-être remis sur pied d'ici là et ce qui m'attend à New York, je ne suis pas sûre de rester si longtemps à Holly Falls. Même si, tout compte fait, mon retour est plus agréable que je ne l'aurais imaginé.

– Il faut absolument que tu goûtes le vin chaud de Mme Madden ! C'est une merveille, m'écrié-je après avoir aperçu le bonhomme de neige qui surplombe son chalet.

Je n'ai pas menti, c'est le meilleur que j'aie jamais bu, mais si j'insiste pour qu'on le goûte maintenant, c'est surtout pour détourner son attention du bloc de glace qui me rappelle que, tôt ou tard, je vais devoir rentrer chez moi.

Arrivée devant le stand de la vieille dame, je nous commande deux verres de vin chaud et une livre de pain d'épice que j'attaque sans attendre. Les yeux fermés, je savoure ma gourmandise en même temps que je m'imprègne de l'ambiance. Le contraste de chaleur entre les cuves et le vent froid qui s'immisce dans les allées du marché. Le bruit des conversations, des rires et de la musique en fond sonore. Le goût de la cannelle sur ma langue et cette odeur… C'est exactement comme dans mes souvenirs d'enfance.

J'ouvre les yeux au moment où Mme Madden se penche au-dessus des cuves pour nous tendre nos verres de ses mains gantées.

– Et voilà, les enfants !

– N'y pense même pas, houspillé-je Edward en le voyant sortir son portefeuille.

– Emma, laisse-le faire, voyons ! intervient Mme Madden. C'est si rare les hommes galants de nos jours.

– Je suis d'accord avec vous, mais il n'est encore jamais venu. Je ferais une bien piètre guide si je ne lui offrais pas son premier verre.

– Faites comme vous voulez, glousse la vendeuse en attrapant le billet que je lui tends.

– Alors ? demandé-je à Edward alors qu'il a à peine trempé les lèvres dans son vin.

Il s'apprête à répondre quand son attention est détournée par quelque chose derrière moi. Aussitôt, il se rembrunit et je ne tarde pas à en comprendre la raison. Connor se matérialise à côté de moi et m'enserre brièvement la taille avant de tendre la main en direction de mon ami, qui ne tente même pas de répondre au sourire qu'il lui adresse. Edward jette un coup d'œil à la main de Connor et s'en détourne sans lui rendre la politesse. Il m'adresse un regard blasé :

– Je ferais mieux de vous laisser.

Sans plus d'explication et sans me dire au revoir, il nous tourne le dos et s'en va. Estomaquée, je regarde Connor, qui a toujours la main tendue :

– Eh bien, c'est l'amour fou, entre vous.

– C'est comme ça depuis son arrivée. Je n'ai jamais compris ce qu'il avait contre moi… Il faut croire que ma tête ne lui revient pas.

– Maintenant que tu le dis, je crois que je comprends, dis-je en faisant mine de m'éloigner.

– Reste là, toi, glousse-t-il en me rattrapant par le bras.

Connor sourit puis m'interroge du regard avant de commander une nouvelle tournée de vin chaud et des petits sablés à la cannelle que nous dégustons en arpentant les allées qui se vident peu à peu.

Au détour d'un stand, il me semble apercevoir Edward en pleine discussion avec un petit groupe d'hommes. Il parle en faisant de grands gestes et en riant sous cape, un verre en main, et même si la scène devrait me rassurer, je me sens coupable de l'avoir abandonné. Il a choisi de partir, mais j'étais venue avec lui. *J'aurais peut-être dû le rattraper ?*

Connor me détourne de mes doutes en passant à nouveau son bras sur mon épaule, et je ne remarque qu'une fois que nous sommes sur la place de l'hôtel de ville qu'il nous a conduits au village du Père Noël. À distance, j'adresse un signe de la main à son père, qui aide un petit garçon à descendre de ses genoux.

– Alors, qu'est-ce que t'en dis ? C'est toi la prochaine ? me taquine Connor.

Je lève les yeux au ciel et lui donne un coup de coude avant de l'entraîner en direction du grand sapin dont les lumières sont encore éteintes.

La nuit est tombée sur les allées quasi désertes du marché de Noël, que Connor et moi arpentons toujours d'un pas lent. Finalement, nous nous arrêtons sous un lampadaire à quelques pas de la voiture de mon père. Je ne sens plus mes doigts à cause du froid et j'ai mal aux joues d'avoir trop ri des anecdotes de Connor sur nos anciens camarades de classe. Je n'ai aucune envie de rentrer. J'aimerais rester là, en compagnie de ce bel homme qui me couve du regard et qui me permet de me plonger dans des souvenirs aussi agréables qu'inoffensifs.

– Je vais devoir t'abandonner, soupire-t-il. J'ai promis à mon père de passer le voir.

– Une nouvelle mission costume pour le fils du Père Noël ?

– Qu'est-ce que tu veux… C'est un travail de l'ombre, plaisante-t-il. Non, cette fois, c'est par rapport à sa grange, un problème avec la porte. Tu comprends, comme c'est là que va avoir lieu le bal de l'Hiver, on ne peut pas se permettre le moindre incident.

Et comme tout à l'heure, il se penche pour déposer un baiser sur ma joue, sauf que celui-ci est beaucoup plus proche de mes lèvres. Puis il me glisse à l'oreille « j'ai hâte d'être à demain ».

Moi aussi, Connor. Moi aussi.

CHAPITRE 16

– En vous souhaitant une bonne soirée !

Je place l'achat de la dernière cliente de la journée dans le cabas qu'elle me tend, un grand sourire aux lèvres.

Mon père, qui m'observe depuis l'entrée de l'atelier, attend que la porte se referme derrière la charmante vieille dame pour me dire, sur un ton trop plat pour être honnête :

– Tu m'as l'air de meilleure humeur aujourd'hui.

– C'est le cas !

– On m'a dit que tu étais allée au marché de Noël avec Edward hier… Est-ce que ça a un rapport ?

– On t'a dit ? C'est dingue ça, tout le monde sait tout sur tout le monde, ici… Qui t'a parlé de ça ? Mme Madden ?

– Eh oui, c'est ça les petites villes… Je sais aussi que tu as dansé sur une table au *Big Bob's* il y a quelques jours…

Merde.

– Dave ?

– Dave. Et si tu veux tout savoir, c'est Teresa qui m'a parlé du marché de Noël.

– Oui, j'y suis allée avec Edward, soupiré-je, vaincue. Mais j'ai été rejointe ensuite par Connor. C'est avec lui que je dîne ce soir.

– Encore lui… Il ne pourrait pas aller voir ailleurs celui-là ? grommelle mon père en faisant demi-tour pour retourner dans l'atelier.

– J'ai entendu ! crié-je. Tant qu'on en est aux confidences, tu as envie de me parler de Teresa et de vos petites discussions privées ?

Il baragouine quelque chose d'incompréhensible en même temps qu'il fait claquer les portes de son établi pendant qu'il récupère ses affaires. Quand il revient vers moi, il a sa tête des mauvais jours. J'imagine qu'il est déçu que son embuscade dans les bois n'ait pas fonctionné. Je pourrais lui dire que c'est peine perdue, qu'Edward et moi ne seront jamais qu'amis et rien d'autre, mais je le connais, ça ne changerait rien. Pour une obscure raison, il est opposé à l'idée que je me rapproche de Connor. Eh bien tant pis. Je n'avais pas l'intention de faire une rencontre en venant à Holly Falls – même s'il s'agit plutôt de retrouvailles –, mais ça s'est produit. Et peut-être qu'en fin de compte il ne se passera rien de concret entre Connor et moi, mais c'est sa présence, hier, qui m'a permis d'arrêter de broyer du noir. Alors j'ai envie de voir où tout ça va nous mener.

Au volant de Betty, mon père installé à mes côtés, je laisse mon esprit vagabonder. De la tenue que je porterai ce soir au restaurant où nous allons dîner, jusqu'au moment où il va me raccompagner. Je me surprends à imaginer comment se passerait notre rendez-vous si on était dans un de ces téléfilms de Noël que j'adore.

Quand Betty s'immobilise dans l'allée de garage, j'ai réussi à établir que si Connor se fie au manuel Hallmark, il devrait passer me prendre en calèche pour m'emmener dîner dans un parc où il aurait fait dresser une table pour deux, avec chandelles et joueurs de violon.

– Tu m'as entendu ? demande mon père.

– Non, tu disais ?

– C'est bien ce qui me semblait, ricane-t-il en ouvrant sa portière.

Je me précipite au coffre pour lui apporter son fauteuil, dans lequel il parvient à se glisser sans mon aide.

– Je te disais que Sarah m'a appelé hier.

Je sais.

– Elle proposait qu'on organise Thanksgiving chez elle cette année. Je voulais voir avec toi avant de répondre.

– Hein… Euh… oui, peu importe.

– Sûre ? Je sais qu'on a toujours eu l'habitude de le faire ici, mais cette année c'est un peu spécial.

– Bien sûr, papa. Pas de problème. De toute manière, je ne crois pas que j'aurais eu le temps de m'en occuper.

– C’est bien ce que je me disais. Je l’appellerai après pour lui dire.

– OK. Elle t’a dit si elle avait besoin qu’on apporte quelque chose ?

– Non, tu la connais, soupire-t-il en s’éloignant vers la maison.

– Bien sûr. Sarah n’a jamais besoin de rien, marmonné-je quand il est déjà trop loin pour entendre.

De toute manière, après la conversation que j’ai surprise hier, je n’ai aucune envie de fêter Thanksgiving, alors peu importe qu’on le fasse ici ou chez elle…

J’ai réussi à être en retard.

Mes collaborateurs ont dû faire des recherches sur le Net, parce qu’ils n’essayent plus de me joindre qu’après les horaires de fermeture de la boutique. Je viens donc de passer une heure et demie à échanger des coups de téléphone et des e-mails d’importance relative, quand j’aurais dû être sous la douche ou en train de choisir ma tenue.

L’avalanche de sollicitations a été telle que je suis obligée de continuer à répondre depuis mon portable alors que je suis à bord du 4 × 4 de Connor. Il a démarré depuis quelques minutes, et j’ai toujours le nez plongé dans mon téléphone.

– Je suis désolée, ils se sont tous donné le mot ce soir. Tout le monde m'appelle en même temps.

– C'est parce qu'ils ont du mal à se passer de toi.

– On dirait bien, oui…

– Je comprends. Le mois dernier, Gladys a dû s'absenter pour un problème familial. J'étais complètement largué.

Je lui adresse un regard en coin, les sourcils froncés.

– Gladys, c'était pas l'assistante de ton père ?

– C'est la mienne, maintenant, acquiesce-t-il en actionnant le clignotant.

– Tu sais que je ne suis pas assistante, hein ? Je suis directrice financière.

– Oui, bien sûr, voyons.

Il presse mon genou pour me rassurer.

– Je suis désolée, soupiré-je. J'ai tendance à être un peu sur la défensive quand il s'agit de mon métier. Les mentalités ont du mal à évoluer et certaines personnes n'arrivent toujours pas à accepter que des femmes puissent occuper des postes importants, alors je montre facilement les dents.

– Aucun problème.

– C'est bon, dis-je en glissant mon portable dans mon sac. J'ai mis un message d'absence, mon téléphone est en silencieux. Je suis toute à toi.

– Ah ! C'est ce que je voulais entendre !

– Maintenant, dis-moi. Où est-ce qu'on va ?

Le regard perdu au travers de la fenêtre, je profite enfin de la vue. La lune est haute dans le ciel et les sapins sont nimbés d'une douce lumière. Au loin, en contrebas, j'aperçois les lumières d'une petite ville.

– Tu m'emmènes à Menhawk ?

– Pas tout à fait. Comme on en est encore au stade des retrouvailles, je me suis dit qu'on pouvait aller au *Debby's*.

Le *Debby's* est un petit bar/restaurant d'inspiration country à la sortie de la ville. Je vais sûrement faire tache avec ma robe courte en satin et mes talons hauts, mais je suis tout de même ravie d'y retourner. C'est là que Connor m'a emmenée pour notre tout premier rencard, alors tant pis si je suis trop habillée pour l'occasion. Je lui adresse un sourire radieux.

– C'est une très bonne idée ! Si j'avais su, j'aurais emprunté une chemise à carreaux à mon père.

– Trop tard, glousse-t-il. Et puis, maintenant que je t'ai vue dans ta belle robe, je n'ai plus envie de te voir porter autre chose. Jamais.

– Si Delilah t'entendait, elle serait ravie. C'est elle qui m'a obligée à l'emporter.

– Qui ?

– Delilah, ma meilleure amie, réponds-je sèchement. Je t'en ai parlé, tu sais…

– Oui, je sais qui c'est, je te charrie, dit-il en coupant le contact.

Décidément, le fait d'avoir parlé de Sarah tout à l'heure m'a mis les idées en vrac. Avant de sortir de voiture, je prends une seconde pour souffler, histoire de me remettre en phase avec l'ambiance de la soirée. *Connor n'est pas un ennemi, je peux rentrer les griffes et me détendre.* Quand il ouvre ma portière, je me sens déjà plus sereine. J'accepte la main qu'il me tend pour m'aider à descendre et nous nous précipitons à l'intérieur. Aucun de nous deux n'est suffisamment vêtu pour avoir envie de s'attarder sous les flocons qui tombent sans discontinuer.

Nous pénétrons ensemble dans l'atmosphère surchauffée du *Debby's*. La musique est forte, tout comme l'odeur de bière, les clients dansent le madison sur la piste, et au loin, Mary-Lynn, la petite quinquagénaire qui tient l'établissement, nous salue d'une main levée. Connor m'indique une table et m'explique, en essayant de se faire entendre par-dessus la musique, qu'il va nous chercher un verre au bar. J'acquiesce et pars m'installer. En attendant qu'il revienne, je laisse mon regard se promener sur les murs en lambris décorés de cadres et de guirlandes à fanions. A priori, les lutins ne se sont pas arrêtés ici, ils se sont contentés de balancer quelques boules aux quatre coins de la pièce et d'ajouter une guirlande électrique autour du panneau qui indique la direction des toilettes. C'est assez drôle, en fait, parce que rien ne me plaît ici, mais je me sens chez moi.

Mon sourire nostalgique vacille lorsque je remarque une paire d'yeux rivés sur moi. Ils sont loin, troublés par l'alcool et un peu teintés par la colère, pourtant impossible de ne pas les reconnaître.

Edward est là.

Il est installé à une table plus loin, avec trois de ses amis. Deux blonds qui ont l'air d'être de la même famille et un grand brun à la peau noire. Je les reconnais, ce sont ceux qui l'ont rejoint au marché de Noël hier après-midi. Ses amis rient à gorge déployée, concentrés sur l'écran de téléphone du plus petit des cousins – ou frères pour ce que j'en sais –, mais Edward reste bloqué sur moi.

Je soutiens son regard étrange pendant quelques secondes, jusqu'à ce qu'il se détourne pour observer Connor revenir vers moi. Je me dis qu'il va sûrement m'ignorer, comme il l'a fait hier, mais l'alcool qu'il a dans le sang doit lui donner envie d'agir différemment, puisqu'il se lève et avance en direction de notre table d'une démarche légèrement chancelante. Il arrive à ma hauteur alors que je suis encore seule, et d'un geste qui se voulait nonchalant, s'appuie contre le demi-mur qui nous sépare du reste de la salle. Sans le vouloir, Edward donne un coup de coude dans une bouteille de bière transformée en soliflore qui finit sa course au sol. Le bruit de verre cassé n'interpelle pas le moins du monde mon ami qui m'observe toujours, son menton calé entre son pouce et son index, parfaitement indifférent au regard blasé que lui adresse la gérante venue nettoyer derrière lui.

À moins qu'il ne s'en soit pas aperçu ?

Un petit sourire amusé aux lèvres, je croise les bras sur la table.

– Comment vas-tu ?

– Bien, je profite de mes jours de repos pour m'amuser avec des amis, comme tu vois, dit-il en donnant un coup de tête en direction de sa table.

– Je vois ça. C'est avec eux que tu discutais au marché de Noël, hier ?

– Tu as le sens de l'observation, Emma.

– Oui, contrairement à toi.

– Hein ?

– Elle dit ça parce que tu viens de péter une bouteille, intervient Mary-Lynn. Salut Emma.

Je lui réponds par un hochement de tête tandis qu'Edward tourne sur lui-même pour constater les dégâts.

– Oh merde, pardon Mary.

– C'est rien mon chou, dit-elle en lui tapotant la joue.

– Oh, tiens, revoilà le pédiatre, ou le vétérinaire, je sais plus… glousse Edward en voyant Connor approcher.

Mon rencard dépose nos bières sur la table et se tourne vers Mary-Lynn, qui tient toujours sa pelle pleine de verre dans une main.

– Désolé pour les dégâts, dit Connor en lui tendant un billet de vingt dollars.

– Garde ton pognon, l'apollon. C'était juste une bouteille de bière, il m'en a vidé au moins cinq des comme ça depuis qu'il est là.

Connor range son billet tandis que Mary s'éloigne, puis il se place à côté de moi et passe son bras autour de mes épaules. Aussitôt, le regard d'Edward change.

– Connor, soupire-t-il. On parlait justement de toi…

– Ah oui ?

– Oui, je disais que c'était l'amour fou entre vous. Hein, Connor ?

On pourrait croire à un gentil badinage entre amis, si le ton qu'emploie Edward n'était pas si venimeux.

– Eh bien, ce n'est pas trop mal parti. Enfin, je crois. Mais c'est à Emma qu'il faut le demander.

– C'est bien parti, en effet, marmonné-je, consciente de marcher sur des œufs.

– Évidemment. Tout réussit toujours à M. Riley. N'est-ce pas ? Même quand tu fais n'importe quoi et que tu fous les autres dans la merde.

Il n'a pas élevé la voix, pourtant la menace est bien présente. Connor se redresse brusquement pour s'approcher d'Edward qui ne bouge pas, soutenant le regard assassin qui lui est adressé. À son sourire mauvais, je devine qu'il n'attend qu'un geste de la part de Connor pour régler avec ses poings ce que les mots n'ont pas réussi à réparer jusqu'à présent.

– Écoute, ton attitude de gamin capricieux, tu la gardes pour un autre jour. Comme tu le vois, je ne suis pas seul et elle n'a pas besoin d'être impliquée dans nos histoires, qui sont réglées, d'ailleurs.

Comment ça, réglées ? Je croyais qu'ils ne se connaissaient presque pas.

– Tu as de la chance d'être avec Emma, gronde Edward. Sans elle, tu ramassais tes dents et ta petite gueule sur le parquet.

Subitement, la musique a baissé et les conversations se sont interrompues. Il a prononcé ces mots à quelques centimètres du visage de Connor, dans un ultime geste de provocation qui n'a échappé à personne.

– Edward ! Lâche l'affaire ! intervient un des cousins depuis sa table.

– Ouais, il a raison. Lâche l'affaire, vieux, le provoque Connor.

– Sinon quoi ? Ton père va retirer mon nom de la liste des enfants sages ?

Je fais signe à l'ami d'Edward pour qu'il vienne le chercher avant que ça ne dégénère pour de bon, mais c'est finalement le grand brun qui nous rejoint en trottinant, et quand il arrive à notre hauteur, je suis frappée par la bienveillance qui se dégage de ses grands yeux marron lorsqu'il les pose sur mon ami. Il nous adresse un sourire gêné et passe son bras autour du torse d'Edward pour l'inviter à rejoindre leur table.

– Allez viens, laisse-les.

– Ouais t'as raison, souffle mon ami en marchant à reculons. Emma, passe une bonne soirée. Connor, tu peux su…

Il ne finit pas sa phrase, la main de son ami collée sur sa bouche alors qu'il se fait tirer en arrière plus brusquement. De retour à leur table, Edward semble rejeter les questions qui lui sont posées d'un revers de la main avant de reprendre sa place sur son tabouret. Comme s'il sentait que je l'observe, il se tourne vers moi et plonge son regard dans le mien. Je le scrute ainsi pendant de longues secondes, incapable de mettre le doigt sur ce qui me perturbe tant en lui ce soir – hormis la violence dont il a pu faire preuve. J'ai l'impression que son attitude cache quelque chose d'autre. De la tristesse, peut-être ? Je n'en sais rien, et il ne me laisse pas le temps d'analyser son expression plus longuement. Il se détourne et reprend sa conversation.

Toujours debout face au mur contre lequel Edward était appuyé, Connor desserre les poings. Il pousse un long soupir avant de se tourner vers moi et de m'adresser une grimace contrite.

– Je suis désolé.

– Ne le sois pas, j'adore les combats de coqs.

– Tu veux qu'on aille ailleurs ? Je n'ai pas envie que cette connerie nous gâche la soirée…

– Arrête, Connor, ce n'est rien, je t'assure. J'ai vécu à Manhattan pendant près de dix ans, je vois mille fois plus choquant avant le petit déjeuner.

– Choquant ? Merde, je suis désolé.

– Mais non Connor, je t'assure. Le type qui a collé ses fesses à la vitre de mon taxi, ça, c'était choquant.

– Sérieux ?

– Tu veux savoir le pire ? C'était le pare-brise.

– Punaise, ça doit être quelque chose de vivre là-haut. Donc, ce soir…

– Ni chaud, ni froid.

Une fois Connor rassuré, nous poursuivons la soirée comme si de rien n'était. Il nous commande des hamburgers et du vin, que je bois presque en intégralité puisque Connor conduit, et rapidement, la conversation s'oriente sur notre vie amoureuse respective.

– Je sais déjà que tu es célibataire, mais est-ce que tu as eu d'autres relations sérieuses depuis la nôtre ? demandé-je en plantant ma cuillère dans ma glace.

– J'ai connu quelques femmes après toi, c'est vrai, mais aucune ne t'arrivait à la cheville.

Bien sûr, il se mord la lèvre en disant ça. Je lève les yeux au ciel, joueuse.

– Tu n'as pas plus gros, comme technique de drague ?

Pris en faute, Connor baisse la tête en riant, puis il relève le regard pour le plonger dans le mien avec sérieux. Il prend ma main et s'avance vers moi jusqu'à ce que nos souffles se rencontrent.

– Bien sûr que si. Emma… Tu sais que ton père est un voleur ?

Incapable de me retenir, j'éclate d'un rire sonore qui attire l'attention sur nous. Alors que je balaie la salle du regard, les mains plaquées sur la bouche, je remarque qu'Edward est parti. Et pour la première fois depuis que je l'ai rencontré, j'en suis soulagée. Je me rends également compte que la salle est déserte et que l'heure de fermeture est déjà dépassée. Alors je me dépêche d'engloutir le reste de ma glace et nous nous empressons de laisser Mary-Lynn fermer.

La compagnie de Connor est tellement agréable que je suis presque déçue lorsqu'il me raccompagne à la porte de la maison. Hésitant, il passe d'un pied sur l'autre avant de déposer un rapide baiser sur ma joue, à quelques millimètres à peine de ma bouche.

– J'ai passé une excellente soirée avec toi, murmure-t-il.

– Moi aussi, j'ai passé un très bon moment. J'ai hâte d'être à vendredi.

Je l'embrasse à mon tour sur la joue puis il s'éloigne à reculons, un sourire aux lèvres. Il m'adresse ensuite un dernier hochement de tête avant de monter dans sa voiture et de disparaître.

Après une telle soirée, ça ne m'étonne qu'à moitié de recevoir un message une demi-heure plus tard, alors que je suis prête à me glisser sous mes draps. Je souris en prenant mon téléphone dans la main, prête à charrier gentiment Connor qui semble avoir du mal à se passer de moi.

Sauf que le message n'est pas de mon cavalier, mais d'Edward.

CHAPITRE 17

Edward
Je suis devant ta porte.
Tu peux descendre deux minutes ?
Il faut que je te parle.

Prise de court, je rejoins Edward devant la porte sans prendre la peine de me changer. Il ouvre de grands yeux en me voyant arriver vêtue d'un pyjama Tortues Ninja, de ma doudoune, de boots fourrées et de mon masque de nuit licorne remonté sur le front.

Il se pince les lèvres un instant tout en détaillant ma tenue. Malgré moi, je remarque que son regard s'attarde sur le débardeur noir que je porte sous mon manteau – sans soutien-gorge, évidemment –, et si je suis étonnée de voir qu'il déglutit avec difficulté, la vague de chaleur qui s'empare de moi me surprend davantage.

Stop.

Il n'est pas intéressé, juste saoul. Je reviens d'un rendez-vous avec un autre, et pour couronner le tout, il me tire du lit pour se moquer de moi quand je le rejoins. L'émotion qui doit dominer, c'est la lassitude. Alors je mets au placard mes hormones rendues incontrôlables par le manque de sexe et croise les bras sur ma poitrine. Ses yeux remontent aussitôt. *Problème réglé.*

– Quelque chose à reprocher à ma tenue ?

– Non, rien, ricane-t-il. C'est juste que c'est… coloré.

– Mon boulot ne laisse aucune place à l'originalité, alors je fais comme je peux. Et tu sauras que j'adore les dessins animés.

Je commence à m'agacer. Ce n'est pas le fait qu'il se moque de moi qui me pose problème, je sais faire preuve d'autodérision. La journée. Quand je suis suffisamment vêtue pour affronter les températures négatives.

– C'est pour parler de mon pyjama que tu me fais sortir en pleine nuit ?

– Non, en fait, je… (Il joue avec ses doigts, sans oser me regarder.) Je voulais te demander de m'excuser pour mon attitude de ce soir.

– T'es sérieux ? soupiré-je, les yeux levés au ciel.

– Oui.

– Tu aurais pu m'envoyer un message.

Gelée et persuadée d'avoir fait le tour de la question, je balaie ses excuses d'un revers de main et entreprends de faire demi-tour pour regagner le confort de mon lit.

– Attends !

– Quoi ?

– Tu ne m'en veux pas ?

Je souffle, puis je reviens vers lui pour poser une main sur son épaule.

– Non, je ne t'en veux pas, Edward. Tu avais trop bu, ça arrive. Et puis maintenant, je vois ce que tu voulais dire par « ce n'est pas parce que je suis sympa avec toi que je le suis avec tout le monde ».

– Donc je suis venu pour rien ? fait-il en se passant une main dans les cheveux, un sourire triste aux lèvres. T'es pas en colère ?

– Pourquoi je devrais être en colère ? Parce que tu n'aimes pas Connor et que tu as eu envie de régler tes comptes avec lui ? J'étais déjà au courant, et ce ne sont pas mes affaires.

– Mais j'ai gâché votre rendez-vous.

– Pas du tout, j'ai passé une très bonne soirée.

Il donne un coup de pied dans la poudreuse, un peu gêné, et m'indique la route de sa main gantée.

– Je ferais mieux de rentrer, dans ce cas.

Alors qu'il rebrousse chemin, je l'interpelle :

– Tu es venu comment ?

– À pied, pourquoi ?

Il m'observe depuis le bout de l'allée tandis que je peste et que je retourne à l'intérieur. Le temps de prendre les clefs de Betty et mon sac à main, Edward n'est déjà plus dans mon jardin. Je lance le moteur et le rattrape assez vite alors qu'il progresse le long de la route, à pas prudents, pour éviter les plaques de verglas.

– Monte, lancé-je par-dessus le siège passager, la vitre ouverte.

– Merci, dit-il en se jetant dans la voiture.

– De rien, je t'en devais une de toute façon. Mais s'il te plaît, la prochaine fois que tu veux t'excuser, envoie-moi un message.

Son rire rocailleux résonne dans l'habitacle et réchauffe l'atmosphère encore glaciale. Le sourire aux lèvres, je lui jette un regard en coin en donnant un petit coup sur le volant :

– J'en reviens pas que tu sois venu à pied ! Juste pour t'excuser…

– Je ne sais pas, je n'ai pas vraiment réfléchi à la distance ou au froid. J'ai eu peur que tu m'en veuilles, je me suis dit que je te devais des excuses. Ça m'a paru important sur le moment…

Je lui jette un nouveau coup d'œil en coin, touchée par son aveu. Il vient de marcher vingt minutes dans la neige, au beau milieu de la nuit, juste pour s'assurer que je n'étais pas en colère contre lui. *C'est adorable.* Edward a les yeux baissés sur ses mains avec lesquelles il joue nerveusement, jusqu'à ce qu'il se tourne vers moi, sentant probablement que je le regarde. Il secoue la tête, amusé :

– Tu veux bien arrêter de sourire, me houspille-t-il.

– Je n'y peux rien, t'es trop mignon.

– Pffff, je t'en prie ! Je ne suis pas mignon. C'est pour les ours en peluche, ça. Moi, je suis un mâle alpha bourré de testostérone et de sex-appeal, dit-il en prenant une pose de bodybuilder.

– Le seul mot que je retiens, moi, c'est bourré.

Bien que le reste ne soit pas faux.

– Oui, aussi.

J'éclate de rire. Très souvent, on découvre la vraie nature des gens quand ils sont saouls, et ce que je viens de voir de lui ce soir m'en a appris beaucoup à son sujet. Le menton levé, il fait mine d'être vexé et monte le volume de la radio. Aucun de nous ne parle, seule la voix de Brian Johnson résonne dans l'habitacle.

– J'adore cette chan…

– Il avait raison tout à l'heure ? Connor ? demande Edward à toute vitesse. C'est vraiment bien parti entre vous ?

– Oui. (Je hausse les épaules.) J'ai toujours aimé passer du temps avec Connor, il est gentil, charmant et…

Est-ce que c'est indélicat de vanter les mérites de quelqu'un qu'il n'apprécie pas ?

– Je trouve que c'est un connard pédant, mais c'est mon opinion, me rassure Edward. Je n'ai pas à te dire quoi penser de lui. J'espère juste qu'il est différent avec toi.

– Il l'est. Tu sais, ça a été ma plus longue relation, on a grandi ensemble, on se connaît depuis toujours. Quand je suis avec lui, j'ai l'impression d'être chez moi. Est-ce que c'est bizarre ?

– Non, pas du tout. C'est ce que je ressentais avec mon ex… avant, dit-il en soupirant. Il faut croire qu'Elvis avait raison quand il chantait *« Home is where the heart is »*.

J'acquiesce sans quitter la route des yeux, puis un silence paisible s'étire entre nous jusqu'à ce que je me gare sur le parking du *Big Bob's*. Avant de sortir de voiture, Edward hésite un instant, la main sur la poignée de la portière.

– Tu veux monter boire un verre avant de rentrer chez toi ?

Je devrais rentrer et essayer de dormir un peu. Je devrais, c'est vrai, et pourtant j'accepte de le suivre. Parce que le froid m'a redonné un petit coup de fouet et qu'il a l'air triste, en plus d'être encore saoul. Je ne peux pas le laisser seul avant de m'assurer qu'il va bien.

Une fois là-haut, Edward nous sert deux décas et ouvre une boîte de cookies qu'il place entre nous, sur l'îlot central de la cuisine. La cheminée diffuse une telle chaleur dans son appartement que j'ai retiré ma veste, et maintenant je n'ose plus bouger, trop consciente du fait que mon débardeur risque d'en dévoiler plus que je ne le souhaiterais. Il s'en rend compte et retire la chemise à carreaux qu'il portait pour me l'offrir.

– Tiens.

Son bras, tendu au-dessus de la table, est couvert de tatouages du poignet au biceps. Peut-être même qu'ils remontent encore plus haut, je ne peux pas le voir à cause des manches de son t-shirt. Je me perds un instant dans les volutes d'encre qui courent sur son avant-bras et relève finalement les yeux sur un Edward au sourire narquois.

– Ça devrait apporter la petite touche de folie qui manquait à ta tenue, se moque-t-il.

Je lui tire la langue en même temps que je passe sa chemise et que je vole un gâteau dans la boîte.

– Eh bien, ça te démangeait, on dirait.

Je hoche la tête, tout en finissant d'avaler le cookie que je fais glisser avec une gorgée de café. *Un délice*. Ma mine réjouie s'évanouit quand je rencontre le sourire triste d'Edward. Un sourire qui n'atteint pas ses yeux.

– Tu es sûr que tu vas bien ?

Il hoche la tête en portant la tasse à ses lèvres et je devine à la manière dont il évite de me regarder que ce n'est pas tout à fait vrai. Je pose une main compatissante sur son bras et il s'immobilise à mon contact. Le regard qu'il plonge dans le mien semble si tourmenté que je n'arrive pas à m'en détacher. Je suis comme aimantée par sa peine, suspendue à ses lèvres. Il soupire et finit par abdiquer.

– Tout à l'heure, je te parlais d'Elvis et du fait que notre maison est là où se trouve notre cœur. Eh bien c'est ça le truc, je ne me sens plus chez moi nulle part. Ni à Boston, ni ici.

– Sachant ce que tu as laissé à Boston, je pense que c'est normal… Quand j'ai quitté Holly Falls, je ne m'y sentais plus à ma place non plus. C'est à New York que je me suis trouvée.

Bien qu'il m'arrive également d'avoir l'impression de m'y perdre...

– Mais ça ne fait que quelques mois que tu t'es installé à Holly Falls, reprends-je. Laisse-toi le temps de te reconstruire ici.

Je tapote son bras en signe de soutien.

– Tu crois ?

– J'en suis sûre. Il faut peut-être que tu retrouves une partie de ce que tu avais avant.

– Je ne sais pas si je suis prêt pour une nouvelle relation, j'ai trop souffert, avoue-t-il sans me regarder.

– Tu pourrais peut-être y aller progressivement. En reprenant un chien par exemple ?

– J'y ai déjà pensé, soupire-t-il. Mais j'aurais l'impression de trahir mon vieux Baxter.

– Dis-toi que tu ne le trahis pas, tu lui offres un demi-frère.

– Je vais y réfléchir, dit-il en haussant les épaules, avant de replonger le nez dans sa tasse.

Comprenant que le sujet est clos, je prends un nouveau biscuit en pivotant sur moi-même pour regarder l'heure et manque de m'étouffer en apercevant son sapin dans un coin de la pièce.

– Edward !

– Quoi ?

– Ton sapin ! Tu ne peux pas le laisser nu, c'est un sacrilège ! En plus il est à côté de ta cheminée, le jour où tu voudras le décorer, toutes les épines vont tomber.

– Je n'ai pas encore pris le temps de le faire, admet-il en se passant une main sur la nuque.

Je me dépêche d'avaler le fond de ma tasse et de retirer sa chemise, parce qu'avant de voir son sapin j'ai eu le temps de lire l'heure sur sa pendule murale, et il vaut mieux que je rentre chez moi. Je me tourne pour lui rendre son vêtement et, après un léger moment de flottement, il tend la main pour le récupérer. Nos doigts se frôlent, aucun de nous ne bouge, nous levons les yeux et nous nous perdons dans le regard l'un de l'autre pendant de longues secondes. Jusqu'à ce qu'Edward retire sa main en se raclant la gorge. Je m'empresse de remettre ma veste, sans plus oser le regarder. Je ne sais pas exactement ce qu'il vient de se passer, mais je suis sûre que ça ne voulait rien dire.

– Je ferais mieux d'y aller, dis-je en reculant en direction de la porte d'entrée.

Il ne me retient pas. Il se contente d'acquiescer. J'avais raison, ça ne voulait rien dire.

CHAPITRE 18

Ma cliente m'adresse un sourire amusé quand le portable posé sur le comptoir se met à nouveau à vibrer. C'est au moins la cinquième fois depuis que j'ai commencé à encaisser ses achats. J'attends qu'elle ait récupéré ses sacs et qu'elle soit sortie pour me saisir du smartphone et le ramener à son vrai propriétaire. Mon père.

– Papa, tiens, tu l'as laissé à l'avant de la boutique. Il n'arrête pas de vibrer. Là, il recommence, dis-je en lui tendant.

Il réajuste ses lunettes avant de tendre la main pour récupérer son bien, puis prend connaissance des sms. Il relève la tête dans ma direction, sa monture ayant glissé sur le bout de son nez :

– Peter et Marvin m'invitent à déjeuner avec eux. On ira sûrement au *Louie's Grill*, tu veux te joindre à nous ?

– Non merci, je vais flâner un peu dans mon coin.

Il se mord l'intérieur de la joue, son téléphone toujours en main, hésitant.

– On peut manger tous les deux, si tu veux. Je vais dire à Peter qu'on se verra un autre jour. Après Thanksgiving.

– Papa, je suis une grande fille. Je n'ai pas besoin de baby-sitter, je t'assure. On va déjà passer la soirée de demain tous ensemble. Rejoins tes amis, je t'en prie.

– Oui, mais ça m'embête…

– Il ne faut pas, j'aime être seule. D'ailleurs ça me manque, parfois.

Je me sens un peu ingrate de me plaindre du manque de solitude quand elle m'a si souvent pesé et que d'autres la subissent. *Comme Edward.* J'aurais aimé l'inviter à passer la soirée de demain avec ma famille parce que personne ne devrait être seul dans un moment comme celui-là, dédié au partage, mais mes relations avec Sarah étant ce qu'elles sont, je préfère ne pas prendre le risque.

– Tu es sûre de toi ? m'interroge mon père, sa veste déjà sur le dos.

– Je te jure que si tu me poses la question encore une fois, je te pousse moi-même jusqu'au *Louie's Grill.*

– D'accord, ma poupée. Je te ramènerai un doggy bag rempli de desserts pour me faire pardonner.

– Tu n'as rien à te faire pardonner, mais j'accepte quand même ta proposition, dis-je en l'accompagnant à la porte.

Garé en double file devant la boutique, Peter Donovan sort de son van en courant pour aider mon père à monter à bord. Il porte une paire de bois de renne en feutre et sur la carrosserie de sa camionnette est floquée l'image d'un Père Noël coincé dans une cheminée avec l'inscription « Vous ne voudriez pas que ça vous arrive ? Appelez Peter le Ramoneur ».

– Sympa votre camionnette ! plaisanté-je.

– Merci Emma, dit-il en levant les yeux au ciel. Une idée de ma fille. Elle est dans le marketing.

Il hausse les épaules comme si c'était une lubie d'ado et en moins de temps qu'il n'en faut pour cligner des yeux, mon père est sur le siège passager, son fauteuil chargé à l'arrière et le moteur déjà en marche. Sur le pas de la porte, je lui adresse un sourire rassurant et un signe de main alors qu'ils prennent la route.

Je profite ensuite d'être seule pour remettre un peu d'ordre dans les rayonnages, passer un coup de balai plus que nécessaire, et quand je m'apprête à fermer la caisse, la clochette de la porte tinte. John, le client de la dernière fois à qui mon père a fait crédit, passe la tête dans l'entrebâillement.

– Vous êtes encore ouverts ?

– J'allais fermer, mais je vous en prie, entrez.

– Gordon est là ?

– Désolée, il est déjà parti déjeuner. Je peux peut-être vous aider ?

John s'avance vers moi d'un pas hésitant.

– En fait, j'étais venu lui payer les étagères, dit-il en me tendant quelques billets.

– Merci, je lui dirai que vous êtes passé.

– C'est à moi de vous remercier, il m'a enlevé une sacrée épine du pied, vous savez. Je vous ai amené ça, pour vous dire merci.

Je me saisis du sac en papier qu'il me donne et en sors, emballé dans du papier aluminium, un pain d'épice dont se dégage une odeur à tomber.

– C'est trois fois rien, mais ma femme fait l'un des meilleurs *gingerbread* de la région. J'espère que vous l'aimerez.

– Je n'en doute pas un instant, il sent vraiment bon. C'est très gentil de votre part.

L'air réjoui de John lorsqu'il quitte la boutique est contagieux : seule derrière ma caisse, je souris, jusqu'à ce que la culpabilité me rattrape. S'il n'avait été question que de moi, je ne l'aurais pas aidé, alors que de toute évidence il était de bonne foi et il n'avait pas l'intention d'arnaquer mon père. Je crois que tout ce temps passé au milieu d'une foule d'inconnus m'a fait oublier ce que c'était que de connaître les gens, de s'entraider et de se soutenir. La ville m'a rendue individualiste et méfiante. Et je n'aime pas ça.

Je pousse un long soupir, verrouille la caisse et sors de la boutique, l'esprit toujours préoccupé par ce que je viens de comprendre. Une fois dehors, je ferme un instant les yeux et inspire l'air frais de cette fin de novembre pour chasser toutes les pensées qui me parasitent. C'est vrai, je ne suis pas la plus altruiste, mais il ne tient qu'à moi de m'améliorer. Peut-être que ce séjour m'aidera à m'ouvrir un peu plus aux autres et me donnera – ou plutôt, me redonnera – l'envie d'être serviable.

Quoi qu'il en soit, ça n'arrivera pas dans la demi-heure et je commence à avoir faim. Malgré l'épais tapis de neige qui recouvre les trottoirs, les températures sont suffisamment clémentes pour me donner envie de marcher jusqu'au *Fresh Garden*, un petit snack spécialisé en produits frais et locaux. Ce n'est qu'à quelques rues de la boutique de mon père et sur le trottoir en face du *Lila's*. Il me faut moins de quinze minutes pour rejoindre le restaurant et passer commande. Je décide de prendre deux salades Cobb, une pour aujourd'hui et la seconde pour le déjeuner de demain midi. Ainsi, j'espère limiter les dégâts que le repas de Thanksgiving va assurément causer.

Mes deux salades en main, je cherche un endroit où m'asseoir, mais toutes les tables sont déjà prises. Je me dirige donc vers le *Lila's* de l'autre côté de la route, et quand j'ouvre la porte, le contraste est frappant. Il n'y a personne. Ça me fait de la peine pour Melissa, qui m'accueille pourtant avec un grand sourire, me faisant signe de m'installer le temps qu'elle termine avec un des rares clients. Je vais m'asseoir à une table dans un coin de la salle, entre le comptoir et le sapin artificiel bleu pâle qu'elles ont placé à la sortie des toilettes.

J'ai tout juste le temps de retirer ma veste que la petite blonde me rejoint pour prendre ma commande. Avant même de me saluer, elle lorgne sur le plat qui dépasse de mon sachet.

– Tu l'as achetée en face ?

– Oui, à l'instant.

– S'il te plaît, dis-moi qu'il en reste. Je meurs de faim.

– Désolée, j'ai pris les deux dernières.

J'hésite un instant, puis je finis par remiser mon envie de solitude au placard et tends la seconde boîte en carton à Melissa.

– Tu es sûre ? Merci !

– Je t'en prie. Tu manges avec moi ?

– Avec plaisir, dit-elle en entreprenant de s'asseoir face à moi, avant de se relever brusquement. Non, attends, laisse-moi t'offrir un café.

– Non, c'est bon, merci !

Les yeux écarquillés, je me rends compte que j'ai répondu bien trop vite. Par chance, elle se contente de rire.

– Il n'est pas très bon, n'est-ce pas ?

– Pas vraiment, désolée.

– Je sais, soupire-t-elle en s'asseyant de nouveau. Ce café, c'était le rêve de ma sœur. Elle est venue à Holly Falls l'année dernière et elle est tombée amoureuse de cette ville, alors elle a voulu s'y installer et lancer son affaire. Elle nous a convaincues, ma mère et moi, de la suivre dans son projet et elle a fini par nous planter au bout d'un mois pour suivre un mec qu'elle venait de rencontrer. Du coup, on essaie de se débrouiller comme on peut, en apprenant sur le tas.

– D'accord… Je comprends mieux.

– Honnêtement, on a de la chance que les gens d'ici aient envie d'aider les entreprises locales. Sinon, on aurait déjà mis la clef sous la porte. Quand ma sœur est partie, on s'est dit qu'on pouvait gérer la barque, même si on n'y connaissait rien. Après tout, ça ne devait pas être si compliqué. Du café, on en boit tous les jours. Mais il faut croire qu'on s'est plantées.

Elle fouille sa salade du bout de la fourchette, distraite. Je tends la main dans sa direction pour la rassurer, comme je l'aurais fait avec Edward, avant de me raviser.

– Ne sois pas si dure avec vous, je suis sûre qu'il y a une bonne explication au fait que votre café soit si… enfin… pas terrible. J'ai travaillé dans un coffee shop pendant mes études, si tu veux on pourra faire le point ensemble, un de ces jours.

– Tu veux bien ?

– Bien sûr ! Je ne te promets pas de trouver une solution, mais je vais faire mon possible.

– Merci.

– En tout cas, je dois vous tirer mon chapeau. Votre chocolat est à tomber, vos pâtisseries sont à se damner et vous avez accompli un véritable miracle.

Melissa m'observe, les sourcils froncés et un petit sourire aux lèvres. Je m'explique :

– Jamais de la vie je n'aurais imaginé mon père boire un café ailleurs que chez lui. Il me disait toujours : « Le café chez moi, il coûte six dollars le kilo, j'en bois autant que je veux sans avoir à faire la queue. » Et maintenant il vient tous les matins !

– Ça, je n'y peux rien ! C'est à cause de ma mère.

Elle se penche, la main devant la bouche pour me souffler à l'oreille :

– Il a un petit faible pour elle.

– Tout s'explique ! C'est pour ça qu'il a toujours son téléphone en main ?

– Oui, de vrais ados, glousse-t-elle.

Je jette un coup d'œil en direction du comptoir où se tient Teresa, les yeux justement rivés sur son portable et le sourire aux lèvres. Elle danse au rythme de la chanson de Mariah Carey, et j'espère que les paroles qu'elle fredonne concernent mon père. Il mérite d'être heureux. Maman nous a quittés il y a dix-sept ans, il était temps qu'il pense à refaire sa vie.

– Et concernant la dernière fois, demande Melissa d'un air qui se veut désintéressé, mais qui ne me convainc pas. Tes problèmes avec ta sœur, et avec les hommes ? Ça s'est arrangé ?

– Pas vraiment, soupiré-je. Après la conversation que j'ai surprise entre mon père et ma sœur, on ne s'est plus parlé, et comble de chance, je passe Thanksgiving chez elle demain.

La grimace qu'elle m'adresse résume plutôt bien la situation.

– Concernant le reste… Ça va. J'ai écouté tes conseils et j'ai décidé de me concentrer sur un homme à qui je plais vraiment.

– Edward ? demande-t-elle, le regard inquiet.

Elle retient son souffle, me confirmant qu'il lui fait bien plus d'effet que son air nonchalant ne le laisse entendre.

– Non, Melissa, je parlais de Connor.

Je la vois expulser tout l'air contenu dans ses poumons avant de porter sa fourchette à ses lèvres. Je me demande si Edward s'en est rendu compte. Probablement pas. Quand il est passé au *Lila's*, il y a deux jours, il n'a prêté aucune attention à Melissa. Je pense qu'il lui aurait au moins souri s'il avait eu conscience de l'intérêt qu'elle lui porte.

Est-ce que je devrais lui en parler ? C'est ce qu'une bonne amie ferait. Après tout, qui sait ? Peut-être que c'est elle, sa pédiatre végane ? Celle qui va lui permettre de se sentir chez lui. Oui, je devrais le lui dire.

Mais je ne suis pas sûre d'en avoir envie.

CHAPITRE 19

Je suis un pot de fleurs.

Plutôt joli, grâce à la petite robe que j'ai dénichée dans la boutique voisine du *Lila's* en revenant de mon déjeuner hier, mais un pot de fleurs tout de même.

Nous sommes arrivés chez ma sœur depuis près d'une heure et si elle a prononcé cinq mots à mon intention, c'est énorme. Ça fait une dizaine de minutes que je suis plantée là, dans sa cuisine, entre le comptoir et la table de la salle à manger, à la regarder s'affairer sans bouger. Comme un plant de géraniums qui attendrait qu'on l'arrose.

J'ai bien tenté de proposer mon aide à Sarah, qui a d'abord consenti à me laisser disposer les chamallows sur le gratin de patates douces, pour finalement décider que la tâche était trop ardue pour moi et qu'elle s'en chargerait elle-même. Me voilà donc revenue à la case départ, partagée entre mon envie d'aider et celle de l'envoyer paître. Mais comme elle semble déterminée à m'ignorer et à tout faire toute seule, je décide de l'abandonner à son sort et de rejoindre le reste de ma famille au salon. Mon beau-frère et mon père sont installés autour du canapé, pendant que mes nièces ont investi le tapis et sont occupées à montrer à leur auditoire une chorégraphie improvisée sur la chanson de *La Reine des neiges*.

– Tata ! chantonnent mes petites princesses alors que je me faufile entre le fauteuil roulant de mon père et l'accoudoir du canapé. Regarde comme on danse bien !

– Oui, j'ai vu ! De vraies ballerines.

– Nan, je suis pas une ballerine, moi, je fais du karaté ! intervient la plus grande avant d'essayer de lancer une série de coups de pied.

– Alors tu fais de la danse et du karaté ?

– Ben non tata ! C'est du karaté-danse !

– Évidemment, acquiescé-je face à leur père qui hausse les épaules, résigné.

Je m'installe sur le sofa pour regarder leur danse suivante, une version contemporaine et surexcitée de la valse. C'est terriblement mignon, comme tout ce que peuvent faire des petites filles de quatre et six ans vêtues de robes assorties. Aussi, quand elles me proposent de les rejoindre pour la chanson suivante, probablement issue d'un autre dessin animé à succès, accepté-je volontiers. Je danse et chante à tue-tête avec elles bien que je ne connaisse ni les paroles, ni la mélodie.

Lorsque la musique s'arrête, je salue notre public qui nous applaudit et prends mes nièces dans les bras. Nora, l'aînée, tire sur ma robe et lève des yeux émerveillés vers moi :

– Tu danses trop bien, tata ! Quand je serai grande, je veux être comme toi.

Un fracas nous parvient depuis la cuisine, interrompant notre moment de complicité. Nora adresse un regard empli de reproches à sa mère avant de lancer la prochaine chanson et de reprendre son show. Je m'assieds sur l'accoudoir du canapé, entre Leonard, mon beau-frère, qui n'a d'yeux que pour ses filles, et mon père, qui m'adresse un sourire attendri.

– Qu'est-ce qu'il y a ?

Il secoue la tête, comme pour chasser des pensées parasites.

– Rien, rien. Je me disais juste qu'après ce week-end, on allait entrer dans la période agitée.

Je souris malgré moi. Éluder une question en détournant l'attention, voilà le Gordon Lawrence que j'ai toujours connu. *Une seconde.*

– La période agitée ? On n'est pas déjà dedans ?

– Pas encore, mais on y arrive. D'ailleurs, il faudrait proposer des emballages cadeaux à partir de lundi, si ça va pour toi.

– Euh oui, bien sûr…

Ma mine défaite doit être plus éloquente que je ne l'aurais cru, parce que mon père fronce les sourcils.

– Tout va bien ? On dirait que tu es assise sur un cactus.

– Je n'ai jamais emballé de cadeau de ma vie, avoué-je finalement, consciente de passer pour une assistée.

Je prends sur moi pour ignorer le reniflement mesquin qu'a laissé échapper Sarah depuis la cuisine, bien que son attitude passive-agressive commence sérieusement à m'agacer.

– T'en fais pas, reprend mon père. On va s'entraîner ce week-end, tous les deux.

Je réponds à son clin d'œil complice par un sourire timide qui s'agrandit quand Sarah nous invite à passer à table. Enfin ! Avec un peu de chance, nous allons parvenir à sortir de ce dîner sans nous être étripées, même si elle ne me rend pas la tâche facile. Si j'accepte de me taire, c'est uniquement par affection pour elle et parce qu'il y a toujours une partie de moi qui espère qu'elle agit ainsi pour une bonne raison. Je fais tout mon possible pour garder mon calme, mais je ne suis pas surhumaine. Si elle continue à me pousser, je vais finir par craquer, alors que j'aimerais vraiment que cette soirée se passe bien. C'est avec cet objectif en tête que je m'installe entre mon père et Leonard, déterminée à parler le moins possible pour éviter la casse.

Malheureusement, c'était sans compter sur notre tradition qui veut qu'à chaque Thanksgiving les membres de la famille Lawrence prennent le temps d'énoncer ce pour quoi ils sont reconnaissants cette année. Moi qui voulais me faire toute petite et me goinfrer en silence, c'est raté. Je vais devoir prendre la parole sous le regard glacial de ma sœur, au risque de déclencher les hostilités. Je tends mon verre à Leonard, qui vient de déboucher une bouteille de vin blanc et attend que quelqu'un prenne la parole. Mon père, en bon chef de famille, se racle la gorge et tend une main en direction de Nora :

– Dis-nous, ma grande, de quoi es-tu reconnaissante ?

– Alors, je suis reconnaissante pour mes parents, ma sœur, et Simon, mon amoureux.

– Très bien. Et toi, Lola, qu'est-ce qui t'a rendue heureuse cette année ?

– Hum… Papa, maman, Nora, papy et tata ! affirme-t-elle en nous offrant le sourire édenté le plus mignon que j'aie jamais vu. Et toi, papy ?

– Parfait, ma chérie, la félicite mon père. Moi ? Eh bien, je suis reconnaissant de vous avoir tous les quatre auprès de moi, dit-il en regardant tour à tour tous les membres de la famille de ma sœur.

Il se tourne vers moi et pose sa grosse main calleuse sur la mienne :

– Et je suis reconnaissant que tu sois là, ma poupée.

Je n'ai pas ouvert la bouche que l'atmosphère se tend presque imperceptiblement. Inutile de chercher bien loin pour comprendre de qui vient ce changement d'ambiance. Je tapote le bras de mon père :

– Je t'en prie papa, c'est rien.

– Ah non ! Ce n'est pas rien. Tu as tout laissé en plan pour venir m'aider quand j'ai eu besoin de toi. C'est formidable, ma poupée. Je peux faire ce que je préfère, travailler le bois, et je gagne plus d'argent qu'avant. Tout ça, c'est grâce à toi !

– Oui, youpi, souffle ma sœur. Prosternons-nous tous devant Emma…

Cette fois, c'en est trop. J'ai vraiment essayé de prendre sur moi pour que la soirée se passe le mieux possible, mais je suis comme tout le monde, j'ai mes limites et Sarah vient de les atteindre. J'en ai plus qu'assez de son attitude de peste et de ses messes basses depuis que je suis arrivée. Je repose mon verre de vin et croise mes doigts sous mon menton lorsque je la foudroie du regard.

– Tu as quelque chose à me dire, Sarah ?

– Moi ? demande-t-elle en feignant la surprise. Bien sûr que non ! Que pourrais-je bien reprocher à la petite poupée qui revient de New York sur son beau cheval blanc ?

Elle inspire de manière théâtrale avant de poursuivre, venimeuse :

– Oh, je vois, tu es déçue que je ne chante pas tes louanges, moi aussi ? Désolée ma grande, ça ne risque pas d'arriver.

Je suis tellement en colère que mon sang bout dans mes veines et que je n'ai qu'une envie, tout envoyer valser et rentrer chez moi. Mais je ne le ferai pas avant d'avoir vidé mon sac. Les bras croisés, je contre-attaque :

– Je le sais, ça. Ton truc à toi, c'est d'appeler papa dans mon dos pour me critiquer. N'est-ce pas Sarah ?

Elle adresse un regard empli de reproches à mon père qui paraît aussi surpris qu'elle.

– Inutile de le regarder comme ça, il n'a rien dit, je vous ai entendus.

– Si tu m'as entendue, alors tu sais ce que je pense.

– Non, justement, Sarah. Tu m'en veux d'être partie à New York il y a dix ans, d'être revenue aujourd'hui, ou tu es en colère parce que ce n'est pas toi que papa a appelée à la rescousse ?

Elle lève les yeux au ciel comme si j'étais une gamine en train de faire un caprice, et je perds les pédales. D'un geste rageur, je recule ma chaise et jette ma serviette dans mon assiette.

– Assez ! Quand tu auras décidé de te comporter en adulte et de parler avec moi de ce qui te dérange, reviens me voir. Mais il n'est pas question que je reste une seconde de plus à subir tes humeurs.

– Oui, va-t'en, lâche-t-elle. C'est encore ce que tu fais le mieux. Et puis, de toute façon, c'est tout ce que tu attends, non ?

Elle se lève à son tour et me rejoint dans l'entrée où je suis en train d'enfiler ma veste.

– Pouvoir partir de chez moi ! De la ville ! Pour retrouver ta petite vie à New York, et ton boulot, puisque c'est tout ce qui compte pour toi !

Debout dans l'entrebâillement de la porte, je lui crache :

– Ouais, comme toujours, tu as raison ! Il n'y a que mon job qui compte. C'est pour ça que j'ai tout laissé en plan pour venir ici.

– Bravo, tu as fait le strict minimum ! Tu veux une médaille, peut-être ?

– Le strict minim… sifflé-je. Je te signale que je ne suis pas en congés ! Je bosse soir et matin pour garder mon job, mais tu sais quoi ? Je vais quand même sûrement me faire virer !

Sa colère vacille.

– Ça t'étonne ? poursuis-je. Peut-être que tu l'aurais su si tu ne t'étais pas comportée comme une putain de garce depuis que je suis là !

Je suis tellement furieuse que j'en ai oublié l'endroit où je me trouvais et les autres membres de ma famille qui auraient pu m'entendre. En même temps que j'attrape mon sac, je crie en direction du salon :

– Désolée pour le gros mot !

Sans lui laisser le temps d'en placer une, je claque la porte au nez de ma sœur. Non sans apercevoir à la dernière seconde la mine attristée de mon père.

CHAPITRE 20

J'ère dans les rues, au volant de Betty, le regard voilé par des larmes que je peine à contenir. *Comment avons-nous pu en arriver là, Sarah et moi ?* En grandissant, nous étions toujours très proches et, naïvement, je pensais que c'était toujours le cas, malgré la distance. Il faut croire que je me suis trompée puisque nous n'arrivons même plus à nous retrouver dans la même pièce sans nous crêper le chignon.

Arrêtée à l'intersection d'Oakland Drive et de Woodgrove Road, je ne sais pas où aller. En revanche, je suis certaine de n'avoir aucune envie d'être seule. Et si je songe un instant à retrouver Connor et sa famille – qui m'adorait à l'époque –, je finis par y renoncer, parce que ce n'est pas à lui que j'ai envie de me confier. Ce soir, c'est d'un ami dont j'ai besoin.

C'est comme ça que je me retrouve – une fois encore – à passer la porte du *Big Bob's*. Et il semblerait que je ne sois pas la seule à avoir besoin d'une épaule sur laquelle pleurer ce soir, parce que toutes les tables, ou presque, sont prises. C'est un peu triste de se rendre compte qu'il y a tant de gens seuls dans une si petite ville, mais c'est aussi étrangement réconfortant de savoir qu'ils se sont tous retrouvés ici pour être un peu moins isolés.

C'est d'ailleurs ce qui m'a le plus frappée lorsque je suis entrée : l'endroit est certes bondé pour un soir que l'on passe en principe en famille, mais il n'y a pas cette odeur de désespoir à laquelle on pourrait s'attendre. Peut-être que ça tient aux guirlandes qu'Edward a enroulées autour des poutres apparentes, au sapin encore tout nu au fond de la salle, ou à la playlist de Noël que j'entends difficilement au-dessus des éclats de rire. Quoi qu'il en soit, partout où mes yeux se posent, je vois des gens en pleine conversation, un grand sourire aux lèvres et un verre à la main. *Un joyeux bordel*. En revanche, j'ai beau chercher, je ne vois pas mon ami.

En attendant qu'il apparaisse, je m'installe au comptoir pour envoyer des sms à mes amies pour leur raconter mon altercation avec Sarah. Delilah me répond du tac au tac et me soutient dans ma rebellion, tandis que Melissa, plus mesurée, m'assure qu'il était nécessaire de crever l'abcès tout en me conseillant de ne pas être trop dure avec Sarah. Je les remercie pour leur soutien et m'empresse de leur souhaiter un joyeux Thanksgiving, avant de ranger mon portable dans mon sac. Ce n'est pas parce que ma soirée est gâchée que je dois pourrir la leur avec mes états d'âme.

– Emma ?

Je pivote pour me trouver face à Edward, qui m'observe, la tête penchée sur le côté.

– Qu'est-ce que tu fais là ?

– Ça ne s'est pas très bien passé avec ma sœur.

– Merde, désolé.

– Ce n'est pas ta faute si Sarah a décidé de se comporter comme une garce, dis-je en secouant la tête pour chasser les larmes qui me montent aux yeux.

– Carrément ?

– Ouais, soupiré-je. Carrément. Tu peux me servir un Moscow mule, s'il te plaît ? Avec des cacahuètes.

Il hoche la tête, compatissant, et commence à préparer mon verre. Ce n'est pas comme ça que j'imaginais passer ma soirée, mais sa présence atténue un peu ma peine.

– Tu m'accompagnes ?

– Je peux pas, je bosse.

– T'es barman, et c'est un jour de fête ! S'il te plaît. Ne me laisse pas boire seule.

Il lève les yeux au ciel et souffle :

– Un verre.

Pendant qu'il se sert, je danse sur mon tabouret et la veste que j'avais posée sur mes genoux tombe au sol.

– Tu veux que je mette ton manteau à l'arrière ?

– Oui, merci.

Il se saisit de ma doudoune et ouvre une porte dissimulée dans le mur. Bon sang, j'ai fréquenté cet établissement pendant des années et jamais je ne m'étais rendu compte qu'il y avait une pièce cachée derrière le comptoir. Je me hisse sur les coudes pour essayer de voir où mène cette porte, quand Edward revient près de moi.

– Il y a quoi, là ? demandé-je en désignant de l'index la pièce secrète.

– Mon bureau.

– Oh…

– Tu as l'air déçue. Qu'est-ce que tu t'imaginais ?

– Je ne sais pas. Une réserve pleine d'alcool, une salle VIP, ou un local que tu sous-loues à la mafia. Quelque chose d'un peu fou, quoi !

Edward éclate de rire.

– Désolé, j'y fais juste mes comptes, c'est tout.

– Pfff, c'est décevant. Il ne se passe rien d'un tant soit peu excitant là-dedans ? m'entends-je demander avant de me ratatiner sur mon siège, prenant conscience du double sens de ma phrase. Oublie, je veux pas savoir !

– Pourquoi ? T'as peur d'être jalouse ?

Je ris en secouant la tête, avant de prendre une gorgée de mon cocktail pour masquer le rouge qui m'est monté aux joues. Edward m'imite sans me quitter des yeux et grimace après avoir goûté.

– Comment tu peux boire ça ? C'est dégueulasse.

– J'aime bien, moi.

– En même temps, je ne sais pas pourquoi je me suis servi la même chose. J'ai horreur de la vodka.

– Eh bien comme ça, on est quittes. Le jour où on s'est rencontrés, tu m'as fait boire la boisson la plus infâme qui soit.

– Tu parles de whisky, là ? C'est le nectar des dieux, tandis que ton truc, c'est de la patate fermentée, ni plus ni moins.

– Pour ton info, le nectar des dieux c'est le vin, et ensuite…

Je lui tire la langue et attrape la paille dans mon verre pour prendre une longue gorgée dont je me délecte de manière théâtrale. Edward s'éloigne pour répondre à un client qui lui faisait signe, et le poids dans ma poitrine réapparaît doucement. J'avais pourtant l'impression de m'amuser. Il faut croire que – comme d'habitude – je me contentais de chasser mes émotions en les remplaçant par d'autres, plus agréables. Ça ne va résoudre aucun de mes problèmes, mais pour le moment, je crois que je me contenterai d'un placebo qui me fait juste oublier. Il sera toujours temps de réfléchir à ma relation familiale dysfonctionnelle demain. *C'est décidé, ce soir, je bois.*

Forte de cette nouvelle résolution, et peut-être un peu par bonté d'âme, je me saisis du verre abandonné par Edward et entreprends de le finir à sa place.

– Qu'est-ce que tu fais ? me houspille-t-il en revenant.

– Je te rends service. Ne me remercie pas. Tant que tu es là, ressers-m'en un, s'il te plaît.

Il ferme les yeux, les lèvres pincées, comme pour s'empêcher de rire, puis il sort un verre de sous le comptoir. Il le remplit de whisky avant de commencer la préparation de mon Moskow mule, qu'il me tend avec une légère hésitation. *À raison.* Entre le vin chez Sarah et la vodka maintenant, je ne suis déjà plus en état de conduire.

– Vas-y doucement, OK ?

– Monsieur, j'ingurgite du liquide depuis ma naissance. Je crois que je sais ce que je fais, dis-je en coinçant la paille entre mes lèvres sans porter mon verre à ma bouche. Et toi, tu fais quoi, là ? Je croyais que tu travaillais ?

– Peut-être, mais tu m'as demandé de boire un verre avec toi, et j'ai accepté. Tu sauras que je n'ai qu'une parole.

– Décidément, t'es vraiment trop mignon, soupiré-je. D'abord tu braves la tempête pour venir t'excuser, et maintenant ça…

– Je n'ai pas bravé la tempête. J'ai marché, par un temps normal à Holly Falls.

– Raconte ce que tu veux, mais t'es un ours en peluche, Teddy Eddy.

– Teddy Eddy ? pouffe-t-il. Je t'en prie, ne m'appelle plus jamais comme ça.

– Peut-être que je me suis trompée, ajouté-je à voix basse. Peut-être que ça aurait dû être toi, mon pédiatre.

– Ne dis pas des trucs comme ça, Emma.

Je suis déjà trop saoule pour chercher à comprendre ce que signifie le changement dans le ton de sa voix.

– Je le pense. T'es un mec bien, Edward Miller, même si tu penses que t'as pas la carrure d'un Nigel.

– Tu en es pourtant la preuve. Je ne devrais pas te laisser boire autant alors que tu en as gros sur le cœur et que tu es seule dans un bar rempli d'hommes.

– Pfff, même pas peur. Je sais me défendre, et puis je sais que tu ne laisserais rien m'arriver.

– C'est vrai.

– Tu vois… Bourrée, mais lucide.

Je hausse les sourcils en portant mon verre à mes lèvres et quand je tente de boire une gorgée à la paille, elle se fait la malle, m'obligeant à essayer de l'attraper du bout de la langue.

– En parlant d'homme seul…

Je devrais me taire tout de suite, avant de dire une connerie. Parce qu'Edward n'est pas prêt pour une nouvelle relation et qu'il a été clair à ce sujet. Mais aussi parce que Melissa me tuerait si elle savait ce que je m'apprête à faire. Comme s'il pressentait ce que j'allais dire, Edward repose sa boisson et plonge son regard dans le mien, l'air tout à coup très sérieux. Tellement, en fait, que j'hésite à terminer ma phrase. Malheureusement, l'alcool a ses raisons que ma raison ignore.

– Mon petit doigt m'a dit que tu avais une admiratrice secrète.

Il me fixe toujours avec la même intensité, les sourcils légèrement froncés, avant de se pencher sur le comptoir. Nous ne sommes plus qu'à une poignée de centimètres l'un de l'autre, si bien que je sens son souffle chaud sur mon visage. J'ai les mains moites et l'estomac au bord des lèvres.

– Je crois que tu as déjà rencontré une prétendante au titre de pédiatre végane, mon cher Edward.

– Ah oui ?

Sa voix est rauque.

– Oui. Elle était là, juste sous tes yeux depuis le début.

Il se redresse, nerveux.

– Emma…

– C'est Melissa !

Mon annonce surprise n'a pas la réaction escomptée. Il se mord la lèvre inférieure et contracte ses mâchoires avant de se détourner pour s'appuyer contre l'étagère à bouteilles, la tête baissée.

– Qu'est-ce qu'il y a ?

– Rien, dit-il froidement alors qu'il attrape de quoi me préparer un autre verre.

– Elle est vraiment mignonne et très gentille. Tu sais, tu lui plais beaucoup, j'en suis cert…

– Stop ! m'interrompt-il d'un ton sans appel. Lâche l'affaire, s'il te plaît. Tu as trouvé ton pédiatre végan, c'est très bien, mais n'essaie pas de me forcer à faire la même chose. Je sais ce que je veux, et ce n'est pas Melissa. Je n'ai pas besoin qu'on joue les entremetteurs pour moi, surtout pas si c'est toi.

Un peu surprise qu'il ait haussé le ton, je me contente d'acquiescer et d'accepter la boisson qu'il me tend. Après ma première gorgée, je repose mon verre, blasée.

– C'est de l'eau.

– Oui. Tu as besoin de faire une pause, lâche-t-il en réprimant un sourire.

– J'ai surtout besoin de manger, râlé-je en rejetant la tête en arrière.

– Tu veux que je nous commande des pizzas ?

– Tu ferais ça ? Quatre fromages, s'il te plaît !

Il se tourne pour aller chercher son téléphone, mais je le retiens d'une main sur l'avant-bras.

– Attends ! Tu peux me faire une promesse avant ?

– Ça dépend.

– T'es censé dire oui !

– Je t'ai dit que je n'étais pas un mec sympa.

Pour toute réponse je mime un bruit de pet avec ma bouche – mon âge mental diminue proportionnellement à mon taux d'alcool dans le sang.

– S'il te plaît, ne dis pas à Melissa que je t'ai dit que tu lui plaisais. Elle me tuerait. S'il te plaît, s'il te plaît…

Edward m'adresse un sourire amusé, avant de se diriger vers son bureau sans me répondre.

Sale gosse.

CHAPITRE 21

Ce matin, je m'éveille en sursaut avec la sale impression d'être sur un bateau en pleine tempête. J'ai la tête qui tourne, le cœur qui bat à tout rompre et l'estomac en vrac. Mes souvenirs de la fin de soirée sont un peu confus. Je me souviens d'Edward, de ses regards et de sa voix profonde quand il a prononcé mon prénom, comme un avertissement, alors que je lui avouais qu'il avait une admiratrice. Je me souviens aussi de lui avoir annoncé qu'il s'agissait de Melissa, et de m'être sentie soulagée quand j'ai compris que ce n'était pas réciproque. Ensuite il y a eu la pizza, de l'alcool, encore, même après la fermeture, et puis le trou noir.

Il me faut quelques secondes pour arriver à ouvrir les yeux et à me tenir assise sans avoir envie de vomir, mais j'y parviens et me rends compte que je ne suis pas chez moi. Je suis dans le lit d'un inconnu, vêtue d'un t-shirt d'homme au parfum musqué. *Parfait.* Je jette un rapide coup d'œil autour de moi pour essayer de comprendre où j'ai fini la soirée, mais je ne suis pas plus aidée. La chambre dans laquelle je me trouve est plutôt chaleureuse, décorée avec goût dans des tons beiges et taupe. Il y a une guitare abandonnée dans un coin de la pièce et une paire de gants de boxe posée sur la commode, je sais donc que je ne suis pas chez Connor. Aucune de ces deux activités ne l'intéresse. *Une minute... Des gants de boxe ? Je suis chez Edward !*

Est-ce que lui et moi, nous avons… ?

La tête dans la main, je me surprends à sourire quand la porte de la chambre s'ouvre dans un grincement.

– Désolé, je ne voulais pas te réveiller, murmure Edward. Je te ramenais ta robe. J'ai fait ce que j'ai pu, mais elle aura besoin d'un bon tour en machine.

– Merci, mais pourquoi tu chuchotes ?

– Je me suis dit que tu aurais sûrement mal à la tête…

Il s'apprête à quitter la chambre, mais je le retiens :

– Attends !

Je grimace au son de ma voix. Edward avait raison.

– Il s'est passé quelque chose ? reprends-je plus doucement. Je veux dire, est-ce que toi et moi…

– Non, on n'a pas couché ensemble, si c'était ta question.

– Ah.

– Tu as l'air déçue, s'étonne-t-il.

Je sens la chaleur me monter aux joues.

– N'importe quoi, gloussé-je en lui jetant un oreiller. Je suis juste un peu perturbée de me réveiller dans ton lit et dans des vêtements différents de ceux que je portais la veille, c'est tout.

– Je comprends. Mais rassure-toi, dans le métier, on a un dicton : si elle est trop saoule pour conduire, elle est probablement trop saoule pour coucher avec toi, ricane-t-il.

– Tu viens de l'inventer ?

– Ouais. Je voulais faire une rime, mais je n'ai rien trouvé. Ça n'empêche que c'est vrai. C'est un principe que j'applique dans ma vie de tous les jours.

– Ah, parce que ça t'arrive quotidiennement que des femmes ivres se jettent dans tes bras ?

– Pfff ! Bien sûr ! Tous. Les. Jours. C'est épuisant.

J'éclate de rire avant de me cacher les yeux avec mes mains.

– OK, et ma robe ? Tu peux me dire pourquoi tu as voulu la nettoyer ?

– La pizza, s'amuse-t-il. Tu as fait tomber une part aussi grosse que ta tête sur ta tenue, et un peu de bière aussi. Et tu as refusé de te coucher dans mon lit tant que tu la portais, de peur de salir les draps.

– D'où le t-shirt. Attends, je l'ai mis toute seule, ce t-shirt ?

– Oui. Je t'ai laissée gérer.

– Ouf, mon honneur est sauf.

– Enfin… tu as récupéré un de mes t-shirts dans la panière de linge sale, et tu l'as enfilé devant moi, au milieu du couloir, mais je ne t'ai pas aidée.

Dans un grognement de dépit, je me laisse tomber sur le lit et cache mon visage de mes coudes repliés.

– Oh non, j'ai tellement honte…

– Crois-moi, il n'y a vraiment pas de quoi, dit-il en quittant la pièce.

Hein ?

Je me redresse, les sourcils froncés et le regard rivé sur la porte par laquelle il vient de sortir. Est-ce que j'ai bien compris ce qu'il vient de dire ? Je n'ai pas à avoir honte. Mais de quoi ? De mon corps, de mon comportement, ou des deux ? Plus important encore, pourquoi la perspective qu'il m'ait vue à demi nue et qu'il ait aimé ce qu'il a vu fait-elle battre mon cœur plus vite ?

Assise en tailleur sur son lit, les yeux fermés, j'essaie de me raisonner. Il faut que j'arrête de croire qu'il y a un double sens à ses paroles. Il a été clair à propos de ce qu'il ressent : non seulement je ne lui plais pas, mais surtout il ne cherche aucune relation. Donc, non, il n'essayait pas de me faire un compliment de manière détournée, il insinuait juste qu'en tant que patron de bar, il a déjà vu pire.

J'attrape ma robe, pliée sur la commode, et s'il n'y a en effet plus de tache, l'odeur, elle, persiste. Il émane du tissu un mélange de fromage, d'alcool et de sueur qui me dissuade de la remettre. Je le rejoins donc dans la cuisine toujours vêtue de son t-shirt qui m'arrive à peine à mi-cuisses. Ça me gêne un peu de me balader dans cette tenue, mais j'oublie tout lorsque mon regard se pose sur la tasse de café fumante posée sur le comptoir, à côté d'un sachet de pâtisseries estampillé *Lila's Coffee*.

– Je peux ?

– Bien sûr.

– Toi, on peut dire que tu sais recevoir, dis-je en mordant à pleines dents dans une *bear claw* avant de m'asseoir face à lui. Quand tu étais là-haut, tu n'aurais pas vu Melissa, par hasard ?

– Si, je l'ai vue, dit-il en souriant.

– Et tu lui as dit quelque chose ?

Il s'appuie sur le comptoir de la cuisine et fouille distraitement dans le sachet. Il prend tout son temps pour me répondre, juste pour le plaisir de me faire mariner.

– Oui. Je lui ai dit que tu m'avais avoué qu'elle avait un faible pour moi, que c'était très gentil de sa part, mais que je n'étais pas intéressé. Et puis je lui ai donné un badge à mon effigie pour la consoler.

– Charmante attention, ricané-je.

– Je ne lui ai rien dit.

– Merci.

– Je t'ai dit que je n'étais pas sympa, pas que j'étais sans cœur, fait-il en levant les yeux au ciel.

– Non, pas pour ça. Enfin, si, aussi. Mais je voulais avant tout te remercier pour hier soir :

d'avoir supporté ma mauvaise humeur et de m'avoir laissée dormir ici. Et encore ce matin de m'avoir apporté le petit déjeuner.

– Du coup, j'imagine que ce n'est pas le bon moment pour te dire que tu me dois vingt balles ?

Gênée d'avoir supposé qu'il m'invitait alors qu'il en a déjà tant fait pour moi, je repose ma tasse et mon déjeuner et tends la main pour récupérer mon sac à l'extrémité du comptoir.

– Oh, si, bien sûr. Vingt dollars, tu dis ?

Il éclate de rire.

– Je plaisantais. Garde ton argent et tes remerciements. C'est normal entre amis.

Le sourire que je lui adresse est certainement l'un des plus sincères qui me soit venu aux lèvres depuis longtemps. C'est probablement pour le mieux que notre relation n'aille pas plus loin. Son amitié m'est trop précieuse pour risquer de la gâcher.

Une vibration provenant de l'intérieur de ma pochette attire mon attention. Une seconde pâtisserie coincée entre les dents, je me saisis de mon portable et panique en voyant le nombre d'appels manqués et de messages reçus. *J'espère qu'il ne s'est rien passé de grave.* C'est donc avec une certaine appréhension que je consulte le premier message.

Connor

Salut toi, tu vas bien ?
Hâte d'être à ce soir !
Je passe te prendre à 20 heures.

Ah oui, c'est vrai... Le rendez-vous avec Connor. J'avais oublié. Mais pour ma défense, je dois encore avoir de la vodka dans le sang. Une chance que la boutique soit fermée, parce qu'il va me falloir encore un peu de temps pour finir de décuver.

Je prends une profonde inspiration, une bouchée de *cinnamon roll* et consulte le reste de mes notifications. Deux appels sans message de mon patron. Quatre de mon père et un sms me demandant si je vais bien. Le pauvre, il a dû s'inquiéter de ne pas me voir rentrer. Je me sens coupable d'avoir disparu sans lui avoir donné de nouvelles de la nuit. Je m'empresse de rédiger un message rapide pour le rassurer pendant qu'Edward met de la musique.

Emma

Bonjour papa, je vais bien.
Désolée de ne pas t'avoir prévenu,
j'ai passé la nuit chez Edward.
Je rentre dans la journée. Bisous.

Je repose mon téléphone face contre la table et grogne. Edward porte sa tasse à ses lèvres pour essayer de cacher le petit rictus moqueur qui les déforme.

– Réveil difficile ?

– M'en parle pas, couiné-je. Je crois que je suis encore un peu saoule.

– Et tu trouves ça étonnant ? Tu as mis la honte à certains de mes habitués…

Je baisse la tête, mes mains sur le crâne, essayant de me cacher.

– Oh là là, je suis désolée…

– Inutile de t'excuser, je sais ce que c'est de vouloir noyer son chagrin au fond d'une bouteille.

– Merci.

– Mais ça s'est si mal passé que ça, hier ?

Je relève la tête en grimaçant.

– Je suis partie en plein repas, après que ma sœur m'a reproché de faire passer mon job avant ma famille.

– Ouh… Ça fait mal, ça.

– Et ce n'est pas vrai, surtout, me plains-je, les yeux à nouveau brouillés par les larmes.

– Je sais. Si ça avait été le cas, tu ne serais pas là.

– Pourquoi toi tu arrives à le comprendre, et pas elle ?

Je ne suis pas du genre à pleurer facilement, mais j'ai de plus en plus de mal à retenir les sanglots qui déforment ma voix.

– Je sais bien que je ne suis pas parfaite. J'ai un sale caractère, je n'ai jamais le temps de rien, j'appelle rarement et je reviens encore moins souvent, mais ça ne m'empêche pas de les aimer.

Cette fois, c'est peine perdue. Le regard compatissant que m'adresse Edward est la dernière chose que je vois avant qu'un rideau de larmes ne brouille ma vue. J'aperçois sa silhouette qui se déplace, je sens sa main chaude qui me tire par le coude, mais je ne vois toujours rien quand il m'attire à lui. Il me tient tout contre lui, dans ses bras, pendant que je pleure sans pouvoir m'arrêter. Sa main au creux de mes reins m'empêche de tomber, tandis que l'autre caresse mes cheveux emmêlés. Il ne dit rien. Pas besoin. La voix de Robert Smith qui chante à propos d'un lundi bleu[1] suffit.

Ma respiration est lente et profonde contre son torse trempé. Je ne pleure plus depuis quelques minutes déjà, mais Edward n'a pas rompu notre étreinte pour autant. J'enserre sa taille de toutes mes forces pour l'empêcher de s'éloigner. J'ai besoin qu'il reste encore près de moi, juste un peu, parce que sa présence m'apaise et que l'odeur de son parfum me réconforte. Et finalement, après ce qui a dû lui sembler durer une éternité, je m'écarte de lui sans oser le regarder, un peu honteuse d'avoir craqué de la sorte et inquiète à l'idée de ce que je pourrais voir dans ses yeux. Ses mains retrouvent les miennes quand il se penche pour me regarder en face.

– Ça va mieux ?

– Oui, merci. Et désolée, j'ai trempé ton t-shirt, plaisanté-je en frottant la tache du bout des doigts.

– C'est rien. Tu veux prendre une douche, peut-être ?

– Je ne voudrais pas abuser.

– Je t'en prie, pas de ça entre nous. Vu la nuit que tu as passée, je pense que ça te fera du bien.

---

1. *Friday, I'm In Love* du groupe The Cure.

– Tu es en train de me dire que je pue, là ?

– Peut-être pas en ces termes, mais…

Il croise les bras pour éviter la tape que je menace de lui donner, mais j'arrive à l'atteindre à l'épaule. Surpris, il laisse échapper un petit gloussement suraigu qui nous fait éclater de rire tous les deux.

– Vas-y, je te ramène une serviette et des vêtements propres, finit-il par dire d'une voix exagérément grave.

Je ressors de la salle de bain dix minutes plus tard, vêtue d'un t-shirt et d'un jogging propres. Je suis encore bien vaseuse, mais légèrement apaisée. Je crois que ça m'a fait du bien de relâcher un peu la pression et de laisser libre cours à mes émotions, au lieu d'essayer de les étouffer. Je me sens vidée, dans le bon sens du terme. Quand je rejoins Edward, il est dans le salon, occupé à fouiller dans un grand carton posé à même l'assise du canapé. Lorsqu'il m'entend arriver, il relève la tête.

– Comment tu te sens ?

– Mieux, merci. Qu'est-ce que tu fais ?

– Toute la nuit, j'ai repensé à ce que tu m'as dit l'autre fois. Alors pendant que tu étais à la douche, je suis allé chercher mes décorations de Noël. Il est temps que je m'occupe de mon sapin. Tu veux bien m'aider à le faire ?

– Tu y as pensé toute la nuit ?

– Bon, peut-être pas toute la nuit, mais comme j'ai dormi sur le canapé, j'avais le sapin sous les yeux.

– Oh, mais non ! Tu aurais dû me laisser le canapé !

– Arrête de te prendre la tête. Bon, par quoi on commence ?

Penchée au-dessus du carton, je me frotte les mains, impatiente. J'adore décorer le sapin de Noël. Quand j'étais petite, on le faisait tous ensemble, mais chacun était chargé de sa partie. On ne découvrait le résultat final qu'une fois que tout le monde avait terminé. C'était souvent du grand n'importe quoi, mais j'adorais ça.

Aujourd'hui, Edward et moi partons sur une approche un peu plus classique. Il se charge de mettre en place la guirlande électrique pendant que je nous prépare deux mochas. Ensuite, nous disposons les guirlandes et commençons à mettre quelques boules sur les branches. Ce faisant, nous discutons de tout et de rien. J'apprends que la guitare dans sa chambre lui a été offerte par un ami avant son départ de Boston, et qu'il ne sait pas du tout en jouer. Je lui raconte d'où me vient la petite cicatrice que j'ai sur le dos de la main : quand j'avais sept ans, Sarah m'a fait croire qu'elle avait fait tomber le collier préféré de notre mère entre deux lattes de la terrasse. Elle m'a demandé de le récupérer parce que mon bras était plus fin. En vérité, un chaton sauvage s'était réfugié en dessous et elle espérait que je le sentirais et que j'arriverais à l'attraper. Il m'a attaquée. L'année suivante, mon père a démonté la terrasse.

D'anecdote en anecdote, nous achevons notre travail de décoration avant même d'avoir eu l'impression de commencer. Tous les deux satisfaits, nous reculons pour admirer notre œuvre rouge et or.

– C'est plutôt moche, non ? demande-t-il.

– Ouais ! Affreux.

Nous éclatons de rire. Toutes les boules sont rassemblées au même endroit, il n'y a des guirlandes qu'au bas de l'arbre et l'étoile est comme tout le reste : branlante.

– Je suis sûre qu'on peut l'arranger, peut-être en mettant…

– Non, laisse-le, m'interrompt-il. Je l'aime bien comme ça, finalement.

J'observe Edward, puis notre œuvre, et je souris.

– Moi aussi.

Il me rappelle ceux de mon enfance, que nos invités regardaient toujours à deux fois en passant à côté. Il est atypique et j'aime ça.

– Tu m'appelleras quand tu voudras décorer la salle du bar, plaisanté-je.

– En fait, si ça ne te dérange pas, j'aimerais voler l'idée du sapin de ta famille. Je me suis dit que je pourrais demander à ceux qui le veulent de ramener une décoration et de la mettre sur le sapin. Tu as vu le monde qu'il y avait hier soir… Tous ces gens n'ont pas de famille avec qui fêter Noël.

– C'est une super idée.

Un léger sourire aux lèvres, j'observe Edward à la dérobée. Plus j'apprends à le connaître, plus je l'apprécie. On ne dirait pas qu'un grand cœur se cache sous ces airs renfrognés.

– Quoi ? Pourquoi tu me regardes comme ça ?

– Pour rien, Teddy Eddy.

Il ramasse le reste des décorations en pestant, tandis que je pars récupérer mon portable sur le comptoir de la cuisine. Il affiche deux nouveaux appels manqués de mon patron, un texto de mon père et un message vocal de la part de Connor. Au lieu de verrouiller mon téléphone, mon doigt ripe et je presse sur lecture sans le vouloir. Je vois Edward se figer en entendant la voix de mon ex.

– *« Salut beauté ! Je suis en voiture, là, je voulais juste te prévenir que je passerai sûrement te chercher plus tôt que prévu. Vers 19 h 30. Pas besoin de chemise à carreaux ce soir, mets-toi à l'aise. Enfin, si tu veux remettre la belle robe que tu avais la dernière fois, je ne vais pas me plaindre. Peut-être même qu'on p... »*

J'éteins le répondeur et fourre mon smartphone à la hâte dans mon sac.

Quand je reviens auprès d'Edward, il a l'air distant. Le message de Connor vient de pourrir l'ambiance et je me sens coupable. De l'avoir écouté ici, alors qu'ils ne s'aiment pas, et peut-être aussi de retrouver Connor tout à l'heure. J'ai presque l'impression de trahir Edward en allant en retrouver un autre ce soir après l'après-midi qu'on a passé. *Mais je me fais sûrement de nouveau des idées.*

– Il est déjà 17 heures… Je ferais mieux d’y aller, annoncé-je.

– Oui, un pédiatre, ça n’attend pas.

– Ouais…

Je récupère mes affaires, vole une autre pâtisserie et me dirige vers l’entrée.

– Il a raison, ajoute Edward précipitamment. Tu étais très belle dans ta robe.

La main sur la poignée de la porte, je suspends mon geste. Redressant la tête, je fais volte-face pour le prendre à mon tour dans mes bras.

– Merci pour tout.

– Je t’en prie, souffle-t-il en m’enlaçant la taille.

– Edward ?

– Oui ?

– Est-ce qu’il y aurait une bonne raison pour que je n’aille pas à ce rendez-vous ?

Il ne répond pas. Mon souffle reste bloqué dans ma gorge. J’attends, sur le fil, de savoir de quel côté je vais tomber.

– Non, murmure-t-il.

Je hoche la tête machinalement et quitte son appartement sans me retourner.

Au moins, maintenant, les choses sont claires. Je peux reprendre ma route avec Connor sans plus regarder en arrière. Edward ne restera qu’un ami. C’est mieux ainsi.

CHAPITRE 22

Il n’y a pas un bruit lorsque je rentre à la maison, et aucune trace de mon père non plus. Je me demande un instant s’il n’est pas retourné chez Sarah, mais il apparaît devant la porte de sa chambre au moment où je pose mon sac sur le guéridon de l’entrée. Depuis le fond du couloir, il m’observe en silence, le visage fermé. Je m’en veux de lui faire subir tout ça, mais je suis épuisée. Je voudrais juste dormir. La main sur la rampe de l’escalier, le pied déjà posé sur la première marche, je souffle :

– Bonjour papa.

Il avance un peu son fauteuil roulant vers moi.

– Salut ma poupée.

– Je suis désolée d’avoir tardé à te donner des nouvelles.

– C’est pas grave. Écoute, à propos de ce qui s’est passé hier soir…

– Attends, je t’interromps tout de suite. Je sais qu’on va devoir en parler tôt ou tard, mais pas maintenant. S’il te plaît.

– D'accord, mais dis-moi au moins comment tu vas.

– Honnêtement ? Ce n'est pas la joie, avoué-je en haussant les épaules. Hier soir, ça n'allait franchement pas fort, mais là, je me sens un peu mieux.

– C'est bien, dit-il en m'observant avec attention. Emma ?

– Oui ?

– Ils viennent d'où ces vêtements ?

Je baisse les yeux sur le jogging et le t-shirt gris que j'ai empruntés, et je souris.

– C'est à Edward.

– Ah oui, c'est vrai, t'as passé la nuit chez lui. Alors ?

– Papa, soupiré-je. Ne commence pas…

– Commencer quoi ? Je ne commence rien du tout, moi. Je pose juste une question.

– Oui, oui, à d'autres. Tu te crois discret, mais je vois clair dans ton jeu. À croire que tu attends juste que je me jette dans ses bras.

– Peut-être, admet-il enfin.

– Ah, quand même ! m'exclamé-je, les bras levés. Merci ! Tu pourrais m'expliquer ce qui t'arrive ? Pourquoi tout à coup tu veux t'impliquer dans ma vie amoureuse ?

– C'est juste que c'est un brave type, et que je sais qu'il te traiterait bien, lui. Et puis, de l'avis général, il est plutôt pas mal, non ?

– L'avis général ? Tu veux dire Teresa et Melissa ?

– Et ta sœur.

– Je suis d'accord avec vous, dis-je d'une voix légèrement rauque. C'est vraiment quelqu'un de bien.

– Ah, tu v…

– Seulement ça n'ira jamais plus loin que de l'amitié entre nous. Alors je ne sais pas ce que tu t'étais mis en tête, mais tu peux oublier.

Je m'engage dans les escaliers, rattrapée par la fatigue, mais mon père me retient d'une main sur le bras.

– Tout ce que je veux, ma poupée, c'est que tu sois heureuse.

– Je sais papa, dis-je en posant ma main libre sur la sienne. C'est ce que je veux aussi.

– Alors c'est bien. Va te coucher, maintenant, tu as une tête à faire peur.

– Je n'aurais jamais dû te présenter Delilah, râlé-je en montant. Elle a une mauvaise influence sur toi.

Arrivée à l'étage, je me traîne jusqu'à ma chambre et je me laisse tomber sur mon lit, où le sommeil m'emporte aussitôt.

Je n'ai pas mis d'alarme, alors quand je rejoins le rez-de-chaussée, ça fait déjà vingt minutes que Connor m'attend. Mon père l'a fait entrer pour lui éviter d'avoir à se geler dans sa voiture et je parie qu'il me maudit pour ça. Ils se tiennent chacun d'un côté de l'escalier, et l'atmosphère qui règne dans cette petite entrée est étouffante. Aucun d'eux ne parle, ils se contentent de s'observer en chiens de faïence pendant que je me prépare. J'attrape mes affaires et j'entraîne Connor à l'extérieur avant même d'avoir enfilé mes chaussures.

Nous sommes accueillis par une brise glaciale qui nous fait frissonner tous les deux. Je m'empresse de mettre mes bottes et ma veste pendant que Connor se précipite sur la portière côté passager pour me l'ouvrir, mais je l'interromps d'une main posée sur le bras. Depuis que je suis arrivée, j'ai l'impression d'être prise dans l'œil du cyclone. Je me fais entraîner malgré moi et tout s'enchaîne sans que j'aie le moindre contrôle. La boutique. Le travail. Edward. Ma famille. Connor. La fatigue. Les conflits. Les souvenirs. Mais à l'instant, dans le calme de la nuit, j'ai eu l'impression que tout s'était arrêté. Il n'y avait plus rien d'autre que le souffle du vent et, au loin, la mélodie étouffée des chants de Noël de la chorale qui fait du porte-à-porte. Je ne m'en étais pas rendu compte avant, mais je crois que j'ai besoin d'un break. Juste quelques minutes de répit dans la tempête qui m'a emportée.

– Qu'est-ce que tu fais ? me demande-t-il.

– Rien. Je voudrais juste rester là, encore un peu.

– Dans ton jardin ?

– Oui. C'est si calme.

Je lève les yeux vers le ciel et, la tête penchée en arrière, je regarde les flocons descendre doucement vers moi.

– On faisait toujours ça avec Sarah quand on était gosses, expliqué-je en sentant le regard de Connor peser sur moi.

– Je crois que je ne l'ai jamais fait.

– Sérieux ? Mais comment c'est possible ?

– Je ne sais pas. Je crois que je n'ai jamais vraiment aimé la neige.

Je redresse brusquement la tête.

– Tu fais un bien piètre fils du Père Noël ! Comment peut-on ne pas aimer la neige ?

– Facile. C'est froid. Ça finit par se transformer en boue ou en glace. En plus, le sel ça tache et ça fait rouiller.

– Pfff. C'est des raisons d'adulte, tout ça. La neige, ça doit faire ressortir le gamin en toi. Oh, mon Dieu ! m'écrié-je en lui plaquant une main sur le torse. Ton père est au courant ?

– Non, c'est un secret que je garde depuis des années. Je me sens enfin plus libre, s'amuse-t-il.

– Allez viens, Grinch, allons nous mettre à l'abri avant que tu ne rouilles.

Cette fois, je ne retiens pas Connor et monte à bord du 4 × 4 avec soulagement. C'était apaisant de regarder la neige tomber, mais maintenant j'ai froid, alors quand il met le moteur en route, je colle mes mains sur la ventilation et mon dos contre le cuir des sièges chauffant en poussant un râle de satisfaction. *J'adore Betty, mais il lui manque vraiment le confort des voitures modernes.*

Détendue, j'appuie mon front contre la vitre et regarde le paysage défiler. Je suis curieuse ; je ne sais pas où Connor nous conduit. Je me redresse dans mon siège et observe avec plus d'attention ce qui nous entoure. Nous progressons sur une petite route de campagne enneigée, perdue au milieu des bois. Ça me dit vaguement quelque chose, mais tout se ressemble par ici. Il y a toujours des sapins, des petits chemins, des plaines ou des forêts.

– Où est-ce que vous m'emmenez, monsieur Riley ? demandé-je finalement, joueuse.

– C'est une surprise.

– Si je devais deviner, maintenant que je connais ton affreux secret, je pencherais pour une plage artificielle.

– Ah, ah, très drôle, se moque-t-il en pressant doucement mon genou. Patience, on y est presque.

Son geste me ramène des années en arrière, quand nous faisions la route de la fac ensemble. Je lui souris, il porte ma main à ses lèvres, comme autrefois, et le reste du trajet se passe dans un silence nostalgique. Finalement, après quelques minutes supplémentaires à nous enfoncer dans la forêt, Connor actionne le clignotant et s'engage dans un chemin privé au bout duquel apparaît une maison moderne, construite à côté d'un pin rouge au tronc tordu que je reconnais immédiatement.

– Le terrain de M. Andrews ! m'écrié-je. Tu m'emmènes chez toi ?

– Surprise !

– Tu sais qu'en principe c'est au troisième rencard qu'on emmène la fille chez soi ? le taquiné-je.

– Mince. Du coup on fait quoi ? *Wendy's* ?

Je lui donne une tape sur le bras pendant qu'il sort de la voiture et qu'il me rejoint pour m'aider à descendre. En principe, je ne suis pas une grande adepte de ces gestes de galanterie à la limite de l'assistanat, mais j'accepte tout de même sa main tendue, parce que l'intention est charmante et que le 4 × 4 est particulièrement haut.

– On y va ?

– Et comment ! Ça fait tellement longtemps que je ne suis plus revenue ici. J'ai hâte de voir ce que tu en as fait.

– Tu verras, ça n'a plus rien à voir avec ce que tu as connu jusque-là.

– J'ai l'impression que c'est un peu le maître mot de mon retour à Holly Falls, plaisanté-je.

– Comment ça ?

– Je ne sais pas, tout a l'air différent.

– Moi, je n'ai pas changé, dit-il en m'adressant un clin d'œil.

– Dans ce cas, je suis inquiète.

– Pourquoi ça ?

– Dans mes souvenirs, la cuisine ce n'était pas vraiment ton fort.

– Là aussi, tu devrais être agréablement surprise.

Je suis vraiment impatiente de retrouver cet endroit. Adolescents, nous venions souvent sur le terrain du vieil Andrews pour pêcher ou nous baigner dans l'étang qu'il partage avec la municipalité. Et là où se trouve aujourd'hui une maison d'architecte, se tenait autrefois une grange faite de bric et de broc. On se croirait dans l'une de ces émissions de rénovation avec leurs avant/après incroyables.

J'admire l'extérieur en remontant l'allée derrière Connor. Il m'invite à entrer la première et me désigne le vaste canapé en cuir blanc d'un geste de la main. J'y dépose ma veste, abandonne mes escarpins et balaie la pièce du regard. Nous sommes dans une grande pièce à vivre, très haute de plafond avec des murs blanc immaculé, et au pied de grandes baies vitrées qui remontent jusqu'en haut de la mezzanine est dressé un sapin d'au moins trois mètres, blanc, lui aussi. C'est immense, épuré et pas très chaleureux. J'ai l'impression d'être dans la version 3D d'un magazine de déco consacré au modernisme. Ce n'est pas vraiment ma tasse de thé, mais je reconnais malgré tout le sens du détail de Connor. Il revient justement vers moi, deux verres de vin à la main.

– Je ne me souvenais plus de tes goûts, alors j'ai opté pour un blanc sucré.

– Merci.

– Alors, qu'est-ce que tu en penses ?

– C'est très… moderne, dis-je en prenant une gorgée de vin.

Je m'efforce de garder une expression neutre, mais ce n'est pas très bon. J'ai beau être accro au sucre, je préfère le vin sec.

– Tu n'aimes pas ?

– Disons que je préfère…

– Tu veux une bière, plutôt ?

Ah, il parlait du vin.

– Ce n'est pas mon préféré, mais je vais le finir quand même, merci.

– Comme tu veux.

Il s'installe dans l'angle du sofa, un bras tendu sur le dossier pendant qu'il m'observe déambuler dans le salon. J'examine avec curiosité les photographies encadrées qui sont disposées le long du buffet. Il s'agit principalement de clichés de Connor, accompagné de sa famille ou de quelques amis. Toutefois, suspendu à côté de la porte arrière qui mène à la terrasse, se trouve un cadre un peu différent des autres. Les bords semblent être en plastique fin, de moins bonne qualité que ceux qui sont disposés sur le meuble, pourtant c'est mon préféré : à l'intérieur se trouve une serviette en papier sur laquelle j'avais griffonné une esquisse de Connor, à l'époque où nous sortions ensemble.

– Tu as gardé ce truc-là ? m'amusé-je.

– Bien sûr. C'est le premier cadeau que tu m'aies fait.

Il se lève et vient se placer dans mon dos pour observer mon « œuvre ». Je sens sa chaleur malgré la distance qui nous sépare encore et, quand il enserre ma taille, je ne le repousse pas. Je savoure la sensation familière et rassurante de son étreinte.

Je me sens bien, là. Pourtant, je ne peux m'empêcher de revenir à ce matin, et aux bras d'un autre homme.

Dans un soupir, je chasse ces pensées parasites pour me concentrer sur le reflet que me renvoie la baie vitrée. Connor et moi, enlacés. Connor qui n'attend qu'un signe de ma part pour reprendre notre relation où nous l'avions laissée. Celui qui a non seulement la carrure pour devenir mon pédiatre végan, mais aussi l'envie.

Il faut que j'avance et que je me laisse une chance d'être heureuse, comme je l'ai dit à mon père tout à l'heure, et ça commence par accepter qu'Edward ne sera jamais plus qu'un ami. Alors, après un dernier coup d'œil en direction du couple enlacé que j'ai devant les yeux, je repousse les bras de Connor pour me tourner face à lui. Ses mains retrouvent ma taille quand il baisse les yeux vers moi et qu'il m'attire tout contre lui pour m'embrasser. Ses lèvres effleurent les miennes quelques secondes à peine avant qu'une alarme ne retentisse dans la cuisine et qu'il s'éloigne brusquement. Tandis qu'il court en direction du bruit, je reste en retrait, les doigts pressés sur mes lèvres. C'était tellement rapide… C'est certainement pour ça que je n'ai pas eu de papillons dans le ventre, non ?

– Merde, désolé. J'ai mis le four en route avant de venir te chercher, j'ai peur que ça brûle si je ne le sors pas maintenant.

– Tu as fait du poulet au parmesan ? demandé-je en le voyant sortir le plat du four.

– Oui.

– Tu t'es souvenu que c'était mon plat préféré ?

– Bien sûr. Je n'ai rien oublié te concernant, Emma. Mis à part peut-être tes goûts en matière de vin, plaisante-t-il. Je me souviens de chaque jour, de chaque minute passée ensemble, parce que c'étaient les meilleurs moments de ma vie.

L'intensité du regard qu'il relève vers moi m'intimide et me trouble. Je ne sais pas comment réagir à une telle révélation. C'est vrai que tous ces moments passés en compagnie de Connor étaient agréables, mais de là à dire que c'étaient les meilleurs de ma vie ? Ce serait mentir, alors je préfère ne rien répondre. Je me contente de lui adresser un léger sourire avant de m'écarter pour l'aider à mettre la table.

Nous nous installons face à face, chacun d'un côté de l'immense table de la salle à manger, quand je me mets à rire de manière incontrôlable.

– Qu'est-ce qui se passe ? demande-t-il, paniqué.

– Rien, je viens juste de me rendre compte de l'ironie de la situation.

– Comment ça ?

– Tu es le fils du Père Noël, mais tu vas te retrouver sur la liste des enfants pas sages.

Il me regarde, les sourcils froncés.

– C'est ta mère qui a cuisiné ? supposé-je sans m'arrêter de rire.

– Non…

– Connor.

– Oui, bon OK. Qu'est-ce qui m'a trahi ?

– Il ne faut pas plus de trente minutes pour cuire le poulet. Si tu l'avais mis au four avant de venir me chercher, on mangerait du charbon. Et puis je viens de voir l'écharpe de ta mère sur le portemanteau.

Il baisse la tête lorsque je pointe du doigt la patère près de la porte d'entrée, vaincu, avant de rire avec moi.

– Désolé. Je voulais te faire une bonne impression.

– C'est pas grave. Si tu cuisines toujours comme à l'époque, j'aime autant que ce soit ta mère qui ait préparé ça, le rassuré-je avec un clin d'œil.

CHAPITRE 23

Contre tout attente, je pète le feu.

En dépit de mon retour tardif hier soir et des heures passées devant des téléfilms de Noël cette nuit. En dépit du tintement constant des notifications à mesure que les e-mails arrivaient et du retard catastrophique que je suis en train de prendre. Oui, malgré la fatigue et ma carrière qui prend l'eau, je pète le feu parce que, ce matin, j'ai décidé d'oublier que la deadline fixée par mon patron avance à grands pas, et qu'au lieu de m'abîmer les rétines sur l'écran de mon Mac, j'ai préféré m'aérer la tête et le corps en allant courir dans la forêt. Ainsi, ma route n'a pas croisée celle d'Edward ni de Connor. Je n'ai donc pas eu à me forcer pour penser plus à l'un qu'à l'autre. Je me suis contentée d'allonger mes foulées, l'esprit libre et le cœur plus léger.

Et pour couronner le tout, je suis rentrée de mon footing depuis une demi-heure et mon père n'est toujours pas levé ! Ça n'arrive jamais, alors je compte bien lui agiter sa « paresse » sous le nez et lui rappeler que si on arrive en retard à la boutique ce matin, ce ne sera pas ma faute. Je suis douchée, habillée, maquillée. J'ai même fait des pancakes, bon sang ! Et lui dort toujours… Je jette un coup d'œil à ma montre : 8 h 10. À ce rythme, il n'aura jamais le temps de les goûter. Mes pancakes sont à tomber, même ceux de Sarah ne sont pas aussi bons. Alors s'il ne sort pas bientôt de sa chambre, il devra se contenter des miettes. J'en mange un sur deux au sortir de la poêle.

Finalement, aux alentours de la quatrième tournée, j'entends le parquet grincer sous ses roues alors qu'il émerge dans la pièce, les cheveux en bataille. Je me retiens de rire devant son air débraillé, et je manque de me brûler en faisant glisser les crêpes sur l'assiette.

– Bonjour la marmotte !

– Emma ? Tout va bien ?

– C'est plutôt à toi que je devrais poser cette question. Il est bientôt 9 heures et tu n'es pas encore habillé. Moi, je sais me préparer en moins de cinq minutes. Toi, en revanche… Il te faut presque une demi-heure pour t'installer dans la douche et emballer tes plâtres, on ne sera jamais à la boutique pour l'ouverture.

– Mais on ne va pas à la boutique aujourd'hui, dit-il en passant une main dans ses cheveux emmêlés, l'air confus.

La surprise me fait relever la tête et ma spatule rate la poêle, contrairement à ma main qui s'écrase contre le métal brûlant.

– Bordel de m…

– Emma !

– Désolée pour le gros mot, grogné-je en me passant la main sous l'eau froide.

– Je m'en fous que tu jures, tu t'es fait mal ?

– Un peu, mais ça va aller. En revanche, je n'ai pas bien compris. Comment ça, on ne va pas à la boutique ?

– Oui, je ferme toujours le week-end de Thanksgiving, tu te souviens ? Comme tous les clients passent de toute manière leur vendredi dans les grandes enseignes à cause du Black Friday, j'en profite pour fermer aussi le samedi.

La tête rejetée en arrière, je ferme mes paupières pour chasser la fatigue qui décide de revenir pile à ce moment. Bien sûr que je m'en souviens. Maintenant.

– J'avais complètement oublié, avoué-je.

Mon père m'adresse un sourire mesquin en chipant un pancake dans l'assiette.

– Je parie que tu te frottais déjà les mains de pouvoir dire que tu t'étais levée avant moi.

– Pfff, n'importe quoi.

– C'est ça, tu avais ton sourire de sale gosse quand je suis entré dans la cuisine. Mais vois le bon côté des choses, une journée productive s'offre à toi.

Ce n'est que par respect que je me retiens de lui lancer le regard assassin qui me brûle la rétine, mais je suppose qu'il n'a pas tort. Autant en profiter pour faire quelque chose que je repousse depuis trop longtemps.

C'est comme ça que je me retrouve, deux heures plus tard, à arpenter les allées de la petite supérette à la sortie de la ville, portable en main. Le nez rivé sur l'écran, je tente de faire le tri dans ma liste de courses, entre ce qui se trouve déjà dans mon Caddie et ce qu'il me reste à acheter. Il me faut donc quelques secondes pour me rendre compte qu'on m'appelle. Un peu perdue, je relève la tête rapidement et regarde tout autour de moi, pour finalement sursauter en voyant Edward juste derrière moi.

– Bon sang ! La trouille que tu m'as fichue.

– Désolé, je t'aurais bien lancé quelque chose pour attirer ton attention, mais on sait tous les deux ce que ça donne.

– Ah, ah, très drôle.

– Je confirme. D'ailleurs, je me repasse la scène, là, dit-il en fermant les yeux. C'est toujours aussi marrant.

Je lui donne un coup sur l'épaule et lui agite sous le nez un index menaçant qui lui coupe l'envie de rire. *Je ne me savais pas si intimidante.*

– Si tu te moques encore, je reviens chanter au bar, je te préviens !

– Hé, qu'est-ce que tu t'es fait à la main ? demande-t-il en m'attrapant les doigts pour examiner ma brûlure.

– Rien de grave, un accident de poêle.

Je retire ma main en me raclant la gorge pour chasser le léger trouble que le contact de sa peau sur la mienne a provoqué. Il fait un pas en arrière, les sourcils froncés, quand une vieille dame se plaint de ne pas arriver à passer avec son Caddie. Je me plaque contre l'étal et alors qu'il se penche pour ramasser son panier, j'y jette un œil. Sirops, chantilly et coulis de toutes sortes. À croire qu'on avait la même liste de courses. Il me regarde d'un drôle d'air quand il se rend compte que je lui souris.

– J'en connais un qui est accro.

– Hein ? Non, pas du tout !

– Pourtant, à voir ton panier, on te croirait prêt à faire concurrence au *Lila's* avec ta machine de compétition.

– Ah, ça !

Je lève un sourcil, perdue.

– Quoi d'autre ?

– Non, rien, marmonne-t-il en se grattant la tempe. Les cafés que tu m'as préparés quand tu es venue étaient tellement bons que je vais essayer d'en refaire.

– C'est comme ça qu'on se découvre une passion.

– Ouais, dit-il d'une voix légèrement rauque. Et puis, au pire, si je n'y arrive pas, je t'inviterai pour que tu t'en occupes.

Dans mon sac, mon téléphone se met à sonner.

– Pourquoi pas, j'aime les faire presque autant que j'aime les boire, mais j'exige une rétribution sous forme alimentaire, plaisanté-je en cherchant mon portable d'une main.

– Je te paierai en beignets.

Je réponds à son sourire par un clin d'œil avant de décrocher mon téléphone sans même prendre la peine de le regarder.

– Emma ? Tout va bien ? lance Connor à l'autre bout du fil.

– Oui, pourquoi ?

Edward m'observe en silence, attendant que je termine.

– Je suis passé devant la boutique de ton père et comme c'était fermé, je me suis inquiété.

– Ah, ne t'en fais pas. Il ferme tous les ans à Thanksgiving. Ça m'était complètement sorti de la tête. Et toi, tu ne devais pas te rendre sur un chantier ?

– Si, mais il y a eu une tempête de neige à Cromwell, la route n'est pas praticable. Et comme je pensais que tu travaillais, j'avais prévu d'aller au gymnase du lycée cet après-midi pour aider à trier les dons qu'on a reçus. On a organisé une grosse collecte pour l'association « A Happy Christmas For All ». Ça te dit de venir ?

– Bien sûr.

Je raccroche une fois que nous sommes convenus de nous retrouver sur place après le déjeuner et je me tourne vers Edward, qui attend le regard perdu dans le vide, le visage fermé.

– Désolée, c'était…

– Ouais, Connor, j'avais deviné. Vous en êtes où tous les deux ?

– Il m'a embrassée, avoué-je dans un souffle.

Mon cœur rate un battement quand je vois Edward hocher la tête, les mâchoires contractées. Je suis ridicule, qu'est-ce que j'espère au juste ? Qu'il change son fusil d'épaule et décide qu'il veut se lancer dans une relation, finalement ? Je secoue la tête avant de reporter mon attention sur l'étal à côté de moi. J'attrape la première chose qui me tombe sous la main – une clémentine, en l'occurrence – pour me donner une contenance.

– On va au gymnase cet après-midi, pour trier les dons. Tu veux venir ?

– En général, j'évite de me trouver au même endroit que lui. C'est plus sûr.

– Oui, bien sûr, soufflé-je, un peu déçue.

– Écoute, il faut que j'y aille. J'ai pas mal de trucs à faire au bar.

Encore une fois, il disparaît sans que j'aie le temps de le saluer. Edward me donne l'impression de pouvoir parler de tout, c'est d'ailleurs une des choses que j'apprécie chez lui, mais dès qu'on aborde le sujet de son père ou de Connor, il se referme comme une huître. Le réconcilier avec Bob me paraît difficile, mais peut-être qu'il y a encore un espoir pour que les choses s'arrangent avec Connor. Je ne sais pas quel différend les sépare, mais s'ils pouvaient arriver à le surmonter ils s'en porteraient mieux tous les deux, j'en suis certaine. Edward refuse d'en parler, mais peut-être que Connor acceptera de me répondre si je le lui demande.

Je ne sais pas comment aborder le sujet, alors je décide d'y aller franco et de lui poser la question dès que je le verrai. Je suis un peu nerveuse, j'ai peur que Connor ne réagisse de la même manière qu'Edward, mais j'aimerais vraiment que la situation s'améliore entre eux. Alors, pendant que je traverse le parking du gymnase, étonnamment plein pour un jour de semaine, je prends une profonde inspiration pour me calmer et m'aider à organiser mes pensées. Je rejoins Connor qui m'attend sous un pin rouge, le regard perdu au loin. Le lycée est implanté au sommet d'une petite colline qui surplombe la ville. D'ici on a une vue imprenable sur les rues d'Holly Falls, et au loin on peut voir les lumières de Menhawk. Une fois que je suis parvenue à ses côtés, il passe un bras autour de mes épaules et dépose un baiser sur mon front. Tout a l'air si simple et si paisible vu d'ici. Je me sens déjà plus sereine. Je pousse un soupir et me tourne vers Connor pour lui demander :

– Tu pourrais m'expliquer ce qui s'est passé entre Edward et toi ?

– Pourquoi ?

– Parce que c'est mon ami, et que tu es mon…

Il hausse les sourcils, curieux.

– Enfin, parce qu'on passe du temps ensemble tous les deux, justifié-je maladroitement.

Il m'adresse un sourire en coin, apparemment satisfait par ma pirouette.

– Du coup… Edward et toi ?

– Je ne sais pas trop quoi te dire, Emma. Le courant n'est jamais passé entre nous. Tu sais, certaines personnes ne s'entendront jamais, peu importe ce qu'on fait. C'est notre cas à Edward et moi, dit-il simplement en haussant les épaules.

– C'est tout ?

– Oui, c'est tout, dit-il en m'entraînant vers le gymnase.

Je crois que je vais devoir me faire une raison. Je ne sais pas ce qu'il s'est passé entre eux – parce que je suis sûre qu'il y a eu quelque chose –, mais aucun d'eux ne semble prêt à en parler. De toute manière, je ne sais même pas pourquoi j'ai voulu essayer de les réconcilier, après tout ça ne me regarde pas, et puis je suppose que le problème ne se posera plus une fois que je serai rentrée à New York. Bien que je n'aie pas envie d'y penser pour l'instant.

J'entre la première dans le gymnase après que Connor m'a ouvert la porte, et je me fige. Je m'attendais à trouver une poignée de bénévoles autour d'une table, dans un silence pesant. Je ne pouvais pas davantage me tromper. Les gradins ont été rétractés pour augmenter la surface disponible et de longues tables ont été installées à intervalle régulier au centre de la salle. Une cinquantaine de personnes s'agitent sous mes yeux, discutant autour d'une pile de vêtements ou faisant des allers-retours, les bras chargés. On dirait une fourmilière.

Les yeux plissés, j'essaie de déchiffrer ce qui est inscrit sur la banderole suspendue sur le mur du fond quand un bénévole nous accueille. J'ai l'impression de le connaître, mais je ne suis pas certaine d'arriver à remettre un nom sur ce visage familier. Sans se défaire de son sourire chaleureux, il prend nos noms et nous explique rapidement comment est organisée la collecte.

Il y a donc plusieurs catégories : un coin vêtements, un coin produits de première nécessité destinés à être redistribués aux foyers de sans-abri des villes alentour, et un coin jouets, qui prend le plus de place. Ces dons-là serviront à offrir des cadeaux de Noël aux enfants dans le besoin. C'est là que Connor et moi sommes affectés ; vu la quantité d'objets à trier, deux paires de bras supplémentaires ne seront pas de trop.

– On fonctionne par table, nous dit le bénévole. Installez-vous là où il n'y a personne et triez tout ce que vous pouvez, aussi longtemps que vous pouvez. Il y a de gros cartons par genre contre le mur. Si c'est cassé, défectueux ou trop sale pour être nettoyé, jetez-les dans les poubelles de l'autre côté. Merci encore pour votre aide.

Il y a environ une quinzaine de tables alignées sur trois rangées dans notre secteur. Autour de chacune, deux ou trois bénévoles s'activent. Je reconnais quelques têtes qui me sont vaguement familières, je salue un ami de mon père qui s'affaire dans le coin des objets de première nécessité, et finalement je suis Connor au fond de la salle pendant que le bénévole retourne accueillir d'autres arrivants.

– Viens, je crois qu'il n'y a qu'une personne à cette table, me dit Connor.

– Bonjour, nous salue distraitement la quinquagénaire que nous rejoignons.

– Bonjour, madame.

Elle relève brusquement la tête.

– Emma ? Emma Lawrence ?

– Oui ? Oh, madame Freyer ! Comment allez-vous ? Connor, tu te souviens de Mme Freyer ? C'était la conseillère d'orientation du lycée.

– Non, aucun souvenir, répond-il sèchement avant de s'éloigner pour adresser un mot au bénévole qui nous a accueillis.

– Désolée, je crois qu'il ne garde pas un très bon souvenir du lycée.

– Ce n'est rien. Ça faisait longtemps que je ne t'avais plus revue. Tout va bien pour toi aujourd'hui ?

– Oui, merci. Tout va bien.

– Je suis rassurée de l'entendre. Tu sais, je me faisais du souci pour toi, à l'époque.

– Comment ça ?

– Après la disparition de ta maman, j'ai eu peur que tu ne tournes mal. Tu n'avais pas les… meilleures fréquentations, dit-elle en jetant un coup d'œil en direction de Connor. Et tu ne te rendais pas compte des capacités que tu avais. Je suis contente de voir que ça a changé, dit-elle en collectant une pile de peluches qu'elle apporte à l'un des cartons.

Je la regarde s'éloigner, un peu perdue. Ce n'est pas le souvenir que j'ai gardé de mes années de lycée. Je me souviens d'avoir eu le sentiment que tout le monde était contre moi, et qu'il n'y avait bien que mes amis qui pouvaient me comprendre. Mais à force d'entendre des versions différentes de la part des gens qui m'entouraient à l'époque, je commence à me demander si ce n'était pas ma perception des choses qui était erronée. C'est vrai que je n'avais pas confiance en moi, je n'arrêtais pas de me comparer aux autres – à Sarah notamment – et j'avais l'impression de ne jamais être à la hauteur.

Je suis détournée de mes pensées par le retour de Connor qui passe un bras dans mon dos et m'entraîne à l'écart de la table.

– Viens, Joe m'a demandé si on ne pouvait pas plutôt s'installer dans le secteur des vêtements. Comme je suis plus habitué, il préfère que je me mette là.

– Joe ?

– Celui qui nous a accueillis.

Je hausse les épaules, adresse un petit signe de main à Mme Freyer et rejoins Connor qui s'éloigne à grandes enjambées vers le côté opposé du gymnase.

– Ça fonctionne de la même manière que pour les jouets, m'explique Connor. Sauf que là on trie par taille.

– D'accord. Pas de différence entre les saisons ?

– Non, dit-il en déposant un baiser sur mon front. Je suis content qu'on fasse ça ensemble.

– Moi aussi, je ne savais pas que tu étais impliqué dans les associations caritatives.

– Oh, tu sais… Je n'ai jamais manqué de rien en grandissant. Il m'a fallu un moment pour me rendre compte que tout le monde n'avait pas cette chance, mais aussi pour prendre conscience du fait que je pouvais aider. Même si ce n'est pas grand-chose.

– Pour ceux qui vont recevoir ces dons, c'est déjà beaucoup.

Je pose une main sur son bras et lui adresse un sourire ému. Je ne peux pas prétendre avoir grandi dans le besoin, mais après la mort de ma mère, la vie est devenue plus difficile. Moralement, bien entendu, mais financièrement aussi. Mon père avait deux adolescentes à charge et un seul salaire, il ne voulait pas qu'on travaille, Sarah et moi, alors on se contentait de l'aider à la boutique, mais ça ne changeait rien au problème. On a dû se serrer la ceinture pendant quelque temps. Ça me touche donc tout particulièrement que Connor ait à cœur d'aider les plus démunis.

– Ça fait longtemps que tu fais du bénévolat ?

– Quelques années, mais j'aimerais faire plus. C'est pour ça qu'on est en train de mettre au point d'autres événements de ce genre avec mon père. Pour que les gens d'Holly Falls puissent donner toute l'année, et pas seulement à Noël.

– C'est une très belle initiative.

Il me sourit timidement, sans s'arrêter de trier pulls, vestes et pantalons. Nous formons des petits tas sur notre table afin de rentabiliser les voyages jusqu'aux cartons, et rapidement nous venons à bout de la pile qui était devant nous. Après deux autres piles, Connor et moi prenons un chocolat chaud et des sablés à la cannelle proposés par un des bénévoles, et nous nous dirigeons vers l'extérieur pour faire une pause.

Sur le parking, la neige tombe à gros flocons et le vent froid fait danser les branches nues des arbres. Nous nous installons sur un banc, dos au gymnase, pour profiter de la vue sur la ville. Tout est si paisible que c'en est presque surréaliste, un peu comme si le monde autour de nous se mettait en pause pour nous laisser le temps d'en apprécier la beauté. C'est quelque chose que je n'avais plus fait depuis longtemps et je le regrette aujourd'hui. Connor passe son bras autour de mes épaules et pose sa joue sur ma tête, partageant un peu de sa chaleur avec moi.

– Je me sens tellement bien, là, dis-je dans un murmure.

– Alors reste. Ne retourne pas à New York.

– Je ne peux pas, tu le sais.

Il soupire, mais n'insiste pas. Il se contente de vider la fin de son gobelet de chocolat, qu'il va jeter dans la poubelle la plus proche. Machinalement, je le suis du regard, et dans son dos, je reconnais la Jeep d'Edward. Il est installé derrière le volant, le moteur en route.

– Allez, viens. Je crois que la pause est finie, me dit Connor, prêt à rentrer dans le gymnase.

– Vas-y sans moi, je dois encore passer un coup de fil.

Je sors mon téléphone de mon sac et fais mine de chercher un contact dans mon répertoire, jusqu'à ce que Connor retourne à l'intérieur. J'ai menti. Je sais, c'est nul, mais ça m'a semblé plus simple que de lui expliquer que je voulais savoir ce qu'Edward faisait là. Peut-être parce que je ne comprends pas moi-même ce qui me pousse à rester.

Depuis mon poste d'observation, je regarde Edward couper le moteur de son pick-up au moment même où la porte du gymnase s'ouvre sur le bénévole qui nous a accueillis. Mon ami récupère un gros carton sur le siège passager pendant que Joe se dirige vers lui. Ils échangent une poignée de main chaleureuse, le carton et quelques paroles avant qu'Edward ne remonte à bord de son véhicule et démarre en trombe. Dès qu'il a quitté le parking, je me précipite vers Joe pour lui proposer mon aide.

– Joe, c'est ça ? l'interpellé-je.

– En fait, c'est Josh.

Il me sourit, et c'est là que ça me frappe. C'est au *Debby's* que je l'ai vu, l'autre soir. C'est lui qui est intervenu avant que les choses ne dérapent entre Edward et Connor.

– Désolée. C'est Edward que je viens d'apercevoir ?

– Oui, tu l'as raté de peu. Il est juste venu déposer un don, il n'avait pas le temps de rester.

– Ah, mince.

– Vous vous recroiserez, c'est une petite ville. Au fait, ça vous convient mieux le poste des vêtements ?

– Oh, tu sais, les deux me vont. Mais tu as bien fait de nous changer de secteur, comme Connor est un habitué, j'imagine que nous sommes plus efficaces.

– Habitué ? Ici ? C'est la première fois que je le vois à notre collecte, ricane Josh.

Bizarre.

Lorsque nous arrivons devant le gymnase, je maintiens la porte ouverte pour que Josh puisse entrer avec son énorme carton, puis mon regard se pose sur Connor, qui s'applique à faire des piles pendant qu'une vieille dame lui raconte quelque chose qui le fait rire.

Ce que vient de me dire Josh est plutôt étrange, mais je suis sûre qu'il y a une bonne explication.

Tout comme je suis sûre qu'il y a une explication au fait qu'Edward ait préféré déposer ses dons en toute discrétion.

CHAPITRE 24

C'est dimanche matin, et j'aurais voulu dormir.

Mon père ne m'avait pas prévu de plan foireux cette fois, et je n'avais pas non plus l'intention d'aller courir aux aurores, donc j'aurais pu dormir. Si mon téléphone avait arrêté de sonner deux minutes. Apparemment, sous la nouvelle direction de T&K Pharmaceutics, on doit travailler le dimanche pour compenser l'absence du jour de Thanksgiving. Mon patron s'est étonné que je ne sois pas réceptive quand il m'a téléphoné – à 8 h 30 – pour me rappeler qu'il m'attendait de pied ferme le 26, dernier délai, et me laisser entendre qu'il n'était pas satisfait de mon travail à distance parce que, je cite, « les détails de cette acquisition auraient déjà dû être réglés depuis longtemps ». Ça me fait doucement rire, parce que c'est à cause de lui que rien n'est prêt. Il essaie encore de renégocier les arrangements qu'il avait avec le PDG de l'autre entreprise alors qu'ils avaient trouvé un compromis. Ensuite, c'est mon assistante qui m'a appelée deux fois et envoyé trois e-mails.

Et maintenant, c'est le nom de « Michael » qui s'affiche sur mon écran.

– Eh bien, tu es demandée ce matin, souffle bruyamment mon père depuis la table de la cuisine.

– Ouais, apparemment, les week-ends c'est surfait.

J'attrape mon téléphone, mon café et vais m'installer sur le canapé pour répondre.

– Michael.

– Bonjour madame Lawrence, excusez-moi de vous déranger, je sais que…

– Allez droit au but, je n'ai pas toute ma journée.

– C'est au sujet du Sertroprolol, j'ai constaté une anomalie dans le budget. Je pourrais revérifier les chiffres, mais…

– Évidemment qu'il faut les revérifier. Commencez donc par ça et rappelez-moi si vous voyez toujours la même anomalie. Je ne devrais plus avoir à vous le dire.

Je raccroche sans lui laisser le temps de répondre et je pousse un soupir las.

– Eh bien ! s'étonne mon père quand il me rejoint dans le salon. Ça m'étonnerait qu'il te rappelle vu la façon dont tu lui as parlé.

– Je lui parle comme ça parce qu'il ne fait pas son job correctement. En plus, il se permet de me traiter de tyran avec une de ses amies sur le chat de l'entreprise.

– Et ça te surprend ?

Je lève les yeux au ciel. Il ne comprend pas.

– Ça ne me plaît pas plus qu'à toi d'avoir à adopter cette attitude, mais je n'ai pas le choix.

– On a toujours le choix.

– Non, pas là. J'ai une deadline à respecter, des dossiers qui stagnent et un patron indécis qui me met la pression. Je ne peux pas me permettre d'être compréhensive quand ils ne font pas le strict minimum.

– Ce que je veux dire, explique-t-il en me donnant une tape sur le genou, c'est que dans l'absolu, tu as le choix. Tu en veux un autre ? demande-t-il en pointant ma tasse du doigt.

Je hoche la tête, les sourcils froncés. Il n'a pas tort. C'est vrai que j'ai le choix. À tout point de vue. J'aurais pu profiter de ces quelques jours de fermeture pour retourner à New York et avancer sur mon travail. Ça aurait évité à Michael de m'appeler, et donc à moi de lui parler comme ça. Mais je n'ai pas eu envie de le faire, parce que je me sens bien ici en fin de compte. Je pourrais aussi décider que j'en ai assez d'avoir à me comporter comme un tyran. *Et puis quoi ? Tout quitter ? Non, je ne peux pas.*

– Tiens, ton café.

– Merci. Tu fais des infidélités au *Lila's*, remarqué-je, le sourire aux lèvres.

– Tu l'as acheté, il faut bien le boire, maintenant. Tu sais que je n'aime pas gâcher.

– Ne t'embête pas, je vais le boire. Donne-moi ta tasse.

– Essaie seulement de me la reprendre, grommelle-t-il en cachant son sourire derrière son mug. Comme on a un peu de temps, tu veux que je te fasse un tuto emballage de cadeau ?

– Un tuto ? Tu connais ça, toi ?

– Je suis peut-être vieux, mais je ne vis pas dans une grotte, jeune fille.

– OK, je t'écoute. C'est quoi Snapchat ?

– Bon d'accord, c'est Melissa qui m'en a parlé l'autre jour, et j'ai cherché ce que c'était sur le Google, rouspète-t-il. Bon alors, t'en veux un, ou pas ?

– Oui, bien sûr, accepté-je en rigolant.

Il s'éloigne en grommelant dans sa barbe, puis revient avec des rouleaux de papier cadeau posés sur les genoux qu'il dépose sur la table basse. Je m'installe en tailleur sur le tapis, entre le canapé et notre plan de travail improvisé, attentive à la leçon qui va suivre.

Je me sens un peu bête qu'on doive m'expliquer quelque chose d'aussi simple, surtout à mon âge, mais je n'ai jamais emballé moi-même le moindre paquet. Plus jeune, Sarah s'en occupait, puis les vendeuses dans les boutiques, et depuis quelques années je ne m'embarrasse plus de papier, j'opte pour de jolies boîtes ou des sacs réutilisables.

D'autant que la patience n'est pas ma plus grande qualité, comme en témoignent les cinq boules de papier déchiré qui ornent le tapis après une demi-heure d'essais. Je crains que ce ne soit peine perdue, malgré les explications de mon père.

– Voilà, et maintenant tu replies ce morceau-là.

La langue coincée entre les dents, je m'applique à reproduire les consignes qu'il vient de me donner, sans arriver au résultat escompté. Concentrée, je l'entends plus que je ne le vois hésiter avant de prendre la parole.

– Tu as dit que tu risquais de perdre ton job ?

Celle-là, elle devait lui brûler les lèvres depuis des jours. Je lâche le Scotch et le papier chiffonné avec lesquels j'essayais d'emballer une boîte de mouchoirs et relève les yeux vers mon père, qui malmène une des boules résultant d'un de mes échecs.

– Oui, soupiré-je. Mon patron m'impose de revenir à New York le 26.

– Je ferai en sorte que tu puisses y retourner.

J'éclate de rire devant son air sérieux.

– Papa, même avec toute la bonne volonté du monde, ce n'est pas toi qui décides de la vitesse à laquelle se ressoudent tes os.

– Je vais trouver une solution, ne t'inquiète pas. Je ne veux pas que tu perdes ton travail à cause de moi. C'est trop important pour toi.

– Pas plus important que toi, ou que la boutique. Ce n'est qu'un travail, si je le perds, j'en trouverai un autre.

Le visage défait, il continue d'arracher des petits morceaux de la boule de papier. Et soudain, je comprends. Je le trouvais bizarre depuis Thanksgiving ; il était distant et à côté de la plaque. Naïvement, je pensais que c'était à cause des tensions avec Sarah, alors qu'en réalité il se sentait coupable.

Je baisse les yeux sur ma boîte de mouchoirs à moitié emballée, déçue de voir que lui aussi pense que mon travail est le plus important, alors qu'à mes yeux il n'y a rien qui compte plus que ma famille. Je sais bien qu'avec la distance, ce n'est pas évident de s'en rendre compte, d'autant que je ne viens plus aussi souvent dans la région, mais ça ne change rien à ce que je ressens pour lui, pour eux.

– C'est ce que tu crois ? demandé-je en tentant de maîtriser l'émotion dans ma voix. Que si j'avais un choix à faire entre vous et mon job, ce n'est pas vous que je choisirais ?

– Non, bien sûr que non, ma poupée. Je sais que tu tiens à nous. Mais tu peux aimer quelqu'un et lui en vouloir malgré tout.

– Oui. J'ai vu ça jeudi…

Mon père comprend l'allusion à ma sœur et m'adresse une grimace désolée.

– Je sais qu'elle n'a pas été particulièrement tendre avec toi depuis ton retour, mais il ne faut pas lui en vouloir. Ce n'est pas facile pour elle, en ce moment.

– Je peux le comprendre, ça arrive à tout le monde d'avoir des passages à vide, admets-je. En revanche, ça ne justifie pas la manière dont elle s'est comportée avec moi. Elle aurait pu me parler de ce qui ne va pas au lieu de me rejeter et de se montrer méprisante.

– Je ne cherche pas à lui trouver des excuses. Je te demande juste de ne pas te braquer. Laisse passer un peu de temps, pour que les tensions retombent, et va lui parler.

– Pourquoi c'est à moi de faire le premier pas ? C'est elle qui est en tort. J'ai ma fierté après tout, marmonné-je en repliant le morceau de papier récalcitrant.

– Si tu laisses ta fierté se dresser entre toi et les gens que tu aimes, c'est perdu d'avance, soupire mon père.

C'est drôle que ce soit lui qui me dise ça alors que, plus jeune, je me souviens de l'avoir vu faire l'opposé avec ma mère après une dispute. Je me demande si on doit ce changement à Mme Turner ou à la sagesse de l'âge. Quoi qu'il en soit, j'entends ce qu'il me dit, même si je ne m'imagine pas faire le premier pas vers Sarah pour l'instant. Parce que je tiens à elle et que son attitude m'a blessée, et peut-être aussi par lâcheté. Tant qu'on ne se parle pas, on ne risque pas d'envenimer davantage la situation.

Mon père me donne une petite tape sur le genou, avant d'ajouter en riant :

– Mais ne crois pas que je fais des différences entre vous. Je vais avoir la même discussion avec ta sœur plus tard. Bande de têtes de mule.

– Je me demande bien de qui on le tient, ça.

– Je ne vois pas de quoi tu parles. Bon, tu t'en sors ?

– Et de mauvaise foi, avec ça, marmonné-je.

Moqueur, il me lance la boule de papier qu'il tenait en main et m'atteint pile entre les deux yeux. Je relève un regard outré sur lui, qui rit tellement qu'aucun son ne parvient à sortir de sa bouche. Il a les joues rouges et peine à reprendre son souffle, et son hilarité redouble d'intensité quand il baisse les yeux sur le paquet de mouchoirs.

– Je crois qu'on va se passer d'emballage cadeau cette année, s'esclaffe-t-il en essuyant de l'index une larme qui roule sur sa joue.

– Oui, je crois que c'est mieux.

Je ne peux m'empêcher de sourire, même après la fin de son fou rire. Je suis tellement heureuse de l'avoir près de moi. Depuis le jardin d'enfants, mon père est mon modèle. Quand les autres petites filles prenaient exemple sur leur mère et copiaient leurs moindres faits et gestes, moi je n'avais d'yeux que pour lui. Nous allions marcher en forêt, couper des arbres, ou nous passions la journée au garage pour qu'il m'apprenne à réparer l'ancêtre de Betty. J'ai toujours apprécié le fait de passer du temps en sa compagnie, même en grandissant, et ce n'est pas aujourd'hui que les choses vont changer. Sentant mon regard toujours posé sur lui, mon père relève la tête, les sourcils froncés :

– Qu'est-ce qu'il y a ?

– Rien. Tu m’avais manqué, c’est tout.

Il me sourit, roule jusqu’à moi pour déposer un baiser sur ma joue.

– Toi aussi, ma poupée. Si ta vie ne t’attendait pas à New York, je te demanderais bien de rester à Holly Falls avec nous.

J’y réfléchirais sérieusement, si c’était toi qui me le demandais.

CHAPITRE 25

Quel pied !

La boutique est fermée et mon père passe la journée chez un ami à lui, je peux donc m'adonner à l'une de mes activités préférées : végéter dans mon lit toute la matinée, un film de Noël en fond sonore. Il est passé 10 heures, je suis réveillée depuis un petit moment déjà, mais je n'ai pas l'intention de bouger avant d'y être obligée.

Mon regard passe de l'écran de télévision à la forêt enneigée que j'aperçois depuis la fenêtre de ma chambre alors que mon esprit vagabonde entre Holly Falls et Christmas Land. Je souris en constatant les similitudes que je peux y voir. Il m'en faudrait finalement peu pour me croire en plein film Hallmark. Entre le job à New York, le retour dans ma ville natale et le fait de renouer avec mon premier amour, je coche toutes les cases. Edward avait raison, je pourrais tenir le premier rôle.

Je m'étire à la manière d'un chat quand mon portable vibre sur l'oreiller à côté de moi. Je décroche sans regarder : Delilah m'écrit depuis mon réveil pour me raconter la surprise que sa mère lui a faite hier, pendant leur FaceTime quotidien. Les parents de mon amie sont divorcés, et comme cette année elle passe Thanksgiving et Noël en compagnie de son père, sa mère leur a organisé un petit voyage d'une semaine à Hawaï.

– Deux pièces ou monokini, rien d'autre, Del'.

Un rire masculin me répond.

– Merci du conseil, je ne savais pas quoi porter aujourd'hui, s'amuse Edward de l'autre côté du combiné. Enfin, j'ai quelques doutes sur le monokini, c'est qu'il fait un peu froid quand même.

– Désolée, je croyais que c'était ma meilleure amie.

– C'est rien. Je ne te dérange pas ?

– Si, beaucoup. Je suis très occupée à regarder la neige tomber.

– Hein ?

– Je suis encore au lit. Tu voulais quelque chose ?

– En fait, je me demandais si tu accepterais de m'accompagner quelque part aujourd'hui.

– Tu ne vas pas te faire examiner la prostate, au moins ? demandé-je en me redressant sur un coude. Parce que le ton de ta voix me donne l'impression que ça ne va pas être une partie de plaisir, ton truc.

– Non, ne t'en fais pas, me rassure-t-il en riant. Ce n'est pas un rendez-vous médical. En fait, ça devrait être sympa, c'est juste que j'hésite encore.

Bien que je n'aie aucune idée de ce qu'il entend par « ça devrait être sympa », j'accepte de le suivre. Nous convenons de nous retrouver une demi-heure plus tard, chez moi, à condition qu'il me ramène un latte macchiato, parce qu'après tout ce temps passé à lambiner dans mon lit, il me faut un bon coup de fouet caféiné.

Comme notre relation semble avoir atteint le stade où on accepte d'être ridicule l'un en face de l'autre, enfin de mon côté en tout cas, je m'épargne le port du jean et opte pour une tenue confort qui correspond davantage à mes plans initiaux pour la journée. Et comme je m'y attendais, Edward ne semble y prêter aucune attention.

Je m'installe à la place du passager et me saisis du gobelet qu'il me tend en lui adressant une grimace contrariée.

– Tu as une machine à café de compétition chez toi et tu m'en ramènes un du *Lila's* ? C'est cruel.

– Oui, eh bien j'ai essayé, mais je n'ai pas ton talent. Alors, pour me faire pardonner et éviter que tu ne sois grincheuse parce que je t'ai tiréc du lit, j'ai ramené ça.

Il tire du siège arrière un sac en papier qui menace de céder tant il est lourd et transpire de graisse.

– Des beignets ? Tu es pardonné !

Je pioche un de ces délices sucrés encore chauds et me résous à prendre une gorgée de café. La surprise me fait presque étouffer. J'arrête

Edward d'une main sur le bras alors qu'il allait démarrer la voiture.

– Tu t'en es pris un ?

– Oui.

– Tu l'as goûté ?

– Pas encore, pourquoi ?

– Fais-le.

Les yeux plissés, il lâche le trousseau de clefs et se saisit du gobelet coincé dans sa portière. Il en boit une petite lampée en me regardant, les sourcils d'abord froncés puis de plus en plus hauts sur son front à mesure qu'il goûte sa boisson.

– Qu'est-ce qui se passe ? Il est bon !

– Je n'en sais rien mon vieux, dis-je en lui donnant une tape sur le bras. En tout cas, j'ai l'impression que c'est une bonne journée qui se profile à l'horizon. Allez, démarre, elle ne va pas s'ausculter toute seule ta prostate.

Il me répond par un grognement et met le moteur en marche. Quinze minutes plus tard, nous nous garons sur un parking improvisé en bord de route. Je ne comprends rien à ce qui se passe. Il n'y a rien autour de nous, si ce n'est un petit bâtiment en taule de l'autre côté de la chaussée. Edward me fait signe de le suivre. Une jeune femme affublée d'un pull de Noël et d'un bonnet de Père Noël sort justement de l'espèce de conteneur. En nous voyant, elle nous adresse un sourire ravi.

– Bonjour, vous avez une minute ?

– Bien sûr, répond Edward.

– Je ne sais pas si vous êtes au courant, mais la ville d'Holly Falls organise un bal, dit-elle en nous tendant deux flyers. Une partie des bénéfices sera reversée à différentes œuvres de charité de la région. N'hésitez pas à venir y faire un tour.

– OK, merci.

– En espérant vous voir là-bas, dit-elle en s'éloignant.

– Attendez, vous êtes à pied ? l'interpelle Edward avant qu'elle s'en aille. La ville la plus proche est à plus de cinq miles.

– Ne vous en faites pas, on vient me chercher. Merci.

– Quoi ? me demande Edward en sentant le regard que je pose sur lui alors que la jeune femme s'en va.

– Teddy Eddy.

– Arrête avec ça, je suis serviable, c'est tout.

Galant, même. Puisqu'il me tient la porte ouverte pour m'inviter à entrer la première. Toujours sans avoir la moindre idée de ce que je fais là, je pénètre dans le petit préfabriqué, suivie d'Edward, qui se dirige vers le comptoir. Il y a un bureau, une fontaine à eau et quelques posters animaliers floqués du slogan « Adopt, don't shop ». *Oh, mon Dieu, est-ce que…*

– On est dans un refuge ?

– Ouais, confirme-t-il avant de se présenter à la dame de l'accueil. Bonjour, je voudrais adopter un chiot.

À quelques pas derrière lui, je trépigne littéralement d'impatience. Je suis aux anges ; même si nous ne sommes pas ici pour moi et que je ne comprends pas très bien pourquoi il a voulu que je l'assiste dans ce projet, j'ai hâte de pouvoir jouer avec une foule de petites boules de poils alors je m'efforce de contenir mon excitation en silence.

La responsable pose quelques questions d'usage à Edward, sur son logement, le temps dont il dispose quotidiennement pour le chien, et finalement elle nous conduit à l'extérieur où se trouvent des rangées de petits box qu'il nous était impossible de voir depuis la route. Elle nous fait entrer dans l'un d'eux, réservé aux chiots, et nous annonce qu'elle va nous laisser un peu de temps pour faire connaissance avec les animaux.

Comme le bar est doté d'un vaste terrain à l'arrière et qu'Edward a du temps à consacrer à son nouvel ami à poils, elle a estimé qu'il lui fallait un chien endurant et de grande taille, une fois adulte. Une fiche cartonnée suspendue au grillage m'indique qu'il y a deux saint-bernards, trois dogues du Tibet, un husky et un eurasier. Des molosses en devenir, donc. Mais pour l'heure, les petites bêtes qui se faufilent entre nos jambes en se courant après et en jappant n'ont rien de très intimidant. Certains ressemblent à des boules de coton sur pattes, c'est tellement adorable. Je ne veux plus jamais sortir de cet enclos.

Edward s'assied par terre dans un coin de la cage. Je l'imite, du côté opposé, et rapidement les chiots viennent à notre rencontre. Nous restons aussi immobiles que possible tandis que, timidement, ils reniflent nos chaussures et nos vêtements. Un gloussement m'échappe lorsque je sens une petite truffe humide contre le dos de ma main.

– Qu'est-ce qui t'a décidé à reprendre un chien ? demandé-je en tentant d'attraper le petit courageux qui essaie maintenant de rentrer sa tête dans la poche de ma veste.

– Après qu'on en a parlé tous les deux, j'y ai réfléchi. Comme je te l'avais dit, j'y pensais déjà depuis quelque temps, tu as juste fini de me convaincre.

– Ah oui ?

J'attrape le petit dogue au pelage marron qui n'osait pas m'approcher et je le pose sur mes genoux pour lui gratouiller la tête.

– Je sais que je t'ai dit n'avoir besoin de personne pour me tenir compagnie ou me réchauffer la nuit. Mais après ton départ, j'ai vraiment réfléchi à la question.

Mon cœur s'accélère dans ma poitrine.

– Et je me suis rendu compte que c'était faux. Ne prends pas ça comme le feu vert pour me caser avec tes copines, plaisante-t-il. En revanche, tu n'avais pas tort sur un point. Je suis seul, et ça me pèse parfois. Baxter est heureux avec mon ex, il me manque, mais ce n'est pas en m'empêchant d'avancer qu'il va revenir.

Il hausse les épaules et se penche pour caresser la tête d'un timide qui prend la fuite à l'approche de sa main.

– Alors, tes impressions ? Tu crois que ton nouveau compagnon se trouve ici ? l'interrogé-je.

– Je ne sais pas. Tu as une préférence, toi ?

Je me force à me détourner de lui et du regard intense qu'il pose sur moi, pour approcher ma main de mon flanc et capturer le petit curieux qui semblait plus intéressé par ce que contient ma poche que par notre présence. Je le lève à bout de bras et l'amène devant mon visage pour l'observer.

C'est une petite boule de poils grise à la truffe noire qui s'agite comme un diable dans mes mains, avant de capter mon regard et de venir lécher le bout de mon nez.

– Oui. Lui, dis-je en tendant mon captif à Edward.

Nos doigts se frôlent quand il récupère le chiot. Je tente d'ignorer le frisson qu'a provoqué son contact ; lui ne semble même pas s'en être rendu compte. Il s'amuse de voir le chiot se débattre avant de le reposer au sol pour le regarder jouer avec les autres. Le petit malin se moque pourtant pas mal des chiots avec lesquels il vit déjà, c'est Edward qui attire toute son attention à présent. Il le renifle, mâchouille la semelle de ses boots et pousse avec sa truffe pour passer sous sa jambe repliée, ce qui fait doucement rire Edward.

– Il me plaît aussi, tranche-t-il finalement en prenant appui sur le mur dans son dos pour se relever.

Il époussette son jean et me tend une main pour m'aider à me remettre sur mes pieds, mais il ne la relâche pas tout de suite.

– Ta brûlure n'est toujours pas guérie ?

– Je n'ai plus mal, mais ça n'arrête pas de se rouvrir.

– J'ai une crème cicatrisante à la maison, rappelle-moi de te la donner la prochaine fois qu'on se voit.

– C'est gentil. Bon alors, tu fais quoi ? Tu as trouvé ton bonheur ?

Son regard s'attarde quelques secondes sur moi. Suffisamment pour permettre à mon idiot de cœur de battre plus vite. Puis il se baisse pour caresser la tête du petit eurasier au pelage gris.

– Qu'est-ce que tu en penses ? Tu viens vivre avec moi ?

Le petit jappement qui fait office de réponse me fait fondre et quand je me tourne vers Edward, je crois pouvoir dire qu'il l'aime déjà, cette boule de poils.

Après un signe de la main à l'intention de la réceptionniste et quelques formalités administratives, Edward, le petit Bane et moi faisons à nouveau route vers Holly Falls.

Les yeux perdus dans le vague et les doigts fourrageant la fourrure du chiot allongé sur mes genoux, je souris. Parce que je sais qu'en ouvrant la porte à un nouveau compagnon Edward ouvre son cœur à de nouveaux sentiments, et que la prochaine étape sera peut-être de laisser entrer une femme dans sa vie.

J'abandonne Edward et Bane à leur découverte mutuelle et décide de m'engouffrer dans une brèche à peine ouverte, mais qui risque de se refermer très bientôt. Je vais devoir agir vite. C'est donc armée d'une motivation sans faille et d'une bonne humeur à toute épreuve – dopée à la mignonnerie des chiots avec lesquels je viens de jouer – que je passe les portes du *Lila's*.

Je retrouve Melissa désœuvrée derrière son comptoir, et le regard qu'elle m'adresse quand elle me voit enfin en dit long sur la matinée qu'elle vient de passer. Un peu à l'image de la salle du coffee shop en ce moment, ses yeux sont vides et tristes. C'est dommage, s'il y a bien un jour où il faudrait que les clients se bousculent, c'est aujourd'hui. Même si j'avoue que ça arrange mes affaires de ne pas avoir à lutter pour capter l'attention de Melissa. Arrivée à sa hauteur, je lui adresse un sourire conquérant et lui tends un sac en plastique blanc.

– Qu'est-ce que c'est ?

– Une salade Cobb du *Fresh Garden* et un coup de pied au cul. Je ne travaille pas aujourd'hui, dis-je en sortant notre repas sur le comptoir. J'ai donc un peu de temps pour faire le point avec toi sur ce qui ne marche pas ici. Enfin, si ça t'intéresse toujours.

Elle relève la tête dans ma direction, une lueur d'intérêt dans le regard, noyée sous un raz-de-marée de tristesse. Elle qui semble toujours d'une humeur égale a l'air complètement abattue.

– Ne perds pas ton temps avec nous, déclare-t-elle en s'installant devant son repas. Regarde autour de toi, c'est un radeau qui prend l'eau. Tu peux te débattre autant que tu veux, on coulera quand même.

– Non ! Je ne veux pas de ce discours. Vous avez un problème, d'accord, mais il existe des solutions, lâché-je en la menaçant d'un index couvert de vinaigrette. On va y réfléchir ensemble cet après-midi et laisse-moi te dire qu'après le café que j'ai bu ce matin, qui venait d'ici d'ailleurs, j'y crois plus que jamais. Alors remballe ton pessimisme prématuré, il y a encore des choses à tenter avant de baisser les bras.

Elle m'accorde un petit sourire avant de hausser les épaules.

– Le jour où je t'ai rencontrée, jamais je n'aurais cru que tu serais celle qui me remonterait le moral.

Je fais une boule avec ma serviette et tente de la lui jeter en pleine tête ; malheureusement le projectile est trop mou et le lancer trop faiblard pour atteindre ma cible.

– Allez, assez lambiné ! Montre-moi ta réserve.

Elle s'empresse d'enfourner les deux dernières fourchettes de salade qu'il lui restait puis se lève et me conduit à l'endroit où opère la magie. D'abord, derrière le comptoir. Nous faisons le point sur les machines dont sa mère et elle disposent, les sirops, chantilly et divers toppings. Je lui suggère certaines marques plutôt que d'autres, certaines manières d'accommoder les suppléments, saupoudrés ou mixés, mais surtout, je l'invite à se procurer un infuseur à froid pour pouvoir proposer du *cold brew*. Un incontournable. En élève studieuse, Melissa écoute, pose des questions et prend même des notes. Je ne me sens pas tout à fait à l'aise dans le rôle de professeur étant donné le fait que je n'ai occupé le poste de barista que deux ans. Bien que j'aie été totalement investie à l'époque, elle pourrait certainement trouver meilleure enseignante.

Elle me conduit ensuite dans leur réserve et je comprends aussitôt d'où vient leur problème.

– Vous vous êtes fait livrer aujourd'hui ?

– Oui.

– OK. Et vous réapprovisionnez à quelle fréquence ?

– Tous les trois mois environ. Si on commande en plus grosse quantité, on économise sur la livraison.

– Et pour le stockage ? Les contenants, c'est la même société qui vous les a fournis ?

– Oui.

– D'accord. Alors, avant toute chose, le choix t'appartient bien sûr, mais je te conseillerais de changer de fournisseur. Il se fout de vous.

Tous les trois mois, c'est trop long. La conservation maximale des grains c'est deux mois. Dans les bonnes conditions. C'est-à-dire à l'abri de la lumière et surtout sous vide.

Melissa ouvre de grands yeux avant de baisser la tête.

– Je me sens bête, soupire-t-elle en jouant avec l'emballage d'un paquet de café. On s'est lancées là-dedans sans rien y connaître, et naïvement on a fait confiance au commercial de la société qui nous approvisionne.

Je lui offre un regard compatissant.

– Ne sois pas si dure avec toi. Si j'ai bien compris, ce n'était pas ton rêve. Ni celui de ta maman. C'est ta sœur qui vous a embarquées dans cette aventure, pour finalement vous abandonner sur le bord de la route.

– On aurait pu refuser de la suivre, contre-t-elle, résignée. Ou encore revendre quand elle est partie, mais…

Elle expulse tout l'air contenu dans ses poumons, comme si ce qu'elle s'apprêtait à dire lui coûtait.

– Lila a toujours été comme ça. Elle s'emballe pour un projet qui semble fou de prime abord, elle en parle autour d'elle et arrive à t'embarquer dans sa folie sans que tu comprennes comment ça a pu se passer. Au début, elle te donne l'impression que tu peux y arriver, elle s'investit à fond et ne compte pas ses heures, quitte à s'épuiser à la tâche. Et puis en cours de route, elle se lasse et elle abandonne.

Impossible de cacher ma surprise et ma colère en entendant la résignation dans la voix de Melissa. On croirait presque que c'est naturel, ou pire, habituel, alors que sa sœur les a piégées elle et leur mère dans un rêve qui n'est pas le leur et pour lequel elles se battent sans avoir les armes nécessaires.

– Je ne comprends pas comment tu fais, avoué-je. À ta place, je serais tellement en colère ! Et pourtant, quand tu parles de Lila, on sent l'affection que tu éprouves pour elle.

– Je ne sais pas, c'est ma sœur, c'est tout. Je la connais, je sais comment elle fonctionne et ça ne m'empêche pas de l'aimer. Je suis déçue, c'est vrai. Mais ce n'est pas comme si je n'avais aucune idée de ce que je faisais. En la suivant, je savais qu'il y avait un risque qu'elle finisse par laisser tomber en cours de route.

Le regard dans le vide, je hoche la tête. Elle a raison. Je ne comprends pas toujours mon père et ma sœur, mais ça ne m'empêche pas de les aimer. Alors pourquoi je n'arrive pas à donner une seconde chance à ma sœur après une petite dispute ? C'est ridicule.

Je devrais peut-être la rappeler et essayer de comprendre ce qui a bien pu se passer.

– Tu crois qu'il y a d'autres choses qu'on devrait faire ? Ou ne pas faire, en l'occurrence, reprend Melissa.

Les sourcils froncés, je parcours la pièce des yeux afin de m'assurer que je n'ai rien loupé, quand

Melissa saisit une boîte métallique sur une étagère. Elle l'ouvre et me fait sentir ce qu'elle contient. Si je suis charmée par le côté épicé de ce café moulu et ses notes délicates de cannelle, ce qu'elle me dit ensuite me fait grincer des dents :

– Tous les deux, trois jours, on en moud à l'avance pour gagner du temps. On continue ?

– Non !

Je lui reprends la boîte métallique des mains et me dirige à nouveau vers la salle du coffee shop, malheureusement toujours aussi déserte. Elle m'observe depuis l'autre côté du comptoir tandis que j'entame la préparation de deux frappuccino noisette et éclats de cookies. Melissa regarde attentivement chacun de mes gestes, son menton en appui dans sa main, tandis que je lui explique pourquoi le fait de moudre ses grains à l'avance est une hérésie :

– Au-delà de la perte d'arôme liée au fait que le café moulu se conserve moins bien, tu prives les clients de l'essence même du coffee shop. Et ça, c'est cruel. Tu comprends, le bruit du moulin à café, celui de la machine à expresso, et puis du mixeur, ça fait partie de l'expérience. C'est un tout, Melissa, l'odeur, le bruit, l'attente.

Je sens son regard peser sur moi alors que je m'applique à soigner la présentation de ma création en disposant des miettes de biscuit et des pépites de chocolat sur la chantilly. Melissa fronce les sourcils quand je lui tends un gobelet sur lequel est écrit « Marissa ». Je tire la langue :

– Ça aussi, ça fait partie de l'expérience.

Elle secoue la tête et prend une gorgée de ma préparation avant d'écarquiller les yeux.

– C'est super bon ! s'exclame-t-elle.

– Ravie de ne pas avoir perdu la main, fais-je en riant avant de goûter à mon tour. Peut-être un peu léger sur la noisette. Si tu comptes le refaire, rajoute une dose de sirop.

– Tu me permets d'utiliser ta recette ?

– Bien sûr, à condition que tu l'appelles l'Emmapuccino.

– Pas de problème ! glousse-t-elle. En tout cas, je ne t'avais jamais vue avec un tel sourire auparavant, dit Melissa, en prenant une nouvelle gorgée.

– C'est parce que j'ai l'impression de faire un saut dans le passé. Pendant que je passais mon MBA, j'ai pris un job de barista pour pouvoir payer les factures et m'éviter de me bourrer le crâne avec de la finance en continu. Et j'ai adoré cette période de ma vie. Je vivais avec ma meilleure amie, dans l'une des plus belles villes du monde. Et puis j'aimais vraiment ce que je faisais.

– Ça se voit. Et ce que tu fais aujourd'hui ? La finance, tout ça.

Je hausse les épaules. Edward m'a déjà posé la question, je lui ai dit que ça me plaisait, mais que c'était différent. Aujourd'hui, après avoir pris un peu de distance avec le bureau, il faut que je sois honnête avec moi-même : même si ma famille me pense passionnée par ma profession, ce n'est pas le cas. J'y prends un certain plaisir, c'est vrai, mais ce n'est pas comparable à mon expérience au coffee shop.

– Je ne sais pas. Enfin, c'est toujours gratifiant de savoir qu'on fait du bon travail. Est-ce que c'est épanouissant ? Pas vraiment. Mais je ne vais pas me plaindre, je gagne très bien ma vie, j'ai un appartement en plein cœur de Manhattan.

– Oui, mais à quel prix ?

– Le prix à payer ? Facile : des nuits sans sommeil, des migraines, la solitude, l'éloignement avec ma famille et les répercussions que cela peut avoir maintenant.

Est-ce que le jeu en vaut la chandelle ?

– Trop de remises en question pour un lundi après-midi, soupiré-je. Je ferais mieux de te laisser. De toute manière, je crois qu'on a fait le tour de la question, toutes les deux.

Elle m'adresse un hochement de tête compréhensif et me remercie pour le coup de main quand le tintement de la clochette de l'entrée nous fait relever la tête. Devant la porte se tient Sarah.

Merde. Je ne m'attendais pas à la revoir si tôt, néanmoins je suis toujours convaincue de la sagesse de Melissa. Je fais donc un pas en direction de ma sœur pour nous donner une chance de parler de nos différends.

Une main tendue qui restera sans réponse, puisque, après avoir planté son regard dans le mien, Sarah m'observe un bref instant sans que son visage trahisse la moindre émotion. Puis elle s'en va.

CHAPITRE 26

Après le départ de Sarah du coffee shop, je n'ai pas eu envie de rentrer à la maison. Mon père passe la journée avec des amis, et je ne voulais pas être seule. Alors j'ai pris la direction du marché de Noël. J'avais besoin de bruit, de monde, de rire et de chocolat.

J'ai été récompensée en marchant dans les allées, où j'ai pu trouver un concentré de ces quatre choses. J'ai l'estomac plein de pain d'épice et de vin chaud, mais je repasse devant les étals des vendeurs de nourriture avec l'envie irrépressible de manger. Encore. Au risque d'exploser. D'autant que, chaque fois qu'elle me voit passer, Mme Madden m'offre un biscuit, un morceau de cake aux fruits ou du jus de pomme chaud.

– Tu vas voir l'illumination du sapin ? me demande une voix familière dans mon dos.

Je me retourne, pour tomber sur Edward et son nouveau meilleur ami.

– Encore toi ? Mais tu me suis !

– C’est Bane qui m’a attiré en direction des stands de nourriture. Quelles étaient les chances de t’y retrouver ?

– Me connaissant ? Environ soixante pour cent, plaisanté-je en m’essuyant les mains sur mon jogging. L’illumination du sapin, tu dis ? Ah mais oui, on est le premier lundi de décembre ! Tu y vas ?

– Oui, j’y allais justement.

Je partage avec lui les chocolats que je viens d’acheter chez Mme Madden, pendant que nous nous dirigeons tous les deux en direction de la place de l’hôtel de ville. Sur les marches en pierre sont alignés les membres de la chorale locale, avec en tête Mme Turner. La foule est déjà massée au pied du sapin, à côté duquel un micro a été installé. M. Riley est sur son fauteuil rouge, attendant patiemment que les festivités commencent. Étrange. D’habitude, c’est lui qui présente la soirée d’illumination.

– Bonjour à tous, s’élève alors la voix de Connor.

– Tu savais qu’il devait prendre la parole ? me chuchote Edward.

– Non, je n’en savais rien.

– Il y a de l’eau dans le gaz au pays de Hallmark ?

– Non, je suppose que ça s’est décidé à la dernière minute.

Le micro grésille. Pendant que Connor attend que le brouhaha dans la foule se calme, il m’aperçoit et m’adresse un sourire ravi, avant de se rembrunir quand Edward lui fait un petit signe de main.

– Gamin, ricané-je.

– N'importe quoi, j'essaie de me montrer aimable.

– Merci à tous d'être venus, reprend Connor. Comme chaque année, l'illumination du sapin est un grand moment pour la vie d'Holly Falls et je suis vraiment heureux d'être celui qui aura la chance de brancher la guirlande cette année. Puisque mon père est occupé à jouer les Père Noël, plaisante-t-il.

Des cris indignés répondent à sa révélation.

– Il ne vient pas vraiment de faire ça ? me lamenté-je, en me cachant les yeux.

– Si, si, glousse Edward. Ton mec vient de dire à tous les enfants qui sont là que le Père Noël n'existe pas.

Edward éclate de rire. M. Riley est blanc comme un linge. Une colère sourde s'élève autour de nous tandis que Connor essaie d'enchaîner, mais la foule ne le laisse pas parler. De tous les côtés s'élèvent des « Papa, c'est M. Riley le Père Noël ? » et des « Maman, on n'aura pas de cadeaux alors cette année ? » à moitié en pleurs suivis de « Mais c'est pas possible ! » provenant d'adultes outrés. Connor s'empresse d'allumer le sapin et de déclarer, forçant pour se faire entendre par-dessus les éclats de voix :

– Et maintenant, la chorale de la ville va vous chanter *We Wish You a Merry Christmas* !

Puis il part se réfugier dans le chalet des elfes.

– Oh non, j'en reviens pas, me lamenté-je.

– Eh ouais ! Désolée pour toi, mais on dirait que dans ton film Hallmark, le fils du Père Noël est un con.

– Arrête, dis-je en le poussant de l'épaule, sans arriver à m'arrêter de rire. Il devait être stressé.

– Il avait peur de quoi ? De tout foirer ? C'est réussi.

J'espérais que l'illumination du sapin serait magique, c'est raté. Le sapin est très beau, paré de toutes ces lumières, mais l'annonce loupée de Connor a un peu tout gâché. *Le pauvre, il doit se sentir mal.* Je parcours la place des yeux pour essayer de l'apercevoir, mais c'est mon père que je trouve : il est au pied des marches de l'hôtel de ville, avec ses amis, des étoiles dans les yeux en observant Mme Turner chanter. *Ça me fait chaud au cœur de le voir comme ça.*

– Il a l'air accro, me dit Edward en suivant mon regard.

– Ouais, on dirait.

– Ça ne te dérange pas ? Qu'il veuille refaire sa vie ?

– Pas du tout. C'est l'une des personnes que je préfère au monde, je veux qu'il soit heureux. Et même si j'aimais ma mère, elle nous a quittés depuis longtemps et je sais qu'elle n'aurait pas voulu qu'il reste seul. Et puis, Teresa a l'air géniale.

– C'est vrai, acquiesce Edward, lointain.

La chanson s'achève, Teresa rejoint mon père sur la place, un sourire radieux aux lèvres, et l'horloge de la mairie sonne 17 heures.

– Merde, je suis désolé, je dois y aller, s'excuse Edward. J'ai promis à un ami de lui filer un coup de main pour installer sa machine à laver. Mais si tu veux je peux lui dire que je viendrai plutôt demain.

– Non, non, je t'en prie. J'allais rentrer de toute façon.

Il m'adresse un dernier regard désolé avant de donner un petit coup sur la laisse pour inviter Bane à le suivre. Tous les deux disparaissent dans la foule en même temps que le poids dans mon estomac réapparaît, et quand je vois Sarah en pleine discussion avec mon père, je décide qu'il est temps pour moi de m'en aller.

Je remonte la rue piétonne à toute vitesse, sans plus prêter attention au bruit et aux odeurs, je me contente juste d'éviter les promeneurs pour m'éloigner le plus vite possible. Une fois sortie du centre-ville, je suis obligée de ralentir le pas et de marcher sur la route, parce que les trottoirs n'ont pas été déneigés. Je me laisse distraire quelques secondes à peine, le temps de consulter le sms que je viens de recevoir. Ce moment suffit pourtant à me faire perdre l'équilibre : je me prends les pieds dans mon lacet défait et tombe dans un tas de neige.

– Merde, merde, merde !

– Ça va ? m'interroge une voix féminine depuis une voiture qui ralentit à côté de moi.

Je relève la tête, étonnée, avant de me remettre debout.

– Kelly ?

– Oui, je t'ai vue tomber. Tu ne t'es pas fait mal ?

– Non, ça va. Merci.

– Tu rentrais chez toi ? Tu veux que je te dépose ?

– Ça va aller. Je ne suis plus très loin.

– Ne sois pas bête. Monte.

Plus d'une décennie a passé depuis que cette fille me malmenait au lycée, et pourtant j'ai encore l'impression de tomber dans un piège en acceptant son aide. Je fais le tour du véhicule, retire ma veste et la mets sur le siège pour éviter de tremper l'intérieur, puis je m'installe à la place du passager.

– Merci.

– Je t'en prie. C'est normal.

– Pour tout te dire, ça me surprend, avoué-je en grimaçant. D'après mes souvenirs, tu ne m'aimais pas beaucoup.

Kelly baisse la tête, un peu honteuse, avant de redémarrer.

– J'ai été une vraie peste avec toi, hein ?

– Plutôt, oui.

– Je suis vraiment désolée, Emma. Je n'ai aucune excuse pour la façon dont je t'ai traitée, avoue-t-elle avec un soupir avant de porter son regard vers la route.

– C'est loin tout ça, maintenant, éludé-je. Mais j'avoue ne jamais avoir compris.

Après quelques secondes, Kelly actionne le clignotant pour s'engager dans le jardin de mon père et soupire.

– C'est ridicule, mais je crois que j'étais jalouse.

– De moi ? ricané-je. Il n'y avait vraiment pas de quoi.

– Tu plaisantes ? Tu étais magnifique ! Tu l'es toujours bien sûr, s'empresse-t-elle d'ajouter. Tous les garçons de l'école étaient à ta botte, en particulier Connor. J'avais un faible pour lui à l'époque. Tu le crois, ça ?

Elle rit en secouant la tête.

– Encore aujourd'hui j'ai du mal à croire que j'ai vraiment pu être cette peste qui te tourmentait. À cause d'un type qui n'en vaut même pas la peine, en plus, ajoute-t-elle dans un souffle. Je n'ai aucune excuse, si ce n'est que j'étais jeune et bête… Bref, tout ça pour te dire que je suis sincèrement désolée, et que j'espère qu'on pourra laisser cette histoire derrière nous à l'avenir.

Elle m'adresse une moue gênée à laquelle je réponds par un hochement de tête maladroit en sortant de la voiture. Je ne sais pas comment réagir à ces aveux, l'attitude de Kelly à l'époque était encore une de ces constantes que j'imaginais retrouver et qui en fin de compte n'existe que dans mes souvenirs. Je me sens déstabilisée, encore une fois. Néanmoins, j'ai le sentiment d'avoir été allégée d'un poids qui pesait sur ma poitrine. Je lui marmonne quelques remerciements avant de claquer la portière et de remonter l'allée qui mène à la maison.

Bien sûr, les excuses de Kelly n'effacent pas tout le mal qu'elle a pu me faire autrefois, mais ça me fait du bien malgré tout. Et ça me renvoie à mon propre comportement et aux mots durs que j'ai pu adresser à Michèle. Des mots pour lesquels je ne me suis jamais excusée.

Encore sonnée par ma rencontre fortuite avec Sarah au *Lila's* et la discussion étrange que j'ai eue avec Kelly, je ne me sentais pas de rester seule avec mes pensées ce soir. Il était tellement plus facile d'accepter l'invitation de Connor – le fameux message reçu avant de finir le derrière dans la neige – qui me proposait de dîner avec Martha et John, d'anciens amis de lycée.

D'aussi loin que je me souvienne, ces deux-là ont toujours été en couple. Connor me les a présentés lorsque j'ai fait ma rentrée au secondaire, et après ça, ils ont plus ou moins toujours fait partie de notre petite bande. Lui était discret et patient, là où elle était exaltée et impulsive. Ils se complétaient à la perfection, et même si ce n'étaient pas mes meilleurs amis, je les appréciais. On a bêtement perdu contact lorsqu'ils sont partis faire leurs études en Floride, et de ce que m'en a dit Connor, ils se sont mariés peu de temps après l'obtention de leur diplôme et sont revenus s'installer dans la région dans la foulée. Depuis, Connor, Martha et John forment un trio inséparable. Je n'avais plus repensé à eux depuis très longtemps, et ils ne m'avaient pas spécialement manqué, mais je suis ravie de les retrouver.

De toute manière, tout m'apparaît plus attrayant que de rester seule à ruminer dans mon lit, au point que je décide d'attendre Connor devant la maison, assise sur le perron, et que je me précipite en direction de son 4 × 4 à la seconde où ses phares balaient le jardin. Cette fois encore, il descend de voiture pour m'aider à monter, mais il ne m'ouvre pas la porte tout de suite. Il prend mon menton entre son pouce et son index et me relève la tête pour que je le regarde dans les yeux.

– Tout va bien ?

– C'est Sarah, soupiré-je. Elle m'a complètement snobée tout à l'heure, je…

Sans me laisser finir, il me prend dans ses bras et rit doucement en me serrant contre lui.

– Je suis sûr que ça va finir par s'arranger entre vous. Ne t'inquiète pas pour ça, dit-il en déposant un baiser sur mon crâne.

Je ne lui rends pas son étreinte, trop surprise. Ça part d'un bon sentiment, mais il me console comme on le ferait avec une enfant. Passé l'étonnement, je mets de côté mon agacement – après tout, je suis un peu aigrie avec toute cette histoire – et glisse mes mains sous sa veste pour profiter de sa chaleur et du parfum épicé qui émane de son pull.

– On y va ? reprend-il. Je me les gèle.

– Oui, OK. On dîne où ? Je meurs de faim.

– À propos de ça… grimace-t-il. Il y a eu un petit changement de programme.

– C'est-à-dire ?

– Martha et John nous attendent au *Big Bob's*.

– Non… Connor. La dernière fois, ça a failli mal finir.

– Je sais. Ça ne m'enchante pas non plus, mais ils étaient en avance, alors ils se sont arrêtés là-haut. Mais ça va bien se passer, on va se faire tout petits et tout ira pour le mieux. Et puis, on est dans son bar, je doute qu'il tente de faire un esclandre.

Ça, je n'en suis pas si sûre.

L'accueil qui nous est réservé lorsque nous passons les portes confirme mes doutes. Regard assassin pour Connor et expression déçue pour moi. Edward ne se donne même pas la peine de nous saluer alors que nous rejoignons John et Martha, qui n'ont rien trouvé de mieux que de s'installer au beau milieu de la salle. Pile en face du comptoir. Pour la discrétion, on repassera, d'autant que Martha a toujours eu la voix qui porte et elle a l'air particulièrement surexcitée ce soir. Je n'ai même pas retiré ma veste qu'elle se jette sur moi pour me prendre dans ses bras.

– Emma ! Je suis tellement contente de te revoir ! Ça fait trop longtemps. Raconte-moi tout ! La vie à New York, ton travail, les hommes…

Elle se cache derrière sa main pour me chuchoter la fin de sa phrase, ce à quoi Connor répond par un raclement de gorge et un clin d'œil. Elle exulte.

– Oh, c'est vrai ? C'est reparti, vous deux ?

Mal à l'aise, je réponds par un mouvement de tête incertain en m'asseyant sur ma chaise. Celle qui fait face au bar. Lorsque je relève les yeux, je rencontre ceux d'Edward, furieux. Bien que je n'aie rien à me reprocher, j'ai l'impression de lui devoir une explication, alors je me remets debout aussitôt.

– Une bière ? demandé-je à Connor, l'index pointé vers lui.

– Je crois que je vais plutôt prendre un whisky.

Même question silencieuse à l'intention de John et Martha, qui me désignent leurs verres encore pleins. *OK, une bière, un whisky et une conversation gênante, c'est parti !*

Je me dirige vers le bar quand Connor m'interpelle pour me tendre un billet. Je refuse, il insiste, on se chamaille pour savoir qui doit payer, puis je finis par accepter son argent pour couper court. Derrière le comptoir, Edward observe la scène avec le même air renfrogné qu'il affichait quand nous sommes entrés. Il essuie encore et encore le même verre depuis deux minutes, mais quand j'arrive à sa hauteur il se détourne pour le ranger. Puis il place le verre sur son étagère, réarrange quelques bouteilles et remet de l'ordre dans un tiroir avant de daigner me regarder.

– Emma. Que me vaut le plaisir ?

Sa voix est chargée de reproches.

– Désolée d'être venus ici, mais nos amis étaient déjà là quand on a décidé de se retrouver.

– Qu'est-ce que tu racontes ? Ils sont arrivés cinq minutes avant vous.

– Mais Connor m'a dit que…

– Je m'en fous, ça ne changera plus rien maintenant, abrège-t-il en haussant les épaules. Vous êtes là, il faut bien que je vous serve. Qu'est-ce que vous voulez boire ?

Je fais un pas en arrière, les sourcils froncés devant son ton froid. Je comprends qu'il soit en colère de voir Connor chez lui alors qu'il ne l'apprécie pas, malgré tout j'aurais pensé qu'il ferait la part des choses entre lui et moi. Il semblerait que j'aie fait erreur. Je crois que je commence à apercevoir ce côté « pas sympa » dont il m'a parlé, et je ne suis pas certaine d'apprécier.

– Une bière et un whisky, dis-je sur un ton similaire au sien.

– Ça fera quinze dollars.

– Voilà, dis-je en tendant le billet de Connor.

– Je t'en prie. Je me retiens de cracher dans son verre, mais ne me pousse pas trop. Hors de question que j'accepte le fric de ce connard.

Il jette un œil derrière moi et lance un regard mauvais à Connor, puis baisse les yeux.

– Laisse-moi, s'il te plaît, tes amis t'attendent.

Je prends nos consommations, dépose un billet de vingt dollars devant lui et lance, par-dessus mon épaule :

– Tu peux les prendre, ceux-là, ils sont à moi. À moins que tu n'en veuilles pas non plus.

J'ai été plus sèche que je ne l'aurais voulu. Je ne m'attendais pas à ce qu'il se comporte de la sorte avec moi, et ça me blesse d'autant plus que je tiens vraiment beaucoup à Edward. Notre échange n'a d'ailleurs pas échappé aux oreilles curieuses de nos amis qui grimacent lorsque je me réinstalle à ma place.

– Ambiance, chantonne Martha.

– C'est clair, l'accueil n'est pas génial, ici, renchérit Connor.

– Connor, s'il te plaît. Inutile d'en rajouter, soupiré-je.

Connor lève les mains, vaincu, tandis que je prends une gorgée de ma bière, en souriant tristement lorsque je remarque qu'il n'y a pas de mousse.

Après la quatrième tournée, je suis au fait de tous les ragots. Les divorces, les disputes, les déménagements, je sais tout. Martha est une vraie commère. J'ai la tête pleine d'informations qui ne me serviront à rien, mais je reconnais que la soirée était plutôt agréable. Il n'y a pas eu de nouvel accroc : John et Martha se sont chargés de récupérer les consommations, et Edward a fait en sorte de ne plus me regarder. Ni moi, ni Connor.

Enfin, jusqu'à ce que nous décidions de nous en aller. Martha et John sont déjà sur le pas de la porte, Connor sur leurs talons, quand je suis seulement en train d'enfiler ma veste. Depuis l'arrière du comptoir, j'entends :

– Emma ? On peut se parler une seconde ?

– Allez-y, je vous rejoins, lancé-je en direction des autres.

J'avance vers le bar, sur la réserve.

– Tu es à nouveau décidé à me parler ?

Les poings serrés sur le bois qui nous sépare et les mâchoires contractées, Edward me fusille du regard. Il hésite un instant puis finit par exploser :

– J'en reviens pas que tu l'aies ramené ici !

– Dire que je pensais que tu allais t'excuser…

– M'excuser ? Et puis quoi encore ! C'est toi qui l'as amené ici, chez moi !

– Je te l'ai déjà dit et je le répète, je n'ai pas choisi l'endroit où nous devions nous retrouver. Alors sois gentil et lâche-moi.

– Tu déconnes, j'espère ?

– Moi ? C'est toi qui te comportes comme un connard depuis qu'on est entrés. Et ne me sors pas le couplet de « je ne suis pas un mec sympa ». C'est de la connerie. Tu as choisi de me snober ce soir, assume-le.

– Oh, mais j'assume ! Je vais même faire mieux, je vais ouvrir ma bouche. Je n'ai rien dit jusqu'à présent parce que je ne voulais pas que ça crée des tensions entre nous, mais visiblement c'est raté alors autant mettre les choses au clair. Ça me rend malade de te voir avec ce mec.

Mon cœur accélère dans ma poitrine.

– Pourquoi ? m'entends-je demander, d'une petite voix.

– Parce que c'est le roi des cons ! Il ne pense qu'à lui, à sa réputation et à son prétendu succès. Le reste il s'en fout. Il te marchera dessus si ça peut l'aider à accomplir ses projets. Tu t'en rendrais compte aussi, si tu n'étais pas obnubilée par cette idée à la noix de trouver ton héros de téléfilm.

Cette dernière phrase me fait l'effet d'un coup de poing dans l'estomac.

– Tu sais quoi ? Va te faire voir, Edward. Moi au moins j'essaie, je ne tourne pas le dos à l'amour juste parce que j'ai été déçue. Je me lance, je prends le risque de me casser la gueule et de souffrir à nouveau. Et si tu crois vraiment que je suis prête à tout pour trouver « Monsieur Hallmark », tu ne me connais pas du tout en fait.

Il accuse le coup, mais ne dit rien.

– C'est pas grave, Edward. On fait tous des erreurs. Moi, j'ai bien cru qu'on était amis. Vu ton attitude de ce soir, je crois que je me suis trompée, moi aussi.

– Emma… murmure-t-il.

Je ne me retourne pas. Je n'ai plus envie de l'entendre, ni maintenant, ni plus tard.

Ce n'est pas la première fois que je me dispute avec un ami, mais c'est la première fois que ça me touche autant. Il est parvenu à rivaliser avec le mal que m'a fait Sarah, alors que nous nous connaissons à peine, lui et moi. C'est ma faute, je n'aurais pas dû le laisser prendre une telle place dans ma vie, surtout en sachant que je vais très certainement partir.

Je ne sais plus quoi penser ni ressentir, tout ce que je sais, c'est que j'ai mal.

CHAPITRE 27

Nous ne sommes que le 3 décembre, néanmoins, tous les clients qui passent la porte n'ont qu'un mot à la bouche : cadeaux. Noël m'apparaît pourtant encore si loin. Et si proche en même temps. Je ne peux m'empêcher de repenser à l'ultimatum que m'a lancé mon patron, à propos de cette réunion indispensable à laquelle il veut que j'assiste. Ce n'est qu'une excuse pour me faire revenir. Je sais très bien qu'une fois que j'aurai remis les pieds au bureau, je ne pourrai plus retourner à Holly Falls avant mes prochaines vacances. Le rendez-vous médical de mon père est encore loin, je ne sais donc pas où en sera sa guérison à ce moment-là. Peut-être qu'il n'aura plus besoin de moi, peut-être qu'on en aura encore pour deux mois. Impossible de le savoir à l'avance. Comme je ne sais pas non plus où j'en serai, moi, à ce moment-là.

Parce que, en toute honnêteté, plus les jours passent, et moins j'ai envie de retrouver New York. Lorsque j'ai déménagé à Manhattan, je voyais Holly

Falls comme un endroit froid et austère où je n'avais pas ma place et où on me regardait de travers. Aujourd'hui, j'ai l'impression de redécouvrir la ville où j'ai grandi, et je me rends compte que j'aime la vie ici. Je préfère prendre le temps de buller dans mon lit le dimanche matin au lieu d'éplucher mes dossiers. J'aime connaître la plupart des gens que je croise et savoir qu'ils auront tous un sourire ou un mot gentil pour moi. J'en ai assez de l'individualisme de cette grande ville où je ne suis qu'une anonyme de plus dans la foule. Ici, je suis Emma, les gens me connaissent, certains m'apprécient, d'autres moins, mais ça ne les empêchera pas de m'aider si je suis en difficulté. Et puis j'aime la nature, le calme et le temps que je passe avec mon père. Même si j'avale encore une quantité astronomique de sucre et d'aliments transformés, je me sens beaucoup plus sereine qu'à Manhattan.

Enfin, en principe.

Aujourd'hui, je suis un peu tendue, c'est vrai. Mais ce qui me perturbe ce matin, ce n'est ni mon travail, ni Sarah. C'est Edward. Je suis toujours blessée et déçue après ce qui s'est passé au bar. Mais surtout, je ne comprends pas que ça me fasse autant de peine. Delilah et moi, on s'est déjà disputées. Souvent, même. On a échangé des mots durs, mais ça ne m'avait jamais autant peinée qu'aujourd'hui. D'autant que la raison de notre engueulade était vraiment stupide, et très certainement dictée par la colère. Quand j'entends mon père siffloter depuis son atelier, je repense à ce qu'il m'a dit lors de notre première et dernière leçon d'emballage cadeaux. Je ne peux pas laisser ma fierté se mettre en travers de notre relation, alors c'est décidé, je vais faire le premier pas.

Même si j'aurais préféré que ce soit lui qui le fasse.

On dit que les grands esprits se rencontrent, il faut croire que les têtes de mule aussi, puisqu'il s'avance justement en direction de la porte de la boutique alors que je venais de sortir mon téléphone pour lui envoyer un message. Je m'empresse de cacher mon portable dans le tiroir du comptoir et fais mine de trier des factures quand la clochette de l'entrée tinte. Edward retire son bonnet couvert de neige, ébouriffe ses cheveux et s'avance d'un pas hésitant dans ma direction. Je lui adresse un sourire timide, un peu mal à l'aise à cause du looping que vient de faire mon cœur en le voyant s'avancer vers moi. *Est-ce qu'on est censé ressentir ça en voyant un ami ?* Bane, qui était resté derrière lui jusque-là, se met à japper en m'apercevant. J'abandonne ma retenue pour me pencher vers la petite boule de poils et l'abreuver de petits noms affectueux tandis qu'il remue la queue sous mes caresses. Edward se racle la gorge en basculant d'avant en arrière, l'air nerveux.

– Hum… salut.

– Salut.

Un ange passe. Je ne sais pas comment amorcer une réconciliation. Je me contente de le regarder naviguer entre les allées du magasin, sans arriver à calmer les battements de mon cœur.

– C'est ton père qui fait tout ça ? demande-t-il en me montrant un miroir dont le cadre est composé de petits rondins.

– Oui. Il a son atelier juste derrière, expliqué-je en indiquant la porte dans mon dos.

– Et le nom *Samma's Corner*, il vient d'où ?

– C'est un mélange du prénom de ma sœur et du mien. Sarah, Emma, tu vois ?

– Oh, OK. Cool.

Il sort la main de sa poche, le poing toujours serré, et fait un pas vers moi.

– Emma, à propos de l'autre fois…

Je suis suspendue à ses lèvres, mais il ne finit pas sa phrase : la porte de la boutique s'ouvre en grand sur un Connor au large sourire. En trois enjambées, il se tient devant moi, plante un baiser sur ma joue et me tend un sucre d'orge.

– Une douceur pour ma douce.

– Merci… grincé-je, gênée.

– Oh, salut Miller…

– Ouais, c'est ça, abrège Edward. Écoute Emma, je vais te laisser, on parlera une autre fois. J'étais juste venu t'apporter ça.

Il dépose un tube dans ma main et appelle Bane d'une tape sur la cuisse avant de quitter la pièce sans un regard en arrière. Connor passe derrière le comptoir, glisse une main dans le creux de mes reins et dépose un baiser sur ma tempe en regardant mon ami s'éloigner.

– Qu'est-ce qu'il t'a donné ?

Je baisse les yeux et souris.

– Un tube de crème cicatrisante.

– Il est bizarre, pourquoi il t'a apporté ça ?

– C'est rien, je me suis brûlé la main samedi et ça ne guérit pas.

Par réflexe, je jette un coup d'œil à ma peau écorchée. Je n'ai plus mal, mais il va me falloir encore quelques jours pour cicatriser.

– Ah, d'accord. Mais, vous vous voyez encore, tous les deux ?

– Qu'est-ce que tu veux dire par là ?

– Rien c'est juste que je pensais qu'après son attitude au bar, tu avais tiré un trait sur lui. Enfin, je veux dire, il s'est montré vraiment grossier envers toi, devant tout le monde en plus.

– Non, je n'ai pas tiré un trait. C'est mon ami, on s'est disputés. Ce sont des choses qui arrivent, je ne vais pas lui en vouloir indéfiniment.

– Comme tu veux, dit-il en haussant les épaules. Moi aussi j'étais venu t'apporter quelque chose…

J'attrape le sachet qu'il me tend et découvre un morceau de tissu dont je n'arrive pas à identifier le rôle. Quand je relève les yeux vers lui, il me regarde avec l'air excité d'un petit garçon au matin de Noël.

– C'est une robe ! Je l'ai vue dans la vitrine à côté du *Lila's* et j'ai pensé à toi. Ça te plaît ? Je ne suis pas sûr pour le motif, mais ma mère adore le léopard, alors je me suis dit que tu aimerais certainement aussi.

– Euh… oui, c'est très gentil de ta part.

– Tu pourrais peut-être la mettre lors d'un de nos prochains rendez-vous ?

– Bien sûr.

– Super, je suis content si ça te fait plaisir. Il faut que je te laisse, mes ouvriers m'attendent pour retourner sur un chantier. C'est moi qui conduis la camionnette, comme j'ai embourbé ma voiture dans une dalle qu'on venait de couler. Mais on se voit toujours ce soir ?

– Oui, oui.

Avant de s'en aller, il me prend dans ses bras et m'embrasse au coin des lèvres. Je le raccompagne jusqu'à la porte et en profite pour retourner le petit panneau. Il n'est pas tout à fait l'heure de la pause déjeuner, mais je suis affamée et un peu déçue de ne pas avoir pu mettre les choses à plat avec Edward.

Mon père a certainement tout entendu, puisqu'il apparaît à l'entrée de l'atelier dès que Connor est parti. Roulant jusqu'à moi, il se mord la lèvre pour se retenir de rire.

– Je n'ai pas rêvé, il a bien dit que sa voiture était…

– Ouais.

– Oh, ma poupée, il n'est vraiment pas très fute-fute, ton copain. Bon, on va déjeuner ?

CHAPITRE 28

– Et ça ?

Melissa me désigne un pull en laine torsadée bleu marine qui pourrait tout aussi bien convenir à mon père qu'à Connor. Il est plutôt joli et semble de bonne qualité, malgré tout j'hésite pour la forme avant de secouer la tête, comme je l'ai fait ces dernières heures pour chacune de ses propositions.

– À ce rythme, tu n'auras toujours aucun cadeau le jour du réveillon, soupire-t-elle en replaçant le tricot sur son portant.

Elle a raison, et pourtant ce n'est pas faute d'avoir fait les boutiques. Melissa et moi arpentons en long et en large les allées bondées du Miller Hill Mall depuis des heures. Leur playlist de chansons de Noël me sort par les yeux et j'ai les pieds en compote. On est là depuis le déjeuner, après mon rendez-vous au salon de manucure dans lequel Connor m'avait réservé un soin – une pause de faux ongles… Moi qui les porte toujours courts, j'ai l'impression de ne plus savoir me servir de mes doigts, c'est un peu perturbant. Mais comme ça partait d'un bon sentiment, je prends sur moi. Il voulait juste me remonter le moral toujours en berne après les événements de Thanksgiving, qui sont sûrement responsables de mon manque d'implication dans notre « mission cadeaux ».

Melissa a déjà tous les siens, quand j'ai encore du mal à me dire que nous sommes aux portes de Noël. Pourtant tout est là pour me le rappeler : les chorales dans les rues, les décorations lumineuses et les trottoirs enneigés, il ne manque rien. Tout est parfait, seulement je n'adhère pas à l'euphorie ambiante. Enfin, je n'y adhère plus depuis que ma sœur et moi ne nous adressons plus la parole. C'est-à-dire un peu plus de dix jours.

Après trois refus supplémentaires et quatre grimaces, Melissa se tourne vers moi, le regard noir et les bras ballants.

– Est-ce que tu as seulement l'intention d'acheter quelque chose ? Parce que tu ne m'as pas l'air décidée et je commence à avoir soif.

Le regard que je lui offre doit en dire long parce qu'elle me tire par le bras et m'entraîne à l'extérieur de la boutique. Déterminée, elle entreprend de me traîner dans la galerie marchande jusqu'au Starbucks, dans lequel nous sommes sur le point d'entrer, quand je m'immobilise brusquement.

– Qu'est-ce qu'il y a ?

– Rien. Je crois que j'ai vu un truc dans la vitrine, là. Tu veux bien me commander un mocha glacé chocolat blanc noisette, un *cinnamon roll* et un brownie ? J'arrive tout de suite.

– Si seulement tu pouvais te décider aussi facilement pour tes cadeaux que quand il s'agit de café.

– Gnagnagna, j'arrive.

Elle entre au Starbucks en secouant la tête tandis que je me dirige vers la boutique qui a attiré mon attention. Et c'est finalement dix minutes plus tard que je rejoins Melissa, qui plisse les yeux, l'air blasée, en me voyant arriver les bras chargés.

– Tout ce temps, il suffisait en fait que je te laisse seule pour que tu arrives à trouver ton bonheur ?

– Il faut croire, dis-je en me laissant tomber sur le siège en face d'elle.

– Alors, qu'est-ce que tu as trouvé ?

– Une bouteille de whisky dix-huit ans d'âge, deux verres assortis, un jouet pour chien et une paire de boucles d'oreilles.

– Tu as acheté des cadeaux à Sarah et Edward, c'est ça ?

– Oui, avoué-je, honteuse.

– Tu ne crois pas qu'il y a une raison pour que les seules personnes à qui tu aies réussi à acheter un cadeau, ce soit celles avec lesquelles tu t'es brouillée ?

– Peut-être, je ne s…

– Non, laisse-moi finir, m'interrompt Melissa. Je comprends que tu sois en colère, je le serais aussi à ta place, mais tu ne peux pas éviter Sarah indéfiniment. Edward non plus, j'imagine, même si je ne suis pas la mieux placée pour parler de ta relation avec lui, puisque je ne la comprends pas.

– On est juste amis.

– Ouais, si tu le dis. En revanche, concernant ta relation avec Sarah, je peux peut-être t'aider. Parce que je suis aussi passée par là, en quelque sorte. Avec Lila, un jour, on s'est disputées. Fort. Je lui ai dit des choses horribles qu'elle m'a rendues au centuple, on a même arrêté de se parler pendant presque un an. Et tu sais ce qui s'est passé ?

Je secoue la tête.

– Son appartement a pris feu, elle a failli mourir et je ne l'ai su que six mois plus tard. Tu te rends compte que j'aurais pu la perdre, et tu sais ce qu'auraient été mes derniers mots ? « Un conseil, ne dors que d'un œil, je te jure que je vais te tondre pendant ton sommeil. »

Devant mon air perdu, elle m'explique :

– Elle avait couché avec mon petit ami.

– Et tu lui as vraiment rasé le crâne ?

– Plus ou moins. Elle s'est réveillée avant que j'aie fini, dit-elle en portant son gobelet à ses lèvres. Mais elle a dû porter un bonnet pendant quelques mois.

Malgré le petit sourire qu'elle m'adresse, je peux voir la tristesse dans ses yeux quand elle repense à ce qui aurait pu se passer si elle n'avait pas repris contact avec sa sœur, ou si celle-ci ne s'était pas sortie de cet incendie. Et même si je ne laisse rien paraître, son histoire me donne des frissons.

J'ai beau être en colère contre Sarah, je ne m'imagine pas vivre sans elle.

Melissa consulte discrètement son portable qui vient de vibrer et le repose aussitôt, écran face contre le bois, le rouge aux joues.

– Tiens, tiens, un admirateur secret ?

– Non, enfin oui. J'ai rencontré quelqu'un, admet-elle à demi-mot.

– Dis-moi tout ! J'ai besoin d'entendre une histoire qui finit bien.

– Il est trop tôt pour te dire si ça va bien finir ou pas, dit-elle en rejetant sa tête en arrière, dans un éclat de rire. En revanche, je peux te dire qu'il s'appelle Martin, il est *data scientist* et il vit à dix minutes d'Holly Falls. On s'est rencontrés sur Tinder. Aucun de nous ne cherchait quelque chose de sérieux, mais ça a collé tout de suite.

– En tout cas, ça fait plaisir de te voir aussi heureuse. Il me plaît déjà, ce Martin.

– À moi aussi, avoue-t-elle dans un sourire radieux. On rentre ? me demande-t-elle finalement, après avoir reçu un second texto.

J'imagine qu'elle a rendez-vous avec Martin et qu'elle doit se préparer, aussi vidé-je le fond de ma tasse et calé-je mon *cinnamon roll* entre mes dents avant de la suivre jusqu'au parking où nous attend Betty.

Lorsque nous arrivons au *Lila's*, Melissa se tourne vers moi, la main sur la poignée de porte :

– Tu veux entrer ? J'aimerais te faire goûter une nouvelle boisson que je voudrais mettre à la carte.

– Si tu veux, réponds-je, méfiante, en la suivant à l'intérieur du *Lila's*.

Toutes les lumières sont éteintes et elle a déjà fait le ménage. *Je croyais qu'elle était pressée*... Il y a anguille sous roche.

Une anguille aux cheveux roses qui fonce sur moi à toute vitesse. Je la réceptionne dans mes bras sans prendre pleinement conscience de ce qui est en train de se passer.

– Ma biche !

Son cri strident manque de me faire éclater les tympans, mais je m'en moque. Delilah est là ! Je la serre plus fort dans mes bras.

– Tu m'as manqué, morue !

– Toi aussi !

À tâtons, j'attrape la manche de Melissa et l'inclus dans notre câlin de groupe. Sans relâcher notre étreinte, nous passons d'un pied sur l'autre comme trois gamines qui danseraient terriblement mal la valse, jusqu'à ce que nous manquions de nous effondrer sur une table et que Delilah soit obligée de me relâcher pour se rattraper au dossier d'une chaise en riant. Elle se redresse, ajuste sa parka et frappe dans les mains, un sourire impatient aux lèvres.

– Bon, et si tu m'emmenais voir Gordon pour que je le salue avant qu'on aille fêter ça dignement ?

CHAPITRE 29

Je n'en reviens pas qu'elle soit là ! Encore moins qu'elle et Melissa aient manigancé tout ça dans mon dos avec l'aide de mon père, mais je leur en suis tellement reconnaissante. La présence de ma meilleure amie est un vrai cadeau de Noël en avance. Je ne m'étais pas rendu compte, avant de pouvoir la tenir dans mes bras tout à l'heure, à quel point elle avait pu me manquer depuis que j'ai quitté New York.

Melissa est rentrée chez elle avec la promesse de nous retrouver plus tard, et Delilah et moi sommes allées chez mon père, qui a accueilli ma meilleure amie avec une accolade et une bouteille de vin. J'ai été obligée de les séparer pour que nous puissions nous préparer, sans quoi nos projets auraient tourné court.

– Franchement, tu me désespères, ronchonne-t-elle en détaillant ma penderie. C'est quoi ces vieilles frusques ? Il n'y a que des jeans et des pulls dans ton armoire.

– C’est le genre de chose qui arrive quand on vit dans une région où les températures tombent souvent en dessous de moins cinq.

– Pfff, balivernes ! Ah, mais attends, qu’est-ce qu’on a là ? demande-t-elle en tirant un cintre. En fait non, je retire ce que j’ai dit. Emma, qu’est-ce que c’est que ça ?

Je plaque mes mains sur ma bouche pour ne pas rire lorsque je me rends compte qu’il s’agit de la robe que Connor m’a offerte.

– C’est un cadeau, justifié-je maladroitement.

– Non, mais la personne qui te l’a offerte, elle te connaît un minimum ou pas ? Ça ne te ressemble pas du tout de porter un truc comme ça.

– C’est vrai que ce n’est pas mon style.

– Ce n’est le style de personne. Tu sais bien que je ne cracherai jamais sur du léopard… Mais ça, c’est quand même ultra moche. Tu devrais la ramener et l’échanger contre quelque chose qui te correspond plus. Ou la brûler.

– Je ne peux pas, dis-je en la lui reprenant des mains avant de me rasseoir sur mon lit. C’est Connor qui me l’a donnée…

– OK, cède-t-elle en haussant les sourcils.

– Del’, ne sois pas comme ça. Il a voulu me faire plaisir, c’est tout.

– Et tes ongles, c’est lui aussi ? Parce que ça non plus, ça ne te ressemble pas.

– On réapprend à se connaître, il ne cerne pas encore très bien mes goûts, mais ça va venir.

– Si tu le dis, soupire-t-elle. Bref, il n'y a rien de bon à tirer de ton armoire. Heureusement que j'avais prévu le coup. Tata Del' s'occupe de tout, ma biche. J'ai ce qu'il faut dans ma valise pour que tu sois canon ce soir.

Elle danse jusqu'à son bagage et en sort une robe noire pailletée qui remonte au ras du cou et dévoile un dos nu vertigineux. C'est osé, sans en faire trop, j'adore. Même si ça ne colle pas vraiment avec l'ambiance de la région, je peux faire une exception pour ma meilleure amie. D'autant que j'imagine que, si elle a anticipé nos tenues, elle doit certainement avoir l'intention d'aller en boîte. Connor pourrait peut-être nous rejoindre. Après tout, c'est dans l'ordre des choses qu'ils se rencontrent, non ?

– Apparemment, il y a un club sympa tout près du lac, à l'entrée de Duluth, proposé-je en me changeant.

– Ta-ta-ta, on va au bar. Celui de ton ami Edward, si j'ai bien compris tu y passes pas mal de temps.

Bon, les présentations entre Delilah et Connor devront attendre, il n'est pas question que je le ramène encore une fois dans le bar d'Edward, à moins de vouloir mettre un terme à notre amitié. *Une minute… Qui lui a dit que je passais beaucoup de temps au bar ? Et c'est faux !*

– C'est Melissa qui t'a dit ça ?

– Non, c'est Gordon, ricane-t-elle.

– Il peut parler, lui. Tu ne l'as pas vu la dernière fois, faire la fête comme un étudiant.

J'enfile mes escarpins en bougonnant. Mon père raconte vraiment n'importe quoi. Néanmoins, je ne suis pas fâchée de revoir Edward. Depuis notre dispute, nous ne nous sommes vus qu'une seule fois en coup de vent, et nous n'avons pas eu l'occasion de nous expliquer. Je lui ai envoyé un message pour le remercier de m'avoir apporté la crème contre les brûlures. Sa réponse laconique ne m'a pas aidée à y voir plus clair. *Est-il toujours en colère ? A-t-il tourné la page ?* J'appréhende un peu de le revoir, mais je me dis que cette soirée est une occasion en or pour me rabibocher avec lui, alors je me force à ne pas trop y réfléchir et laisse Delilah mener la danse.

Au propre, comme au figuré.

Sur le siège passager de sa voiture de location, elle danse comme si nous étions dans l'un des clubs que nous fréquentions à Manhattan quand on avait la vingtaine et qu'on croyait encore pouvoir rencontrer quelqu'un de bien en boîte de nuit. Pour fêter son arrivée dans la région, je lui ai proposé de prendre le volant, de sorte qu'elle puisse profiter de sa soirée sans se soucier de sa consommation d'alcool, mais aussi pour ma propre sécurité. Elle a de nombreux talents mais la conduite n'en fait pas partie, et vu l'état des routes dans le Minnesota au mois de décembre, il me semble plus sûr d'être le chauffeur désigné. D'autant que mon père – qui adore ma meilleure amie – lui a déjà servi plusieurs verres de vin à la maison, ce qui a eu pour effet de l'inciter à jouer à la poupée avec moi. Elle a choisi ou approuvé absolument tout ce que je porte ce soir. Même mon manteau.

Ce que je finis bien entendu par regretter lorsque nous nous garons sur le parking du *Big Bob's* où nous attend déjà Melissa. Je la reconnais aux quelques mèches folles qui dépassent de la grosse écharpe en laine dans laquelle elle tente de disparaître pour lutter contre le vent froid qui fouette son visage. C'était une très mauvaise idée de suivre les conseils vestimentaires de Delilah, qui n'a aucune idée du climat polaire qu'il peut faire ici. Bref, je me les gèle et je n'ai qu'une hâte, me réfugier à l'intérieur.

Même si mon appréhension monte d'un cran alors que nous nous approchons des portes du bar. *Et si Edward ne voulait pas de moi ici ?* Delilah ne remarque pas mon hésitation : alors que Melissa et moi sommes encore en train de nous essuyer les pieds sur le tapis, ma meilleure amie fonce déjà en direction du bar. Toutes les têtes se tournent sur son passage – parce qu'elle est magnifique dans sa robe fourreau prune, mais aussi parce qu'elle n'est pas du tout discrète en s'avançant vers le comptoir et en faisant claquer ses talons sur le sol. Elle se plante ensuite devant Edward, retire sa veste, lui adresse son sourire de star de cinéma, celui qui paie ses consommations une fois sur trois, et lui tend la main.

– Tu dois être Edward. J'ai beaucoup entendu parler de toi. Moi, c'est Delilah, la meilleure amie d'Emma.

– Enchanté, glousse-t-il en lui tendant la main. Moi aussi, j'ai beaucoup entendu parler de toi.

Prêtes à les rejoindre, Melissa et moi nous faisons harponner par un habitué du *Lila's*, qui s'avère également être un ami de mon père. Je hoche la tête distraitement sans quitter le comptoir des yeux.

– Ah oui ? Dans ce cas, j'espère que tu n'es pas déçu, reprend Del'.

– Pas du tout, répond Edward d'une voix chaude en la détaillant sans discrétion.

Ça ne m'étonne pas qu'il la regarde ainsi. Ce qui me surprend, en revanche, c'est la sensation de brûlure que je ressens dans la poitrine en le voyant faire.

– Alors c'est toi le patron ici ? demande-t-elle.

– Oui, j'ai repris le bar il y a un peu plus de six mois, j'apprends encore. Alors s'il vous plaît, soyez sympas ne commandez pas de boisson trop compliquée.

Bordel, il lui sourit. Et je ne parle pas de son demi-sourire bougon qu'il arbore en général. Non, c'est un vrai sourire charmeur qu'il adresse à Delilah, le genre de ceux qui font fondre une petite culotte. *La mienne, par exemple, en ce moment même.* Lorsque nous les rejoignons, son regard s'attarde encore sur Delilah avant de glisser sur Melissa, et quand enfin ses yeux se posent sur moi, il déglutit difficilement et détourne le regard.

J'ai l'impression d'être la vilaine copine avec laquelle on évite tout contact visuel pour ne pas l'encourager à engager la discussion, mais qu'on tolère grâce à son amie canon. Je n'ai aucune envie de camper ce rôle, alors je décide de les laisser faire connaissance et d'aller m'installer à la même table que nous occupions la semaine dernière, Connor, John, Martha et moi. Exception faite que cette fois je choisis la place parallèle au bar, afin de ne pas être obligée de le regarder toute la soirée, mais de pouvoir le faire si j'en ai envie. Et puis, en m'asseyant là, je peux contempler le sapin au fond de la salle. Il n'est pas encore totalement décoré, mais on voit que les clients ont joué le jeu, et ça me fait plaisir. Sur la dizaine de boules suspendues aux branches, les deux tiers ne sont pas assortis. *C'est parfait.*

Melissa me rejoint finalement deux minutes plus tard, deux bières à la main. J'imagine qu'elle en a eu assez, elle aussi, de tenir la chandelle pendant qu'ils flirtent sans gêne. Je me saisis de la pinte posée devant moi et en bois une grande lampée sous le regard surpris de Melissa.

– Tu essaies de noyer quelque chose, là ?

Absolument.

– Pas du tout, j'ai soif, mens-je sans oser la regarder en face.

– Continue de te dire ça, tu vas peut-être finir par y croire, ricane-t-elle, le verre au bord des lèvres.

La petite blonde balaie distraitement la salle du regard, avant de reporter son attention sur moi au moment où Delilah nous rejoint. J'essaie de ravaler la bile qui me ronge l'estomac en entendant ma meilleure amie s'extasier sur Edward.

– Emma, tu t'es bien cachée de me dire qu'il était canon, ton ami ! soupire-t-elle en le dévorant du regard. Mate-moi ces yeux.

– Il me semblait te l'avoir dit, grommelé-je sans la regarder.

– Et ce sourire, continue-t-elle.

C'est bon, on a compris.

– Ça va, Emma ? Tu es drôlement silencieuse depuis qu'on est arrivées, s'enquiert Melissa, un léger sourire aux lèvres.

– Oui, oui. Je suis un peu fatiguée, mais ce n'est pas quelques nuits trop courtes qui vont m'empêcher de fêter nos retrouvailles.

Je me force à avoir l'air enthousiaste lorsque je tends le bras en direction du centre de la table pour que nous trinquions toutes les trois, espérant de ce fait passer à un autre sujet de conversation que la rencontre de Delilah et d'Edward et les possibilités que ça semble ouvrir. Ça fonctionne : Melissa nous abreuve d'anecdotes concernant son enfance et son adolescence à Grafton, dans le Dakota du Nord, de ses expériences capillaires à ses sorties nocturnes à l'insu de ses parents. À la suite de quoi Delilah enchaîne sur ses péripéties les plus folles avant que nous ne fassions connaissance, quand elle vivait encore à Brooklyn.

Alors que mon tour arrive, l'apparition d'Edward me coupe dans mon élan. Je me fige et, du coin de l'œil, l'observe tandis qu'il dépose des shots devant nous. Je m'efforce de ne pas le regarder, mais la sensation d'une petite patte qui se pose sur ma jambe me fait sursauter, m'obligeant à croiser le regard hésitant du barman. Il détourne la tête presque aussi vite que je me penche pour observer la boule de poils qui se frotte contre ma cheville. Après quelques gratouilles sur la tête, je tente d'attraper Bane avant qu'il ne se lance à la poursuite de son maître déjà reparti, sans y parvenir. Je relève la tête en direction de mes amies et constate que le chiot n'est pas le seul à avoir suivi Edward. Delilah aussi. Je grimace, Melissa le remarque.

– Ça ne s'est pas arrangé, vous deux ?

– Si, un peu. On ne se fait plus la gueule.

– Mais vous n'osez pas vous regarder en face non plus.

– Je n'ai pas l'impression que ça le gêne, lâché-je, amère, en entendant Delilah glousser.

Je me retiens de regarder en direction du bar. Je n'ai pas envie de les voir rire ensemble, se toucher ou même pire, qui sait. Je suis donc surprise de voir Edward revenir dans mon champ de vision, et encore davantage de constater que ma meilleure amie se tient à côté de lui. Elle me prend par le bras et m'incite à me lever pour me retrouver face au barman qui semble aussi désemparé que moi.

– Comment voulez-vous qu'on passe une bonne soirée avec les tronches que vous tirez ? Alors c'est simple, je vais vous expliquer ce qui va se passer. Melissa et moi, on va s'installer au bar pour prévenir les clients qu'il va falloir attendre un peu pour être servi. Vous allez vous faire un câlin et ensuite vous vous réconciliez. Et fissa ! Allez viens, Melissa, on les laisse cinq minutes. Cinq minutes, c'est clair ?

Edward et moi hochons la tête comme deux gamins pris en faute et, tandis que mes amies s'éloignent pour nous laisser régler nos comptes, nous nous fixons comme deux idiots.

– Un câlin ! Tout de suite ! nous réprimande Delilah depuis le comptoir.

– Oui, chef ! badiné-je en prenant Edward dans mes bras, deux secondes à peine. Voilà, contente ?

– Pas de ça, fais-moi un vrai câlin, rouspète Edward. Sinon on va se faire engueuler.

Il m'attrape par le poignet et m'attire dans ses bras. Je retrouve la chaleur étrangement familière de son corps et, la tête posée sur son torse, je me détends enfin. Du bout des doigts, il écarte une mèche de cheveux qui retombe dans mon cou, avant de laisser glisser sa main le long de l'échancrure de ma robe. Le contact de sa main rugueuse sur la peau fine de mon dos me fait frissonner. Je me sens fébrile dans ses bras, et quand il se met à bouger au rythme de la musique, je souris contre sa poitrine.

– Il me semble que la consigne, c'était de nous faire un câlin. Pas de danser.

– Dans une robe comme celle-ci, ça aurait été un crime de ne pas le faire, murmure-t-il.

Son souffle sur ma nuque déclenche une nouvelle vague de frissons, qui déferlent jusqu'au creux de mes reins quand Edward pose son autre main sur ma hanche.

– Je crois que l'autre consigne, c'était de nous réconcilier, ajoute-t-il d'une voix rauque.

– Tu as raison. Je suis désolée d'être venue avec Connor.

– Non. C'est moi qui suis désolé. Je me suis comporté comme un vrai connard.

– Oui, c'est vrai… pouffé-je.

– Tu m'as manqué.

Je n'ai pas le temps de lui dire que lui aussi m'a manqué que mes amies nous rejoignent. Edward fait un pas en arrière, mettant un terme à notre danse et je me sens vide, privée de son contact. Je cherche son regard, mais il est rivé à celui de Delilah qui passe un bras autour de ses épaules :

– Ah, vous voyez quand vous voulez ! Je te préviens Eddy, la prochaine danse est pour moi.

Il lui sourit, pose sa main sur la sienne, et mon estomac se contracte douloureusement dans mon abdomen.

Pour la première fois depuis que j'ai rencontré Delilah, j'aimerais qu'elle ne soit pas là. Et je m'en veux, presque autant que je regrette de ne pas avoir le courage de les séparer.

CHAPITRE 30

Je me suis disputée avec Delilah, hier soir.

On revenait tout juste du bar, quand elle m'a demandé pourquoi je faisais la gueule, et j'ai explosé… Je lui ai reproché de faire n'importe quoi, de flirter avec Edward, alors qu'elle avait Eleonor à New York. Elle m'a annoncé qu'elles avaient rompu et m'a reproché d'être jalouse. Je lui ai dit qu'elle rêvait et on est allées se coucher chacune de son côté sans plus se parler. Elle était saoule et vexée. J'étais triste et en colère. Parce que ça m'a retourné l'estomac de la voir danser avec Edward, et que je ne devrais pas ressentir ce genre de chose pour lui, encore moins si Delilah est dans l'équation.

Ça m'obsède, alors que je sais qu'elle n'y pense même plus. Restée à la maison pour travailler, elle n'arrête pas de m'envoyer des messages. En fait, je crois qu'elle a complètement oublié, mais il n'empêche que mon trouble est là, et que maintenant que j'ai pris conscience de ma jalousie, je ne sais pas quoi en faire.

– Merde !

Accaparée par mes pensées, j'ai fait tomber un cadre en bois d'une étagère en voulant passer la serpillière pour éponger la neige ramenée par les clients. Mon père déboule en trombe dans la boutique façon boulet de canon sur roulettes, me lance un regard paniqué avant d'additionner Emma plus balai et de comprendre.

– Tu devrais essayer de dormir, la nuit, soupire-t-il avant de retourner à l'arrière.

– Dis ça à Delilah. Elle fait la fête comme si elle avait encore quinze ans.

– Ouais, eh bien ce soir, essayez de revivre vos douze ans et faites plutôt une pyjama party !

Il a raison, je suis épuisée, mais Delilah n'est là que pour quelques jours alors il n'est pas question de nous coucher tôt. Même si notre programme est plus calme pour ce soir, si j'en crois son dernier sms :

Del'
BNB ce soir ?

Emma
Yeees ! Ton estomac supportera un BNB
le lendemain d'une cuite ?

Del'
Je t'en prie ma biche,
ce n'est pas mon premier rodéo !
Et je te rappelle que le BNB
a été inventé pour ça.

Bière-Netflix-burger, le tiercé gagnant de nos soirées à l'époque de la colocation. Je range mon téléphone le sourire aux lèvres, quand la cloche de la porte d'entrée retentit. J'adresse une moue surprise à mon visiteur qui se penche justement au-dessus du comptoir pour m'embrasser sur la joue.

– Connor ! Qu'est-ce que tu fais là ?

– Comme tu n'as plus de temps à me consacrer depuis que ton amie est là, je me suis dit que j'allais passer.

– Qu'est-ce que tu racontes ? Delilah est arrivée hier soir.

– Je sais, mais j'ai l'impression que ça fait une éternité qu'on ne s'est pas vus.

– Ne t'en fais pas, elle part demain, on aura tout le temps de se rattraper après.

Le clin d'œil que je lui adresse est plus aguicheur que je ne l'avais prévu, et la réaction de Connor ne se fait pas attendre. Il se racle la gorge et jette un coup d'œil dans mon dos pour s'assurer de ne pas avoir la visite surprise de mon père au pire moment possible, puis il se mord la lèvre en me murmurant à l'oreille :

– J'ai hâte, mais il faudrait que je te dise quelque chose à ce sujet. Tu crois que tu pourrais faire un tour avec moi ?

Je jette un coup d'œil à ma montre. Il est presque l'heure du déjeuner ; je pousse donc la porte de l'atelier pour prendre la commande de mon père, et nous prenons la direction du *Louie's Grill*.

Alors que nous marchons côte à côte dans la rue, je plisse les yeux pour lutter contre le vent glacial qui gèle mes pupilles, les mains resserrées sur ma doudoune. Étrangement, je me rends une nouvelle fois compte que j'adore vivre ici. En dépit du froid, de la neige et du sel qui m'ont probablement flingué deux paires de chaussures, en dépit du fait que le premier centre commercial est à une heure de route et qu'il n'y a pas un coffee shop décent – pour l'instant – à dix kilomètres à la ronde, en dépit de toutes les tensions qui ont eu lieu ces derniers jours, j'aime vraiment être là. Et puis j'aime que Noël prenne tout son sens ici. Quand je marche dans les rues de la ville, j'ai l'impression de les ressentir, cette bienveillance et cette envie d'être ensemble.

Connor prend ma main dans la sienne et observe ma toute nouvelle manucure. Il sourit avant d'embrasser mes doigts.

– C'est joli.

– Oui, mais c'est un peu long. J'ai du mal à…

– Ça te va très bien, dit-il en donnant un coup de tête en direction du *Louie's Grill*. On prend à emporter et on rentre ?

Je hoche la tête et le suis à l'intérieur en jetant un dernier regard à mes ongles. *Ça me va bien, mais je ne les aime pas*. Quand je rejoins Connor au comptoir, il a déjà commandé.

– Et dépêchez-vous, la dernière fois j'ai attendu une demi-heure pour un panini.

– Qu'est-ce qui se passe ? demandé-je en adressant un regard inquiet à la serveuse.

– Rien, tout va bien, me sourit Connor.

La serveuse lève les yeux au ciel et part préparer notre commande. *Bizarre.*

Cinq minutes plus tard, nous avons récupéré nos sandwichs, qu'une autre serveuse nous a apportés, et nous nous engageons dans la rue du marché de Noël pour retourner à la boutique de mon père. Le chemin est un peu plus long en passant par là, mais c'est tellement plus joli. Ce sont des moments comme celui-là qui me donnent vraiment l'impression d'être dans un film de Noël. Exception faite peut-être qu'ils ne semblent jamais avoir froid, tandis que je me gèle. Je m'arrête justement au stand de Mme Madden pour m'acheter un vin chaud dans l'espoir de me réchauffer, quand je capte une scène du coin de l'œil qui me coupe l'appétit.

Delilah est là, pendue au bras d'Edward.

Je tente de ne pas leur prêter attention, seulement il m'est totalement impossible de les ignorer. Tout comme je ne peux faire abstraction de mon cœur qui bat à tout rompre dans ma poitrine et de mon besoin presque vital de regarder ce qu'ils font alors même que ça me fait du mal. Je ne sais pas s'il a remarqué mon trouble, mais Connor se place justement devant eux.

Mince. Est-ce qu'il s'est rendu compte de quelque chose ?

– Écoute, je voulais te parler des prochains jours et du fait qu'on va pouvoir… rattraper le temps perdu.

– Oui, marmonné-je, soudain gênée à cette idée.

– Je vais devoir aller à Chicago pour rencontrer des fournisseurs. Je pars ce soir et ne devrais rentrer que ce week-end.

– D'accord.

– Mais si tu veux, je peux peut-être essayer d'écourter si…

– Connor. C'est bon. On ne s'est pas vus pendant dix ans, je crois qu'on va survivre à quelques jours loin l'un de l'autre.

Je ris, mais il se rembrunit.

– Allez, viens, on devrait retourner au magasin avant que tout ait refroidi.

Toujours un peu chafouin, il acquiesce et finit par me suivre. Je lui tends une poignée de frites dans l'espoir de le dérider, il les accepte, mais ne sourit pas davantage.

– Qu'est-ce qu'il y a ? demandé-je alors que nous sommes devant la porte du *Samma's Corner*.

– Rien. C'est juste que Delilah arrive et tu n'as plus de temps pour moi. Je t'annonce que je pars et ça a l'air de ne te faire ni chaud ni froid. Je me pose des questions, c'est tout.

– Avec Del', on ne s'est pas vues depuis que je suis ici, expliqué-je en fronçant les sourcils. Ça fait presque trois semaines, elle ne reste que deux jours, alors oui, je compte passer autant de temps que possible avec elle. Ça ne signifie pas que j'ai plus envie de la voir que toi. Simplement, je ne vais nulle part, je serai toujours là quand tu rentreras. OK ?

Il hoche la tête et m'adresse, enfin, un sourire timide accompagné d'un baiser sur le front, avant de me laisser devant la porte de la boutique.

– On se revoit samedi, me dit-il en s'éloignant.

Samedi. Ça devrait me laisser le temps d'y voir plus clair dans mes sentiments. Entre Edward, Sarah, et maintenant Delilah et Connor, j'ai de quoi faire. Pourtant, à moins d'une intervention divine, je ne vois pas comment m'en sortir.

Comme je m'y attendais, la journée ne m'a pas aidée à faire le point. Les mains sur le volant, le regard dans le vide et l'esprit perdu dans les allées du marché de Noël, je ne suis pas très attentive à ce qui se passe sous mes yeux. Ce n'est pourtant pas faute d'essayer, je fais de mon mieux pour me concentrer sur l'asphalte, mais chaque fois quelque chose me ramène à mes pensées perturbées. Un chiot qui me rappelle Bane, et donc Edward. Un panneau publicitaire rose, et je pense aux cheveux de Delilah. Une pâtisserie et je nous revois, Sarah et moi, dans la cuisine de ma mère, à guetter les cookies tout chauds sortis du four pour en voler quelques-uns. De tout ce qui me pèse en ce moment, la palme revient toujours à ma sœur. S'il n'y a qu'une chose que j'aimerais arranger, c'est celle-ci. Peut-être que je devrais mettre ma fi…

– Emma ! Attention !

Le cri de mon père me ramène sur terre. Celle-là même où j'ai failli percuter une camionnette il y a moins de dix secondes. Elle est arrivée par la droite et a grillé la priorité. Je n'ai rien vu. Une chance que mon père ait été plus concentré et qu'il ait donné un coup de volant juste à temps.

Une fois en sécurité, j'actionne le clignotant et j'immobilise Betty sur le bord de la route, le cœur au bord des lèvres.

Bon sang. Si mon père n'avait pas réagi, ça aurait pu être très grave. On aurait pu y rester.

Ce constat me renvoie inévitablement à la conversation que j'ai eue avec Melissa. Et malgré mes doigts tremblants, qui risquent fort de le demeurer un moment, je me fais la promesse d'appeler Sarah dès que nous arriverons à la maison.

C'est la dernière fois que je réclame une intervention divine.

CHAPITRE 31

Depuis le pas de la porte, sa veste sur le dos et sa valise en main, Delilah m'adresse un sourire désolé. Il est déjà temps pour elle de me quitter, et au-delà de la tristesse que j'éprouve à cause de son départ, je me sens surtout coupable. Pendant les deux jours qu'elle a passés ici, j'ai souhaité qu'elle reparte à New York la moitié du temps, tout ça parce que je la trouvais trop proche d'Edward. Maintenant encore, alors qu'elle s'apprête à monter dans sa voiture pour l'aéroport, je suis soulagée de la voir partir.

J'ai tenté de me persuader qu'il ne s'agissait que de la crainte qu'elle ruine sa relation naissante avec Eleonor. Mais je sais que ce n'est pas le cas. Elle avait raison, je suis jalouse. Je crève de jalousie de voir qu'elle aussi a réussi à franchir cette carapace de mec inaccessible qu'Edward s'est construite. Je n'avais pas envie de le voir lui sourire comme il le faisait avec moi. Naïvement, je m'étais imaginé être la seule à réussir à le faire rire, et de le voir si détendu et enjôleur avec elle m'a rendue dingue.

Ces sentiments m'ont donc déjà privée du plaisir de retrouver ma meilleure amie une bonne partie de son séjour, hors de question qu'ils me gâchent aussi ce moment. Même s'il n'est question que de lui dire au revoir.

Je me console néanmoins en repensant à notre soirée BNB de la veille. Si j'ai été un peu distante au départ – entre leur petite escapade au marché de Noël et le choc d'avoir failli être percutée par une camionnette –, la magie du streaming, associée au gras des burgers, a finalement agi. Elle m'a parlé de ses collègues graphistes masculins qui tentaient de s'imposer malgré leur médiocrité, et du plaisir avec lequel elle leur a fait prendre conscience de leur incompétence. Nous nous sommes extasiées sur les photos de l'hôtel dans lequel elle allait séjourner à Hawaï, à base de cocktails sucrés et de nuits d'amour passionné sur la plage en compagnie de charmants serveurs (ou serveuses). Je n'en sais toujours pas plus sur sa relation avec la libraire, mais il semblait évident qu'elle ne souhaitait pas en parler, alors je n'ai pas insisté.

Devant la porte, elle lâche son bagage pour me prendre dans ses bras. Je lui rends timidement son étreinte, déçue – de moi. Le nez enfoui dans sa chevelure rose pâle, je murmure :

– Désolée d'avoir été bizarre ces derniers jours.

– C'est rien, ma biche, dit-elle en m'adressant un sourire compatissant. Je comprends, il se passe beaucoup de choses dans ta vie en ce moment.

Mais j'aurais tout de même un conseil à te donner. Pose-toi les bonnes questions, OK ?

Les sourcils froncés, je la regarde franchir la porte d'entrée pour monter dans sa voiture de location. Je ne comprends pas. Est-ce qu'elle a ressenti mon enthousiasme envers Holly Falls ? À moins que cette remarque ne concerne mon attitude par rapport à elle et à Edward ?

Après l'avoir regardée me saluer une dernière fois depuis l'allée, un grand sourire aux lèvres, avant de disparaître au coin de la rue, je ressens à nouveau cette pression dans ma cage thoracique qui s'était un peu atténuée grâce à la présence de mon amie.

La solitude. Le doute. Le regret.

Je prends une profonde inspiration et sors mon portable de la poche arrière de mon jean. Hier soir, après avoir évité de justesse un accident de la route, je me suis fait la promesse silencieuse d'essayer de renouer avec ma sœur. Je m'empresse donc d'écrire avant de changer d'avis.

Emma
Salut. Je crois qu'il faut qu'on parle
toutes les deux.

Simple, sobre, efficace. Mon cœur se serre à l'idée que ma sœur pourrait choisir de rejeter ma main tendue, mais je décide d'ignorer mes inquiétudes et d'aller me préparer pour la journée de travail qui m'attend. De toute manière, je n'ai rien d'autre à faire que de prendre mon mal en patience. C'est Sarah qui a les cartes en main à présent.

Il est passé 18 heures quand mon portable sonne. La boutique est déserte et la nuit est déjà tombée depuis plus d'une heure. Je pense d'abord qu'il doit s'agir de Connor ou de Delilah qui m'appellent pour m'annoncer leur arrivée, puis je manque de faire tomber mon smartphone lorsque le nom de ma sœur s'affiche à l'écran. Je décroche et, à l'autre bout du fil, Sarah semble aussi hésitante que moi.

– Salut… Je… hum…

– Salut Sasa.

– Je viens seulement de voir ton message, reprend-elle plus fermement. Leonard et les enfants ne sont pas là ce soir. Est-ce que tu voudrais passer à la maison, pour qu'on discute ? Je pense en effet qu'on en a besoin.

– Bien sûr. Vingt heures, ça t'irait ? Le temps que je ramène papa chez lui.

Je m'efforce de répondre sur le même ton neutre qu'elle pour ne rien laisser paraître de mon excitation et de l'appréhension qui me noue l'estomac. Tout comme j'essaie d'ignorer le soupir que j'entends lorsque je lui dis devoir raccompagner notre père. Sarah accepte et raccroche sans plus de cérémonie.

Deux heures plus tard, les yeux fermés et les mains cramponnées au volant, je prends quelques secondes supplémentaires pour me calmer avant de sortir de voiture malgré les cinq minutes de retard que j'ai déjà. J'espère que la bouteille de vin que j'ai apportée aidera à faire oublier mon manque de ponctualité. À en juger par la mine renfrognée de ma sœur quand elle m'ouvre la porte, je dirais que c'est raté.

– Tu es en retard.

– Je sais. Désolée.

Elle hausse les épaules et se dirige vers la cuisine sans me demander de la suivre. J'ai la désagréable impression d'être une invitée qui s'incruste, mais encore une fois je prends sur moi et referme la porte avant de la rejoindre. C'est dingue, j'ai passé tellement de temps ici lors de mes précédentes visites, pourtant aujourd'hui je m'y sens mal à l'aise. Sans la regarder en face, je pose ma bouteille de vin sur l'îlot central de la cuisine où nous attendent déjà des petits fours et deux verres de rosé frais. Le silence entre nous s'étire. Je me sens de plus en plus mal à l'aise, alors je me racle la gorge :

– Alors, tu es en solo ce soir ? Où sont Leonard et les filles ?

– Chez ses parents.

– OK.

Nouveau silence.

– Alors, euh, Delilah est venue te rendre visite ? tente-t-elle à son tour.

– Oui ! m'écrié-je, soulagée qu'elle se soit décidée à me parler. Mais elle est déjà repartie ce matin. Comment tu as su qu'elle était venue ?

A-t-elle cherché à avoir de mes nouvelles ?

– Papa me l'a dit quand je l'ai appelé ce matin.

– Ah OK, je ne savais pas que tu avais appelé.

– C'est mon père aussi, Emma. J'ai le droit de lui parler au téléphone.

Et c'est reparti. Lassée, je me lève du tabouret de bar.

– Non. Je ne suis pas venue pour que tu continues à passer tes nerfs sur moi, Sarah. Je te posais simplement une question, inutile de m'aboyer dessus dès que j'ouvre la bouche. Si tu n'as pas envie qu'on discute de ce qui s'est passé, dis-le-moi et je m'en vais.

Elle reste silencieuse de longues secondes. Trop longues.

– Comme tu voudras, capitulé-je.

Je lui tourne le dos et m'apprête à partir.

– Attends ! Je suis désolée.

Je fais volte-face et retrouve une Sarah à la mine défaite et honteuse. Je reprends place sur mon tabouret et croise les mains devant moi.

– Tu es désolée pour quoi au juste ? Ton attitude ce soir ? Ou celle que tu as depuis mon arrivée ?

– Les deux, soupire-t-elle. J'ai merdé, je sais.

– Tu n'es pas la seule, j'ai merdé aussi. Je n'aurais pas dû m'emporter et m'en aller. J'aurais dû écouter ce que tu avais à dire, ou du moins essayer. Je suppose que tu avais une raison d'agir ainsi. Oh, et je suis désolée d'avoir dit que tu t'étais comportée comme une putain de garce.

Le son qui s'échappe des lèvres de Sarah se situe quelque part entre le gloussement et le sanglot. Elle se passe les mains sur le visage, puis m'invite à nous installer dans le salon d'un air las. Tandis qu'elle se dirige en direction du canapé, le plat de hors-d'œuvre à la main, je ne peux m'empêcher de remarquer qu'elle semble toujours aussi fatiguée que le jour où elle est venue me chercher à l'aéroport.

– Papa m'a dit que ça n'allait pas fort pour toi en ce moment…

– Non, en effet, soupire-t-elle en rejetant sa tête en arrière.

– Parle-moi, Sarah. Je sais que ça ne se voit pas forcément, mais je serai toujours disponible pour toi.

Elle me jette un regard en coin avant de souffler, comme si elle essayait d'expirer tout l'air de ses poumons.

– Je ne sais pas par où commencer. J'ai l'impression de me noyer dans une mer que j'ai moi-même créée. C'est toute ma vie qui prend l'eau… Leonard se sent exclu parce que je tiens à m'occuper de tout, mais en même temps je lui en veux dc ne pas m'aider davantage. Mes filles me voient seulement en coup de vent alors que j'essaie de faire ce qu'il y a de mieux pour elles. L'autre jour, elles ne se sont même pas rendu compte que je n'étais pas là. Je suis terrifiée à l'idée de les perdre tous les trois, mais je ne sais pas comment fonctionner autrement ni comment m'y prendre pour changer.

En silence, j'attrape sa main sur le canapé et je pose ma tête sur son épaule.

– Et puis tu es arrivée. Ne te méprends pas, c'est génial que tu apportes ton aide à papa, mais quand j'ai dû venir te chercher à l'aéroport, je me suis dit que je devrais m'occuper de toi en plus du reste et j'ai flippé.

– Je ne suis plus une enfant, Sarah.

– Je sais, mais je me suis dit « ma petite sœur revient, je vais devoir prendre soin d'elle », et je me suis sentie accablée.

Je presse sa main plus fort dans la mienne.

– En plus, papa s'est mis à me rebattre les oreilles à ton sujet. Il me disait sans cesse combien ta présence était indispensable, et combien il était heureux de t'avoir près de lui. Je ne sais pas… ça m'a rendue dingue. Tu avais la reconnaissance qu'on me refusait. J'étais tellement jalouse que je n'avais qu'une envie, que tu reprennes l'avion et que tu t'en ailles.

Ça me semble douloureusement familier…

– Pire encore, ajoute-t-elle. J'ai voulu partir à ta place. J'avais envie de connaître la même chose que toi, une vie simple, sans responsabilités familiales, loin d'ici. Chaque fois que je te voyais, ma colère augmentait un peu plus, je voulais pouvoir être aussi libre et insouciante que toi.

Les mains devant les yeux, elle peine à retenir ses sanglots quand elle me murmure « désolée », et cette fois je la prends dans mes bras. Je la serre longuement contre moi et, tout en caressant ses cheveux, je lui ouvre mon cœur à mon tour.

– Tu sais, tout n'est pas tout rose dans ma vie non plus. Je n'ai jamais trouvé ma place ici, j'avais l'impression de n'être que l'ombre de ma grande sœur.

– Ne dis pas n'importe quoi, glousse-t-elle.

– C'est la vérité, Sasa. Tu as toujours été la plus jolie, la plus douée à l'école, et après la mort de maman, tu as tout pris sur tes épaules. Les tâches ménagères, l'organisation à la maison, toutes ces choses avec lesquelles papa ne s'en sortait pas seul, tu t'en es chargée. Moi aussi je voulais aider, mais je ne savais pas comment et puis j'avais l'impression que, quoi que je fasse, ça n'était jamais assez.

– Tu étais trop jeune, Emma. Tu ne pouvais rien faire, si ce n'est faire ton deuil.

– Tu étais trop jeune aussi. Bref, ensuite on a eu des difficultés financières et papa a failli revendre la boutique, alors je me suis dit que ça pouvait être ça, mon rôle. À défaut d'être une seconde maman, comme toi, je pouvais soutenir ma famille financièrement. C'est pour cette raison que j'ai choisi cette carrière, et que je suis partie à New York. Pour gagner plus d'argent. Mais en fin de compte, ça n'a servi à rien. Vous n'aviez pas besoin de mon argent, et vous viviez très bien sans moi à vos côtés, alors je suis restée là-haut. Je ne regrette rien, ça m'a permis de changer. J'ai appris à m'affirmer et j'ai rencontré Delilah, mais j'étais souvent seule et vous me manquiez.

Sarah est restée dans mes bras tout le temps que je parlais, et ce n'est qu'une fois que j'ai fini qu'elle se redresse pour essuyer les larmes qui ont continué à couler et qui nimbent à présent mon t-shirt. Elle relève sur moi un regard confus.

– On n'a jamais eu besoin de ton argent, Emma. C'est de toi dont on a besoin.

– Je m'en rends compte maintenant, oui. Je suis désolée de ne pas avoir été là pour toi quand tu en avais besoin.

Et je le pense vraiment. Je me sens minable, entre ma jalousie déplacée envers Delilah – qui fait étrangement écho au récit de ma sœur – et le sentiment d'avoir abandonné ma famille en voulant les aider, je me rends compte que je fais tout de travers et que Sarah a raison. C'est de moi dont ils ont besoin, pas d'une fille et d'une sœur par correspondance. Le regard que j'adresse à Sarah est empli de larmes et de regrets. Si j'avais été là, elle n'aurait peut-être pas sombré.

– Ce n'est pas grave. Tu es là, maintenant, dit-elle en me tapotant le genou.

– Et je n'ai pas l'intention de repartir.

Ça fait un petit moment que cette idée a germé dans mon esprit, j'attendais seulement d'être sûre de ma décision avant de me lancer. Ma dispute avec elle était une des seules choses qui m'empêchaient encore de sauter le pas ; maintenant que nous avons crevé l'abcès et que je sais qu'elle a besoin de moi près d'elle, rien ne me retient. Même si je tiens énormément à Delilah, entre elle et ma famille, le choix est fait. Elle va me manquer, mais je suis certaine qu'elle comprendra, peut-être même que c'est ce qu'elle insinuait ce matin quand elle m'encourageait à prendre les bonnes décisions.

Sarah ouvre de grands yeux, surprise et heureuse – du moins, j'ai envie de le croire.

– C'est vrai ?

– Oui. J'y pensais déjà depuis quelques jours, mais je n'étais pas certaine que ma présence était désirée.

Elle se jette sur moi et crie presque dans mon oreille :

– Bien sûr que ta présence est désirée, banane !

Nous rions toutes les deux quand elle s'éloigne de moi, le sourire toujours aux lèvres.

– Tu vas chercher un travail ici ? Il y a des opportunités pour les directeurs financiers dans le coin ?

– Il en faut partout, mais comme je te le disais, le seul intérêt de ce job, c'était de vous aider, vous.

– Donc tu vas changer de voie, comme ça ? Pouf, sur un coup de tête.

Je me laisse tomber dans le dossier du canapé et tends mes bras au-dessus de ma tête.

– Ouais, c'est ça le plan. On verra bien ce que ça va donner.

Pour la première fois depuis presque quinze ans, je n'ai aucune idée de la direction que va prendre ma carrière. C'est terrifiant, et extrêmement grisant tout à la fois. Je ne suis pas certaine de faire le bon choix, cependant je suis sûre de deux choses : je veux revenir vivre auprès de mes proches, et mon poste à New York ne me rendait plus heureuse. Autant tenter de faire d'une pierre deux coups, non ?

CHAPITRE 32

– J'aime te voir comme ça, ma poupée. Tu as l'air heureuse.

J'ai fermé la boutique à clef avant de retrouver mon père à la sortie de l'atelier, un regard attendri posé sur moi.

– Je le suis.

– Grâce à ton neuneu de Riley ?

– Non, gloussé-je. C'est parce que je me suis réconciliée avec Sarah.

– Je le sais, ça. Ça fait quatre fois que tu me le dis.

Je suis tellement soulagée qu'on se soit rabibochées, toutes les deux. Impossible de me défaire du sourire idiot qui étire mes lèvres depuis que je suis rentrée de chez elle, ce matin. Si nous n'avions pas réussi à enterrer la hache de guerre, je n'aurais pas pu m'imaginer revenir m'installer ici mais, maintenant que c'est chose faite, je l'envisage avec sérénité.

Enfin, une fois que je me serai débarrassée de la dernière ombre au tableau : ma relation avec Edward.

Nous avons fait un pas dans la bonne direction quand Delilah était là, mais rien n'est réglé pour autant. C'est en partie grâce à mon amitié avec Edward que je suis retombée amoureuse d'Holly Falls, je refuse donc que le moindre malaise subsiste entre nous. D'autant plus maintenant que j'ai décidé de rester. C'est pourquoi, après avoir aidé mon père à rentrer chez lui, je décide de me rendre au bar. Il est temps de mettre les choses au clair. Mon ami me manque. *Il* me manque.

J'ai passé toute la journée à penser au moment où je passerais la porte du bar et à imaginer toutes les façons dont pourrait se terminer notre conversation. Pourtant, maintenant que je suis garée sur le parking du *Big Bob's*, le cœur battant à tout rompre et les mains moites, j'ai peur d'entrer. *Mais qu'est-ce qui m'arrive ?* J'inspire un grand coup, essuie mes paumes humides sur le jean que Sarah m'a prêté et me décide enfin à descendre de voiture.

Lorsque je pousse les portes, Edward est seul, assis sur un tabouret derrière le comptoir, un cahier posé devant lui. Il ne devait pas s'attendre à avoir de la visite, parce qu'il relève brusquement la tête en entendant les gonds grincer. Je balaie la salle déserte du regard et commence à retirer mes bottes quand j'avise un seau et une serpillière abandonnés près de la porte.

– Tu n'étais pas obligée.

– Tu viens de nettoyer et mes chaussures sont pleines de neige. C'est la moindre des choses.

– Merci.

– Il n’y a pas foule ce soir, dis donc…

– Il n’y a personne, tu veux dire ! glousse-t-il.

– J’essayais d’être polie, nuancé-je en m’approchant.

– Te casse pas la tête. Il y a un gros concert à Duluth.

– Oh, OK. Tu n’avais pas fermé, au moins ?

– J’allais le faire.

Je hoche la tête et m’apprête à faire demi-tour, mais Edward descend de son tabouret et m’interpelle avant que j’aie pu enfiler mes bottes.

– Reste ! S’il te plaît… Je crois que je te dois un verre.

– Tant que ce n’est pas du whisky, accepté-je en souriant.

– De la patate fermentée, peut-être ?

– Oui. Une vodka orange, s’il te plaît. Tu m’accompagnes ?

Edward me suit du regard tandis que j’abandonne ma veste au bout du comptoir et que je reprends ma place sur le même tabouret que d’habitude. Ses yeux font des allers-retours entre la porte et moi pendant quelques secondes, puis il contourne le bar pour appuyer sur un interrupteur et se dirige vers la porte pour la fermer à clef.

– Oh, soirée privée, m’amusé-je.

Il m’adresse un clin d’œil joueur et revient derrière le bar pour préparer ma boisson, qu’il me tend presque aussitôt. Il actionne ensuite la tireuse à bière et se remplit une pinte. Quand il relève la tête vers moi, je me mords la lèvre pour ne pas rire. Edward porte un pull de Noël. Une chose affreuse en laine à mailles serrées et tête de renne, avec un nez rouge en relief. Je ne l'aurais jamais imaginé jouer le jeu des fêtes de fin d'année à ce point.

– Joli pull.

– Merci, je trouve que ça va bien avec ma personnalité chaleureuse et avenante.

– C'est exactement ce que je me suis dit, ricané-je. Tu as changé la déco aussi, non ? demandé-je en remarquant une guirlande lumineuse sur l'étagère derrière lui.

– Oui, j'ai suivi tes conseils. Tu aimes ?

– Beaucoup.

Ma voix s'éteint sur ma réponse. Jusque-là, ça se passe bien, et ça me donne le courage de me lancer :

– Écoute, à propos de la dernière fois…

– Je suis désolé, m'interrompt-il.

– D'accord… Mais encore ?

Il lève les yeux au ciel et laisse échapper un rire.

– Je me suis comporté comme un con.

– On est d'accord.

– Je n'aurais pas dû m'emporter contre toi. À vrai dire, si j'étais tellement en colère, ce n'est pas seulement parce que tu étais *venue* avec lui, mais aussi parce que tu *étais* avec lui.

– C'est ma relation avec lui qui te dérange ?

– Non. Enfin, oui.

Mon regard arrimé au sien, je n'arrive plus à me détourner, le souffle court.

– Pourquoi ? demandé-je d'une voix éraillée.

– Il est tellement con. Et toi… Toi, tu es tellement…

– Je suis quoi, Edward ?

Dis-le. S'il te plaît.

– C'est pas un mec bien, c'est tout. Je sais que je n'ai rien voulu te dire jusqu'à présent, mais la raison pour laquelle on ne s'entend pas, lui et moi, c'est vr…

– Ce n'est pas important.

– D'accord, soupire-t-il.

– J'ai envie de savoir, précisé-je en posant une main sur son bras. Mais pas maintenant. Pas après la manière dont ça s'est terminé la dernière fois qu'il a été question de lui. Ce soir, j'aimerais qu'on s'amuse et qu'on ne parle pas de lui.

– Faire comme si Connor McConnard n'existait pas pour une soirée ? C'est Noël avant l'heure, on dirait…

– Tu m'as manqué cette semaine, abruti.

Il rit, la tête rejetée en arrière, avant de se servir une seconde pinte sans me quitter des yeux. Face à lui, je suis à portée de jet quand il actionne la tireuse et que celle-ci nous éclabousse tous les deux.

– Mais qu'est-ce que…

Honteux, il repose le verre.

– J'ai pris la chope à l'envers.

– C'est parce que je t'ai dit que tu m'avais manqué ?

– Ça fait un choc, c'est vrai, ricane-t-il. Tu m'avais habitué à plus de méchanceté.

– C'est pour ça que j'ai dit « abruti ». Je ne voulais pas que tu sois trop perturbé. Si j'avais su que c'est tout ce qu'il fallait pour détendre l'atmosphère, je me serais renversé une pinte dessus tout de suite, ça nous aurait évité de perdre du temps.

Je ris toujours quand je me heurte au regard d'Edward. Sombre et perçant, j'ai l'impression de le sentir brûler ma peau au travers de mes vêtements. Les joues rougies, je me détourne pour essayer d'éponger le pull de Sarah avec une serviette en papier, mais c'est peine perdue. Je suis trempée.

– Tu ferais mieux de l'enlever, me dit Edward d'une voix chaude.

J'acquiesce lentement, sans le quitter des yeux pendant que je retire mon pull. Et j'ai l'impression de franchir une ligne invisible quand il reproduit mon geste. Je suis en apnée, incapable de détourner le regard.

Pourtant je me vois lui tendre mon verre vide. Nos doigts se frôlent quand Edward s'en saisit. Il se lèche les lèvres, en même temps qu'il regarde fixement ma bouche. Je ne respire plus, je n'arrive plus à former la moindre pensée cohérente, prête à entrer en combustion spontanée. L'effet qu'il me fait est dingue. D'autant plus maintenant que le regard d'Edward passe de mes lèvres à mes seins, comprimés dans le débardeur trop petit de Sarah. Je lui adresse un sourire entendu lorsqu'il me tend ma vodka orange, et il se contente de hausser les épaules. Il n'est ni désolé, ni gêné d'avoir été pris en flagrant délit.

Et ça me cloue sur place.

Mais je sais que je me fais du mal pour rien. Il ne se passera rien entre nous, je lui ai dit que je voulais m'amuser alors il flirte un peu avec moi. Seulement, je ne suis pas certaine de pouvoir jouer à ce petit jeu avec lui. Alors je me lève de mon tabouret et je contourne le comptoir. Il se mord la lèvre, pensant certainement que je vais le rejoindre, mais je ne le fais pas. Je ne peux pas.

Je choisis plutôt de m'engouffrer dans son bureau, pour fuir l'électricité et la tension sexuelle qui chargent l'atmosphère, et un peu par curiosité également. Mon verre toujours en main, je découvre cette pièce dont j'ignorais l'existence il y a encore quelques semaines. La décoration est très personnelle : les murs en lambris sont couverts d'articles de journaux, de photos, de dessins d'enfant. C'est touchant, et plutôt inattendu. Alors que je suis attirée par un cliché en noir et blanc d'Edward sur un ring de boxe, vêtu du short réglementaire et équipé d'une paire de gants, je sens sa présence dans mon dos.

– Tu faisais de la boxe ? demandé-je bêtement d'une voix éraillée qui me trahit.

– Je ne sais pas si tu t'en souviens, mais je t'ai dit que je dirigeais une salle de boxe. À Boston.

– Oui.

– Eh bien, il vaut mieux avoir fait de la boxe avant de gérer une salle, souffle-t-il au creux de mon oreille.

Alerte ! Danger ! L'imaginer en train de se battre avec un autre homme, couvert de sueur, les muscles bandés, ne m'aide absolument pas à garder le contrôle. Je bois une nouvelle gorgée de mon cocktail que j'abandonne sur une étagère et m'extrais de son giron pour poursuivre ma découverte des lieux, Edward toujours sur mes talons.

Je laisse glisser mes doigts le long de son bureau en bois et m'arrête devant un cadre posé à côté de son ordinateur. Je me mords la lèvre pour ne pas rire et me tourne vers lui pour lui montrer ma découverte. Grossière erreur : il se tient beaucoup trop près de moi. Nous sommes si proches que je sens son souffle sur mes lèvres. J'essaie d'ignorer les palpitations dans mon bas-ventre et le regard voilé qu'il pose sur moi en jouant la carte de l'humour. Je brandis la photographie d'Edward entre nous – sur laquelle il porte un tutu et des oreilles de chat –, un demi-sourire aux lèvres.

– Qu'est-ce que c'est que ça ?

– Un chat d'opéra, voyons.

– Je suis presque sûre qu'on dit un rat.

– C'est pour les enfants, ça. Au cas où tu ne l'aurais pas remarqué, je suis un homme.

– Difficile de ne pas le voir, murmuré-je.

– Quoi ?

– Rien, je me disais juste que ça ferait rire tes clients de te voir comme ça. Et il s'avère justement que j'en connais un qui a appris tout récemment à se servir d'un smartphone.

– Ne joue pas à ça…

– Empêche-moi, le nargué-je, mon téléphone dans une main, le cadre dans l'autre.

Il tente de récupérer la photo, mais je m'échappe à reculons. Il bondit de nouveau pour me la reprendre, je m'enfuis. Edward me poursuit autour du bureau, jusqu'à ce qu'il me feinte et parte dans l'autre sens pour que nous tombions face à face. Il m'attrape les poignets et les lève au-dessus de ma tête. Subjuguée par la sensation de sa peau sur la mienne, je n'ose plus bouger, suspendue à ses gestes. Il se penche vers moi et souffle à mon oreille :

– Je t'ai eue.

– Ne rêve pas, je ne vais pas me rendre si facilement.

– C'est ce qu'on va voir.

Il me force à reculer en avançant vers moi et quand mes fesses percutent le bureau, je ne suis pas certaine qu'on parle encore du cadre. Il le récupère de sa main libre, le repose là où je l'avais pris et, sans me quitter des yeux, il me déleste également de mon téléphone qu'il lance sur le fauteuil.

Il fait un pas de plus, je ne bouge pas. Nous sommes si proches que ma poitrine est pressée contre son torse. Son souffle est erratique et son regard fiévreux. La situation dérape complètement.

Je devrais le repousser, m'éloigner, mais je ne peux pas. J'ai beau savoir que ce n'est pas bien, j'en meurs d'envie. Je rêve de ses lèvres sur les miennes et de son corps pressé contre le mien.

Je retiens mon souffle quand il pose une main sur ma hanche, et quand il me plaque contre lui d'une main pressée au creux de mes reins, j'expire bruyamment.

– Emma, souffle-t-il en collant son front contre le mien.

– Oui ?

– Dis-moi d'arrêter.

– Je ne peux pas.

– Pourquoi ?

– Parce que je n'ai pas envie que tu arrêtes, murmuré-je contre ses lèvres.

J'ai tout juste le temps d'apercevoir ses pupilles se dilater qu'il fond sur moi. Nos lèvres se goûtent et se découvrent avec avidité, mues par un besoin presque animal. Je n'ai jamais eu autant envie d'un homme de ma vie et ça pourrait me faire peur, si ce n'était pas lui. Je le veux tout entier, tout de suite. Timidement, mes doigts découvrent autant qu'ils essaient d'apprivoiser son corps quand lui réclame le mien avec exigence. Une main emmêlée dans mes cheveux, l'autre sous mes fesses, Edward m'assied sur son bureau et vient s'installer entre mes jambes écartées.

Il rompt finalement notre baiser et à la seconde où nos lèvres se séparent, je me sens vide, privée de sa chaleur. Je n'ai pas envie que ça s'arrête et j'ai peur que si l'un de nous commence à réfléchir, on finisse par se demander si ce n'est pas une erreur. Front contre front, on se sourit.

– Si tu t'arrêtes maintenant, je ne réponds plus de rien, soufflé-je contre sa bouche.

– Je pense à un tas de trucs, là, mais m'arrêter n'en fais pas partie, dit-il en m'embrassant.

– Et tu penses à quoi, au juste ?

– Laisse-moi te montrer.

Penchée en arrière, les mains en appui sur le bureau, je baisse les yeux pour voir Edward glisser ses doigts sous la ceinture de mon jean. Bon sang, je n'en reviens pas de ce qui est en train de se passer. Mais surtout, je n'en reviens pas que ça me paraisse si naturel. Il passe sa main rugueuse sous mon débardeur, et je retiens un soupir quand son majeur effleure la bordure de mon soutien-gorge. Je meurs de chaud, mais la sensation de ses doigts sur la peau fine de mon ventre me fait frissonner.

Il se saisit de mon haut pour le faire passer au-dessus de ma tête, puis défait le bouton de mon pantalon qu'il fait glisser le long de mes jambes. Ma peau s'embrase sous son regard gourmand quand il découvre mon ensemble en dentelle noire.

– Tu es tellement belle.

– Et toi tu es tellement vêtu, soupiré-je.

Il glousse tandis que je l'attire à moi d'un doigt dans la poche de son jean, et quand je passe mes mains sous son t-shirt, je le sens frémir. J'ai les mains gelées alors que son corps est ferme et chaud sous mes paumes. Je lui retire son haut avec impatience, comme on déballerait un cadeau au lendemain de Noël. *Et bordel, il est parfait.* Fascinée par son torse musclé, je trace du bout des doigts le contour de ses tatouages qui remontent de son avant-bras à sa clavicule. J'essaie de tracer ceux qui recouvrent ses flancs et qui disparaissent dans son dos, mais il ne m'en laisse pas le temps. Edward m'adresse un sourire canaille avant de se pencher en avant et de balancer au sol tout ce qui était sur son bureau, comme dans les films.

Ensuite, tout s'enchaîne très vite. Je n'ai pas le temps de tourner la tête pour évaluer les dégâts qu'il est déjà revenu sur moi. Le visage enfoui dans le creux de mon cou, il laisse courir sa langue sur ma clavicule tout en dégrafant mon soutien-gorge. Il s'interrompt pour admirer mes seins, qu'il prend en bouche l'un après l'autre, suçant et mordant mes tétons dressés. La tête rejetée en arrière, un gémissement m'échappe, faisant céder les dernières barrières qui le retenaient encore. Avec lenteur, il enroule sa langue autour de mon mamelon avant d'entamer une descente le long de mon flanc, en dessous de mon nombril, puis à la lisière de mon string. Il se laisse ensuite tomber à genoux devant moi pour me le retirer. Lentement, il le fait glisser le long de mes jambes, en semant sur ma peau brûlante une série de baisers impatients.

Une fois débarrassée du dernier morceau de tissu qui me couvrait, je baisse les yeux sur Edward.

Edward et ses lèvres gonflées, ses pupilles dilatées et ses cheveux en bataille. Il est tellement beau que c'en est douloureux, mais ce n'est pas tout. Ce qui me percute à cet instant c'est un autre sentiment. Il y a plus que du désir. Tellement plus. Mais je suis incapable de mettre un mot dessus, encore moins maintenant qu'il entreprend de laisser glisser ses lèvres à l'intérieur de ma cuisse. En remontant toujours plus haut, toujours plus lentement, en mordant ma chair. Je perds la vue au premier coup de langue, et au second, je perds pied.

Je n'ai plus aucune notion du temps. Mon corps n'existe plus qu'au travers du sien. Ses cheveux que je malmène. Sa main qui pétrit mon sein. Sa langue. Mon Dieu. Je me sens prête à imploser.

– Embrasse-moi.

Il obéit, se redresse et prend ma bouche, tandis que de sa main il continue ses caresses. Je tente de défaire sa braguette, mais mes doigts tremblent tellement que je n'y arrive pas. Il baisse les yeux pour me regarder faire et le sourire qu'il m'adresse me met à terre. J'aime que notre complicité reste intacte, même maintenant.

– Laisse-moi faire, dit-il en me mordant la lèvre.

J'embrasse son torse et son cou pendant qu'il se débarrasse de son jean et de son caleçon, et quand je le vois enfiler le préservatif qu'il vient de sortir de son tiroir, je lui glisse à l'oreille :

– Un vrai scout.

– Exact. Toujours prêt.

Il plonge son regard dans le mien avant de saisir mon visage entre son pouce et son index pour m'attirer à lui et me donner un baiser encore plus sauvage et désespéré que le premier. Tout contre mes lèvres, il murmure :

– Ça fait tellement longtemps que j'en ai envie.

– Moi aussi, parviens-je à dire alors qu'il s'enfonce en moi avec lenteur.

Un soupir d'aise reste bloqué dans ma gorge quand il se retire, avant de me donner un premier coup de bassin qui m'envoie en orbite. Mes ongles plantés dans ses épaules, j'essaie de me maintenir alors qu'il augmente la cadence. Doucement d'abord, puis de plus en plus fort. Il m'embrasse avec une telle fougue qu'on pourrait croire que c'est un besoin et pas seulement une envie. Il me maintient contre lui, les doigts enfoncés dans la chair de mes fesses pendant que ses mouvements se font plus amples, plus brutaux, plus désespérés. Je suis moi-même au bord du précipice et quand mes lèvres capturent le grondement sourd qui lui échappe, un orgasme dévastateur me prend par surprise. Submergée par ce tsunami qui m'emporte, j'étends mon dos sur la surface froide de son bureau, lui permettant d'accélérer encore ses va-et-vient, une main sur mon sein, l'autre sur mon bas-ventre.

Les yeux fermés, je ne parviens plus à maîtriser mes cris. Je suis prête à basculer pour la seconde fois. Lui aussi.

– Regarde-moi, supplie-t-il dans un gémissement.

Mon regard harponne à nouveau le sien et nous perdons complètement pied, ensemble. D'une main sur la nuque, il me ramène à lui pour reprendre possession de ma bouche lorsque, dans une ultime poussée, il explose à son tour en jurant.

Je l'emprisonne quelques secondes de mes bras refermés autour de son cou. Je n'ai pas envie qu'il s'éloigne, parce que c'était le meilleur coup de ma vie et que mon cœur bat encore comme un fou dans ma poitrine.

Mais surtout parce que j'ai peur de ce qui va se passer maintenant.

CHAPITRE 33

J'ai froid.

Parce que je suis toujours nue, assise sur son bureau, alors qu'il est déjà en train de remettre son jean, mais aussi parce qu'il ne m'a pas adressé un mot depuis qu'on a fini.

Les bras croisés sur ma poitrine dénudée, je le regarde faire, dans l'attente d'un geste ou d'un regard qui ne vient malheureusement pas. D'où je suis, j'ai une vue imprenable sur les muscles de son dos et sur ses tatouages qui dansent à chacun de ses mouvements, pourtant j'aimerais qu'il se retourne. Je voudrais qu'il lâche ses fringues, qu'il revienne vers moi, son sourire de sale gosse aux lèvres, et qu'il m'embrasse comme si ce n'était que le début. Parce que tout à l'heure, dans ses bras, ça allait au-delà du simple plaisir. Ce n'est pas seulement son physique qui m'attire chez lui. C'est *lui*. Son sourire qu'il ne réserve qu'à de rares privilégiés, son humour, sa gentillesse et la tendresse que je perçois parfois dans son regard. Ce sont toutes ces choses qui m'ont séduite et ce sont encore elles qui me font espérer à cet instant. Parce que lui, plus qu'un autre, ne peut pas faire l'amour avec moi puis ne plus me regarder en face, n'est-ce pas ?

Mais quand je vois qu'il a remis son t-shirt et qu'il me tourne toujours le dos, je comprends que je perds mon temps. Ce qu'on a partagé n'est déjà plus qu'un souvenir pour lui et je crois que mon cœur se brise un peu. Je ne devrais pourtant pas être étonnée, ce n'est pas la première fois que je couche avec quelqu'un en pensant que ça signifie quelque chose alors que ce n'est pas le cas. Déjà au lycée, Sam Mitchell, après avoir passé des semaines à me séduire assidûment, a pris ma virginité et m'a complètement ignorée ensuite. Sauf que cette fois, Edward n'a pas eu à insister : je suis tombée toute seule sous son charme, et c'est infiniment plus douloureux.

Ça me fait trop de peine de rester ici, où l'air est chargé de la passion qui nous animait encore il y a quelques minutes et des regrets qui planent entre nous à présent. Alors je ramasse mes affaires et me rhabille à la hâte avant de rejoindre Edward, qui est déjà retourné dans la grande salle. *Pas un mot.*

Je le retrouve à la même place qu'à mon arrivée. Il griffonne dans son calepin pendant que je m'installe sur mon tabouret pour finir le verre que j'ai récupéré en sortant du bureau. Le silence de plomb qui s'étire entre nous me met mal à l'aise. À plusieurs reprises, je le surprends à me regarder, à ouvrir la bouche, puis à la refermer. Il essaie de me dire quelque chose, mais je ne suis pas certaine d'avoir envie de l'entendre. Parce que je suis presque sûre que je ne vais pas aimer ce qu'il a à dire et que mon esprit est déjà sens dessus dessous. J'aurais dû partir tout de suite quand j'ai compris qu'il regrettait, mais comme une idiote, j'espérais encore qu'il ferait ou dirait quelque chose pour me prouver que ce n'était pas le cas. De toute évidence, j'attends quelque chose qui n'arrivera pas, alors je décide de m'épargner plus de peine et d'humiliation. J'avale la fin de mon verre sans le regarder et attrape ma veste sur le comptoir. Mon cœur s'emballe de le voir se redresser brusquement, avant de chuter dans ma poitrine quand je remarque son air désolé.

– Emma, écoute…

– Je suis un peu fatiguée, je devrais sûrement y aller.

– Ouais, moi aussi, souffle-t-il.

– Merci pour le verre, dis-je en glissant un billet de dix dollars sur le comptoir. Bonne soirée.

Sur le pas de la porte, je jette un dernier regard en arrière, comme pour le supplier silencieusement de me retenir, mais il ne le fait pas. Il m'adresse simplement un hochement de tête avant de se tourner pour laver mon verre. *Ça fait mal, mais au moins le message est clair.* C'était une erreur. Un moment d'égarement qui, en plus de foutre en l'air mon histoire avec Connor, vient certainement de me coûter l'une des personnes qui comptent le plus pour moi. Alors, les larmes aux yeux, je franchis la porte du bar en maudissant Edward de m'avoir embrassée le premier, et moi, de ne pas l'en avoir empêché.

Je suis encore au milieu du parking quand mon portable sonne dans ma poche. Delilah. J'hésite à refuser l'appel, mais ma meilleure amie me contacte depuis Hawaï : si je ne décroche pas, je ne sais pas quand j'aurai l'occasion de lui reparler. Je prends une profonde inspiration, j'essuie les larmes qui ont coulé sur mes joues anesthésiées par le froid, et je m'efforce d'adopter un ton enjoué.

– Hey Del' !

– Ouh… Qu'est-ce qui t'arrive ma biche ?

Grillée, elle me connaît trop bien.

– Rien, ne t'en fais pas.

– Arrête tes conneries. D'où je suis j'entends que tu as pleuré. Crache le morceau.

– Je ne sais pas si je devrais t'en parler, ça concerne Edward.

– Et alors ?

– J'ai couché avec lui.

Elle ne dit rien, alors je m'empresse d'ajouter :

– Je suis désolée, je n'avais rien prémédité. Je voulais juste me réconcilier avec lui, parce que…

Parce que j'ai l'intention de rester et que je voulais retrouver notre relation du début. Je ne peux pas lui dire ça, ça fait trop à encaisser d'un coup.

– Parce que je ne voulais plus qu'il y ait de tension entre nous, poursuis-je. Tu ne m'en veux pas ?

– Pourquoi je t’en voudrais ?

– Eh bien, quand tu es venue, vous aviez l’air de bien vous entendre…

– Oui, comme on peut s’entendre avec un flirt de vacances, quand on sait d’office que ça ne donnera rien de sérieux puisqu’on ne va pas rester. Bref, ça s’est passé quand ? Comment ? Où ? Raconte-moi tout ! s’enthousiasme-t-elle.

– Alors, il y a cinq minutes, sur son bureau, au bar, et pour le « comment » je ne sais pas trop quoi te dire… Tu ne veux quand même pas que je te dise dans quelle position ?

– Non, ça ira, merci, ricane-t-elle. Tu me donneras les détails quand on se verra.

– Tu en sais suffisamment, gloussé-je malgré les larmes qui coulent toujours.

– Tu rigoles ? Ma meilleure amie vient de s’envoyer en l’air après des mois de traversée du désert, je veux tout savoir. D’ailleurs, je te trouve drôlement tristoune pour une fille qui vient de prendre son pied. Oh ! C’est un mauvais coup ?

– Non ! C’est pas ça. C’était génial.

– Ben alors, qu’est-ce qui se passe ?

– Il se passe que je viens de tromper mon mec avec un homme qui ne devait être qu’un ami. Et que maintenant il m’ignore.

– Lequel ? Le mec ou l’ami ?

– Edward.

Juste à ce moment, un camion passe à toute allure sur la route, étouffant les mots de ma meilleure amie.

Il m'a semblé entendre « connard ». Je pense qu'on est sur la même longueur d'onde, toutes les deux.

– Quelle conne, je te jure ! Je n'aurais jamais dû coucher avec lui !

– Ne te monte pas la tête. Il est peut-être juste mal à l'aise.

– Pfff. Tu parles.

– Oh Emma, je suis désolée. Je ne sais pas quoi te dire d'autre.

– Rien. Il n'y a rien à ajouter de toute manière, soupiré-je.

– Tu rentres quand à New York ? demande-t-elle après quelques secondes d'un silence entendu.

J'hésite à tout lui dire, mais je me ravise. Ce n'est ni le lieu, ni le moment.

– Je ne sais pas, mon patron veut que je sois de retour au bureau le 26, mais mon père a rendez-vous chez le médecin mardi. On en saura plus à ce moment-là.

– D'accord, ma biche. Je vais devoir te laisser, ma mère m'attend. Je venais juste aux nouvelles, mais je pense qu'il nous faudra plus que quelques minutes pour faire le tour. On se rappelle vite.

– Sans faute. Amuse-toi bien. Et ne fais pas trop de folies.

– Aucun risque, marmonne-t-elle avant de raccrocher, alors que la porte du *Big Bob's* claque derrière moi.

Le cœur pris dans un étau, je fais volte-face, mais c'était juste mon imagination. Edward ne reviendra pas me chercher pour m'expliquer qu'il a été idiot et qu'il regrette. Je me berce d'illusions, en plus de me les geler sur ce parking à la con.

Alors j'abandonne et je rentre chez moi, sans un regard en arrière.

CHAPITRE 34

On dit que le chocolat a des vertus antidépressives. À mon avis, ce n'est qu'une technique marketing pour déculpabiliser les gens qui en mangent trop. Comme moi. À moins qu'il y ait une limite thérapeutique à ne pas dépasser sous peine de voir tous les effets s'annuler. Ce serait sacrément dommage, parce qu'hier soir, en rentrant du bar, j'en ai ingurgité pas loin d'une livre pour me remonter le moral. *Spoiler alert, ça n'a pas marché.* En fait, je crois même que c'est pire, parce qu'en plus de me sentir minable après m'être fait rejeter et coupable d'avoir trompé mon petit ami, je me sens lourde et repoussante.

Je suis parfaitement incapable de remonter le temps et d'effacer ce qui s'est passé hier soir, mais je peux au moins essayer de limiter les dégâts. En commençant par le plus simple, c'est-à-dire éliminer le trop-plein de sucre en allant courir. Ça me permettra peut-être de faire le vide dans mon esprit et de chasser le souvenir des mains d'Edward qui parcourent mon corps brûlant.

Là aussi, c'est un échec. Dès les premiers miles, je n'arrête pas de repenser à la sensation de ses lèvres sur les miennes, immédiatement suivie par la peine que j'ai ressentie quand il m'a repoussée. Je souris, avant d'avoir envie de pleurer, alors j'essaie de me raccrocher au message que m'a envoyé Delilah ce matin :

Del'
Ne tire pas de conclusion hâtive.
Parle avec lui !
Et surtout, ne prends aucune décision
sur un coup de tête, OK ?

Elle me connaît décidément par cœur.

Au fil des miles, mes muscles sont endoloris, mais mon esprit et mon cœur, plus légers. J'arrive enfin à entendre le conseil de Delilah. Je ne suis plus l'adolescente qui s'est vengée de Sam Mitchell en cachant un poisson pourri dans le coffre de sa voiture. Je suis capable d'avoir une discussion sensée avec Edward, même s'il m'a blessée, tout comme je suis capable d'accepter qu'on puisse prendre une mauvaise décision sans forcément avoir de mauvaises intentions.

Sur mon chemin, je prends toutes les mains levées des personnes que je connais comme des signes d'encouragement. Ainsi, arrivée à Pensington Avenue, je suis regonflée à bloc, persuadée – à tort ou à raison – que tout va bien se passer. Quand je tombe sur Edward, deux pâtés de maisons avant d'arriver au parking du *Big Bob's*, je prends ça pour un signe du destin. Il est de l'autre côté de la route, Bane trottine joyeusement derrière lui. J'hésite une demi-seconde et, quand je suis enfin décidée à les rejoindre, Edward lève les yeux dans ma direction. J'ai l'impression que le temps s'arrête. Puis il fronce les sourcils, secoue la tête et tire doucement sur la laisse de Bane pour l'inciter à se remettre en route.

Il faut croire que tout a déjà été dit.

Mon cœur et le peu de dignité qu'il me restait en miettes sur le trottoir, je me remets à courir en direction du *Lila's*. Le vent chasse les larmes qui me montent aux yeux, tandis que les chansons de Noël qui proviennent du marché me donnent envie de vomir. Je le revois avec son stupide pull à tête de renne et j'ai envie de me coller des gifles. Je n'en reviens pas de me mettre dans un état pareil pour un homme que je ne connaissais pas le mois dernier, et pourtant je suis au fond du trou.

À peine arrivée, je pousse les portes du *Lila's* et je fonce jusqu'au comptoir sans prendre la peine de saluer les quelques clients dans la salle. Mon amie m'adresse un regard surpris, avant de m'entraîner à l'écart quand elle remarque mes yeux humides.

– Emma, qu'est-ce qui…

– J'ai couché avec Edward et maintenant il m'évite, lâché-je sans préambule.

– Oh, merde. Attends, je crois qu'il nous faut des munitions pour parler de ça. Assieds-toi, j'arrive.

– J'ai pas de quoi te payer.

– Je t'en prie, c'est la maison qui offre.

– Merci.

Je m'installe à une table du fond pendant que Melissa retourne au comptoir pour nous préparer un plateau. Je remarque seulement maintenant que la salle est un peu plus animée que d'habitude. Plusieurs petits groupes se sont installés près des baies vitrées. Il y a du bruit, des rires, ça me fait chaud au cœur pour mon amie et sa mère. Dans une ville comme Holly Falls, le bouche à oreille fait tout, et je sais que, bientôt, les clients se bousculeront pour venir.

– Me revoilà, souffle-t-elle en déposant des brownies triple chocolat et deux mochas sur la table.

– Ça a l'air délicieux, merci, soufflé-je en goûtant le café.

Suspendue à mes lèvres, Melissa attend le verdict.

– Alors, il est comment ?

– Pas mal, essaie peut-être de mettre une pompe de sirop en plus.

– Je le ferai. Tu ne veux pas venir travailler ici ? plaisante-t-elle. Ce serait tellement plus simple.

– Ne me tente pas…

– Excuse-moi, je suis la pire des amies, se reprend-elle. Ce n'est pas le goût du café qui t'a mise dans cet état. Edward, alors ?

– Ouais.

– Il te plaît vraiment ou c'était juste un plan cul ?

– Il me plaît, beaucoup. Enfin, je crois. Il est drôle, gentil, attentionné…

– Oui, OK. Il te plaît, glousse-t-elle.

– Mais il n'y avait aucune ambiguïté entre nous, me plains-je. Il m'avait clairement fait comprendre qu'il ne cherchait pas de relation et que je n'étais pas son style. Je m'étais fait une raison, d'autant que je ne devais pas rester dans la région. Et puis, il y a eu hier soir, au bar…

Melissa ouvre de grands yeux et se racle la gorge :

– Oui, enfin, vu la manière dont il te regarde dès que tu as le dos tourné, c'était clair qu'il y avait anguille sous roche.

– Alors peut-être que c'était moi le plan cul. Peut-être que c'était ça le message caché dans son discours. Et maintenant qu'il a eu ce qu'il voulait, je ne présente plus le moindre intérêt.

– Tu crois vraiment à ce que tu viens de dire ? Tu penses qu'il est comme ça ?

– Non, bien sûr que non. Et c'est justement pour ça que ça me fait tellement de peine. J'aimerais juste comprendre pourquoi il se comporte tout à coup comme si j'étais devenue une indésirable.

– Je n'en sais rien. Peut-être qu'il a eu une indigestion fulgurante et qu'il ne savait pas comment te le dire.

Je manque de recracher mon mocha sur la table et m'empresse d'essuyer ma bouche avec une des serviettes en papier.

– T'es bête, j'ai failli m'étouffer, râlé-je.

Melissa m'adresse un sourire timide derrière sa tasse de café, puis elle hausse les épaules et me demande, l'air désolée :

– Et Connor ?

– Il va falloir que je lui dise, bien sûr, soupiré-je. Mais je n'ai pas envie d'y penser tout de suite, je suis déjà en vrac à cause d'Edward et avoir cette discussion maintenant ne ferait qu'empirer les choses. Une chance qu'il soit en déplacement.

– C'est bien ce que je pensais… Je suis désolée de t'apporter la mauvaise nouvelle, mais il est rentré plus tôt.

– Quoi ? Non !

– Si. Il est passé tout à l'heure pour prendre un café.

– Merde.

Elle pose sa main sur la mienne dans un geste réconfortant.

– Tu dois penser que je suis affreuse, me lamenté-je.

– Pas du tout. Tu as fait une erreur, ça arrive à tout le monde. En plus, Connor et toi ne vous fréquentez pas depuis longtemps, il s'en remettra.

Peut-être même qu'il te pardonnera. Il est dingue de toi.

Est-ce que j'ai seulement envie qu'il me pardonne ? Je n'ai pas le temps de parler de mes doutes à Melissa que Mme Turner l'appelle depuis le comptoir :

– Melissa ?

– J'arrive ! Je suis désolée, il faut que je te laisse, ajoute-t-elle à mon intention.

– Tout va bien ? Ta mère a l'air soucieuse.

Melissa soupire et s'affaisse sur sa chaise.

– Pas vraiment. On a des problèmes d'argent et si on ne renverse pas la vapeur rapidement, on va devoir vendre. Et même si ça va un peu mieux avec tes conseils, j'ai peur que ça ne prenne trop de temps.

– Je suis désolée, dis-moi si je peux faire quelque chose pour vous aider.

– Tu as déjà fait tout ce que tu pouvais, me dit-elle en m'adressant un sourire triste. Merci et désolée de te laisser en plan.

Je la rassure et récupère mes affaires avant de quitter le coffee shop, le cœur un peu moins lourd.

Mon père est déjà dans son atelier et la boutique est ouverte depuis une bonne demi-heure, mais aucun client n'a encore franchi la porte. Je décide donc de prendre un peu l'air avant que le magasin ne soit pris d'assaut, comme ça a été le cas les autres jours. Les mains sur les hanches, plantée au bord du trottoir, je prends une longue bouffée d'air froid en m'imprégnant de l'effervescence de la rue piétonne.

J'aime entendre le bruit des discussions, des pas qui claquent sur les pavés mouillés et le tintement des clochettes suspendues aux décorations des lampadaires, soulevées par le vent. De l'autre côté de la rue, la porte s'ouvre, et quand je salue Mme Freyer qui en sortait, mon regard se porte sur une affiche dans la vitrine d'en face. *Le bal de l'Hiver*. Dire que c'est déjà mardi… Quand Michèle m'en a parlé à mon arrivée, ça me semblait tellement loin que je ne m'imaginais pas y assister. Pourtant on y est…

Et je crois que je vais m'y rendre seule.

Le regard perdu en direction de la place de l'hôtel de ville, je sursaute en sentant mon téléphone vibrer dans ma poche. Quand je vois qu'il s'agit de Connor, je grimace. Je ne sais pas comment me comporter avec lui, peut-être que je ferais mieux d'ignorer son appel. La sonnerie s'interrompt avant que j'aie pu me décider, mais quand il rappelle dans la seconde, je prends mon courage à deux mains et décroche.

– Salut.

– Salut ma chérie.

Heureusement qu'il n'est pas là pour voir ma tête. Je suis terriblement mal à l'aise.

– Tu vas bien ? demandé-je.

– Ça va, je suis revenu à Holly Falls ce matin.

– Oui, Melissa m'a dit qu'elle t'avait vu. Tu es rentré plus tôt ?

– Oui, confirme-t-il. C'est pour ça que je t'appelais, j'ai dû repartir à peine arrivé. Je suis désolé. Le chantier à la frontière de l'État ne se passe pas comme prévu, j'ai dû y aller pour superviser l'avancement.

– Oh, d'accord. Tu rentres quand ? Il faudrait qu'on parle.

– Je reviens mardi.

– Pour le bal de l'Hiver ?

– Oui, pas le choix, je dois faire un discours.

Je peux l'entendre s'enorgueillir d'ici.

– Ah. Tu vas reprendre la parole ?

– Oui, pourquoi ? Ça a l'air de te surprendre, plaisante-t-il.

– Disons qu'après ce qui s'est passé à l'illumination, je pensais que tu attendrais un peu.

– Ah, ça ? s'exclame-t-il. C'est rien, ça arrive. Et puis ils l'auraient appris tôt ou tard, je leur ai rendu service, à ces gosses.

C'est une façon de voir les choses…

Alors qu'il s'excuse profusément de m'abandonner avant de retourner au travail, je me réjouis de ne pas avoir à le croiser avant plusieurs jours. Ça me permettra d'y voir plus clair dans mes sentiments et de savoir exactement ce que je vais lui dire. Si j'étais quelqu'un de bien, je lui avouerais tout sur-le-champ et je mettrais fin à notre relation sans attendre, mais je n'ai pas le cœur de le faire. Je préfère faire l'autruche, juste un peu. J'ai encore envie de croire que je n'ai pas merdé au point de perdre un de mes meilleurs amis et mon petit ami en une soirée.

Mardi, je lui dirai. Aujourd'hui, je lui souris, même s'il ne le voit pas, et je raccroche en lui promettant de le rejoindre directement dans la grange de ses parents le soir du bal.

CHAPITRE 35

Depuis l'arrière de la caisse, je réponds à un e-mail de mon patron pendant que des clients font le tour du magasin. Il se plaint à nouveau de mon travail et m'agite son ultimatum sous le nez pour me mettre la pression. Seulement ça ne m'atteint pas, j'ai déjà fait une croix sur ce job – même si je ne le lui ai pas encore dit. Et étrangement, depuis que j'ai pris cette décision et que je ne me laisse plus polluer l'esprit par tout ce stress inutile, je suis plus productive. Mais ce n'est toujours pas suffisant pour mon boss. Rien n'est jamais suffisant, c'est ça le problème. Fort heureusement, je n'aurai plus à subir ses humeurs bien longtemps. Je vais boucler ce dernier projet et je lui donnerai ma démission ensuite.

Perdue dans les lignes de mon rapport, je sens mon cœur faire une embardée lorsque mon portable vibre sur le comptoir. Je soupire bruyamment en découvrant qu'il s'agit d'un message de Connor :

Connor
Bien arrivé à Dilworth !
Tu me manques déjà ;-)

Je me sens coupable de ne rien lui avoir dit au téléphone tout à l'heure. J'ai l'impression de le trahir une deuxième fois en lui cachant la vérité. Au moins, ça a l'avantage de me laisser le temps de faire le point. Parce que si Melissa a vu juste et qu'il souhaite aller de l'avant malgré mes aveux, il vaut mieux que je sache ce que moi je veux.

Et je crois que pour y voir un peu plus clair, il faut que j'aie une discussion avec Edward.

– Tu m'entends ?

Je sursaute en découvrant mon père à côté de moi.

– Mais depuis combien de temps tu es là ?

– Je dirais que ça fait bien deux minutes que je te vois marmonner en regardant ton portable.

– Désolée, j'étais ailleurs. Tu as besoin de quelque chose ?

– Les jeunes et leur téléphone, grommelle-t-il.

– Est-ce que tu es vraiment bien placé pour parler alors que tu as le tien sous les yeux en ce moment ?

– Eh bien, oui. Parce que je venais te demander si tu pouvais passer au *Lila's* déposer ce carton, dit-il en désignant une boîte dans le coin de la pièce. Teresa m'a demandé de lui confectionner des éléments de décor pour le bal de l'Hiver.

– Teresa ? Hein ? demandé-je en faisant jouer mes sourcils.

Il rougit.

– Pas de problème, j'amènerai ça à Teresa tout à l'heure.

– Tu ne voudrais pas le faire tout de suite ? Je crois qu'elle a prévu de commencer à tout installer cet après-midi. Je garde la caisse en attendant.

Mon père a toujours adoré ce type de festivité, ça ne me surprend pas qu'il ait proposé son aide à Mme Turner pour la mise en place de la salle. Ce qui est nouveau, en revanche, c'est de le voir si pressé que je m'occupe de cette livraison. C'est d'ailleurs pour ça que je me rends sans attendre au coffee shop – pour ça et parce que s'il était en mesure de le faire, il taperait du pied pour m'inciter à aller plus vite. Alors j'attrape ma veste, mon sac à main et le carton chargé de décorations en bois et je quitte la boutique sous le regard pressant de mon père.

J'arrive au *Lila's* au moment où Mme Turner se dirige, les bras chargés, vers la portière de sa voiture, ouverte en grand. Je me gare derrière son véhicule et arrive à sa hauteur juste quand l'anse d'un de ses sacs cède sous le poids des guirlandes et des boules qu'il contient. Je le rattrape et l'aide à tout charger sur la banquette arrière.

– Oh Emma, merci. On peut dire que tu tombes à pic. Tu es venue m'apporter les décorations ?

– Oui, elles sont dans mon coffre, je vous les amène tout de suite.

Je fais l'aller-retour et passe devant elle pour atteindre la plage arrière. Elle chipe un petit ange en bois dans le carton avant que je le pose sur le siège et sourit béatement en l'examinant.

– Il a vraiment des mains en or, souffle-t-elle.

Lorsqu'elle relève la tête et qu'elle capte mon regard amusé, elle tente de se raviser.

– Gordon, enfin, je veux dire ton père. Il est très doué de ses mains. Ce… c'est très joli, dit-elle finalement en reposant la sculpture avec les autres décorations.

– C'est vrai, il a beaucoup de talent, approuvé-je en lui adressant un sourire entendu.

– Oui, hum, merci encore. Je ferais mieux d'y aller, j'ai encore beaucoup de travail qui m'attend si on veut avoir une salle digne de ce nom mardi.

– D'accord. Si jamais vous avez besoin d'aide, n'hésitez pas ! Melissa a mon numéro, ou demandez directement à mon père, lui lancé-je alors qu'elle monte à bord de sa voiture, les joues toutes rouges.

Comme il n'est humainement pas possible de passer au *Lila's* sans en repartir avec une douzaine de beignets, j'entre. J'en profite pour me prendre un latte à la noisette et un café pour mon père. *Parce que je suis adorable.* Je dépose mes achats sur le siège passager de Betty et j'attends, sur la route, que les quelques voitures qui viennent du nord de la ville soient passées pour reprendre ma place derrière le volant. Mon sang se fige dans mes veines lorsque je reconnais la Jeep d'Edward parmi les véhicules qui passent devant moi. La poignée de la portière toujours en main, je le regarde s'éloigner sans savoir si je dois le suivre ou retourner au magasin.

Et merde, j'en ai marre de cette situation.

Edward vient tout juste de se garer lorsque je le rejoins sur le parking du *Big Bob's*. Je claque la portière de Betty et me dirige vers son pick-up d'un pas décidé. J'ai les mains moites et la gorge sèche. J'ai peur qu'il ne me rejette encore, mais je me force à avancer, même si mes pieds me donnent l'impression de peser une tonne. Et quand j'arrive à sa hauteur, je regrette de m'être donnée cette peine. Il m'ignore. Encore. Je cherche à capter son regard, et lui fait tout son possible pour le fuir. Je sais que c'est intentionnel de sa part parce qu'il a froncé les sourcils au moment où je me suis plantée à côté de lui. Pourtant il s'obstine à faire comme si je n'étais pas là. Penché au-dessus de la remorque de sa voiture, il empile du bois avant d'aller le ranger sous les escaliers qui mènent à son appartement, toujours en évitant de me regarder.

C'est tellement frustrant ! Je suis juste à côté, mais il fait comme si je n'étais pas là. Lassée de son petit jeu, je referme le hayon et me plante devant lui, les bras croisés :

– Edward, il faut qu'on parle d'hier soir.

– Il n'y a rien à dire, lâche-t-il en me contournant pour rouvrir son coffre.

– Moi je crois qu'au contraire il y a beaucoup à dire. Notamment sur la manière dont tu te comportes depuis.

– Je ne vois pas de quoi tu parles, je me comporte comme d'habitude.

Avec les autres peut-être, mais pas avec moi. Je n'ai jamais eu affaire à cet Edward-là, froid et distant – à part quand je suis avec Connor. On dirait qu'il est en colère contre moi… Eh bien comme ça, on est deux !

– Tu veux bien lâcher tes saloperies de bûches et me regarder quand je te parle ! m'emporté-je.

Il laisse tomber sa tête en avant, agacé, puis se tourne vers moi avec la même énergie qu'un adolescent à qui on aurait demandé de ranger sa chambre.

– Qu'est-ce que tu veux, Emma ?

Qu'il me parle, bon sang ! Je voudrais que tout redevienne comme avant, et qu'il me regarde encore comme il le faisait il y a deux jours. Je ne m'en rends compte que maintenant, mais il y avait une vraie douceur dans ses yeux, quand ils les posaient sur moi. Ça me manque. Il me manque.

– Parler d'hier soir.

– Il n'y a rien à dire, il ne s'est rien passé.

– T'es en train de me dire que ce n'est pas toi qui m'as baisée sur ton bureau ? T'as hérité d'un jumeau en même temps que du bar, peut-être ?

Il écarquille les yeux et guette les alentours pour s'assurer que nous sommes seuls. J'ai crié, c'est vrai, mais à ce stade je m'en moque.

– Pardon, tu as peur qu'on m'entende ? le provoqué-je.

– C'est toi qui devrais avoir peur. Après tout, ton pédiatre à la noix est revenu, non ?

– Il est reparti ce matin.

– Ah, je comprends mieux pourquoi tu es là, alors…

– T'insinues quoi, là ?

– Je n'insinue rien, je constate.

– T'es sérieux ?

Malgré mes efforts, ma voix se brise sur cette dernière phrase et Edward semble comprendre qu'il est allé trop loin. L'expression sur son visage retrouve la douceur que je lui ai toujours connue, mais c'est trop tard.

– Écoute Emma, soupire-t-il. Ce qui s'est passé hier, c'était une erreur.

– Une erreur…

– Oui, ça n'aurait pas dû arriver. Il vaut mieux qu'on reste amis.

– Amis ? ricané-je amèrement. Parce que tu crois que j'ai encore envie d'être ton amie, Edward ? Je suis vraiment trop conne, soupiré-je. Comment j'ai pu croire que ça voulait dire quelque chose pour toi aussi…

– Comment ça, aussi ?

– Laisse tomber, dis-je en secouant la tête. Je me suis trompée à ton sujet. Tu es vraiment le connard que tu prétends être, Edward. Tu avais raison.

Une larme coule sur ma joue et je me maudis de lui montrer encore à quel point il peut me toucher. Je l'essuie d'un revers de main et m'apprête à faire demi-tour quand il tend la main vers moi.

– Emma. Attends, s'il te plaît. Qu'est-ce tu voulais dire quand tu…

– Non, l'interromps-je. Je suis venue pour comprendre et c'est bon, j'ai compris, merci. Tu as été très clair. C'était une erreur, et je crois que venir en était une aussi.

– Emma, tu avais raison. Il faut qu'on en parle…

– Je n'ai plus envie de parler, Edward. Ni de ça, ni de rien d'autre. En fait, je n'ai plus envie de te voir. Jamais.

Son visage s'effondre.

– Si tu savais comme je regrette de t'avoir rencontré, soufflé-je avant de m'éloigner.

Il me semble l'entendre murmurer mon prénom, mais je ne me retourne pas. Je ne l'écoute plus. Le seul bruit qui parvient encore à mes oreilles est celui de mon cœur qui bat à tout rompre malgré la douleur.

Avant de remettre le contact et de lui tourner le dos définitivement, je m'autorise un dernier coup d'œil dans sa direction. Il n'a pas bougé, il me regarde sans me voir et lorsque je mets le moteur en route, il se détourne et, dans un accès de rage, se saisit d'une des bûches qui se trouvaient dans son coffre et la lance au travers du parking. Le regard qu’il lève sur moi ensuite semble empreint de tristesse, mais je refuse de me laisser attendrir. C’est trop tard. Je m’engage sur la chaussée en me faisant la promesse de ne plus jamais remettre les pieds au *Big Bob’s*.

CHAPITRE 36

– Tu es censée l'étaler, pas la manger crue !

Je lève les yeux au ciel et pique une nouvelle chute de pâte, encore plus grosse que les précédentes, sous le regard blasé de Sarah. Leonard a emmené les filles dans sa famille pour l'anniversaire d'une vieille tante ou quelque chose comme ça, et pour une fois elle est restée à la maison. Elle voulait profiter de leur absence pour se reposer et confectionner des biscuits de Noël, alors elle m'a proposé de venir passer la soirée avec elle pour lui donner un coup de main. J'ai accepté sans hésiter, mais disons que mon rôle se cantonne plutôt à celui de soutien moral. Elle prépare et étale la pâte pendant que je la regarde faire en mangeant tout ce qui traîne, un verre de vin à la main. Un vrai travail d'équipe.

– Tu as l'air plus détendue, je me trompe ?

– Pas du tout, confirme-t-elle en m'adressant un sourire apaisé. J'ai encore du chemin à parcourir, mais ça va mieux. J'apprends à lâcher du lest et à accepter l'aide de Leonard. Même si les choses ne sont pas toujours faites comme je le voudrais, elles sont faites et c'est le principal.

– Waouh ! C'est génial, Sarah, je suis tellement contente pour toi.

– Merci, ça fait du bien. J'ai l'impression qu'un poids a été ôté de mes épaules. Après notre dispute à Thanksgiving, Leonard et moi avons beaucoup parlé. Je crois que ça a permis d'ouvrir les vannes et d'amorcer le changement dont nous avions besoin.

Elle étale la pâte sans s'arrêter de sourire et m'avoue avec émotion :

– C'est la première fois depuis des années que j'ai le temps de faire ça.

– Ça quoi ? Des biscuits ?

– Entre autres choses. Je redécouvre des plaisirs tout simples. Dormir un peu plus longtemps le matin, traîner en pyjama. Il y a encore tellement de choses que j'ai envie de faire. Regarder un film de Noël en mangeant des sucreries, flâner au marché de Noël, aller patiner à Menhawk. Et ça, faire des sablés à la cannelle pour ma famille.

– Comme maman faisait pour nous, soufflé-je.

– C'est ça. J'aimerais que mes filles aient notre chance, je veux être une aussi bonne mère que maman a pu l'être. Et depuis que j'ai commencé à lâcher prise, je me rends compte qu'elles se moquent d'avoir des robes pliées au carré, une voiture toujours propre ou exactement huit petites carottes dans leur déjeuner. En revanche, ce qui compte, c'est que je puisse les accompagner au parc, que je chante *La Reine des neiges* avec elles et que je leur lise une histoire le soir.

Je pose ma main sur la sienne.

– Tu fais un boulot formidable, Sarah.

Elle a l'air tellement plus épanouie que la dernière fois que nous nous sommes vues. Ça me fait plaisir de voir qu'elle recommence à s'ouvrir et qu'elle s'autorise à nouveau à être heureuse. Et j'ai envie d'être là pour assister à sa métamorphose. Parce que je veux pouvoir l'aider si elle en a besoin, mais très égoïstement aussi, j'ai hâte de revoir la Sarah que j'ai connue en grandissant, avant qu'elle ne se laisse écraser par le poids des responsabilités. La grande sœur solaire et souriante qui m'inspirait enfant et qui faisait tourner toutes les têtes sur son passage. Ma Sasa.

– Merci, murmure-t-elle en rougissant. J'ai même l'impression d'avoir retrouvé Leonard. On a prévu de partir en vacances rien que tous les deux, cet été.

– Ça va vous faire du bien.

– Je pense aussi, m'avoue-t-elle dans un sourire. Si tu savais comme j'ai hâte.

– Je suis contente pour toi, Sasa.

– Merci. Toi, en revanche, ça n'a pas l'air d'aller très fort.

Je soupire, me ressers un verre de vin et lui raconte tout depuis mon retour à Holly Falls. Je n'omets aucun détail, même les plus embarrassants, et Sarah m'écoute attentivement sans m'interrompre ni donner l'impression de me juger. Elle me laisse simplement parler, attentive, la main en suspens au-dessus de la pâte sablée qui se ramollit sur le plan de travail. Une fois que j'ai terminé, je jette un regard inquiet dans sa direction.

– Waouh !

– Tu ne m'aides pas beaucoup, là, me lamenté-je en prenant mon visage dans mes mains.

Elle hausse les épaules, le rouleau à pâtisserie en main.

– Oui, désolée. Je ne m'attendais pas à ce qu'il se soit passé autant de choses depuis ton arrivée. Voilà ce qu'on va faire, dit-elle en ouvrant la porte de son placard d'où elle sort une bouteille de vin qu'elle me tend. Prends ça, va t'installer dans le canapé, mets un film ou n'importe quoi d'autre. Je termine ça rapidement et je te rejoins pour en parler, OK ?

J'acquiesce en silence, prends mon verre, ma recharge d'alcool, une poignée de pépites de chocolat et pars m'asseoir sur le sofa où Sarah finit par me rejoindre un quart d'heure plus tard. Elle arrive dans le salon les bras chargés de tout le sucre que devaient contenir ses placards, dépose tout sur la table basse et se laisse tomber à côté de moi.

– C'était pour les enfants, mais je leur en rachèterai. Tu en as plus besoin qu'elles.

– Merci, pouffé-je en piochant un paquet de Reese's.

– Qu'est-ce que tu as mis ? demande-t-elle en désignant la télévision d'un coup de tête.

– Un film de Noël.

– Oh ! Tu es adorable.

– Ouais, ouais, mais je regrette déjà. Tout se passe toujours bien dans ces téléfilms à la noix. Tiens, regarde, il y a des tonnes de neige, mais personne ne ferme son manteau.

– C'est vrai, glousse-t-elle.

– Je parie qu'aucune héroïne ne se fait snober après une partie de jambes en l'air.

– Peut-être que tu étais nulle ?

Je lui adresse un regard blasé.

– Désolée, c'était pas drôle. Bon, soyons pragmatiques, dit-elle en croisant les mains sous son menton. Est-ce que tu as toujours envie de sortir avec Connor ?

– La question ne se pose pas, je l'ai trompé.

– Dans l'hypothèse où ça ne serait pas arrivé, banane. Maintenant que tu sais que tu vas rester. D'ailleurs, tu l'as dit à quelqu'un ?

– Pas encore. J'ai l'impression que ça ferait trop à gérer d'un coup. Je ne l'ai pas encore dit à mon patron non plus, ça lui donnerait une nouvelle raison de me mettre la pression et je n'ai pas envie de ça, soupiré-je.

– D'accord. Bref, réfléchis au jour où tu m'as dit que tu allais rester. Avant qu'il se passe ce qui s'est passé avec Edward. Est-ce que tu t'imaginais rester avec Connor ?

– Je… ne sais pas. Je crois que je n'y ai même pas réfléchi.

– Je vois.

– Ah bon ? Parce que moi, je ne vois rien de plus, là.

– Ça veut dire que tu ne te projetais pas avec lui. Qu'est-ce qui te plaisait chez lui, au juste ?

– Eh bien, il est gentil. Il me fait rire.

– Mais ?

– Je crois surtout que c'était la facilité qui me plaisait. Connor n'a jamais caché son attirance pour moi, on a déjà été ensemble, je savais à quoi m'attendre. Être avec lui, c'était naturel et rassurant. Ça s'est fait tout seul.

– Ouais, OK. Excuse-moi, mais ça ne sent pas la passion de l'année ton truc.

– Oui, je pensais que c'était normal. Après tout, j'avais dix-neuf ans quand j'ai commencé à sortir avec Connor, j'en ai une dizaine de plus aujourd'hui. Et puis, il y a eu l'autre soir, avec Edward. Ça fait trois jours, et je n'arrête pas d'y penser.

Sarah tapote sa lèvre inférieure avec le bout de son index, le nez en l'air pendant qu'elle réfléchit. Lorsqu'elle se penche pour piocher dans le paquet de M&M'S, elle tranche finalement :

– Voilà comment je vois les choses. Ta situation se résume à choisir entre eux deux. Soit tu as envie de poursuivre avec Connor, et dans ce cas-là, tu oublies Edward. Soit tu…

– S'il n'était question que de faire un choix, le problème ne se poserait pas, avoué-je dans un souffle. C'est Edward que je choisirais.

Je viens seulement d'en prendre conscience, mais tout est déjà fini entre Connor et moi. Mes sentiments pour lui ne sont pas suffisants pour envisager un avenir. Et surtout, ils ne sont pas comparables à ceux que j'éprouve pour Edward.

– Eh bien alors ? Où est le problème ?

– Construire quelque chose avec Edward, ce n'est pas une option. Je dois te rappeler ce qu'il m'a dit ?

– Ne sois pas si définitive, dit-elle en me tapotant le genou. S'il y a une leçon à tirer de notre dispute à toutes les deux, c'est que parfois on dit des choses blessantes parce qu'on est perdu. Ça ne veut pas forcément dire qu'on le pense ou qu'on n'aime pas l'autre. Ne renonce pas tout de suite.

– Je n'ai pas envie d'espérer pour être à nouveau déçue.

– Si tu dis ça, c'est que tu n'as pas encore tourné la page. Laisse-toi le temps et réfléchis bien.

À quoi bon ? Continuer à y penser ne me ferait souffrir que davantage.

– Mais si tu veux mon avis, tu fais bien de ne pas insister avec M. Parfait, lâche-t-elle sans me regarder, le regard perdu dans les rues de ChristmasLand que l'héroïne découvre à l'écran.

– Connor ? Pourquoi ?

– Je ne l'ai jamais trouvé très honnête ce mec. Un peu politicien sur les bords, trop avenant, trop souriant. Enfin, avec les gens qui l'intéressent, sinon il peut être carrément condescendant.

Je repense à notre après-midi au gymnase et à son attitude avec Mme Freyer.

– Et puis, quand tu sortais avec lui, j'avais l'impression que tu t'efforçais de changer pour correspondre à ce que lui attendait. Je ne sais pas si tu t'en souviens, mais pendant ta deuxième année de fac, tu avais rencontré cette fille… Mince, comment elle s'appelait, déjà ? Elle avait les cheveux rose et noir…

– Emily, oui ! J'adorais son look, mais où tu veux en venir ?

– Eh bien, quelques semaines après l'avoir rencontrée, tu as eu envie de te faire une teinture bleue, tu te rappelles ?

– Oui, maintenant que tu le dis, ça me revient ! Je voulais avoir les cheveux bleu ciel et garder la nuque noire, mais je ne l'ai jamais fait finalement, dis-je en haussant les épaules.

– Oui, tu ne l'as pas fait parce que Connor trouvait ça moche. Et que, comme par hasard, le jour où tu avais pris rendez-vous chez le coiffeur, il t'avait réservé une surprise qu'il ne pouvait pas annuler, explique-t-elle en levant les yeux au ciel.

Distraitement, je passe ma main dans mes cheveux trop longs. En règle générale, j'arbore un carré court, et même si je trouve cette coupe un peu trop sage, je n'avais pas l'intention d'en changer. Je vais régulièrement chez le coiffeur pour l'entretenir, seulement cette fois je n'ai pas pu. J'avais un rendez-vous, que j'ai dû annuler parce que Connor m'avait préparé…

une surprise. Je n'en reviens pas, il m'a fait le même coup qu'à l'époque et je ne m'en étais même pas rendu compte ! À plusieurs reprises il m'a dit à quel point mes cheveux longs lui manquaient. Ça ne peut pas être une coïncidence. Je baisse les yeux sur mes mains et soupire bruyamment. J'ai toujours eu les ongles très courts ; il m'a offert une pose de capsule. J'aime que mes tenues aient un petit côté sexy tout en restant classe ; Connor m'a offert une robe tellement courte et moulante qu'on est à la limite du vulgaire.

Est-ce que tout ce que je prenais pour des attentions maladroites étaient en fait une tentative détournée de me faire correspondre à un idéal ?

Il y a quelques années, je n'aurais pas remis en question ses intentions, aujourd'hui, en revanche, je doute. Je suis moins naïve qu'à l'époque et tous ces détails cumulés, ajoutés au « problème de communication » entre John, Martha et lui, le soir où nous sommes allés au *Big Bob's*, me paraissent vraiment suspects.

– Qu'est-ce que tu fais ? me demande Sarah, voyant que j'ai dégainé mon téléphone.

– Je prends rendez-vous chez le coiffeur et la manucure.

– Euh… OK ? Et pour le reste, tu comptes faire quoi ? Par rapport à Edward ?

– Je ne sais pas, soufflé-je. Chaque fois que j'ai tenté d'en parler avec lui, ça s'est mal passé. Je ne sais pas si j'ai encore envie d'essayer.

– Emma…

– Mais je vais y réfléchir ! OK ?

– OK, OK, cède-t-elle, les mains levées. Et pour Connor ?

– Je m'en tiens à mon plan initial. Je lui dis tout quand il revient de déplacement, mardi.

– Ah oui ! Le jour du bal. Tu y vas avec lui ?

– Non. Je lui ai dit qu'on se retrouverait là-bas, comme je dois emmener papa.

– Et que tu essaies d'éviter ton mec… se moque Sarah.

– Oui, aussi. Mais surtout, je me sentirais coupable d'agir avec lui comme si de rien n'était après ce que j'ai fait. Malgré tout ce que je viens d'apprendre, il mérite de savoir. Et ce n'est pas le genre de chose qu'on annonce par sms.

– Tu as raison. Et puis, quel meilleur endroit que le bal de l'Hiver pour apprendre qu'on est cocu ?

– Gnagnagna, je lui dirai après. En plus, c'est organisé sur le terrain de ses parents cette année.

– Oh, mais oui ! J'avais oublié. J'ai hâte de voir ce que Mme Turner a prévu. Elle a tellement plus de goût que Mme Erikson, ce n'est pas étonnant qu'elle ait été élue présidente du comité des fêtes à sa place. Elle est tellement plus gentille en plus.

– J'en connais un qui ne te contredira pas.

– Qui ça ?

– Papa.

– Attends, c'est pour ça qu'il voulait qu'on aille prendre le petit déjeuner au *Lila's* toutes les semaines alors que leur café est imbuvable ?

– Était. Il est plus que correct, maintenant.

– Si tu le dis. En tout cas, j'ai hâte d'être au bal ! Je prendrai mes pop-corn, ajoute-t-elle, moqueuse.

Je lui tire la langue et remets le film au début, après avoir remonté le plaid sur mes épaules. Je ne sais pas si c'est d'avoir retrouvé ma sœur ou si la faute en incombe au vin que j'ai bu, mais je me sens tout à coup vidée. Je repose ma tête sur le dossier du canapé et ferme les yeux.

CHAPITRE 37

Assise devant l'îlot central de la cuisine, je remue mon café, froid depuis longtemps, le regard perdu dans le vide. Encore une fois, je suis à côté de mes pompes.

Non contente de m'être endormie sur le canapé de Sarah hier soir, je me suis réveillée à 4 heures du matin et j'ai décidé de rentrer à la maison pour finir ma nuit dans un lit. Grossière erreur. Après avoir pris ma douche et m'être changée, je n'ai plus réussi à trouver le sommeil. Je n'arrêtais pas de penser à ce que m'avait dit ma sœur, à propos de Connor et de ses petites manigances.

Je n'en reviens pas qu'il se soit livré à ce genre de stratagème pour me conformer à ce qu'il attendait de moi. Pire encore, je m'en veux de n'avoir rien vu. *Est-ce que c'était si évident ? Est-ce que c'est la raison pour laquelle papa n'aime pas Connor, lui non plus ?* Je jette un rapide coup d'œil à mon père, qui attend près de la fenêtre de la cuisine qu'un de ses amis vienne le chercher pour une nouvelle journée entre hommes.

– Bon, allez ma poupée, je te laisse, dit-il lorsqu'il entend klaxonner dans le jardin.

Il s'avance dans l'entrée, son sac posé sur les genoux. J'hésite à le retenir pour lui poser la question. Après tout, ça pourrait très certainement attendre, mais il va être absent toute la journée et le bal de l'Hiver a lieu demain. Il faut que je sache, aujourd'hui, alors je me lance.

– Attends… Je peux te poser une question avant que tu partes ?

– Bien sûr.

– Pourquoi tu étais contre l'idée que je fréquente à nouveau Connor ?

– Je te l'ai déjà dit, je trouve ça dommage de s'obstiner alors que ça n'a pas marché par le passé.

Je plisse les yeux pour essayer de déchiffrer son expression.

– OK, maintenant la vraie raison ?

– Décidément, on ne te la fait pas, à toi, dit-il amusé, en me tapotant le dos de la main. Je ne l'ai jamais aimé, même quand vous étiez juste copains. Déjà parce que tu ne faisais que des conneries quand tu traînais avec lui, et puis je le trouvais prétentieux. Comme si personne n'était assez bien pour lui. Même toi. Et j'avais l'impression que tu aurais tout fait pour trouver grâce à ses yeux, quitte à t'oublier en chemin.

– Tu as toujours cette impression ?

– À propos de lui ou de toi ?

– Les deux.

– Mon opinion sur Connor n'a pas changé. Il est plus sournois, mais c'est toujours le même. En ville aussi, les gens n'aiment pas sa façon de faire. Te concernant…

Il souffle, comme s'il hésitait.

– Je ne vais pas me vexer, ne t'en fais pas. Je me pose vraiment la question.

– Toi… Parfois, j'ai le sentiment que tu es toujours sous son emprise, mais le plus souvent tu me donnes l'impression que rien ni personne ne pourra te faire douter de toi.

– D'accord, merci.

– En tout cas, peu importe ce que je pense. C'est toi qui comptes. Tout ce que je veux, c'est que tu sois heureuse.

Je lui adresse un sourire attendri quand il poursuit :

– Mais si je peux me permettre de te donner un conseil… Si tu as des doutes, c'est qu'il y a forcément une raison. Écoute-toi, fais-toi confiance et surtout pose-toi les bonnes questions.

Je hoche la tête, amusée qu'il me fasse les mêmes recommandations que Delilah avant de partir. Je presse légèrement son épaule de ma main.

– Tu as raison, merci papa. Tiens, donne-moi ton sac, je vais t'aider.

Il me confie son sac à dos et roule tranquillement jusqu'à l'extérieur de la maison, où l'attend Marvin. Je dépose les affaires de mon père sur le siège passager pendant que son ami s'occupe du fauteuil roulant. Une fois que les deux hommes sont à bord, le véhicule chargé, je fais un pas en arrière pour les laisser manœuvrer et j'adresse un signe de la main à mon père tandis qu'ils s'engagent sur la chaussée.

– Ça fait plaisir de le voir à nouveau si heureux.

Je tourne la tête en direction de la voix et remarque que Mme Harrison observe le pick-up de Marvin d'un air ému. Je m'avance jusqu'à la palissade qui sépare nos deux jardins en resserrant les pans de mon gilet sur ma poitrine. La vieille dame m'adresse un sourire bienveillant lorsque j'arrive à sa hauteur.

– Bonjour, madame Harrison.

– Oh, je t'en prie ma petite, je t'ai vue naître. Appelle-moi Loïs. (Elle m'indique la route que vient d'emprunter mon père d'un mouvement de la tête.) Je crois que ça lui fait du bien de t'avoir auprès de lui.

– À moi aussi, ça me fait du bien.

– C'est normal, la famille c'est ce qu'il y a de plus important. D'ailleurs, si tu veux mon avis, c'est pas une vie d'être aussi loin des siens.

– Vous avez raison. Seulement, j'ai eu besoin d'être loin pour en prendre conscience.

Elle m'observe du coin de l'œil, avant de finir par hocher la tête.

– Pourtant on dirait que ça t'a profité de t'éloigner un peu. Tu as l'air plus apaisée qu'avant ton départ.

– Vous aussi.

Elle a un petit mouvement de recul, surprise, puis elle éclate de rire.

– Mais de quoi tu parles ? J'ai toujours été la même ! Je me suis toujours adressée à toi de la même manière.

Je donne un coup de pied maladroit dans la poudreuse, le regard rivé sur mes chaussures en cuir qui prennent l'humidité.

– Je ne sais pas, dans mes souvenirs, on ne s'entendait pas très bien, toutes les deux.

– Ah, ça ! Oui, après la mort de ta maman, tu étais infernale. Tu faisais bêtise sur bêtise avec le fils Riley. Ça me faisait de la peine pour ton père, alors peut-être qu'il m'est arrivé de te houspiller quand tu dépassais les bornes, mais rien de plus. C'est toi qui avais l'air toujours en colère et sur la défensive, dit-elle simplement en haussant les épaules.

La voix du mari de Mme Harrison nous parvient depuis l'intérieur de la maison.

– Il faut que je te laisse, ma petite, mon vieux Howard ne trouverait pas ses lunettes même si elles étaient sur le bout de son nez. Ça m'a fait plaisir de parler avec toi.

Je la regarde s'éloigner en direction de l'entrée de sa maison sans pouvoir m'empêcher de sourire. Moi aussi, ça m'a fait plaisir de parler avec elle, d'autant qu'elle m'a permis de prendre conscience d'une chose primordiale : j'ai changé. Je le savais, tout le monde change plus ou moins au fil des ans.

Je crois juste que je n'avais pas mesuré mon changement à moi. Mais surtout, je n'avais pas compris qu'à l'époque, si je me sentais si mal ici, ce n'était pas à cause d'Holly Falls. C'était à cause de moi. Après la mort de ma mère, j'ai eu du mal à continuer à vivre ici. Tout me rappelait son absence et j'étais en colère tout le temps. Comme je me suis sentie mieux en mettant de la distance avec Holly Falls, j'ai bêtement cru que la cause de tous mes doutes, c'était cette ville et ses méchants habitants. Il aura fallu que je revienne pour comprendre que j'étais à l'origine de mon propre mal-être. C'est mon manque de confiance en moi, ma colère et le deuil de ma mère que je n'arrivais pas à faire qui m'empêchaient de m'épanouir.

Il m'aura fallu presque dix ans pour m'apercevoir de tout ça et pour retomber amoureuse de la ville où j'ai grandi et de ceux qui vivent ici. Ces gens formidables qui m'ont accueillie à bras ouverts, un grand sourire aux lèvres, alors que j'ai été infecte avec eux avant mon départ. Grâce à eux, j'ai vraiment compris ce que c'était de vivre en communauté et de s'entraider les uns les autres.

Ainsi, quand Melissa m'appelle pendant mon rendez-vous chez le coiffeur pour me demander de l'aider au coffee shop, je ne réfléchis pas à deux fois et j'accepte de la rejoindre dès que possible.

Vingt minutes plus tard, je passe les portes du *Lila's* le souffle court et les cheveux encore mouillés.

Derrière le comptoir, mon amie m'offre un regard reconnaissant, bien qu'un peu amusé :

– Merci, mais tu pouvais terminer ton brushing !

– Ah… Comme tu avais l'air préoccupée au téléphone, je me suis dit qu'il valait mieux ne pas traîner.

– C'est plutôt calme, mais ma mère a dû partir en catastrophe et elle ne voulait pas que je reste seule pour gérer, donc je me suis permis de t'appeler, comme tu ne travaillais pas aujourd'hui.

– Pas de soucis, ne t'en fais pas, dis-je en posant mes affaires derrière le comptoir. J'imagine qu'avec le bal elle doit être pas mal occupée.

– Hum… en fait, ça n'a rien à voir avec ça. Elle… a dû aller à la banque.

– Mince. Tout va bien ?

Elle évite mon regard et réarrange les différentes bouteilles de sirop, dans le même ordre qu'elles l'étaient déjà.

– Pas vraiment, enfin je ne sais pas. On en saura plus quand elle reviendra, mais a priori ce n'est pas bon. Une histoire de taxe que Lila aurait oublié de payer et maintenant on nous réclame des arriérés.

– Je suis désolée. Je peux faire quelque chose pour vous ?

– Non, c'est gentil. Enfin, à moins que tu ne veuilles racheter le coffee shop, plaisante-t-elle.

Ce ne serait pas la pire idée…

La clochette de l'entrée m'empêche de lui répondre. Edward s'avance vers le comptoir et je lance un regard suppliant à Melissa pour lui demander de prendre sa commande. Elle m'adresse un hochement de tête et se précipite à la caisse pour s'occuper de lui. Il m'observe du coin de l'œil tout en faisant mine d'étudier le menu au-dessus de la tête de Melissa, puis il se passe une main dans les cheveux et demande un latte macchiato au caramel. Je lui tourne le dos pour commencer la préparation de sa boisson, me sentant gauche sous le poids de son regard.

Je dépose son gobelet au bout du comptoir et me baisse pour remettre de l'ordre dans les tiroirs qui ne contiennent que quelques serviettes. J'aperçois ses doigts qui se referment sur sa tasse et, le souffle bloqué dans ma gorge, j'attends qu'il se décide à partir. Ce qu'il ne fait pas.

Il se racle la gorge.

– Salut Emma.

Mon cœur se tord dans ma poitrine d'entendre à nouveau le son de sa voix et l'affection que je crois y percevoir, pourtant je m'oblige à rester baissée.

– Je sais que j'ai déconné, l'autre jour. Mais tu veux bien me parler, s'il te plaît ? insiste-t-il.

Depuis la caisse, Melissa assiste à la scène et, comprenant que je ne souhaite pas répondre, me sauve la mise :

– Eh, Emma, tu veux bien aller chercher des grains à la réserve ? On n'en a presque plus.

Je me redresse pour lui répondre et, quand je rencontre l'air désolé d'Edward, je regretterais presque de l'avoir ignoré – si je n'avais pas si mal au souvenir de notre dernière conversation. Sans un regard en arrière, je pars me réfugier dans la réserve et n'en ressors qu'après avoir entendu la clochette de l'entrée me signalant son départ. Melissa soupire en me voyant revenir.

– J'en déduis que ça ne s'est pas arrangé.

– Non.

– Tu veux en parler ?

– Non.

– D'accord. Et par rapport à Connor, tu en es où ?

– Je viens de comprendre qu'il me manipule depuis le début de notre histoire. Il essaie de me changer pour me conformer à ses désirs, et je le soupçonne même d'avoir cherché à nous brouiller, Edward et moi. Donc…

Je n'avais pas envie d'y croire, mais mon père et Delilah avaient raison de me suggérer de me poser les bonnes questions. Et la vérité, c'est que mes doutes le concernant sont justifiés. Si ça marche comme un canard, nage comme un canard et cancane comme un canard, c'est sûrement un canard.

– Waouh ! Quel connard !

– Ouais, c'est assez bien résumé, pouffé-je. Mais c'est en partie ma faute, je n'ai pas su voir les signaux d'alerte plus tôt. Pourtant j'avais tout sous les yeux.

– Ce n'est pas toujours évident de voir au-delà de la confiance qu'on accorde aux gens.

– C'est tout à fait ça. Au fond, je ne pense pas que Connor soit une mauvaise personne, je crois juste qu'il n'accorde aucune importance à mes sentiments, tout ce qui l'intéresse, c'est lui.

Melissa presse gentiment mon bras et, pour me consoler, me fait goûter en exclusivité la recette de beignet fourré au chocolat et noisettes torréfiées qu'elle souhaite rajouter au menu. Une petite merveille que je choisis de déguster avec un maxi mocha glacé. Finalement, je reviens sur mes doutes. Le chocolat est le meilleur antidépresseur du monde.

CHAPITRE 38

– Prête, ma poupée ?

– Oui, allons-y, soupiré-je.

– Ne fais pas cette tête, je suis sûr que tu vas t'amuser.

J'en doute. Dans quelques instants, je dois retrouver Connor pour avoir *la* conversation. J'ai beau être en colère contre lui, je trouve ça cruel de le faire ici, un soir de fête. J'ai bien essayé de le voir avant ou de lui dire que je n'avais pas l'intention d'y aller, mais il a tellement insisté que j'ai fini par céder. *Comment ai-je fait pour ne rien voir plus tôt ?*

La seule chose qui me réjouit un tant soit peu concernant ce bal, c'est de savoir que mon père va y retrouver Teresa. Je suis quasi sûre qu'il va l'inviter à danser, je l'ai surpris à s'entraîner à valser dans le salon, tout à l'heure. Il avait rendez-vous ce matin avec son médecin et, après avoir fait des radios de contrôle, la nouvelle est tombée : la fêlure de sa jambe droite s'est consolidée, alors que la fracture de son tibia gauche a besoin d'un peu plus de temps pour guérir complètement. Il doit encore se montrer prudent, c'est certain, mais pour ce soir le médecin l'a autorisé à laisser son fauteuil à la maison à condition qu'il passe la majeure partie de la soirée assis. Il n'en fera qu'à sa tête, bien entendu, mais je n'ai pas le cœur de jouer les rabat-joie. Il a l'air si heureux.

En théorie, cette bonne nouvelle impliquerait également que je retourne à New York dès demain, mais je n'en ai pas l'intention. Parce que j'ai décidé de rester et que je ne compte pas retourner à Manhattan avant d'y être obligée – pour organiser mon déménagement notamment – et puis, malgré le retrait d'un de ses plâtres, mon père n'a pas encore retrouvé toute son autonomie. D'ailleurs, peut-être que je devrais le filmer en train de marcher en direction de la grange des Riley pour convaincre mon patron que ma présence est toujours nécessaire.

À cause de ma ponctualité légendaire, nous sommes arrivés après le début des festivités. Presque toutes les places de parking étaient déjà occupées, j'ai dû me garer à une centaine de yards de la porte d'entrée et le chemin pour y accéder n'est pas très praticable. La béquille de mon père s'enfonce dans le paillis d'ardoise qui jalonne l'accès et il peste de ne pas arriver à avancer, mais il était tellement impatient qu'il a bondi hors de voiture à peine le moteur coupé. Je suis obligée de courir pour le rattraper et ce n'est pas évident avec mes escarpins.

– Attends-moi, j'arrive ! crié-je.

– Marche plus vite ! Si on ne se dépêche pas, il n'y aura plus rien à boire.

Inquiet qu'il n'y ait plus rien au bar, mon œil. Il est surtout pressé de retrouver Teresa pour danser avec elle, mais aussi pour la soutenir. C'est la première soirée qu'elle a organisé avec le comité des fêtes, et pour le moment, je dois avouer qu'elle a fait un travail formidable. Le chemin depuis le parking a été balisé par des photophores posées dans l'ardoise, des guirlandes électriques aux tons chauds ont été installées sur les palissades qui bordent la propriété et une énorme étoile lumineuse a été suspendue au-dessus de la porte de la grange. C'est sous cette dernière que je retrouve mon père, obligé de faire une pause pour reprendre son souffle avant de pouvoir rejoindre la fête.

À mon tour, je prends une profonde inspiration avant de passer mon bras sous le sien pour l'accompagner quand il fait son entrée, et nous avons tous les deux la même réaction en découvrant les lieux. Nous sommes subjugués par le travail abattu par Mme Turner. En temps normal, c'est déjà une belle bâtisse, haute de plafond, avec des murs recouverts de lambris brut et une jolie mezzanine qui surplombe la salle principale ; mais ce soir, grâce à la décoration de Teresa, ce lieu est presque féerique. Mon père et moi ne savons plus où regarder tant il y a de choses à voir. Toutes les rampes ont été décorées de guirlandes de LED aux tons froids. Le sol est recouvert de fausse neige. Un lustre de verre pend au-dessus de l'escalier qui mène à la mezzanine, et au centre de la pièce un immense sapin est dressé. Il est si grand que l'étoile lèche presque le plafond, et sur ses longues branches pendent certaines créations de mon père.

– C'est magnifique. Teresa a vraiment bon goût, glissé-je à mon père, qui rougit au double sens de ma phrase.

– Je trouve aussi, glousse-t-il.

– Tiens, tes copains sont déjà là.

De l'index, je désigne sa bande d'amis installés à une table stratégiquement située entre les toilettes et le bar. Quand ils le voient arriver, ils agitent les mains avant de se lever comme un seul homme et de se mettre à crier :

– C'est un miracle ! Il marche !

Puis ils partent tous dans un fou rire communicatif. Ça me touche de savoir mon père si bien entouré.

– Je peux t'abandonner ? demande-t-il avant de les rejoindre.

– Bien sûr, j'aime mieux être seule pour ce que j'ai à faire.

– Bon courage, ma grande, dit-il avant de déposer un baiser sur ma joue. (Puis il se tourne vers ses amis.) Même pas une petite bière servie pour le miraculé ?

Du coin de l'œil je repère Michèle, installée à une table près du sapin. Je lui adresse un hochement de tête amical et m'apprête à en faire de même avec

Kelly, sur ma droite, quand Connor arrive derrière moi par surprise. Il me serre si fort dans ses bras que je décolle de terre. J'étouffe un cri au moment où il me repose et je me tourne vers lui, incapable de répondre au sourire qu'il m'adresse. Au moment où il tente de m'embrasser, je tourne ma tête de quelques degrés pour lui donner ma joue. Il fronce les sourcils, alors je lui sors la première excuse qui me passe par la tête :

– J'ai du rouge à lèvres rouge, c'est une vraie plaie à enlever.

– Tu as raison, ça ferait mauvais genre pendant mon discours.

– Ouais, bien sûr. Tu aurais quelques minutes ?

– Tu t'es coupé les cheveux ? demande-t-il tout à coup, ignorant complètement ma question.

– Oui, et regarde, dis-je en soulevant quelques mèches pour découvrir ma nuque teinte en bleu ciel.

Il tente de camoufler une grimace.

– Je croyais que tu voulais les laisser pousser ?

– De toute évidence non, puisque je les ai coupés.

– C'est juste que je trouve que ça te va mieux les cheveux longs, tu sais, comme à l'époque…

– Je les préfère courts, merci. Dis, tu ne voudrais pas nous ramener quelque chose à boire ?

Au lieu de dire des conneries.

La tête rejetée en arrière, je soupire alors qu'il s'éloigne en direction du bar en tentant de me convaincre qu'il est nécessaire d'attendre la fin de la soirée pour avoir cette petite conversation avec lui.

Même si je suis en train de remettre en cause la nécessité de ménager ses sentiments, alors même qu'il semble se moquer des miens. La preuve, il ne m'a pas demandé ce que je voulais boire.

Sur la piste de danse, j'aperçois Melissa qui me fait de grands gestes et me désigne la table à laquelle elle est installée. J'y abandonne ma veste mais ne m'assieds pas tout de suite. Je me sens nerveuse, j'ai besoin de marcher. Alors que je balaie la pièce du regard, j'entre en collision avec deux iris couleur océan qui me sondent depuis le fond de la salle. Edward est là, installé à une table pile dans mon champ de vision. Je reconnais Josh et les cousins/frères blonds de la dernière fois, mais cette fois, il y a une femme avec eux. Je tente de réprimer la pointe de jalousie qui naît dans ma poitrine quand je la vois parler à Edward tandis que ce dernier m'observe toujours, le verre en suspens devant ses lèvres. J'ai moi-même un mal fou à me détourner de lui. Avec sa chemise sombre aux manches retroussées et sa barbe fraîchement taillée, il est encore plus séduisant que d'habitude. L'intensité avec laquelle il me regarde me donne envie de réduire la distance entre nous. J'ai beau être en colère contre lui, je suis aimantée par cet homme.

Mais Connor revient vers moi et Edward détourne les yeux, les mâchoires contractées. Je récupère le verre de vin blanc que me tend Connor en tentant de renouer le contact visuel avec mon ami. J'ai l'impression de tomber dans le vide, encore une fois, quand je comprends qu'il est à nouveau en train de m'ignorer. Entre l'indifférence d'Edward et la présence oppressante de Connor, je me sens étouffer. Mon cœur bat à toute allure et j'ai du mal à respirer.

– Oh, regarde, c'est Martha et John. On va les saluer ? dit-il en pointant du doigt la table où sont installés ses amis.

– Vas-y sans moi, je ne me sens pas très bien. Je vais prendre un peu l'air.

– D'accord, mais je dois faire mon discours dans une demi-heure. Tu seras revenue ?

Je hoche distraitement la tête en tentant de ravaler mon venin. Lorsqu'on est bien élevé, on fait au moins semblant de s'intéresser au bien-être de ceux qui nous entourent. À plus forte raison quand il s'agit de sa petite amie. Mais il faut croire que c'est déjà trop lui demander.

Je me dirige vers l'extérieur de la grange, un peu chancelante. Je n'ai rien bu et pourtant j'ai l'impression d'être ivre. Une fois dehors, je me sens un peu mieux. L'air froid me fait un bien fou, il calme mon cœur lancé à toute allure et atténue cette sensation d'ébullition qui me colle à la peau depuis qu'Edward a posé les yeux sur moi. Rassérénée, je longe l'allée sur une dizaine de yards, jusqu'à atteindre le portail qui borde la propriété. Le terrain des Riley est sur la partie extérieure de la ville. La vue depuis leur jardin est exceptionnelle : des champs enneigés s'étendent à perte de vue, seulement éclairés par la lueur de la lune. Il n'y a pas de pollution visuelle ou de lumière de la ville qui empêche d'observer le ciel en toute quiétude.

C'est tellement beau que je décide de rester là, malgré le froid. De toute manière rien ne m'attend à l'intérieur, mis à part le regard sévère d'Edward et le discours de Connor dont je me fous royalement. Je suis bien mieux ici, où tout est calme et paisible. Loin des problèmes, des doutes et des craintes.

Malheureusement, ce sont les ennuis qui viennent me chercher alors que je ne demandais rien à personne. Le problème en question ? Un barman furax qui arrive vers moi, l'air renfrogné et les poings serrés.

– Tu es toujours avec lui ? lance-t-il à peine arrivé à ma hauteur.

– De quoi tu parles ?

– De l'autre connard et toi.

– Qu'est-ce que ça peut te faire ? Quoi qu'il ait pu se passer entre nous, c'était une erreur, non ? sifflé-je, mesquine.

Edward lève le visage au ciel avant de se passer une main sur le front, épuisé.

– Réponds à ma question. S'il te plaît.

– Non. Je ne te dois rien.

– Ça veut dire oui, souffle-t-il.

– Non, ça veut dire que ce que je fais avec lui ne te regarde pas, Edward. Toi et moi, on n'est plus rien. Pas même des amis.

– Ne dis pas ça, s'il te plaît.

– Pourtant c'est vrai. Tu te comportes comme le dernier des connards avec moi et tu espères que je vais l'accepter ? C'est mal me connaître.

Une furtive expression de douleur passe sur son visage crispé.

– Mais tu ne comprends pas, s'agace-t-il en passant la main dans ses cheveux. Il a gâché ma vie, je ne veux pas qu'il fasse la même chose avec toi.

– Qu'est-ce que tu racontes ?

– Quand j'ai récupéré le bar, soupire-t-il en appuyant son épaule au muret à côté de moi, tout était comme mon père l'avait laissé.

Mon ventre se noue. *Sa haine envers Connor est liée à son père ?*

– Il y avait surtout des factures de fournisseurs, des relances de traites impayées, mais dans ses e-mails, une fois que j'ai réussi à retrouver le code de sa messagerie, j'ai fait une autre découverte. Il avait entrepris des travaux de rénovation dans le bar, il y a un peu plus d'un an, et il avait fait appel à l'entreprise de Connor.

Je n'ose plus respirer, suspendue aux lèvres d'Edward.

– Seulement il a fait une crise cardiaque quelques mois après le début du chantier. Il a dû être hospitalisé en soins intensifs pendant plus d'une semaine. À cause des frais médicaux, il n'a plus été en mesure de payer Connor. Et il ne pouvait pas demander de prêt à cause de ses antécédents.

– Quels antécédents ?

– Il était accro au jeu. En tout cas, il l'était quand il vivait encore avec nous. Il a contracté tellement de dettes qu'il a préféré partir. Bref, après son attaque, il a demandé à Connor d'échelonner les paiements.

– Et Connor a refusé ? demandé-je d'une petite voix.

– Non seulement il a refusé, mais en plus il lui a collé un huissier aux fesses. Du coup, Bob a dû emprunter de l'argent, qu'il n'a pas réussi à rembourser… Et il y a neuf mois, certainement à cause du stress, il a fait une nouvelle crise. Qui lui a été fatale, cette fois.

– Mon Dieu, mais c'est horrible.

– Je suis d'accord avec toi.

Il colle son dos à la palissade, le regard perdu dans le paysage enneigé, et je suis obligée de lutter pour ne pas le prendre dans mes bras. Il a l'air anéanti, mais j'ai l'impression qu'il a encore des choses à dire et je ne suis pas certaine d'être capable de le toucher. Ne serait-ce que le voir me fait déjà suffisamment souffrir.

– J'ai trouvé une lettre, tu sais… Elle datait de plusieurs années, mais elle m'était adressée. Il s'excusait pour tout, regrettait d'être parti, de ne pas avoir essayé plus fort de rester en dépit de ses dettes. Comme il ne l'a jamais envoyée, je suppose qu'il se moquait pas mal de mon pardon.

– Ou il pensait ne pas le mériter.

Edward secoue la tête, l'air résigné. Moi, j'essaie de ne pas lui montrer à quel point je suis choquée par ce qu'il vient de m'apprendre. Mes dernières découvertes au sujet de Connor sont bien la preuve que je ne le connaissais pas tant que ça, mais je ne l'aurais jamais imaginé aussi impitoyable. Et le pire, c'est que j'aurais eu tendance à agir de la même manière il y a quelques semaines encore. Aujourd'hui, je sais que je ne pourrais pas être si intransigeante, mais il n'empêche que je me sens coupable d'avoir eu le même schéma de pensée que Connor.

– J'ai dû rester ici, putain ! s'emporte Edward. Pour éponger ses dettes, j'ai dû vendre mon club et mon appartement. Non seulement j'ai dû vivre dans les traces de l'homme qui m'a abandonné, mais à cause de ton mec, je n'ai même pas pu apprendre à le connaître. Je vais devoir me contenter de ses excuses sur papier.

– Je suis désolée, Edward. Mais pourquoi tu ne m'as rien dit ?

– Je ne sais pas, Emma. Je crois qu'au départ, je ne voulais pas que tu aies une autre image de Bob, parce que de voir à quel point tu l'appréciais, ça me réconfortait un peu. J'avais l'impression d'apprendre à le connaître à travers tes souvenirs.

Ça me brise le cœur. *Quel gâchis !*

– Et puis je ne voulais pas que tu me regardes comme tu le fais en ce moment. Le regard chargé de pitié.

– C'est si important que ça, la manière dont je te regarde ? murmuré-je.

– Bien sûr !

– Pourquoi ?

Il rit en se passant la main sur la nuque, comme s'il n'en revenait pas que je pose cette question.

– Tu me demandes pourquoi ? Mais parce que c'est toi, Emma ! Putain ! Mon vétérinaire, c'est toi !

– Pédiatre… le corrigé-je d'une petite voix.

– Vétérinaire, pédiatre, garagiste ou avocat, je m'en fous. T'es la Barbie de mon film Hallmark, tu comprends ça ? Tu occupes tous les rôles et je ne vois que toi.

– Mais tu m'as dit que je ne te plaisais pas.

Il se détourne en étouffant un grondement frustré, puis il revient vers moi et plonge son regard troublé dans le mien.

– J'ai menti, putain ! Bien sûr que tu me plais, tu es magnifique. Et s'il n'y avait que ça ! Tu as un million d'autres qualités tellement plus intéressantes que ton physique. Je n'ai eu d'yeux que pour toi depuis le moment où tu as passé la porte de mon bar. Mais toi, c'est lui que tu as choisi.

– Non ! Je t'interdis de me reprocher de l'avoir choisi ! Je n'ai fait aucun choix, Edward. C'est toi qui as pris la décision pour nous quand tu m'as rejetée !

Les yeux emplis de larmes, je souffle :

– Dès l'instant où on a eu terminé, tu m'as ignorée. Tout dans ton attitude me criait de foutre le camp. Et tu espères me faire croire que tu tiens à moi ? À d'autres. Je me suis sentie comme la pire des merdes et c'est uniquement ta faute.

Il baisse la tête, désespéré.

– Je suis désolé. J'ai paniqué, j'ai eu peur d'avoir tout gâché et qu'on ne puisse même plus être amis. À défaut d'être plus à tes yeux, je me serais contenté de ton amitié, et je ne voulais pas tout foutre en l'air.

– On peut dire que c'est réussi…

J'hésite, mais je finis par lui demander :

– Pourquoi tu m'as laissée partir, ce soir-là ? J'espérais que tu me retiennes, sur le parking, mais tu ne l'as pas fait.

– Je suis sorti, souffle-t-il. J'ai voulu t'arrêter, et puis je t'ai entendue parler au téléphone. Je t'ai entendue dire à quel point tu regrettais, et à quel point tu te sentais idiote d'avoir couché avec moi. J'ai cru t'avoir perdue.

– Mais je…

– Non, écoute. J'essaie, je te jure. Je sais que je fais connerie sur connerie avec toi. Et que souvent je finis par te blesser parce que je ne sais pas exprimer mes sentiments. Alors s'il te plaît, pour une fois que je m'en sens le courage, laisse-moi finir.

Il prend une profonde inspiration, comme s'il s'apprêtait à se jeter à l'eau, puis reprend, la voix tremblante :

– Dans la forêt, j'ai eu mal au bide de t'entendre dire que je n'étais pas ton type d'homme, parce que tu es tout ce que j'ai toujours cherché chez une femme. Je me suis comporté comme un con avec toi quand tu es venue au bar avec Connor, parce que ça me rendait malade de te voir avec lui. J'étais jaloux et j'aurais voulu être à sa place. Après qu'on a couché ensemble, j'ai paniqué et je t'ai laissée partir alors que je n'arrive plus à me sortir le goût de tes lèvres de la tête.

Mon cœur bat la chamade, emporté par l'espoir que fait naître son discours. J'ai envie de le croire, seulement il m'a déjà trop déçue.

– Et pour ce qui s'est passé ensuite ? C'est quoi ton excuse ?

– Je n'ai pas d'excuse. J'étais terrifié. J'ai eu peur que tu me dises que tu regrettais, alors j'ai préféré prendre les devants et t'ignorer. Mais surtout, j'ai eu peur qu'il se passe quelque chose entre nous et que tu me brises le cœur en retournant à New York.

Je voulais comprendre sa réaction, c'est fait. Mais je ne me sens pas mieux pour autant. C'est même tout l'inverse. Parce que je me rends compte que, depuis le début, on ressentait la même chose l'un pour l'autre, mais qu'on s'est fait souffrir mutuellement par peur d'avoir le cœur brisé. *Ça ne devrait pas être si compliqué d'aimer quelqu'un, si ?* La tête entre les mains, je fais les cent pas.

– Je pensais me sentir mieux en en parlant avec toi. Mais c'est encore pire, geins-je.

– Je sais, je suis désolé. J'ai seulement compris à quel point j'avais merdé quand tu m'as dit que tu espérais que ça signifiait quelque chose pour moi aussi. Ça voulait dire quelque chose, pour toi ?

J'hésite, avant d'avouer dans un murmure :

– Oui.

– Putain, Emma, souffle-t-il en prenant ma main. Si tu savais comme je suis désolé. Je sais que je t'ai fait du mal. Sache que ça n'a jamais été mon intention. J'ai été lâche, idiot et maladroit, mais ce n'est pas parce que je ne tiens pas à toi. Au contraire, Emma… je t'aime. Et ça me troue le bide de te savoir avec lui ce soir.

Des larmes glacées coulent sur mes joues brûlantes. Edward en capture une de son pouce.

– Je sais que j'ai énormément à me faire pardonner et je comprendrais que tu ne le fasses pas. Sache néanmoins que je tiens vraiment à toi et que je n'ai pas l'intention de renoncer. Si tu as besoin de temps, je t'en laisserai autant qu'il t'en faut. Et si tu me dis qu'on ne sera jamais plus que des amis, je l'accepterai aussi, même si ça me coûte.

Sa voix se brise légèrement.

– En revanche, je ne supporterais pas de ne plus faire partie de ta vie, dit-il en plaçant une main sur ma joue. Je sais que je t'ai dit ne pas être prêt pour une relation, et c'est vrai. Peut-être que je ne suis pas prêt, mais tu me donnes envie d'essayer. Ça me tuerait de te perdre parce que j'ai eu la trouille…

Je sais qu'il est sincère, mais je dois penser à moi également. Et la vérité, c'est que je suis terrifiée. J'ai compris que j'étais amoureuse de lui au moment où il m'a repoussée, ce soir-là. Il m'a brisé le cœur. Et même si j'ai encore envie d'y croire, je ne peux pas ignorer ses doutes. Que se passera-t-il s'il se rend compte que ce n'est pas ce qu'il voulait, en fin de compte ? Que c'est trop tôt ? Est-ce qu'il se renfermera de nouveau et m'ignorera sans essayer de m'en parler ? Je ne suis pas sûre de pouvoir supporter une autre déception.

L'air implorant, il presse ma main.

– Prends le temps d'y réfléchir, d'accord ?

Je hoche la tête, la vue toujours brouillée par les larmes. Son regard se voile, et il m'adresse un sourire empreint de tristesse avant de faire un pas vers moi. Il prend mon menton entre son pouce et son index, avant de demander :

– Je peux t'embrasser ?

Je devrais refuser, mais la manière dont il m'a posé cette question, d'une voix rauque, me fait fondre. Je hoche lentement la tête, les mains tremblantes, quand Edward presse délicatement sa bouche contre la mienne. Mon cœur implose dans ma poitrine et j'aimerais qu'il ne s'arrête jamais de m'embrasser, mais il finit par rompre notre baiser.

– Je te laisserai tout le temps et l'espace dont tu as besoin, mais je continuerai d'espérer.

Il prend mon visage en coupe, dépose un nouveau baiser sur mes lèvres et s'éloigne en direction de la grange, emportant un peu de mon cœur avec lui.

CHAPITRE 39

Adossée à la palissade, les jambes en coton, je ne sais plus où j'en suis ni ce que je ressens. Les doigts pressés sur mes lèvres, je pourrais même douter que notre baiser ait vraiment eu lieu si mon cœur ne battait pas si vite dans ma poitrine. La tête levée vers le ciel sans nuages, j'observe les étoiles en essayant de calmer les tremblements qui agitent mes doigts. Je n'en reviens toujours pas, et parmi la foule d'informations qu'il a eu à traiter aujourd'hui, mon esprit semble déterminé à se focaliser sur les trois petits mots qu'Edward a prononcés.

Je t'aime.

Ça fait tellement longtemps que je n'avais plus entendu ces mots, et encore plus longtemps que ça ne m'avait plus fait cet effet. J'ai l'impression que mon cœur va exploser. Malheureusement, je n'ai pas le temps de m'appesantir sur la nature des sentiments que je ressens. Connor va monter sur scène et je n'ai pas envie d'attendre davantage avant d'avoir cette conversation désagréable avec lui.

Je suis prise d'un sentiment d'urgence. Il faut que je mette un terme à cette relation. Tout de suite.

Je me décolle de la barrière, puis je prends une profonde inspiration avant de me diriger vers la grange d'un pas décidé. Connor monte justement sur scène, d'un mouvement leste et dynamique, à la manière d'un politicien qui s'apprêterait à faire un discours devant un public déjà à moitié conquis. Ce qui n'est pas tout à fait vrai. Son père est très apprécié par les habitants d'Holly Falls grâce à sa bonhomie et à sa gentillesse, mais ce n'est pas le cas de Connor. La preuve, personne ne prête attention à lui. À l'exception peut-être d'un homme dans la foule qui crie « bouchez les oreilles de vos enfants, je parie qu'il va parler de la petite souris ».

Connor ne relève pas, il continue à sourire et à se donner en spectacle. Micro en main, il arpente la scène à la manière d'un showman en nous remerciant d'être présents, avant d'enchaîner sur l'historique du bal de l'Hiver et l'importance de sa famille pour la renommée d'Holly Falls. *Barbant.* Il continue, encore et encore, jusqu'à ce que des applaudissements mollassons retentissent autour de moi, signalant la fin de son interminable discours – au cours duquel il n'a pas dit un mot pour saluer le travail de Teresa. Puis il saute de la scène et s'approche de moi, conquérant, avant de planter sur mes lèvres un baiser que je n'ai pas réussi à esquiver. *Merde.*

– Tu en as pensé quoi ? s'enquiert-il. C'était mieux qu'à l'illumination, non ?

– En fait, il…

– Tu ne trouves pas que le micro était trop fort ? J'ai vu des gens grimacer devant, peut-être qu…

– Il faut qu'on parle, tous les deux, l'interromps-je avant qu'il ne me fasse le débriefing complet de sa prestation.

J'ai prononcé la phrase officielle, celle qui annonce à coup sûr la rupture imminente, pourtant Connor ne s'aperçoit de rien. Il me sourit et m'attire à l'écart en me tirant par le coude. Une fois que nous sommes suffisamment loin des autres convives, je prends la parole sans lui laisser le temps d'en placer une :

– Écoute, j'ai beaucoup réfléchi. À nous, à ce qu'on vit, à notre avenir.

– Moi aussi, me coupe-t-il. D'ailleurs, je voulais te faire la surprise plus tard, mais j'ai parlé à mon père, et… on peut te proposer un poste au sein de l'entreprise !

– Pardon ?

– C'est un job de secrétaire, mais je suis sûr que tu t'en sortiras à merveille, dit-il en passant son bras autour de mes épaules.

Et bien entendu, dans son monde merveilleux, je serais son employée ? Je me dégage de son étreinte d'un coup de coude et le fusille du regard.

– Et pourquoi je voudrais bosser pour ton père, au juste ?

– Réfléchis un peu, tu pourrais rester ici ! On bosserait ensemble. Enfin, techniquement tu bosserais pour moi, ajoute-t-il avec un clin d'œil.

– Je suis censée sauter de joie, là ?

– Ben oui ! C'est une super nouvelle, non ?

– C'était une question rhétorique, Connor. Non, ce n'est pas une super nouvelle. Au cas où tu l'aurais oublié, j'ai déjà un job. J'occupe un poste à responsabilités, pour lequel je possède un diplôme et des années d'expérience.

– Oui, mais c'est à New York.

– Je ne savais pas qu'il y avait une clause dans le contrat de notre relation qui m'obligeait à vivre à moins de dix miles de toi. Et pourquoi toi tu n'aurais pas pu me suivre à New York ?

– Je ne peux pas quitter la région comme ça, et l'entreprise ?

– D'accord, mais moi je peux quitter mon job comme ça ? Est-ce que tu m'as seulement demandé si je voulais revenir m'installer dans la région ?

– J'ai supposé que…

– Exactement ! Le problème, c'est qu'avec toi, les suppositions ont tendance à se transformer en certitudes. Est-ce que tu t'intéresses seulement à ce que je pense, ou à ce que je veux ? À moins que tu ne sois tellement persuadé d'avoir toujours raison que tu ne te poses même pas la question ?

Son sourire vacille une demi-seconde avant de s'agrandir encore quand il me dit, taquin :

– Ouh, j'en connais une qui est grognon. Tu as faim ?

– Mais bordel, tu écoutes ce que je te dis ou tu es complètement con ? crié-je.

Il se penche, le visage sévère, et m'entraîne encore plus loin, près du portail. Trop tard, mes éclats de voix ont déjà attiré l'attention des plus curieux qui nous observent à distance.

– Baisse d'un ton s'il te plaît, on n'est pas seuls, là, m'intime-t-il en jetant des coups d'œil inquiets autour de nous.

– Je n'en ai rien à foutre. Je te reproche de ne pas te soucier de mes désirs, et toi tu me traites comme une gamine de cinq ans qui fait un caprice ? Dans quel monde tu vis ? (Je soupire.) Tu sais quoi ? Laisse tomber. Ça ne rime à rien de continuer à parler pour ne rien dire. J'ai essayé de te ménager, mais tu t'obstines à ne pas vouloir entendre. Alors voilà, je pense qu'il vaut mieux qu'on se sépare. De toute évidence, on ne recherche pas la même chose, toi et moi. Tu veux une femme qui se pliera en quatre pour te satisfaire et qui correspondra à ton idéal en tout point, je veux un homme qui s'intéresse à moi et qui m'accepte telle que je suis.

Les sourcils froncés, il scrute mon visage comme s'il espérait que je me mette soudain à rire et que je lui annonce que c'était une blague.

– Je ne comprends pas, Emma. Tout à l'heure, tout allait bien. Tu es partie prendre l'air, et d'un coup, tu veux rompre.

Sa mine se durcit alors qu'il fait un pas vers moi. Il m'attrape par le coude et me demande à voix basse, de peur d'être entendu :

– Qu'est-ce qui s'est passé dehors ? Tu as parlé à quelqu'un ?

– Tu ne comprends décidément rien ! m'emporté-je en me dégageant d'un geste sec. Je suis une adulte tout à fait capable de prendre mes propres décisions. Et je n'ai pas eu besoin d'Edward pour savoir que je voulais romp…

– Putain, je le savais ! s'emporte-t-il. Il va m'entendre, ce connard !

Déjà qu'il semblait n'entendre qu'un mot sur deux de ce que je lui disais, et encore, seulement ceux qui l'intéressaient, là, c'est terminé. Furieux, il se dirige d'un pas vif jusqu'à la grange, me semant quasiment au passage. Une fois à l'intérieur, il fonce vers Edward, et au moment où ce dernier se tourne pour lui faire face, Connor écrase son poing sur sa mâchoire.

Ensuite, j'ai l'impression que la scène se déroule au ralenti. Edward s'essuie la lèvre du revers de la main, surpris, tandis que ses amis s'interposent. Ils balancent une flopée d'injures à l'intention de Connor et menacent de s'en prendre à lui, pendant que les mères de famille installées à proximité s'écartent brusquement, les mains plaquées sur les oreilles de leurs enfants. Les insultes pleuvent. D'un geste brusque, Edward écarte ses amis pour se retrouver face à un Connor toujours aussi furieux.

Il tente une nouvelle attaque, mais le barman est plus rapide, il l'esquive et lui assène une droite si violente que mon ex reste sonné. Les chaises s'écartent en un vacarme désordonné et un cercle de spectateurs se forme autour d'eux, mais personne n'intervient pour les séparer. Paniquée, je cherche mon père du regard mais ne le trouve pas.

Je ne sais pas quoi faire. Les différends qui les opposent dépassent de loin ma petite personne. Notre rupture n'est qu'une excuse parmi tant d'autres pour se battre. En un sens, c'était inévitable, je déplore néanmoins qu'ils le fassent au bal. Mme Turner s'est donné du mal pour rendre cette soirée aussi féerique que possible, et je me sens coupable d'avoir contribué à la gâcher.

Je ne dois pas être la seule à éprouver des regrets à l'heure actuelle : Connor aussi doit regretter son geste. Il ne devait pas être au courant du passé de boxeur d'Edward, sinon il ne l'aurait jamais frappé le premier. Malgré sa demi-tête de plus, il ne fait pas le poids. Edward parvient à esquiver chaque coup que Connor essaie de porter et ceux qu'il lui assène sont de plus en plus violents. J'ai peur que la situation ne dégénère, mais personne ne semble oser s'interposer. Pourtant ça devient urgent. Alors, maladroitement, je tente de les séparer en retenant Edward par le bras, mais le regard noir qu'il me lance me dissuade d'insister.

Impuissante, je fais un pas en arrière, puis deux, puis trois. C'est bien plus que je ne peux en supporter. Je refuse d'assister à cette scène plus longtemps. Je suis presque arrivée à la sortie de la grange quand j'aperçois mon père sur la piste de danse. L'air peiné, il observe l'altercation à distance, Mme Turner pendue à son bras. Lorsqu'il me voit, il m'adresse un hochement de tête compréhensif avant que je me détourne. Du coin de l'œil, j'aperçois tout juste M. Riley qui s'interpose entre les deux hommes. *Enfin !* D'un geste vif, il éloigne son fils en le projetant au sol, tandis qu'Edward semble reprendre ses esprits. Il relève la tête brusquement et scanne la foule du regard, paniqué. La dernière chose que j'aperçois avant de me sauver, ce sont ses yeux qui m'implorent.

Je secoue la tête et me précipite en direction de Betty, le cœur battant aussi fort dans ma poitrine que mes pas sur l'ardoise.

Au moment où les phares s'allument, illuminant le jardin désert des Riley, l'ombre d'une silhouette se découpe dans la lueur qui me parvient depuis la grange. Edward court dans ma direction, mais je ne lui laisse pas le temps de me rejoindre. Je m'en vais.

CHAPITRE 40

Assise sur le rebord de la fenêtre, les genoux repliés sous le menton, j'observe les sapins qui dansent, poussés par le vent, en m'efforçant d'oublier le bruit infernal que fait mon portable en vibrant sur ma commode. J'ai perdu le compte au dixième appel. Quant aux messages, je n'ai même pas essayé de savoir combien il y en avait. Pas plus que je n'ai cherché à en connaître les expéditeurs.

C'est lâche, mais j'assume.

J'ai besoin de prendre de la distance avec tout ce qui m'arrive en ce moment, pour peut-être pouvoir faire le point et y voir plus clair dans mes sentiments. J'ai l'impression d'être à un moment charnière, tout est en train de changer et je me sens submergée. Ma vie personnelle, professionnelle et sentimentale. Tout est sens dessus dessous, et je ne sais pas par quel bout commencer pour arriver à tout remettre d'aplomb.

Alors, pour ce matin au moins, je m'autorise à faire l'autruche. La tête appuyée contre le verre froid de la vitre, je regarde des enfants jouer dans le champ en contrebas, nostalgique de cette époque où tout était plus simple.

Le grincement de la porte de ma chambre m'oblige à me retourner. Mon père se tient dans l'embrasure. Un gobelet de café et un sachet de pâtisseries dans sa main libre, il me désigne le coin du lit d'un coup de menton :

– Je peux ?

– Bien sûr. Qui t'a emmené au *Lila's* ? demandé-je en me saisissant du café qu'il me tend.

Il contourne lentement le lit et vient s'asseoir tout au bord, à quelques centimètres de moi.

– J'ai marché.

– Quoi ? Mais tu aurais dû me le dire ! Je t'aurais emmené, le médecin a dit que tu devais te ménager !

– J'avais envie d'un café.

– Seulement d'un café, hein ? le taquiné-je en prenant une gorgée de mon macchiato caramel. Ça n'a donc rien à voir avec la propriétaire du coffee shop.

– Je t'en prie, Melissa pourrait être ma fille.

– Ah ah, très drôle.

– Je trouve aussi, glousse-t-il. Plus sérieusement, je ne voulais pas te déranger après ce qu'il s'est passé hier soir. J'ai supposé que tu voudrais être un peu tranquille.

– Tu ne me déranges jamais, papa.

– Tu es gentille, dit-il en tapotant mon genou.

Nous restons tous les deux plongés dans le silence, seulement troublé par mon portable qui vibre encore, le regard perdu sur les vastes champs enneigés qui bordent la ville.

– Je peux te poser une question ?

– Bien sûr.

– Comment tu as su que Teresa était la bonne ?

Les joues de mon père virent au cramoisi.

– Euh, c'est un peu tôt pour dire que c'est la bonne.

– La bonne pour te remettre en selle, précisé-je, regrettant immédiatement mon choix de mots.

– Ah… C'est dur à dire. En fait, je crois que je l'ai senti, c'est tout. Je me sens bien avec elle, et quoi que je fasse, j'avais l'impression que tout me ramenait à elle.

– Et tu n'as pas peur de souffrir ?

– Si, bien sûr. Mais tu sais, la perte de ta maman, ça a été très dur. Probablement la pire épreuve que j'aie eu à traverser, et pourtant, même en sachant ça aujourd'hui, je ne changerais rien. Là, c'est pareil. Je n'ai pas envie que la peur m'empêche de vivre une belle histoire.

– C'est à peu de chose près ce que m'a dit Edward hier soir.

– C'est donc de lui qu'il s'agit… Je t'avais dit que c'était un brave gars, confirme-t-il, fier de lui.

– Et tu avais raison.

– Mais ?

– Mais j'ai peur, avoué-je dans un rire sans joie. Et si on faisait fausse route et qu'au final on se faisait encore plus de mal ?

Mon père m'observe, les sourcils froncés.

– À mon tour de te poser une question, dit-il. Est-ce que tu tiens à lui ?

– Beaucoup.

– Alors tu sauras quoi faire.

Stupéfaite, je le regarde se lever et se diriger vers la sortie.

– Quoi, c'est tout ? m'écrié-je. Tu ne me donnes même pas un conseil de grand sage ?

Il s'arrête sur le pas de la porte.

– Si tu insistes, dit-il amusé. Ce n'est pas tant un conseil qu'un constat, mais je vais te le dire quand même. Avec le temps, j'ai appris qu'en amour on ne peut jamais être sûr de rien, mais que les belles histoires méritent qu'on se batte pour les faire exister. Oh, et une dernière chose, ma poupée. Tu es plus forte et plus courageuse que tu ne le crois. Fais-toi confiance et tout ira bien.

Sur ces mots, il quitte la pièce, me laissant seule avec le bordel que j'ai dans la tête et le sachet de beignets posé sur ma table de nuit. Même ces petites merveilles sucrées ne me font pas envie, c'est dire à quel point l'heure est grave. Je prends une nouvelle gorgée de café pendant que M. Harrison déneige son allée de garage sous le regard bienveillant de son épouse. Le visage de la vieille dame s'illumine quand elle me voit.

Elle me salue et son mari l'imite, plus par principe je suppose – vu son regard, je ne suis pas certaine qu'il m'ait reconnue. Je leur souris à mon tour, touchée de voir à quel point notre relation a changé en si peu de temps.

Simplement parce que j'ai osé poser une question.

Combien d'autres situations se sont-elles envenimées parce que je n'ai pas eu le courage d'agir plus tôt ? Holly Falls, Connor, mon job, Sarah… Tout aurait été plus simple si je n'avais pas eu si peur d'affronter mon passé, de mettre un terme à une relation ou à un contrat, ou juste d'exprimer mes sentiments. C'est la crainte qui m'a mis des bâtons dans les roues parce que je préfère cacher les problèmes sous le tapis plutôt que de tenter de les résoudre.

Et aujourd'hui, je suis en train de reproduire la même chose avec Edward, alors qu'il occupe chacune de mes pensées depuis le réveil et que mon cœur s'emballe à chaque vibration de mon téléphone. Je ne peux plus me voiler la face, je suis dingue de lui. C'est son visage que je vois lorsque je ferme les yeux et c'est dans ses bras que j'aimerais me consoler de son absence. Pourtant je n'arrive pas à franchir ce minuscule obstacle entre nous, parce que je n'arrive pas à oublier la douleur que j'ai ressentie sur ce parking quand il m'a rejetée. Et même si je comprends les raisons qui l'ont poussé à agir ainsi, je suis terrifiée d'avoir à revivre ça.

Mais bon sang, moi non plus je ne veux pas laisser passer ma chance d'être heureuse.

Je crois qu'il est plus que temps de reprendre le contrôle de ma vie et de mes émotions ! Je me lève d'un bond sans avoir pensé à ce que je ferai ensuite. Tour à tour, je regarde mon ordinateur, mon téléphone, Betty. Je ne sais pas par où commencer. Soyons pragmatique, comme dirait Sarah. Il me suffit de prendre les choses dans l'ordre : du plus simple au plus complexe. Après quelques secondes de réflexion, je me saisis de mon téléphone, j'inspire un grand coup et je consulte les messages. Tous de Connor, bien entendu.

Première étape : se débarrasser de l'ex insistant.

Emma
Ça ne fonctionne pas entre nous,
et ça n'a rien à voir
avec hier soir. Inutile de m'appeler,
de m'écrire ou
d'essayer de me voir,
je ne changerai pas d'avis.
Toi et moi, c'est fini.

Comme je le lui avais déjà dit hier soir, je ne viens pas vraiment de le larguer par sms, si ?

Quoi qu'il en soit, largué par sms ou non, c'est fait. Et c'était assez facile, en fin de compte. Pour la prochaine étape, en revanche, je risque d'avoir besoin d'un coup de pouce. La main plongée dans le sachet de beignets, je suspends mon geste quand je comprends que la nourriture n'est qu'une autre manière de fuir. J'ai peur de ce qui m'attend, alors je me réfugie dans les sucreries, et c'est comme ça depuis des années. Depuis que ma mère nous a quittés, en fait. Une mauvaise note à l'école ? Un donut. Des dossiers compliqués à rendre en urgence ? Une boîte entière de *cinnamon rolls*. Un patron qui me harcèle d'e-mails non essentiels ? Des dragées au goût douteux récupérées je ne sais où. *Il faut que ça cesse.*

Je referme le sachet de beignets et l'éloigne de ma vue avant d'inspirer un grand coup et d'ouvrir ma boîte e-mail, que j'ai quelque peu délaissée depuis ma conversation avec Edward sur le parking du *Big Bob's*. Je n'ai répondu qu'aux messages qui me paraissaient urgents, et le constat est sans appel : vingt-deux e-mails non lus. Je ne prends pas la peine de les ouvrir, je referme ma boîte de réception et je compose le numéro direct de mon patron. Il répond à la quatrième sonnerie.

– Madame Lawrence. Vous avez retrouvé l'usage de vos doigts, on dirait.

– Bonjour, monsieur Delmond.

– Oui, bonjour. J'espère que vous avez une bonne explication pour votre laisser-aller de ces derniers jours.

– À vrai dire, je vous appelle pour vous faire savoir que je ne serai pas présente à la réunion du 26 décembre.

– Vous plaisantez, j'espère. Dois-je vous rappeler les conditions de votre aménagement de poste ?

– Inutile, je vous remercie.

– Vous savez donc ce que votre absence à cette réunion impliquera pour la suite de votre carrière ?

– Tout à fait. C'est la deuxième raison de mon appel. Je tenais à vous l'annoncer moi-même plutôt que par courrier, mais je démissionne.

– À la mi-décembre ? Vous n'y pensez pas !

– Le reste de l'équipe est tout à fait en mesure de clore les bilans sans moi.

Un ricanement amer lui échappe.

– Vous n'avez donc aucune conscience professionnelle ?

– Aucune conscience professionnelle ? répété-je, sidérée. Je crois au contraire qu'au cours de ces dix dernières années, j'ai été plus qu'exemplaire sur ce point. Je suis très reconnaissante à votre père de m'avoir permis d'occuper ce poste, mais je ne me reconnais plus dans les valeurs de l'entreprise. Je crois qu'il est temps de mettre un terme à notre collaboration, et le plus tôt sera le mieux.

Je sens d'ici son agacement. Je peux presque le voir taper frénétiquement le bois de son bureau de ses doigts et se retenir de piquer une crise.

– Vous n'avez aucune idée de l'erreur que vous êtes en train de commettre.

– Ma seule erreur a été de rester aussi longtemps. Cependant, je suis tout à fait disposée à travailler à distance jusqu'à la fin de mon préavis et à m'impliquer autant que vous le jugerez nécessaire dans le processus de remplacement.

– Inutile, je me passerai de vos conseils avisés. Sachez néanmoins que vous venez de vous tirer une balle dans le pied, Lawrence. Vous n'obtiendrez jamais de lettre de recommandation de ma part et je ne me gênerai pas pour rapporter le manque de professionnalisme dont vous avez fait preuve à vos prochains recruteurs.

– Je m'en moque. Je n'ai plus l'intention d'occuper ce type de fonction. Bonne journée, monsieur Delmond.

Sans lui laisser le temps de répondre, je raccroche, un léger sourire aux lèvres. Les choses auraient pu se passer de manière plus cordiale, mais je ne suis pas surprise d'une telle réaction de sa part. Je sais que les prochaines semaines risquent d'être difficiles et qu'il essayera de me faire regretter mon choix, mais il perd son temps. Je ne m'étais plus sentie aussi légère depuis des années. J'ai l'impression qu'un champ des possibles vient de s'ouvrir à moi, et même si je n'ai encore aucune idée de la direction que va prendre ma carrière, je suis heureuse. Et je sais que pour trouver ma voie, il faut juste que je laisse parler mon cœur.

Mais qu'est-ce qui a contribué à mon bonheur depuis que je suis revenue ?

La neige épaisse qui recouvre les trottoirs. Le bar. La nature. La gentillesse des habitants. Edward. Le marché de Noël avec lui. Danser. Ma famille. Bane. Les conversations à cœur ouvert. Melissa et l'aide que j'ai pu lui apporter. J'ai adoré l'après-midi que j'ai passé avec elle au coffee shop. Derrière le comptoir du *Lila's*, je me suis sentie à ma place. J'étais dans mon élément et ça m'a comblée de pouvoir retrouver cette partie de mon passé que j'imaginais loin derrière moi.

Je repense à ce que Melissa m'a dit. Sur le ton de la plaisanterie, peut-être, mais il n'empêche. *« À moins que tu ne veuilles acheter le coffee shop ? »* Je souris à cette idée. *Non, ce serait fou.* Je ne peux pas sérieusement envisager ça, si ? C'est complètement dingue ! Pourtant mon cœur s'emballe et mon sourire s'agrandit encore lorsque je vois le nom inscrit sur mon gobelet.

« Ella <3 »

C'est totalement inconsidéré…

Je repose le gobelet et retourne m'installer à la fenêtre. Et rapidement, mon regard dérive des cimes enneigées pour se reposer sur ces lettres inscrites au marqueur.

« Ella <3 »

Une nouvelle fois, ma poitrine s'embrase et mes jambes me portent toutes seules jusqu'à mon bureau. Mon envie et ma raison s'affrontent quelques instants, avant que je ne me saisisse de mon portable.

Je n'en reviens pas de ce que je m'apprête à faire, mais une petite voix dans ma tête me dit que je ne peux pas laisser passer cette chance. Et pour une fois, j'ai envie de l'écouter. Après tout, je peux toujours passer quelques coups de fil, ça ne coûte rien de se renseigner… Même si je crois que, au fond, ma décision est déjà prise.

J'ai l'intention de racheter le *Lila's*.

CHAPITRE 41

Ce qui n'était encore qu'une idée un peu folle il y a trois jours s'est transformé en projet plutôt concret. Je viens de passer les soixante-douze dernières heures au téléphone pour estimer le prix d'un bien comme le *Lila's*, la somme que je pourrais tirer de la vente de mon appartement et établir un *business plan*. Et d'après les différents retours que j'ai pu avoir, je crois que c'est possible. Si je me débrouille bien, je pourrais même en tirer des bénéfices dès la première année. Dans un premier temps je devrai peut-être retourner vivre chez mon père pour pouvoir faire des économies, et je vais devoir changer de train de vie, mais ça n'a pas d'importance. C'est tellement excitant que je suis prête à me lancer tout de suite. Je ne me souviens pas de la dernière fois qu'un projet professionnel m'a autant enthousiasmée. *Probablement jamais.* Ce doit être pour cette raison que je ne tiens plus en place. Si je m'écoutais, je débarquerais sur-le-champ au coffee shop armée d'un rouleau de peinture et je commencerais à redécorer sans attendre.

Malheureusement, il y a un petit contretemps. Oh, trois fois rien : je n'en ai pas encore parlé à Melissa et Teresa.

Peut-être que je m'emballe pour rien et qu'elles refuseront ma proposition, mais dans le cas où elles accepteraient, je veux être sûre de la faisabilité du projet. Maintenant que c'est chose faite, il ne me reste plus qu'à les convaincre.

Facile.

– Non, répond Teresa une fois que j'ai fini de lui exposer mon plan. C'est très gentil de ta part Emma, mais je ne peux pas accepter.

– Enfin, maman ! Pourquoi tu refuses ? Emma connaît tout ça, dit-elle en désignant le comptoir. Elle te propose de racheter le coffee shop, pas de te faire la charité.

Mon amie m'invite à poursuivre d'un mouvement de tête.

– Tout à fait. Madame Turner, je vous apprécie beaucoup, mais ce n'est pas pour vous que je veux le faire. C'est pour moi. Je cherche ce qui pourrait me rendre heureuse et je crois sincèrement que ça peut être le *Lila's*.

– Tu es sûre de ce que tu fais ?

– Non.

Elle ouvre de grands yeux.

– Je n'ai aucune garantie que ça marche, mais je suis certaine d'avoir envie d'essayer.

– Je ne sais pas, souffle-t-elle.

– Madame Turner, ça fait des années que je m'échine dans un job qui ne me rend plus heureuse. Ça, dis-je en désignant le café d'un geste de la main, ça me rend heureuse.

Teresa m'observe un instant, avant de prendre une grande inspiration. Elle baisse ensuite les yeux sur mes documents et pose ses coudes sur la table.

– D'accord, montre-moi ce que tu as dans ta pochette. On va en discuter.

Melissa lève les pouces en l'air et nous laisse pour rejoindre l'arrière du comptoir. Je ne sais pas si c'est mon honnêteté, le *business plan* ou le sourire épanoui que je lui adresse qui finit de la convaincre, mais au bout d'une bonne heure, Teresa accepte de vendre à condition d'avoir l'aval de Lila.

– En revanche, j'aimerais moi aussi poser une condition, interviens-je avant qu'on ne se serre la main. Je voudrais que Melissa continue à travailler ici. Je ne peux pas priver la ville de ses talents de pâtissière.

– Personnellement, je n'y vois pas d'inconvénient, dit-elle. Enfin, je crois que ce n'est pas à moi qu'il faut demander…

Lorsque je tourne la tête en direction de mon amie, elle crie, les bras levés au ciel :

– J'accepte !

Melissa et moi rions, euphoriques à l'idée de travailler ensemble, quand la clochette de l'entrée retentit. Mon regard harponne celui d'Edward, et le temps semble se figer. Je n'entends plus rien d'autre que le bruit de mon cœur qui bat comme un fou dans ma poitrine. Edward m'adresse un sourire timide et un signe de la main mal assuré, avant de se détourner pour répondre au raclement de gorge de Melissa, qui attend qu'il passe commande.

J'essaie de reprendre contenance en faisant mine d'analyser l'une des feuilles posées entre Teresa et moi, mais le gloussement qui s'échappe de ses lèvres me force à relever les yeux. Elle se mord les lèvres et secoue la tête au moment où Edward quitte les lieux.

– Quoi ? demandé-je, légèrement sur la défensive.

– Rien, rien… Je me disais juste que tu me faisais penser à quelqu'un, se moque-t-elle en se levant. Et si même lui a été capable de le faire, tu devrais arriver à parler à ce charmant jeune homme. Allez, je vous laisse, les filles, j'ai un coup de fil à passer.

– Embrasse Lila de ma part, lance Melissa pendant que sa mère rejoint le bureau à l'arrière de la boutique.

Je me lève pour rejoindre mon amie, qui pianote à toute vitesse sur l'écran de son téléphone.

– Mon père a invité ta mère à sortir ? demandé-je à voix basse.

– Oui, il est passé avant-hier ! se réjouit-elle. Ils vont dîner ensemble demain soir.

Je souris béatement, ravie à l'idée que mon père envisage enfin de refaire sa vie.

– Pupuce ! Tu veux bien venir ? J'arrive pas à lancer le Skype…

Melissa lève les yeux au ciel et repose son téléphone sur le comptoir pendant que j'attrape mon frappuccino.

– Han maman ! Je t'ai déjà dit d'arrêter de m'appeler pupuce en public.

Je manque de m'étouffer en avalant de travers. Prise d'une quinte de toux incontrôlable, je repose mon gobelet à la hâte et en reverse un peu sur le téléphone de Melissa. J'attrape vite une serviette à côté de la caisse pour essuyer l'écran, quand il se met à vibrer entre mes doigts.

Je ne voulais pas fouiller. Vraiment. Mais quand j'ai vu le nom d'Edward s'afficher, je n'ai pas pu m'en empêcher. Et maintenant que j'ai lu le message, j'hésite à ouvrir la conversation.

Edward
Je m'en fous.
Même si je dois venir quatre fois
par jour, préviens-moi
dès qu'elle est là.

J'alterne les coups d'œil entre le téléphone et la porte du bureau derrière laquelle Melissa a disparu, et je finis par appuyer sur l'icône de la messagerie.

Melissa
Elle vient d'arriver.

Edward
Merde, je viens seulement de voir ton message. Elle est toujours là ?

Melissa
Oui, mais magne !

Edward
Super, merci. J'arrive.

Melissa
Comment tu espères la reconquérir sans lui parler ? Abruti !

Edward
Lâche-moi, j'ai déjà trop merdé, je ne veux pas la brusquer. J'attends qu'elle revienne vers moi.

Melissa
Oui, enfin, à force elle va griller que tu te pointes chaque fois en même temps qu'elle.

Je souris, surprise et touchée, et repose le portable de Melissa au même endroit qu'il était lorsqu'elle est partie. Quand elle revient vers moi en levant les yeux au ciel, je sirote mon frappuccino comme si de rien n'était. Je pourrais lui dire que je suis au courant, mais ça impliquerait qu'ils mettent un terme à leurs petites manigances, et je n'en ai pas particulièrement envie. Ça me réconforte de savoir qu'il était vraiment sincère quand il a dit vouloir me laisser de l'espace, mais qu'il ne perdrait pas espoir pour autant. Je crois d'ailleurs qu'il n'aurait pas pu trouver de manière plus touchante de respecter sa promesse. Mais surtout, j'aime l'idée de pouvoir tomber sur lui « par accident » chaque fois que je viens prendre un café.

Pendant ces quelques jours qui viennent de passer, je n'ai pas cessé de penser à lui. Chacune de mes démarches pour acquérir le *Lila's* me ramenait à lui. Je m'imaginais la journée derrière le comptoir du coffee shop, Edward dans la salle sirotant un café pendant que je travaille. Et puis, le soir, les rôles s'inverseraient. Je retrouverais ma place sur le tabouret du bar pendant que lui reprendrait la sienne derrière la tireuse. À vrai dire, je l'imagine à mes côtés à chaque étape de mon projet et de ma vie. Je sais qu'il ne tient qu'à moi d'agir pour que *tous* mes rêves se concrétisent, mais j'avance un pas après l'autre, un rêve après l'autre.

La voix chantante de Melissa me sort de mes pensées. Je n'étais passée qu'en coup de vent pendant ma pause déjeuner et les clients commencent à arriver, alors je salue mon amie et quitte le *Lila's* le cœur léger. Teresa me tiendra au courant de la décision de Lila dans la journée, il ne me reste donc plus qu'à attendre. Sur le chemin du retour à la boutique, je décide de passer par le marché de Noël. Bientôt, les fêtes seront passées et les chalets vont déserter la place du village. C'est tellement dommage. J'aimerais que cette période de l'année dure toujours, alors j'en profite tant que je peux.

Bon sang, je n'en reviens pas. Je vais m'installer ici !

Et si la vente du *Lila's* se fait, je n'aurai même pas besoin de vivre chez mon père. Il y a un petit appartement au-dessus du café qui nécessite un bon coup de pinceau, mais en assez bon état pour que je puisse y vivre tout de suite. Ça me permettrait d'économiser le prix d'un loyer le temps d'arriver à lancer l'activité du coffee shop. C'est comme si une bonne fée s'était penchée sur ma tête.

Les mains dans les poches, j'attends les vins chauds que je viens de commander. Les yeux fermés et le nez en l'air, j'emplis mes poumons de l'air pur de la campagne. *J'aime tellement cet endroit !*

Les bras chargés, j'avance prudemment sur les trottoirs enneigés, et je suis obligée de me contorsionner pour pouvoir répondre à mon téléphone sans faire tomber tout ce que j'ai dans les mains. La voix chantante de ma meilleure amie résonne dans mes oreilles et mon sourire s'élargit.

– *Jingle Bells ! Jingle Bells !* Comment ça va ma biche ?

– Del' ! gloussé-je. À merveille, figure-toi. Enfin, si je mets de côté le fait que mon amie manigance dans mon dos pour me rabibocher avec Edward…

Je laisse la fin de ma phrase en suspens pour accentuer l'effet dramatique.

– Désolée ! Ce n'est pas ce que tu crois, avec Edw…

– Quoi, toi aussi ? Je te parlais de Melissa !

– Merde, soupire-t-elle. Alors, qu'est-ce qu'elle a fait, Melissa ?

Je plisse les yeux, même si elle ne peut pas me voir. C'est trop tard pour jouer à l'innocente, maintenant.

– Elle le prévient chaque fois que je vais au coffee shop pour qu'il puisse venir aussi.

– C'est trop mignon, s'extasie-t-elle.

– Oui, c'est adorable ! Tu vas me dire ce que toi tu as fait ?

Elle souffle, puis je l'entends murmurer quelque chose avant de percevoir le bruit d'une porte que l'on ferme.

– Ce n'est presque rien… Tu sais, quand je suis venue ?

– Oui.

– Eh bien, je n'ai jamais vraiment flirté avec Edward. J'ai compris à la manière dont tu l'as regardé quand on est entrées que tu ne le voyais pas seulement comme un ami. Alors je l'ai un peu dragué pour le tester.

Mon estomac se tord.

– Il a répondu à mes avances avant de s'excuser et de m'avouer qu'il ne le faisait que pour t'envoyer un message. Cet idiot était raide dingue de toi depuis le premier jour, mais il n'osait pas te l'avouer parce qu'il t'avait dit qu'il ne cherchait pas à se caser.

– C'est pas vrai…

– Si, et comme je savais très bien que toi non plus tu ne ferais pas le premier pas… car tu étais trop engluée dans ton délire de film Hallmark, tu ne te rendais même pas compte de ce que tu avais sous les yeux.

– N'importe quoi, nié-je en pinçant les lèvres.

– Emma, je te connais par cœur. Tu avais envie d'y croire, à ce délire. Tu avais besoin de croire que toi aussi tu allais faire une rencontre merveilleuse aux portes de Noël. Il te fallait un électrochoc. Comme tu as couché avec lui le lendemain de mon départ, je suppose que ça a marché.

– Gnagnagna.

– Super mature, ma biche, pouffe-t-elle. Écoute, je suis désolée de t'avoir menti, mais quand il s'agit de ta vie sentimentale, tu es longue à la détente. D'ailleurs, tu continues de lutter contre tes sentiments pour Edward juste parce que tu as la trouille.

– Pire que ça, admets-je dans un rire sans joie. Je suis terrifiée.

Je pousse un soupir las, épuisée, avant de finir par avouer :

– Je crois que je suis amoureuse de lui… Je n'avais jamais rien ressenti d'aussi fort jusque-là et j'ai peur d'avoir le cœur brisé.

– Je te comprends, mais en amour, il faut savoir prendre des risques.

Décidément, mon père et elle sont vraiment sur la même longueur d'onde.

– C'est terrifiant, mais ça en vaut vraiment la peine, insiste-t-elle en se raclant la gorge. D'ailleurs, c'est pour ça que je t'appelais. Eleonor et moi c'est reparti ! Je rencontre ses parents demain… et je stresse à mort !

– C'est super, Del' ! Je suis vraiment ravie pour vous ! Et ne te tracasse pas pour demain, ils vont t'adorer. C'est impossible de ne pas t'aimer.

– Oh… tu es un ange, mais s'il te plaît, tire une leçon de mes erreurs. J'ai failli perdre la femme que j'aime parce que j'ai eu peur que ça devienne sérieux. Ne fais pas la même connerie que moi.

– Je vais y réfléchir, promis, assuré-je d'une voix tremblante.

– OK, il faut que je te laisse, ma biche ! On se reparle vite.

– Non, attends ! J'ai quelque chose à te dire, moi aussi…

Je prends une profonde inspiration.

– J'ai démissionné, je reste à Holly Falls et j'aimerais racheter le *Lila's*.

Un petit cri de surprise reste bloqué dans sa gorge.

– Oh, waouh ! Je n'en reviens pas… Je… C'est génial ma biche, mais ce n'est pas un peu radical ?

– Peut-être un peu, avoué-je amusée. Mais j'ai l'impression d'avoir enfin trouvé ce qui va me rendre heureuse.

– Alors fonce, ma biche. Et tu sais que si tu as besoin d'un design pour ton site, tu m'appelles !

– Bien sûr, mais tu risques de m'avoir souvent sur le dos, j'ai un million d'idées.

J'ai d'ailleurs déjà contacté la fille de Peter, l'ami de mon père, pour parler stratégie marketing.

– Je suis désolée, il faut vraiment que j'y aille, reprend Delilah. On s'appelle vite !

Lorsque je raccroche, je suis devant la porte de la boutique et un immense sourire étire mes lèvres. Au moment où j'entre, mon téléphone m'indique l'arrivée d'un nouveau message.

Teresa
Lila a donné son accord.
Le coffee shop est à toi.

CHAPITRE 42

Les étoiles s'alignent enfin. Du moins, en partie.

Depuis le bal de l'Hiver, je me suis lancée dans un nouveau projet. Certainement le plus important de toute ma vie : moi. Ces dernières semaines passées à Holly Falls m'ont permis de me rendre compte que je me négligeais depuis trop longtemps. Peut-être pas sur le plan physique, mais mental, oui. Depuis mon départ il y a dix ans, je prends mes décisions en fonction du regard des autres : mon boss, mes amis, ma famille. Aujourd'hui, j'ai décidé de m'écouter, moi. Et il était temps !

Pour le moment, j'aime assez « La nouvelle vie d'Emma ». Maintenant que j'ai signé le compromis de vente du *Lila's* – qui s'appellera bientôt le *White Dawn Café*, en référence à la vue imprenable que j'ai depuis la fenêtre de ma chambre –, je sais que je vais revenir vivre auprès de ma famille. Mon préavis est en cours, je vais être débarrassée de mon patron. J'ai fait une croix sur mon passé : Connor a cessé de m'appeler/m'écrire/se pointer à la boutique pour me supplier de le reprendre, Michèle m'a pardonnée les mots durs que j'avais eus à son encontre, et j'ai fait la paix (dans mon esprit en tout cas) avec Kelly. Ce week-end, j'ai même eu le temps de commencer à rénover l'appartement au-dessus du coffee shop pour pouvoir m'y installer le plus rapidement possible.

Tout irait pour le mieux, si une ombre ne persistait pas au tableau : ma relation avec Edward. Il n'a pas quitté mes pensées un seul instant depuis qu'il m'a avoué ses sentiments. Enfin, pour être tout à fait honnête, il était déjà très présent avant ça, même si j'ai mis du temps à me l'avouer. Maintenant que j'ai retrouvé un semblant d'ordre dans ma vie, je peux enfin envisager l'avenir avec sérénité et je sais que c'est avec lui que je veux le construire.

Ces derniers jours loin de lui ont vraiment été difficiles, mais ils ont aussi été nécessaires, puisqu'ils m'ont permis de me rendre compte à quel point je l'aimais et à quel point il pouvait me manquer. Je n'ai jamais rencontré d'homme avec lequel je me sente aussi bien qu'avec Edward. Il me fait rire et me touche. Avec lui, je n'ai pas peur d'être moi-même et je sais que son regard ne changera pas que je sois en robe de soirée ou en pyjama. J'aime la facilité avec laquelle on se parle, même des sujets les plus sérieux, comme j'aime qu'il n'ait pas peur de se montrer vulnérable devant moi et n'ait pas honte de ses fêlures.

Je l'ai revu plusieurs fois depuis notre dernière conversation. Dans la rue, pendant que je faisais mon jogging, en allant chercher un café au *Lila's* ou au détour d'une allée au marché de Noël. Et comme il me l'avait promis, il a gardé ses distances, mais le regard qu'il portait sur moi me brisait un peu plus le cœur chaque fois. Le mélange d'espoir et de tristesse que je lisais dans ses yeux me renversait, parce qu'il faisait écho à ce que moi aussi je ressentais. Et puis finalement, j'ai pris conscience que c'était idiot de m'obstiner à vouloir rester loin de lui pour me protéger d'une future peine hypothétique. Je souffre déjà, en plus de me priver de la chance d'être heureuse. Alors à quoi bon ?

J'ai donc décidé de sauter le pas et d'écouter mes envies plutôt que mes craintes. Et ce que je veux, c'est être avec Edward. C'est ce qui m'amène au *Lila's* aujourd'hui, j'espère juste ne pas avoir pris trop de temps. *Et s'il en avait eu assez de m'attendre ?*

Les mains tremblantes, je m'efforce de faire taire la petite voix dans ma tête et j'actionne le clignotant pour m'engager sur le parking du coffee shop. Comme d'habitude, Melissa est derrière le comptoir. Elle me salue dès que je franchis la porte et attrape son téléphone à côté de la caisse. Je me précipite dans sa direction et tends la main pour l'empêcher d'envoyer son sms.

– Attends avant de lui dire que je suis là !

Elle relève la tête vers moi, les yeux écarquillés et les joues écarlates.

– Tu savais ?

– Je suis tombée sur un de ses messages samedi, et j'ai lu les autres. Je suis désolée, je ne voulais pas fouiller, c'était un accident.

– Comme je joue l'agent double pour Edward, je serais bien mal placée pour te faire une réflexion. Disons qu'on est ex æquo. Je suis désolée Emma, je vais lui dire que tu nous as percés à jour et qu'il va devoir trouver un autre moyen pour te voir.

L'émotion me prend à la gorge. En dépit de ce que je lui ai dit, il ne renonce pas et se contente de m'apercevoir quelques minutes par-ci par-là. Il me laisse le temps de revenir vers lui, même si ça lui coûte, et je lui en suis vraiment reconnaissante.

Je presse le bras de Melissa, l'implorant du regard.

– En fait, j'aimerais que tu fasses comme si de rien n'était et que tu lui dises simplement que je suis là. En revanche, je voudrais que tu me laisses ta place derrière le comptoir, pour que je puisse l'accueillir quand il arrive.

Elle plisse les yeux, comme pour s'assurer que je ne lui tends pas un piège machiavélique dans l'intention de me venger, puis tapote rapidement sur son écran et me montre ce qu'elle s'apprête à envoyer.

Melissa
Elle est là.

Je lui adresse un sourire reconnaissant et la rejoins de l'autre côté du comptoir. Je suis nerveuse au possible, aussi décidé-je d'occuper mes mains et mon esprit en préparant deux boissons : un white mocha pour moi, et un macchiato caramel pour Edward. *Bon sang, j'espère qu'il va venir.* Après avoir découvert le pot aux roses, j'ai fait quelques tests. Je suis venue à différents horaires prendre mon café, plusieurs fois par jour. Et chaque fois, il entrait systématiquement quelques minutes après moi. C'était tellement gros que c'en était encore plus touchant. Pour quelqu'un qui ne sait pas parler de ses sentiments, il est finalement assez doué pour les montrer.

Melissa s'approche pour me faire lire le message qu'elle vient de recevoir.

Edward
J'arrive.

Mon amie me donne une petite tape sur l'épaule et part s'isoler dans le bureau du fond. J'apprécie qu'elle nous laisse un peu d'intimité, même si sa présence aurait pu m'être utile si des clients venaient à passer les portes.

Quelques minutes après que Melissa m'a laissée seule, la clochette de l'entrée retentit et mon cœur s'arrête de battre lorsque je le vois entrer. *Il est venu.* Et il est tellement beau que j'en ai le souffle coupé. Les cheveux en bataille, il arbore cette fois une barbe courte qui fait ressortir sa mâchoire anguleuse qui se contracte alors qu'il s'avance vers moi, les sourcils froncés.

– Emma ? Qu'est-ce que tu fais là ?

– Tu ne devrais pourtant pas avoir l'air surpris, le taquiné-je. Melissa te tient informé de mes allées et venues, non ?

Il se fige, pris en faute, et quand je pose ma main sur la sienne pour le rassurer, son regard se voile aussitôt. Il déglutit difficilement et baisse les yeux sur nos doigts qui s'entrelacent sur le comptoir. Puis il relève la tête, les sourcils froncés.

– Alors tu savais… Attends, c'est pour ça que tu venais aussi souvent ?

– Oui. J'avais envie de te voir.

Le sourire qu'il m'adresse me fait vaciller, mais je me reprends.

– Cette fois c'est moi qui lui ai demandé de t'envoyer un message, je voulais te parler.

– Ah oui ? demande-t-il, la voix éraillée.

Je hoche la tête. Maintenant qu'on est là tous les deux et que je m'apprête à lui avouer mes sentiments, je me sens vraiment nerveuse. Alors je décide de gagner un peu de temps. Je retire ma main et attrape les boissons que je nous ai préparées. Il sourit lorsqu'il découvre le petit cœur que j'ai dessiné à côté de son prénom, et moi je rougis. Ses yeux ne lâchent pas les miens tandis qu'il boit une longue gorgée. J'ai le souffle court et l'esprit embrouillé, donc je finis par balancer la première information qui me vient :

– Je reste ! crié-je presque avant de répéter, plus calmement : je reste à Holly Falls.

– Combien de temps ? demande-t-il dans un murmure.

– Définitivement.

Il écarquille les yeux, mais ne dit rien de plus.

– J'aurais dû te le dire au bal, l'autre soir, mais j'étais trop blessée…

– Emma, je suis vraiment dés…

– Non, ne t'excuse pas. Maintenant que j'ai toutes les informations, je comprends pourquoi tu as réagi comme tu l'as fait. Même si ça m'a fait du mal, je ne t'en veux pas.

Il expulse un long soupir de soulagement. Je contourne le comptoir et viens me planter devant lui. Je n'ai jamais eu aussi peur. Le cœur au bord des lèvres, je prends une profonde inspiration. S'il y a un moment où je dois être courageuse, c'est maintenant.

– Si on était dans un film Hallmark, je te dirais que le soir du bal j'avais déjà décidé de rompre avec Connor avant même que tu viennes me parler. Parce que je n'arrive plus à te sortir de ma tête depuis ce qui s'est passé au bar. Je te dirais aussi que dans la forêt j'étais bel et bien en train de te mater et prétendre que tu n'étais pas mon style est le pire mensonge que j'aie jamais inventé. Je te dirais que j'ai eu envie de ramener Delilah à l'aéroport à la seconde où je vous ai vus flirter, parce que je crevais de jalousie. Et enfin, je te dirais que la seule raison pour laquelle tu m'as entendue dire que je n'aurais jamais dû coucher avec toi, sur le parking, c'est parce que j'ai cru que tu regrettais alors que moi…

– Toi quoi, Emma ? demande-t-il en réduisant la distance entre nous.

– Je ne regrette rien, mis à part peut-être ce qui s'est passé après. Parce que c'est toi.

Il fronce les sourcils et je m'avance pour souffler tout contre ses lèvres, sans le quitter des yeux :

– Vétérinaire, surfeur ou médecin, je m'en fous. T'es le foutu Ken de mon film Hallmark, Edward. T'as tous les rôles et je ne vois que toi.

Il rit tout contre ma bouche, pose sa main sur ma hanche pour m'attirer à lui et m'embrasse enfin. Un baiser digne d'un film, pour une rencontre qui aurait pu en faire partie. Je passe mes bras autour de son cou et lui me presse contre son corps, d'une main plaquée au creux de mes reins. De ma bouche, j'étouffe le grognement qui lui échappe et il perd pied. Il m'attrape par l'arrière des cuisses et enroule mes jambes autour de sa taille. Je suis obligée de l'arrêter avant que ne lui vienne l'idée de me poser sur une table.

– Du calme, on n'est pas tout seuls.

– Désolé, s'excuse-t-il en riant. Ça fait tellement longtemps que j'en ai envie. Tu m'as manqué, souffle-t-il contre mes lèvres.

Je pose une main sur sa joue râpeuse, plongeant mon regard dans le sien.

– Toi aussi, Edward. Depuis le premier jour, tu me plais. Je m'étais fait une raison comme je pensais ne pas t'intéresser, mais je suis dingue de toi.

Je prends une profonde inspiration pour me donner du courage et je me lance :

– Edward, je… Je t'aime.

– Je t'aime aussi, Emma.

Il s'apprête à déposer un nouveau baiser sur mes lèvres, mais il s'interrompt en entendant une voix féminine dans son dos.

– Eh bien, il était temps ! crie Melissa depuis l'entrée du bureau, l'écran de son téléphone pointé dans notre direction.

J'aperçois la chevelure rose de ma meilleure amie en FaceTime, et j'éclate de rire. Oui, il était temps. J'ai hésité à sauter le pas, mais maintenant que je suis lovée dans ses bras, je n'ai plus l'intention de le laisser partir.

ÉPILOGUE

– Emma ! Qu'est-ce que tu fous ? Si tu traînes encore, la patinoire va fermer !

De l'autre côté de la pièce, occupé à enfiler son pantalon, Edward ricane d'entendre le message de ma sœur sur mon répondeur. Enfin, l'un des quatre qu'elle m'a laissés. À sa décharge, nous étions censés la retrouver il y a presque une heure.

Ce soir, c'est le réveillon de Noël et nous le célébrons pour la première fois chez Sarah, qui a proposé que nous passions l'après-midi à la patinoire éphémère de l'hôtel de ville de Menhawk, la petite ville voisine. C'est une super idée, sauf que je ne sais pas patiner. La boutique est fermée, mon père a passé sa matinée avec Teresa, Sarah et Leonard se sont offert un brunch en tête à tête et de mon côté j'ai passé la nuit chez Edward, comme tous les jours depuis nos retrouvailles. Nous sommes donc convenus de tous nous retrouver directement à Menhawk. Et je suis en retard.

Mais ce n'est pas ma faute si je me sens si bien, lovée dans ses bras, que je n'ai jamais envie de le lâcher. Et quelquefois, ces moments câlins dérapent et nous ne reprenons nos esprits que plus tard, allongés l'un sur l'autre, nus et comblés. C'est ce qui s'est passé cet après-midi. Nous étions sagement assis l'un à côté de l'autre sur le canapé devant un téléfilm à l'eau de rose, et d'un coup pouf, le film était terminé, un second avait commencé et j'émergeais d'un brouillard d'endorphine quand mon téléphone a bipé pour m'indiquer six appels manqués et quatre messages vocaux. Le sexe avec Edward est magique. Je n'y peux vraiment rien. Cela dit, je ne peux pas décemment donner cette excuse à Sarah. Alors, pendant que je finis de me préparer, j'essaie de trouver une raison valable à notre retard, mais j'ai l'esprit encore trop embrumé pour parvenir à trouver quelque chose de convaincant. Tant pis, j'improviserai.

La tête appuyée contre la vitre, je regarde défiler le paysage tandis qu'Edward nous conduit à Menhawk. Lorsque nous traversons le centre d'Holly Falls, je lui demande de se garer en marge du marché. Il fronce les sourcils mais obtempère sans poser de question. Pendant que je récupère Bane qui s'était endormi à mes pieds, Edward contourne la voiture pour me rejoindre.

– Tu sais qu'on est déjà en retard ?

– Hmm, hmm.

– Tu sais que ta sœur va nous tuer ?

– Ouaip.

– Mais tu t'en fous ?

– Tout à fait, ris-je tout en prenant la laisse. Ce sont tes premières fêtes à Holly Falls, alors avant d'aller à la patinoire, il faut que tu voies quelque chose.

Il lève les yeux au ciel, prend ma main et me suit dans les allées du marché. Bien entendu, je le force à s'arrêter pour prendre des vins chauds et du pain d'épice, après quoi je l'entraîne là où je le voulais initialement. Nous nous arrêtons devant l'emplacement dédié aux sculptures de M. Oswald. La grande révélation a eu lieu plus tôt dans l'après-midi, nous avons donc tout le loisir de contempler son œuvre sans être dérangés.

– Waouh ! Jamais je n'aurais imaginé qu'il puisse faire preuve d'autant de finesse, s'émerveille Edward.

Dressée devant nous, la sculpture d'un mètre cinquante représente une main ouverte sur laquelle s'est posé un papillon. C'est magnifique et très délicat.

– Je crois que c'est l'une de ses plus belles créations, soufflé-je.

– Tu sais, on dit que le papillon est le symbole du renouveau, me glisse Edward tout en passant son bras autour de mes épaules. On dirait qu'il l'a créé spécialement pour nous.

– C'est vrai.

Je souris quand il dépose un baiser sur ma tempe, et nous restons ainsi de longues minutes à admirer le travail du vieil homme, qui me parle d'autant plus maintenant que j'en connais la signification. Ce papillon qui étend ses ailes pourrait être le symbole de mon séjour à Holly Falls, merveilleux et porteur de changement. Peu importe ce qu'il fera l'année prochaine et toutes les suivantes, celle-ci restera ma sculpture préférée.

La vibration de mon portable nous tire de notre contemplation. C'est Sarah.

– Allez viens, dit Edward. On l'a assez fait attendre, et puis je n'ai pas envie de rater le spectacle.

– Quel spectacle ?

– Ton père m'a dit que tu ne savais pas patiner. Je m'attends donc à de belles cascades de ta part.

– Homme de peu de foi. Je suis une patineuse-née.

Quinze minutes plus tard, nous retrouvons ma famille sur la glace. De l'autre côté de la patinoire, Sarah me fait de grands signes et lorsque je l'aperçois, j'en ai presque le souffle coupé. Elle n'a plus rien à voir avec celle qui m'a accueillie à l'aéroport à mon arrivée. Elle a abandonné sa doudoune et son bonnet pour porter un long manteau en laine, une grosse écharpe et a laissé libres ses longues boucles blondes qui virevoltent derrière elle pendant qu'elle glisse à côté de son mari. Quand elle nous rejoint de l'autre côté du mur de protection, le sourire solaire qu'elle nous adresse me réchauffe le cœur. *Ma Sasa.* Nous nous empressons de mettre nos patins et de la retrouver, l'air désolés.

– Qu'est-ce que vous avez fichu ? demande-t-elle en riant.

– Désolée, on s'est… euh…

– On s'est endormis, rattrape Edward.

– Ouais, c'est ça. (Elle se met à tourner autour de nous.) Papa fait un bonhomme de neige avec les petites dans l'herbe. Pour ta sécurité, tu devrais peut-être les rejoindre, se moque-t-elle.

– Arrête de dire n'importe quoi, toi, la houspillé-je pendant que Leonard nous rattrape. Je patine comme une athlète, dis-leur, Leonard.

– Exactement.

– Ah, vous voyez !

– Tu patines comme une championne de course en sac, ajoute-t-il.

– Bande de nuls, grogné-je avant de me rendre compte que je n'ai pas fait les présentations. Leonard, voici Edward, c'est mon… euh…

– Je suis son petit ami, ricane Edward en tendant la main à Leonard. Je crois qu'elle a un peu de mal à s'y faire.

– Voyez-vous ça ! s'enthousiasme mon beau-frère après avoir répondu à la poignée de main d'Edward. Pourquoi tu ne viendrais pas passer les fêtes avec nous ce soir ?

– C'est gentil, mais je… J'ai déjà des projets.

J'avais également proposé à Edward de se joindre à nous, mais il a préféré refuser. Même si nous nous voyons tous les jours et qu'il connaît de près ou de loin tous les membres de ma famille, nous avons décidé de prendre notre temps et il pense que ce serait précipité. Je le comprends tout à fait, mais le savoir seul ce soir me faisait de la peine. Il m'a assuré que ça ne faisait rien et a fini par m'expliquer qu'il comptait ouvrir le bar pour que ceux qui n'ont personne ne soient justement pas seuls.

– En tout cas, si tu changes d'avis, tu es le bienvenu, sourit Leonard.

Une heure plus tard, mes nièces apportent la touche finale à leur bonhomme de neige – qu'elles ont appelé Olaf – sous la surveillance de leurs parents et de mon père. Chacun a contribué à vêtir le nouveau membre de la famille Lawrence : mon père a prêté ses lunettes, Edward son bonnet, j'ai cédé l'écharpe de Melissa (qu'elle refuse que je lui rende) et Sarah et Leonard ont chacun sacrifié un gant. Du coin de l'œil, je les observe, attendrie, tandis qu'Edward me tire à bout de bras sur la glace. Il sourit et secoue la tête.

– Alors l'athlète ? Tu déclares forfait ?

– Je suis déjà tombée quatre fois, j'ai mal aux fesses.

– Je te ferai un massage, glisse-t-il à mon oreille avant de me prendre dans ses bras.

– Tiens, regarde qui vient d'arriver.

Connor entre justement sur la glace, suivi de près par Martha et John. Il a toujours été bon patineur, ce n'est donc pas étonnant de le retrouver ici. Tout comme il fallait s'attendre à le voir faire son numéro en nous jetant un regard condescendant.

Ses hématomes du bal de l'Hiver ont presque disparu, et le voir ne me fait ni chaud ni froid. Je hausse simplement les épaules avant de détourner le regard pour me concentrer sur ce qui compte vraiment. Celui dans les bras duquel j'ai choisi de me blottir.

Doucement, le jour s'éteint et, la tête posée contre le torse d'Edward, j'écoute son cœur battre en souriant, pendant que les guirlandes électriques s'allument une à une autour de nous, nimbant la place d'une douce lumière colorée.

Il y a quelques semaines, je considérais mon retour à Holly Falls comme la pire des punitions. Aujourd'hui, je ne pourrais pas être plus heureuse. J'ai retrouvé ma famille, l'amour, et je m'apprête à lancer mon affaire. *Ça me paraît presque trop beau pour être vrai*. Même si mon retour n'a pas été simple tous les jours, il m'a permis de comprendre que ce que j'ai fui toutes ces années, c'était en fait moi-même. Je suis plus mûre à présent, je sais que mon bonheur ne dépend pas de mon passé, j'ai appris à tourner la page et à regarder vers l'avant. Dans cette ville que j'aime tant, au bras de l'homme que j'aime encore plus.

Finalement, je l'aurais eue, mon histoire digne d'un film Hallmark. En fait, elle est même encore mieux, parce qu'elle me ressemble. Dans ma version du film, le fils du Père Noël est un con et Nigel n'est ni pédiatre, ni végan : c'est un barman à l'air grognon.

REMERCIEMENTS

Comme Emma, je crois aux signes du destin, même si j'ai parfois du mal à me l'avouer. Et mon signe à moi, ça a été le concours « Sous le sapin » sur Fyctia. J'y ai participé sans vraiment y croire, simplement portée par l'envie de réunir dans un même roman tous mes centres d'intérêt : l'amour, le chocolat, les romances de Noël et Tom Hardy. Jamais je n'aurais imaginé arriver en finale et encore moins pouvoir publier cette histoire, mais parfois le destin fait bien les choses. Le fait que je sois en train rédiger ces lignes en est bien la preuve. J'aimerais d'ailleurs partager avec vous la leçon que j'ai tirée de cette aventure : n'abandonnez pas vos rêves, ils sont parfois à un clic de souris.

Si mon rêve à moi a pu se réaliser, c'est grâce à un certain nombre de personnes que j'aimerais remercier ici.

Tout d'abord, je tiens à te remercier, toi, qui as lu mon livre. J'espère que l'histoire d'Emma et d'Edward aura réussi à te toucher, à t'émouvoir et peut-être aussi à te faire sourire.

Ensuite j'aimerais remercier mon conjoint, Jean-Baptiste, qui me supporte depuis quinze ans et qui m'a soutenue dans cette aventure (et dans toutes les autres). Ma famille et ma belle-famille, qui ont découvert ma passion tout récemment, mais qui l'ont accueillie avec un enthousiasme incroyable. Merci aussi à ma grand-mère, qui aimait raconter des histoires à sa façon. Mes amies, Marine, Julie et Marie, qui ont été mes premières lectrices IRL. Laureline Maumelat, qui m'a poussée à y croire et qui, en plus d'être une personne formidable, est une merveilleuse autrice. Cara, Tia, les filles du Discord et tous ceux qui ont lu cette histoire lors du concours.

Et enfin, j'aimerais remercier Marie, mon éditrice, qui m'a permis d'aller plus loin et d'exploiter tout le potentiel de cette histoire.

Je terminerai en vous remerciant tous encore une fois. J'ai peut-être écrit cette histoire, mais c'est vous qui la ferez vivre.

Composition et mise en pages
Nord Compo à Villeneuve-d'Ascq